ATELIER

ANDREAS JUNGWIRTH

IM ATLAS

ROMAN

ATELIER

EDITION ATELIER WIEN

1

David stand nackt vor dem Spiegel und betrachtete sich, als wäre er ein Fremder.

Was es zu sehen gab?

Den geraden Mund. Die Unterlippe etwas voller als die Oberlippe. Einen schlanken Hals. Unter dem Kehlkopf die verblasste Narbe einer Schilddrüsenoperation, da war er Ende zwanzig gewesen. Schultern, die, wie oft bei großen Menschen, leicht nach vorne fielen. Graue Haarbüschel, darin versteckte Brustwarzen, klein und fest. Fettpolster da und dort. Der Nabel tief im Bauch. Ein passabler Schwanz. Kräftige Oberschenkel. Für seine Größe überraschend kleine Füße. Insgesamt Durchschnitt. Kein Grund, sich für irgendetwas zu schämen, nicht in seinem Alter.

Als Fünfzehnjähriger war er ein schneller und wendiger Schwimmer gewesen. Hätte er konsequent trainiert, dachte David, während er sich weiter von oben bis unten musterte, hätte er es tatsächlich zu etwas bringen können. Jedenfalls war das die Ansicht seines Sportlehrers gewesen. Aber weshalb dieses Bedauern? – Verpasste sportliche Erfolge ließen sich dreißig Jahre später ohnehin nicht mehr nachholen. Und in seiner Jugend? Damals hatte es ihm an Ehrgeiz gefehlt. Wozu sich täglich schinden? Jeden Tag mehrere Stunden im Wasser. Sicher nicht!

David hob seinen Kopf und blickte in die Augen seines Spiegelbildes. Sie changierten zwischen Grau und Grün. Bei ihrer ersten Begegnung vor einem Jahr hatte Stefan behauptet, Davids Augen würden im Zwielicht der Dämmerung leuchten. Unsinn. Keines Menschen Augen leuchten in der Dämmerung. Das war beiden klar gewesen. Stefan hatte in diesem Moment auf Biegen und Brechen etwas Bemerkenswertes sagen wollen – um David zu beglücken und sich selbst zu überzeugen.

Er schob seine Schultern weiter nach vorne, formte einen Buckel, dann drückte er die Arme langsam nach hinten und machte ein Hohlkreuz. Ein Wirbel knackte, und der junge Fernsehmoderator, der sich entlang eines politischen Skandals profiliert und seit Kurzem die Nachrichten im Hauptabendprogramm übernommen hatte, sprach das Wort *Marokko* aus.

Marokko. Ein heißer Abend Anfang Juli. Die letzte Premierenfeier der Saison. Plötzlich war jemand an der Theaterbar neben ihm gestanden, jemand, der ganz offensichtlich Davids Nähe gesucht hatte. Meist waren es junge Bühnenbildner, die sich auf diese Weise an ihn heranspielten, wie zufällig, weil sie sich von einer Bekanntschaft mit ihm auf irgendeine Weise einen Vorteil erhofften. Eine Erwartung, die David in der Regel enttäuschte. Fehlende Möglichkeiten oder fehlender Wille oder beides. Dieser aber war in Davids Alter gewesen. Er hatte David damit beeindrucken wollen, dass er alle afrikanischen Länder bereist hatte, soweit das für Reisende in den vergangenen Jahren eben möglich gewesen war, ohne um ihr Leben fürchten zu müssen, ohne aus dem Nichts überfallen oder durch einen fingierten Unfall aufgehalten und dann ausgeraubt zu werden oder was man eben sonst alles so hörte oder las. Und wie viele Länder sind das?, hatte David wissen wollen, um die Sache abzukürzen. Gar nicht so wenige, hatte der Typ erklärt, aber keine genaue Anzahl genannt. Und David hatte nicht nachgefragt. Und worüber sie sonst noch gesprochen hatten – vergessen. Auch irgendein spezieller Grund, warum der Typ auf ihn zugekommen war, fiel David nicht mehr ein. Vielleicht hatte sich dieser Grund auch gar nicht offenbart.

Warum nicht Land für Land eines Kontinents abhaken?, hatte David noch in derselben Nacht Stefan am Telefon vorgeschlagen. Sich von Marokko aus nach Süden vorarbeiten. Nein, Scherz beiseite: Fünf Stunden Flug stehen in einem guten Verhältnis zu den acht Tagen, die wir Zeit haben. David waren die Romane von *Paul Bowles* eingefallen. Also Tanger. Stefan war einverstanden gewesen. Wenn du unbedingt nach Marokko willst. Ich will nicht *unbedingt* nach Marokko. Aber da hatte Stefan sich bereits für Marrakesch entschieden. Von dort aus wollte er in die Wüste. Susanne sagt, das sei zwar *total touristisch,* hatte Stefan gemeint, aber die unkomplizierteste Art, den *Himmel über der Wüste* zu sehen – Stefan hatte offenbar auch *Paul Bowles* gelesen.

Gelesen nicht, den Film gesehen.

Immerhin. Also Marrakesch.

Gegen Susanne war nicht anzukommen. Das war David schon während ihrer ersten gemeinsamen Nacht klar geworden.

Nachdem *Marokko* in der Nachrichtensendung bereits zum dritten, vielleicht auch schon zum vierten Mal gefallen war, wollte David es nun doch genauer wissen. Er trat aus der Unterhose, die an seinen Knöcheln hing, verhedderte sich und wäre auf dem Weg ins Wohnzimmer fast gestürzt.

Bisher sei unklar, wer für die Tat verantwortlich ist. Auch könne nicht mit Sicherheit gesagt werden, las der Moderator mit einem etwas zu starren Blick auf den Teleprompter vor, ob es ein terroristischer Anschlag gewesen sei oder eine abscheuliche Bluttat. Punkt. Nächstes Thema. Ein Bericht über die gleichzeitig in Norddeutschland, Rumänien und Süditalien auftretende Schweinepest.

David klappte seinen Laptop auf, öffnete die Seite einer Boulevardzeitung, die in der Regel Infos früher brachte als das Fernsehen und sich außerdem nicht scheute, Klarnamen zu nennen und Fotos von Opfern und Tätern ohne schwarzen Balken vor dem Gesicht zu zeigen. Die Topmeldung hieß denn auch: *Zwei Touristinnen im Atlas enthauptet.* Noch nichts Genaueres, keine Details, nur der Hinweis, dass im Netz ein Video kursierte, kein Bekennervideo, sondern eines, das den *Hergang der Tat* zeigte. Unter dem Hinweis war ein Screenshot, auf dem man in Grau- und Brauntönen eine unscharfe Gebirgslandschaft erkennen konnte. Ich sollte das nicht tun, dachte David noch, aber schon hatte er den dazugehörigen Link angeklickt. Ein Stoppschild ploppte auf - die Seite war bereits geblockt. Er klickte den Link mehrmals kurz hintereinander an. Das Stoppschild blinkte mehrfach kurz hintereinander. Stopp! Stopp! Stopp! Warum willst du dir *das* überhaupt ansehen? Warum willst du *das* in dein Leben lassen? Aber David scrollte über die Werbebanner hinweg, las Lesermeinungen, las Beschwerden darüber, dass man das Video nicht mehr sehen konnte, las Klagen über Zensur. Manche gaben Hinweise, wo möglicherweise ein funktionierender Link eingebettet sein könnte. Bald wirkte das Geschrei der anderen ansteckend. Ein Suchspiel im Netz. David verfing sich darin. Es war ihm, als wäre er Teil einer blitzschnell anwachsenden Community und als bestünde eine berechtigte Chance, *gemeinsam* eine alles beherrschende und die Allgemeinheit hinters Licht führende Macht auszutricksen. Ein neuer Post schob sich herein. Ein Link. Ohne weiteren Kommentar. Das Posting stammte von jemandem, der sich *don't-ignore* nannte.

David glaubte nicht an so eine Verschwörung, aber: Why should I ignore it, maybe I can use it for something?

Fäden, als hätte jemand Regen gefilmt. Geflatter, wie von aufgescheuchtem Geflügel. Lichtpunkte sausen herum. Könnten auch gehetzte Leuchtkäfer sein. Das Weiß aufgerissener Augen. Vier Augen. Zwei Gesichter. Schon verlässt die Kamera sie wieder. Ein Knistern. Als würde etwas brennen. Oder zerreißen. Oder es hat nichts mit dem zu tun, was sich da abspielt. Ab Sekunde dreiunddreißig Schreie. Männerschreie. David hätte Schreie von Frauen erwartet. Dass diejenigen schreien, die sterben. Nicht die, die morden. Das Töten passiert im Dunkeln. Schnitt. Plötzlich Stille. Plötzlich Tag. Zwei Körper liegen im Licht, im Sonnenlicht. Die Kamera tastet sie ab. Die Füße. Die Beine. Bauch. Brust. Verrutschtes und verschmutztes Zeug. Sportzeug. Die Arme angelegt, die Beine an den Knöcheln überkreuzt. Nicht von selbst. Sie sind angelegt worden, sind überkreuzt worden. Eine der beiden Frauen hat nur einen Schuh an. David dachte, vielleicht haben die Mörder ja aus Spaß die Köpfe der beiden Mädchen vertauscht, und die liegen jetzt über den falschen Rümpfen. Aber dazu hätten die beiden wirklich enthauptet werden müssen. *Enthauptet*, hieß es. Unter einer Enthauptung ist aber, wenn man es genau nimmt, eine vollkommene Abtrennung des Schädels zu verstehen, dachte David. Die hier haben vermutlich bloß aufgeschlitzte Kehlen. Plötzlich wird mit einer schnellen Bewegung die Kamera gegen die Sonne gedreht. Der Bildschirm von Licht ausgegossen. Black. Schluss. Aus.

Die Bilder erloschen. Die Aufnahme hat exakt eine Minute und siebenundvierzig Sekunden gedauert. Mit zugeschnürter Kehle starrte David auf das schwarze Display. Dass das wirklich geschehen war. Dass das kein Schauspiel war. Dass jemand so was tut. Dass jemand das dann auch noch filmt. Dass das jemand ins Netz gestellt hat, weil Mann oder Frau wollte, dass andere das sehen. Ob diese Bilder, je öfter man sie sieht, je mehr Details man entdeckt, je länger man darüber nachdenkt – als Ermittlungsbeamter beispielsweise –, würden diese Bilder immer harmloser, immer unechter oder immer authentischer, immer erschreckender wirken. Unwillkürlich schüttelte David den Kopf, atmete tief durch. Aus der vierzehnten Etage konnte er durch die bodentiefen Fenster über den Stadtrand hinaus bis zu den Weinbergen in der Abendsonne sehen. Ein Vogelschwarm zog vorüber wie ein einziger sich ständig verformender schwarzer Körper – keines der Tiere brach aus oder ging verloren. Der Vogelschwarm kehrte nach einer Weile wieder zurück, verschwand abermals.

Wäre in diesem Moment nicht ein Schlüssel in der Wohnungstür umgedreht worden, hätte David *erstens* erfahren, wie es mit dem Vogelschwarm weitergegangen, ob er erneut wiedergekommen oder für immer verschwunden wäre, und *zweitens* hätte er – davon war auszugehen – das Video noch einmal abgespielt, neue Details entdeckt und dann besser einschätzen können, ob ihm die Bilder immer abstoßender oder immer gewöhnlicher, vielleicht sogar außergewöhnlich vorgekommen wären.

Seit er das Geräusch des Schlüssels gehört hatte, bedrängte ihn der Gedanke: Wenn Stefan von den Morden erfahren hat, steht jetzt *alles* auf dem Spiel – *mehr* als nur diese Reise. Und eines schien ihm sicher: Es lag alleine an ihm, die Gefahr abzuwenden. Rasch klappte David den Laptop zu und machte ein nichtssagendes Gesicht.

Stefan trug den dunkelblauen Anzug, den er mit David gemeinsam gekauft hatte. Da hatten sie sich gerade seit zwei Wochen gedatet und waren zum ersten Mal gemeinsam in der Stadt unterwegs gewesen. *Ich verlasse mich ganz auf meinen Kostümbildner,* hatte Stefan verkündet. Bühne, *nicht* Kostüm, hatte David in der ersten Zeit immer wieder sagen müssen, bis Stefan es endlich begriffen hatte.

Das Hemd unter Stefans Sakko spannte um die Brust.

Er ging dreimal die Woche zum Training.

Die Krawatte hing lose um Stefans Hals.

Wenn ich das heute unter Dach und Fach bringe, dann bin ich einen Schritt weiter und kann beruhigt wegfahren – damit hatte er sich am Morgen verabschiedet.

Jetzt ließ Stefan sich neben ihm aufs Sofa fallen. Müde sah er aus, erschöpft, desillusioniert. War sein Vorhaben schiefgegangen? Waren Stefans Karrierepläne ins Stocken geraten?

Du hast nichts an, stellte Stefan plötzlich fest, nachdem er schon eine Weile neben David saß. Er legte seine Rechte in Davids Nacken und forderte eine ehrliche Antwort, keine Ausflüchte, gib es wenigstens zu, wenn du dir – er zögerte. Stefan scheute sich zu sagen, was er eigentlich hatte sagen wollen.

Was? Wenn ich mir einen abgewichst habe, oder was?

Stefan verdrehte die Augen.

Ich habe gearbeitet, entgegnete David lachend.

Er hatte ein paar Bühnenbildentwürfe für eine Inszenierung zu Papier gebracht und sie alle wieder verworfen. Und in drei Monaten war bereits Premiere des Stückes eines jungen Autors, in dem es keine Figuren und keine Dialoge gab. Eine Textfläche. David hatte ziellos herumgesucht, so wie es der Text, Davids Meinung nach, auch tat. Zweimal hatte er mit Xaver telefoniert.

Mach halt einen Raum, in dem alles möglich ist, hatte Xaver schließlich vorgeschlagen.

Dann nimm eine leere Bühne, und wenn du eine *Dekoration* brauchst, lass die Scheinwerferbrücke herunterfahren, und die Schauspieler turnen wie Affen darauf herum, hatte David entgegnet. Die Idee ist zwar nicht von mir, aber das fällt in der Provinz niemandem auf.

Schließlich hatte Xaver zugegeben, dass er den Text zwar auch nicht wirklich kapierte, aber immerhin hatte er das Gefühl, dass er etwas Bedeutendes las, mehr noch, etwas, das alle Theaterleute ständig suchen und so selten finden, etwas Relevantes.

Vielleicht spielt der Autor aber auch nur mit dieser Erwartung, vielleicht verarscht er uns alle, hatte David vermutet.

Aber wenn er *alle* verarscht, kann er auch was, war Xaver überzeugt. Außerdem erkenne ich eine gewisse Poesie darin.

Eine Poesie? Echt jetzt?

Der Autor schien in harte Wörter verliebt, immer wieder benutzte er Fäkalwörter. Damit provoziert man heutzutage doch niemanden mehr. Aber vielleicht ja doch – Menschen, die zwanzig Jahre jünger waren als sie, die mit Fernsehserien aufgewachsen waren, in denen jede Brust und jeder Schwanz geflissentlich verdeckt wurde? However. Auf jeden Fall wäre es unvernünftig, die Produktion des Stückes eines Autors abzusagen, dem gerade eine große Zukunft prophezeit wurde. Das wusste Xaver genauso gut wie David, auch wenn sie nicht darüber sprachen. Nach dem zweiten Telefonat war David noch ratloser gewesen als zuvor, ratlos und deprimiert. Er hatte lange und heiß duschen wollen. Er hatte sich ausgezogen, vor dem großen Spiegel die Unterhose bis zu den Knöcheln hinuntergetreten. Er hatte einem entblößten Sechsundvierzigjährigen gegenübergestanden, der immer davon ausgegangen war, in diesem Alter über Theater in Provinzstädten hinaus zu sein. Aber den Sprung an die großen Häuser und in die Feuilletons überregionaler Zeitungen hatten weder Xaver noch er geschafft. Er hatte einem entblößten Sechsundvierzigjährigen gegenübergestanden, der immer davon ausgegangen war, in diesem Alter längst einen fixen Lebensgefährten zu haben. Schon bevor er zum ersten Mal verliebt gewesen war, mit fünfzehn, hatte David sich nach einem Mann gesehnt, mit dem er das ganze Leben verbringen konnte. Aber nichts hatte viel länger gehalten als ein Jahr, maximal eineinhalb Jahre. Im besten Fall hatte es im Schweigen geendet. Viel öfter aber im Streit. David hatte die Männer von sich gestoßen, weg, nur weg – und dann, wieder alleine, hatte er sich kaum noch daran erinnern können, warum er nicht mehr mit ihnen hatte sein wollen, und er war unglücklich gewesen, so alleine, und hatte sich ein neues Opfer gesucht –

Wo willst du denn hin?, fragte Stefan, als David mit Schwung vom Sofa aufstand.

Mich anziehen – und die Wanderschuhe putzen, war das Erstbeste, das ihm einfiel, und er fügte überflüssigerweise hinzu: In dieser Reihenfolge.

Die Wanderschuhe mussten mit. Für die geplante Wüstenwanderung. Die Übernachtung in einem Camp, wie Susanne es empfohlen hatte.

Lass die blöden Schuhe, verlangte Stefan. Bleib da. Ich muss mit dir reden. Stefan sprach es an, ohne es auszusprechen: Hast du gehört?

Gehört heißt – Stefan hat das Video *nicht gesehen?*

Es war im Atlas. Um in die Wüste zu kommen, überqueren wir den Atlas.

Der Atlas ist groß.

Warum in ein Land fahren, wo *so was* passiert?, tastete Stefan sich weiter vor.

David stöhnte etwas theatralisch. Bitte nicht! Du weißt, ich kann nur während der probenfreien Zeit. Sie war in diesem Jahr mit den Herbstferien zusammengefallen, und für Stefan war es nicht einfach gewesen, freizubekommen. Immer sind es die Kolleginnen mit Kindern, die sich zuerst in den Urlaubsplan eintragen, hatte Stefan geklagt, als sie zum ersten Mal über diese Reise und einen möglichen Termin gesprochen hatten. Schließlich hatte Susanne irgendwas getrickst und ihnen die Reise ermöglicht.

Die Reiseversicherung ersetzt im Fall einer Reisewarnung hundert Prozent, erklärte Stefan.

Gibt es eine Reisewarnung?

Schau auf der Seite des Außenministeriums nach, forderte Stefan ihn auf.

Das hast du doch sicher schon getan! Davids Sarkasmus war nicht zu überhören. Gibt es eine?

Nein, gibt es nicht. Sie mahnen nur zu erhöhter Vorsicht, gab Stefan klein bei. Aber mach dir keine Sorgen! Achtzig Prozent der Anzahlung kriegen wir auf jeden Fall zurück. So was überlasse ich nicht dem Zufall.

Also bestimmst du, ob wir fahren oder nicht!, fuhr David Stefan an.

Tu ich nicht, lenkte Stefan mit matter Stimme ein.

Ich will in die Wüste. Und wo willst *du* hin? Stefan hatte den Ablauf der Reise bisher alleine geplant und von David zumindest *einen* konkreten Vorschlag verlangt. Da waren sie im Bett gelegen, David hatte Lust auf Sex gehabt, aber Stefan hatte sich nicht davon abbringen lassen, in dem Reiseführer zu blättern.

Ich will unbedingt in die Filmstudios von Ouarzazate, war David eingefallen. Kurz zuvor hatten sie einen Film mit Brad Pitt und Cate Blanchett gesehen, der dort gedreht worden war. Also gut, Ouarzazate! Und plötzlich schien die

Reise etwas mit ihrem noch kurzen gemeinsamen Leben zu tun zu haben. Marokko war kein beliebiges Ziel mehr gewesen.

Und nun?

Lass uns zusammen entscheiden.

David ließ nicht locker: Aber was soll schiefgehen, wenn *du* die Reise geplant hast?

Ja. Ja, ist ja gut. Stefan breitete die Arme aus. Er war genervt.

David drehte ihm den Rücken zu.

Warum sind wir nicht in der Lage, so eine Entscheidung in Ruhe zu treffen?, fragte Stefan.

Und David fühlte sich plötzlich unwohl, so vollkommen nackt in Gegenwart eines anderen, auch wenn dieser andere Stefan war.

2

Der Morgenhimmel war wolkenlos, die Luft klar und kalt. Ein Oktobermorgen, halb sechs Uhr. Das Taxi stand mit laufendem Motor vor der Haustür. David verkniff sich eine Klimadiskussion, er hatte um diese Zeit keine Lust auf einen derartigen Disput. Noch hatte er den Morgengeschmack im Mund, ein Pelztier, zwischen seinen Zähnen verfangen.

Der Fahrer trug ein blütenweißes, frisch gebügeltes Hemd und hatte seinen Dienst vermutlich gerade erst angetreten. Er war jünger als sie, eher Ende dreißig als Anfang vierzig. Schwarzer Vollbart, kein Hipsterbart, ein Bart, wie Männer aus südlichen Ländern ihn immer schon trugen. Vermutlich stammte er vom Balkan. Oder er war Türke, aber hier geboren. Oder Syrer und mit der letzten großen Flüchtlingswelle ins Land gekommen, eigentlich

Arzt, dessen Titel hier nicht anerkannt wurde und der den Taxischein gemacht hatte, um über die Runden zu kommen –

Kaum waren sie eingestiegen, erkundigte sich der Fahrer nach ihrem Reiseziel.

Zum Flughafen, antwortete David knapp.

Das weiß ich, erklärte der Taxifahrer geduldig und lächelte. Ich meine, wohin geht es von dort aus? Er sprach ein astreines Deutsch, nicht der Anflug eines fremdländischen Akzents, nur eine lokale Einfärbung.

Stefan übernahm: Thailand. Sie hatten tatsächlich auch über Thailand gesprochen, aber aus Zeitgründen, Flugdauer etc. sofort wieder verworfen.

Sehr gut, der Taxifahrer nickte, als hätten sie die beste Wahl unter allen denkbaren Möglichkeiten getroffen. Daraufhin folgte – für David wie aus dem Nichts – eine Suada darüber, was die Presse alles nicht berichten würde und was den Menschen daher vorenthalten blieb. Er nannte ein Beispiel: die Schweinegrippe als globales, aber völlig unterschätztes Problem unserer Zeit. Warum hört man davon so wenig? Wer verfolgt da welche Interessen? Das sollte man sich mal fragen! Über den Rückspiegel suchte der Taxifahrer Augenkontakt zu Stefan.

Stefan zuckte nur mit den Schultern. Keine Ahnung.

Es wird sehr wohl darüber berichtet.

David hatte am Vortag nicht nur im Fernsehen davon gehört. Nachdem sie übereingekommen waren, trotz der Morde im Atlas nach Marokko zu fahren – es hatte auf Messers Schneide gestanden –, und auf den Streit war eine Leere im Gehirn gefolgt, auch eine Leere im Bauch, war David nachts noch einmal in die Küche gegangen, hatte trockenes Brot gegessen, das vor der Abreise ohnehin noch vernichtet werden musste, konnte danach nicht einschlafen und surfte im Netz. Alles, was die Toten im

Atlas betraf, hatte er geflissentlich übersehen, und war schließlich bei einem Artikel zum Thema Schweinegrippe hängen geblieben –

Ja, aber nur über einen Teil der Wahrheit, fuhr Peter mit Gewissheit fort.

Peter hatte David mittlerweile auf dem Schild gelesen, das über dem Autoradio angebracht war, und nicht *Abdul* oder *Bogdan*. So kann man sich täuschen.

Zum Beispiel sagt einem niemand, warum die Schweinepest urplötzlich an unterschiedlichsten Orten auftaucht, fuhr Peter mit neuem Eifer fort, Norddeutschland, Rumänien, Süditalien.

Aber dafür gibt es sehr wohl eine Erklärung, widersprach David erneut.

Der Taxifahrer zog die Augenbrauen hoch.

Die ansteckenden Keime sind hitzeresistent, heißt, sie überleben in der Wurst, LKW-Fahrer sind kreuz und quer durch Europa unterwegs, schmeißen ihre angebissenen Wurstsemmeln an Raststationen weg, Wildschweine fressen das, den Rest kann man sich ausrechnen.

Einen Moment lang blieb Peter der Mund offen stehen. Er schien zu überlegen, ob er David Respekt zollen sollte oder ihm auf dem Leim zu gehen drohte.

Sind Sie vom Fach?, fragte er schließlich.

Nein, antworte David, habe ich irgendwo gelesen.

Irgendwo gelesen! Peter spuckte die Worte aus, als müsste man ihm so billig nicht kommen.

Ein Handy piepste.

Meines, verkündete Stefan.

Eine Nachricht von Susanne. Sie wünschte ihnen eine gute Reise.

Danke, murmelte David.

Stefan und Susanne schrieben eine Weile hin und her. David sah aus dem Fenster und lauschte auf das Ticken des

Blinkers. Der Taxifahrer fuhr zügig, scherte aus, überholte, lenkte ein. Kaum begann es auf die Windschutzscheiben zu tröpfeln, sprangen die Scheibenwischer an und zogen Schlieren über das Glas.

Schreib Susanne unbekannterweise liebe Grüße, bat David, wollte aber eigentlich nur, dass Stefan endlich mit dem nervigen Gesimse aufhörte –

Stefan sah erst von seinem Handy hoch, als das Taxi im Morgenstau zum Stillstand kam und er um seinen Zeitplan fürchtete.

Wann geht euer Flieger? Plötzlich duzte der Taxifahrer sie, als wären sie von diesem Moment an eine Schicksalsgemeinschaft.

In drei Stunden.

Locker. Peter winkte ab und lachte.

In den Sechs-Uhr-Nachrichten kam die Sprecherin auf die Morde in Marokko. Neue Informationen hatte sie nicht, zitierte aber den marokkanischen Tourismusminister, der sein Land für sicher erklärte. David wollte Stefan auf keinen Fall provozieren, weder mit einer Bemerkung noch mit einem Blick, den Stefan möglicherweise als Triumph hätte interpretieren können, auch wenn die Aussage eines Tourismusministers wohl ohnehin kaum für ein Überlegenheitsgefühl taugte.

Eine halbe Stunde später als geplant setzte Peter sie vor der Abflughalle ab. Selbst als sie bereits eingecheckt und die Sicherheitskontrollen über sich hatten ergehen lassen, lauerte David die ganze Zeit darauf, ob Stefan doch noch einen Rückzieher machen, plötzlich aufstehen und verkünden würde: Wir fliegen nicht! Nicht in ein Land, wo man Touristinnen aufschlitzt. Keine Diskussion.

Die Flugbegleiterin am Gate telefonierte. David musterte die Leute, die mit ihnen nach Marrakesch fliegen würden. Viele Paare, trotz Schulferien wenige Kinder, vor allem keine Kleinkinder. Die Chance, ohne Kindergeschrei fliegen zu können, ist groß, sagte David.

Stefan sah sich um, nickte, auch wenn Kinder ihn noch nie gestört hatten. Die Lautsprecher knackten.

Die Flugbegleiterin verkündete mit einer Stimme, mit der sie die allerschlechtesten Nachrichten verkaufen konnte, ohne dass irgendjemand ihr böse sein würde, dass der Zubringerbus noch eine Weile bräuchte. Stefans letzte Gelegenheit, doch noch einen Rückzieher zu machen, war angebrochen. Er nutzte sie nicht. Im Grunde hatte David das von Anfang an gewusst. Hatte Stefan einmal sein Wort gegeben, hielt er es, selbst dann, wenn er noch Zweifel haben sollte. David hätte sich ruhig darauf verlassen können.

Kaum hatten sich die Passagiere, die bereits angestanden hatten, wieder hingesetzt, fuhren die Busse vor. Unmut und Erleichterung hielten sich unter den Fluggästen die Waage. David und Stefan drängten sich unauffällig nach vorne und schafften es in den ersten von drei Zubringerbussen. Schmunzelnd nickten sie einander zu. Im Flugzeug gingen sie zügig bis ganz nach hinten durch. Als Stefan plötzlich stehen blieb, rannte David gegen ihn. Was?

34, 35 und Schluss, sagte Stefan, dann bat er David, nochmals auf die Tickets zu schauen.

Da steht Reihe 37.

Es gibt keine Reihe 37, behauptete Stefan.

Wie, es gibt keine Reihe 37? Das kann doch nicht sein! David verstand nicht.

Erst als Stefan sich an eine der Flugbegleiterinnen wandte, fiel auf, dass der Zubringerbus zur falschen Maschine gefahren war. Die Passagiere, die nach Marrakesch fliegen wollten, wären beinahe nach Bagdad abgehoben. Die Fluggäste in unmittelbarer Nähe hatten es unmissverständlich mitbekommen, sprangen von ihren Sitzen auf, ein älteres Paar sah zu ihnen herüber, als wäre es Davids und Stefans Schuld, dass sie allesamt im falschen Flieger gelandet waren. Nach ein paar Momenten der sich wie ein Lauffeuer in der Kabine verbreitenden Ratlosigkeit folgte eine Durchsage, eine Entschuldigung, ein Sorry – die versöhnende Stimme der Flugbegleiterin. Und alle wieder hoch von den Sitzen, Jacken an, das Handgepäck zusammensammeln, raus aus dem Flieger. *Was wäre, wenn?* Die Leute spekulierten durcheinander. *Wo ist Bagdad?,* fragte ein Kind. *Eine der gefährlichsten Gegenden der Welt*, erklärte ein Mann. Und jemand zeigte auf Stefan und David. *Die beiden haben uns gerettet.*

Gerade noch waren wir die Schuldigen. So schnell kann es gehen.

Jetzt waren sie die Letzten in der Schlange. Langsam schob sie sich Richtung Ausgang, zurück ins Freie, die Treppe hinunter, zurück in den Zubringerbus – einer musste sein Gepäck von weiter hinten holen, der Gang zwischen den Reihen verstopfte –

Bagdad ist eine wunderbare Stadt. Erzählen Sie Ihrem Kind keinen Unsinn! Das war an den Mann – vermutlich der Vater – gerichtet, der seiner Tochter Auskunft über Bagdad gegeben hatte. Und an die Allgemeinheit: Sie werden es nicht glauben, aber man isst dort hervorragend, verkündete der Spaßvogel, der keinerlei Anstalten machte, seinen Sitz zu verlassen. Seine Stimme war tief, hatte ein leichtes Vibrato und trug durch den gesamten Flieger.

Die, die es gehört *und* verstanden hatten, lachten.

Ein unglaubliches Abenteuer hätte uns erwartet, rief er. Und wer hat uns dieses Abenteuer verdorben?, erkundigte er sich lautstark und demonstrativ erbost.

Tatsächlich nickten ein paar in Stefans und Davids Richtung.

Der Spaßvogel streckte und reckte sich, um über die Rückenlehne nach ihnen sehen zu können.

Wir! David hob lachend seine Hand.

Stefan war rot angelaufen, es war ihm unangenehm, im Zentrum der Aufmerksamkeit zu stehen.

Wissen Sie, was das für eine Chance für uns gewesen wäre?, fragte der Spaßvogel. Eine Antwort wartete er nicht ab. Er ließ sich wieder in den Sitz fallen. Auf jeden Fall meinte er, dass es etwas Gutes, etwas Großes bedeutet hätte – konkret wurde er nicht. Stattdessen rief er Richtung Cockpit: Was, wenn wir uns weigern, den Flieger zu verlassen. Leute, was ist?

Wieder lachten ein paar, andere wandten sich ab und machten weiter kleine Schritte vorwärts – es war jetzt genug gespaßt worden.

Weißt du, wer das ist?, flüsterte David, nachdem er den Spaßvogel mit einem Mal erkannt hatte.

Dieser Schauspieler.

Richtig. Stefan war eigentlich nicht der Typ, der so etwas wusste. David staunte.

Die Generation von Davids und Stefans Eltern war mit ihm aufgewachsen. Ein Schauspieler, der seine große Zeit hinter sich und eine Weile als Enfant terrible gegolten hatte. Es folgten ein Absturz, Drogen, Alkohol. Mit ein paar Arthousefilmen, in denen er sich selbst spielte, gedreht von jungen Filmemachern, die seine Enkelkinder hätten sein können, hatte er so etwas wie ein Comeback gefeiert. Aber auch das war schon wieder ein paar Jahre her. Das alles wusste David aus der Boulevardzeitung, die er regelmäßig las, auch dass er nahe Marrakesch ein Haus besaß. Aber wie heißt der nur? Immer mehr Details kamen David über diesen Schauspieler in den Sinn – dass er einen Erwachsenen adoptiert, warum auch immer einen langwierigen Prozess am Hals gehabt hatte, nur sein Name fiel ihm nicht ein.

Als sie an dem Schauspieler vorbeizogen, saß der immer noch in seinem Sitz. Sein Blick ging ins Leere, seine

Finger trommelten auf seinen Oberschenkeln, als würde er auf einem Klavier einen Ragtime spielen.

Zum zweiten Mal stiegen sie eine Treppe zu einem Flieger hoch. Von den Zeitungen, die am Eingang zur freien Entnahme lagen, nahm David je ein Exemplar. Der Steward lächelte professionell freundlich, fand aber wohl, dass ein, zwei Titel genügt hätten. Die Leute hinter ihnen beschäftigte immer noch das Was-wäre-Wenn. Am Weg zu ihren Sitzen wurden David und Stefan angestarrt. Die anderen Passagiere mussten doch wissen, dass es Zufall gewesen war. Dass sie zufällig die Sitze in einer Reihe hatten, die es dort nicht gegeben hatte. Menschen wollen Helden, war eine von Xavers Maximen. Und die, die zu Helden ernannt werden, haben sich verdammt noch einmal auch als solche zu benehmen.

David streckte den Rücken durch. Stefan zwängte sich als Erster in ihre Sitzreihe. Als der Schauspieler als Letzter durch die Tür kam, sagte Stefan: Da ist er ja. Erleichtert, als wären sie für ihre falschen Tickets tatsächlich selbst verantwortlich und somit auch für alles andere hier.

Aber weißt du, wie der heißt?

Oskar Ralph, sagte Stefan, ohne nachdenken zu müssen.

Natürlich. Oskar Ralph. Warum bin ich nicht längst selbst daraufgekommen? David schnallte sich an.

Die Tür wurde geschlossen. Die Sicherheitshinweise durchgegeben. Das Flugzeug startete.

Als sie die Wolkendecke durchstießen und gleißendes Licht zum Fenster hereinfiel, war Stefan bereits eingeschlafen. David beugte sich über ihn, er roch Stefans süßlichen Atem, zog die Blendklappe herunter, ließ sich zurück in seinen Sitz fallen und blätterte die Zeitungen durch.

Zum ersten Mal sah er die Gesichter der beiden Ermordeten und las ihre Namen: *Svea* und *Inka*. Svea hatte für das Foto ihre blonden Locken in den Nacken geworfen. Inkas Pagenkopf machte sie zum Mitglied einer 70er-Jahre-Disco-Band. Sie setzten sich in Szene, wie junge Menschen das für Fotos machen, die sie auf Social-Media-Plattformen posten – unscharfe Bilder, als hätte man sie von einem Bildschirm abfotografiert. Zwei fröhliche Mädchen, die ihre Schulzeit gemeinsam verbracht hatten und seit zwei Jahren die Universität in Kopenhagen besuchten. Nirgendwo stand, an welcher Fakultät sie studiert hatten. Jus? Medizin? Volkskunde? Sprachen? Literatur? Wäre doch interessant gewesen! Aber in jedem Artikel wurde bloß angemerkt, dass die marokkanischen Behörden bei der Suche nach den Tätern Hilfe aus dem Ausland bisher verweigerten. Zwischen den Zeilen stand: Die haben etwas zu verbergen. Wahrscheinlich stimmte das sogar. Aber es muss noch viel mehr geben, das interessant sein könnte, dachte David, von dem aber nirgendwo etwas zu lesen ist. Über das nie gesprochen wurde, nicht einmal nachgedacht. Hatte Peter mit seinen Vermutungen, dass *uns allen* das Entscheidende vorenthalten wurde, doch recht gehabt?

Das Kabinenpersonal trug Essen auf. David stopfte das Papier in das Netz am Vordersitz und öffnete den Karton mit dem Hühnerfilet in Tomatensoße. Das Essen für Stefan lehnte er ab, Stefan aß diesen *Flugzeugfraß* nie. Das war für ihn eine Stilfrage. Reiste er beruflich, reiste er ohnehin Business. Selbst da verweigerte er das Menü. Zum Essen kam diesmal aber auch David nicht. Wegen plötzlich zu erwartender Turbulenzen über dem Mittelmeer wurde der ganze Trash flink wieder abserviert und in großen Plastiksäcken versenkt.

Immerhin sitzen wir im richtigen Flieger.

David schloss die Augen, wartete auf das angekündigte Schütteln und Rütteln und dachte: Aber *was wäre gesche-*

hen, wenn – wenn sie tatsächlich mit Oskar Ralph und all den anderen im Irak gelandet wären?

Nun, dann wäre David ein paar Tage später nicht am Ufer des Flusses Ourika gestanden. Er wäre nicht dort gestanden, wo ihm das Gras bis über die Knie reichte. Wo seit Jahrhunderten das klare Wasser Steine abschürfte. Am gegenüberliegenden Ufer Ziegen das harte Zeug knabberten, das dort wuchs. Ein paar der Tiere machten ihre Hälse lang und tranken aus dem Fluss. Ein Mädchen, vielleicht sechs, sieben Jahre alt, hockte bei ihnen am Wasser. Seine dunklen Haare waren zu einem festen Zopf gebunden. Die Spitze des Zopfs berührte den Boden. Die Hände des Mädchens lagen flach auf seinen Schenkeln. Mit großen Augen stierte es zu ihm herüber. Auf Davids Armen landeten Mücken. Er hätte am liebsten um sich geschlagen. Tat es nicht. Er hatte Durst und würde sich am liebsten wie die Ziegen zum Wasser hinunterbücken. Tat es nicht. Natürlich nicht, das wäre Wahnsinn. Pest und Cholera. Stefan hätte nicht *David! David!* aus der Ferne gerufen. David hätte an dieser Stelle nicht tief durchgeatmet, und er hätte sich nicht gesagt: Nein, ich schäme mich nicht, impulsiv reagiert zu haben. Dass ihr Fahrer und Stefan sich zum wiederholten Male einig gewesen waren, hätte ihn nicht tierisch genervt. Sie wären ihrem Fahrer überhaupt nie begegnet. David hätte seinem Ärger nicht Luft machen wollen. Er wäre nicht zum Fluss hinuntergelaufen.

3

Die Turbulenzen waren dann doch nicht der Rede wert gewesen, und Stefan wachte erst auf, als die Stewardess die Landung am Flughafen Marrakesch-Menara ankündigte.

Der Flieger durchstieß die Kumuluswolken, und Nebelfetzen sausten vor den Fenstern vorbei.

Nachdem die Maschine sanft aufgesetzt hatte, die Türen geöffnet waren und sie endlich an der Reihe zum Aussteigen waren, trat David vor Stefan ins Freie. Er ließ sich von der warmen, trockenen Luft umarmen, blickte auf den Asphalt der Landebahn hinüber, sah den Abrieb der Gummireifen Hunderter Flugzeuge, eine wilde Grafik, ein Kunstwerk –

Mohamed und sein Wagen waren erst für den nächsten Tag gebucht. Also nahmen sie abermals ein Taxi, das Erstgereihte in der Schlange vor dem Airport. Der Taxifahrer, mit weit vorstehenden Backenknochen und grauen Locken, fuhr los, ohne wirklich auf den Ausdruck geschaut zu haben, den Stefan ihm hingehalten hatte – als gäbe es für Touristen in dieser Stadt ohnehin nur *ein* mögliches Ziel.

Die mehrspurige Straße führte schnurstracks bis zum Zentrumsring, links und rechts begleitet von aufwendig bepflanzten Blumenrabatten, die von einer Staubschicht überzogen waren und trotzdem leuchteten. Dahinter ein glitzernder Stacheldrahtzaun, und hinter dem Zaun, kilometerlang, Lagerhallen, Wohnbauten, fertige und solche, die niemals fertig werden würden.

Stefan und David klebten an den Fenstern.

Der Mittagsverkehr am Altstadtring nahm sie auf, der Taxifahrer verließ ihn nahe der Hauptmoschee wieder, fuhr an einem Park vorbei, wo zur Mittagszeit eine Menge Menschen in den Schatten weit ausgreifender Zedern lagerten.

Schau!, sagte Stefan – ohne weiteren Kommentar.

David drehte sich zu ihm hin.

An einem verrosteten Klettergerüst turnten ein paar jugendliche Sportler, machten stoisch Klimmzüge. Ihre Muskeln schwollen an, und sie ließen sich von einer Gruppe Mädchen bewundern.

Ein anderes Land, aber keine vollkommen fremde Welt zog an ihnen vorbei.

Mehrere Busse verstopften die Straße. Polizeisirenen heulten. Der Taxameter zählte gleichmäßig nach oben. Vorsorglich hatte Stefan bereits am Flughafen einen Fixtarif vereinbart und würde sicher nicht bereit sein, mehr als den ausgemachten Betrag zu bezahlen. Als hätte auch der Taxifahrer sich gerade daran erinnert, scherte er plötzlich nach rechts aus, überholte mit zwei Rädern am unbefestigten Straßenrand, bei der nächstbesten Möglichkeit bog er ab, kurvte eine Weile kreuz und quer und hielt schließlich in der Nähe eines Stadttores, hinter dem die Medina lag.

Aus dem Schatten der Mauer sprang ein Junge mit großen leuchtenden Augen auf sie zu, einer der vielen, die dort herumlungerten. Es gab keinen Streit, keine Drängelei, *er* war an der Reihe.

Der Junge, dreizehn, maximal vierzehn, zerrte mit seinen dünnen Armen ihr Gepäck aus dem Kofferraum, ließ es auf eine Sackkarre plumpsen, fixierte die Koffer mit einer Schnur, dann sah er sie zum ersten Mal an. *Und? Wohin damit?* Stefan zeigte erneut den Ausdruck der Buchung, womit der Junge nichts anzufangen wusste. Also zog Stefan einen zweiten Ausdruck mit dem Stadtplan hervor. Wieder starrte der Junge eine Weile orientierungslos auf das Papier, wandte sich nach einer Weile hilfesuchend an den Taxifahrer, der sich daraufhin auch über das Blatt beugte, den Kopf schüttelte, etwas über die Straße rief. Die anderen kamen jetzt doch herbei, nahmen sich gegenseitig den Zettel aus der Hand, bis einer einen Einfall zu haben schien. Er richtete sich auf, redete wild gestikulierend, die anderen verstummten, hörten ihm zu, versuchten nachzuvollziehen, nickten, waren sich uneinig, dann einig, schlugen sich auf die Schultern, lachten. Plaudernd verstreuten sie sich, überließen den Auftrag wieder ganz dem einen. Der Junge grinste und zeigte dabei mehrere Zahnlücken.

Das Riad lag nahe am Stadttor, in unmittelbarer Nähe eines laut Stefan berühmten Hamams, es war das letzte Haus in einer schmalen, menschenleeren Sackgasse, die vom Hauptweg abführte, zweimal scharf ums Eck bog und mit abgetretenen Steinplatten gepflastert war.

Eine Mitfünfzigerin öffnete das schwere Holztor. Elodie war Französin, mit rot gefärbten schulterlangen Haaren, schlank, good in shape, hätte Donald Trump gesagt, hätte es sich um die Frau des französischen Präsidenten gehandelt. David fand, Elodie und Brigitte Macron hatten tatsächlich gewisse Ähnlichkeiten.

Nice to meet you! Ihre Stimme perlte ohne besondere Höhen und Tiefen vor sich hin.

Der Junge lieferte das Gepäck bis in den Hof. Stefan gab ihm ein paar Scheine. Im Rückwärtsgang, wobei er die Sackkarre hinter seinem Rücken vor sich herschob, rief der Gepäckträger am halben Weg zum Tor Elodie etwas zu. Elodie schüttelte den Kopf und gab eine unwirsche Antwort. Als er das Tor krachend zufallen ließ, fluchte sie. Dann wandte sie sich wieder ihren Gästen zu.

Sorry, take a seat! But these kids make me crazy.

What did he want?, fragte Stefan.

Nothing!

David ergänzte sein Bild von Elodie: Sie hatte gelernt, vielleicht ja mühsam gelernt, weil es nicht ihrer Natur entsprach, weil Herbergswirtin nicht von Anfang an ihre Berufung gewesen war und weil sie immer wieder denselben Fehler begangen hatte, aber irgendwann hatte sie es doch kapiert: Er ist unklug, sich Gästen anzuvertrauen.

Im Hof spritzte ein Springbrunnen klares Wasser in ein bemoostes Becken. Darüber hing ein fast blickdichtes Dach aus fleischigen herzförmigen Blättern. David und Stefan setzten sich nebeneinander auf eine Steinbank. Ihre Kühle zog durch den Hosenstoff bis auf die Haut der Oberschenkel. Und plötzlich fühlte David diese unbestimmte Traurigkeit, die ihn an Tagen, an denen er aus dem Bett musste, bevor die Sonne aufgegangen war, bis zum Abend nicht mehr so richtig losließ.

Gefällt es dir?, fragte Stefan, der das Quartier ausgesucht hatte.

Langsam ließ David seinen Blick schweifen. Neben der Steintreppe, die in die oberen Etagen führte, entdeckte er einen Stamm, nicht dicker als der dünne Arm des Gepäckträgers, der zu seinem Erstaunen ganz alleine das schützende Grün entwickelt hatte.

Elodie servierte Tee. Stefan nickte, rührte ihn aber nicht an. David nippte ein wenig und schmeckte die klebrige Süße, die ihn augenblicklich mit einem wohltuenden Energieschub versorgte.

It is terrible, of course. But it's their own fault. You just have to know what you are getting into and what not.

Erst verstanden David und Stefan nicht, wovon Elodie redete.

These two girls. Bitches! Sie setzte sich ihnen gegenüber, schob sich eine dünne weiße Zigarette zischen ihre roten Lippen und steckte sie an.

Stefan sah auf seine Fußspitze.

What?, fragte Elodie nach drei Zügen.

You mean these two girls from Denmark?, erkundigte David sich höflich, achtete aber darauf, kein übermäßiges Interesse zu zeigen.

Yes. Elodie hatte ihre Meinung deponiert, damit war sie zufrieden und stand ruckartig auf. Just a moment!

Für einen Augenblick verschwand sie in der Dunkelheit eines ebenerdigen Raumes und kehrte mit einem iPad zurück, checkte die Reservierung.

Ah, okay, sagte sie bedeutungsvoll und sah kurz zu David und Stefan auf, als könnte sie nicht recht glauben, was sie da las. You booked the room on this gay platform. No problem. Dann stutzte sie erneut. One night? Only one night?, fragte sie, jetzt mit deutlichem Vorwurf in der Stimme.

Stefan erklärte, sie hätten diese eine Nacht gebucht, ja, aber auch eine zweite, wenn sie von ihrer Tour zurückkämen, in sieben Tagen, die Nacht vor ihrem Rückflug.

Then you get the room over there! Elodie zeigte auf die Tür neben ihren Privaträumen.

Schwer einzuschätzen, ob es eine gute Wahl war oder ob sie gerade abgestraft worden waren.

Bevor sie das Zimmer beziehen durften, wollte Elodie noch wissen, was David und Stefan vorhätten. Stefan erzählte von den Filmstudios, der Wüste und –

Sie unterbrach ihn: You already booked a camel tour?

Yes. Stefan nickte. Of course!, sagte er, als hätte die Frage an sich etwas Beleidigendes.

Elodie nahm eine Broschüre vom Tisch, in der Wüstentouren auf Kamelen angeboten wurden, und streckte sie ihnen hin. Friends of mine.

Weder David noch Stefan griffen danach.

If you booked a tour on a fake site, forget the money and call this number. Sie streckte den Arm weiter aus. Aus reiner Höflichkeit nahm Stefan jetzt doch den Prospekt. Elodie ließ sich mit einem Seufzer zurück in den Sitz sinken und erklärte, dass es Breakfast auf dem Dach gäbe, und als hätte das unmittelbar mit dem Frühstück zu tun: I started a new life, ten years ago. After breaking up with my husband.

Und David bastelte weiter an der Vorstellung, die er sich von Elodies Leben machte: Besagter *Husband* war ein fetter Franzose, den es von einem Tag zum anderen plötzlich geekelt hatte, diese rot geschminkten Lippen zu küssen, ein schmieriger Typ mit einer Menge Kohle, die er durch beste Verbindungen in höchste Politikkreise quasi endlos hatte anhäufen können, schließlich kamen Affären mit jüngeren Frauen hinzu, schlussendlich die Scheidung, Elodie bekam einen Haufen Geld hinterhergeworfen, nur damit sie abhaute. Und weil sie als Teenager einmal in Marrakesch gewesen war und damals *totale Freiheit* empfunden hatte, dachte David, kaufte sie dieses Riad, um an ihr erinnertes Gefühl anknüpfen. Natürlich hatte sie es nicht wirklich nötig zu vermieten, aber irgendeiner Beschäftigung musste sie ja nachgehen, und als Geschäftsfrau, was sie als Hotelbetreiberin war, verdiente sie sich den Respekt arabischer Männer, junger arabischer Männer, Männer im Alter ihres Sohnes – ach ja, den hatte David bisher übersehen –, der seine Mutter genauso verachtete wie sein Vater. Wie auch immer, interessanter sind ohnehin die arabischen Männer –

Mein Hirn ist voller furchtbarer Klischees, stöhnte David, nachdem sie das Gepäck aufgehoben hatten und den Hof überquerten.

Yes. Stefan lachte, ohne wissen zu wollen, was David soeben durch den Kopf gegangen war. Weil du dir ständig diese Netflix-Serien ansiehst.

Sie betraten das Zimmer. Das einzige Fenster ging zum Hof hinaus. Neben dem Bett brannte eine Funsel in einem ovalen Metallschirm mit eingestanzten Löchern. Lichtpunkte waren über den Mauern verstreut.

Ein Sternenhimmel.

Fünf Ziele hatte Stefan für diesen Nachmittag eingeplant. Die älteste Moschee der Stadt, nicht die größte, mit ihren berühmten Mosaiken aus dem vierzehnten Jahrhundert, ein archäologisches Museum, in dem die Rekonstruktion eines mittelalterlichen Stadthauses zu besichtigen war, den Gewürzmarkt, eine Schautöpferei und schließlich den Djemaa el Fna, den Platz der Gehenkten, den zentralen Platz mit seinen Verkaufsständen, Cafés, Restaurants, Schlangenbeschwörern, Hütchenspielern und Flammenschluckern, seinem wabernden Lärm.

Sich lieber einfach treiben lassen, hatte sich David gewünscht, um anzukommen, die Seele nachreisen zu lassen –

Die Seele nachreisen lassen?

Und dann sich an Tempo, Lautstärke, Gerüche, die vielen Menschen, das Geschrei, die Farben, das Überangebot an Ramsch zu gewöhnen, mit dem die Händler die Touristen bedrängten.

Aber Stefan meinte, sie hätten weder am nächsten Morgen noch am Tag ihrer Rückkehr genügend Zeit für die wichtigsten Sehenswürdigkeiten. Also zogen sie an den Verkaufsständen vorbei, nur selten schien etwas Wert zu haben, die orientalischen Teppiche vielleicht, oder diese grün glasierten Töpferwaren? Vielleicht aber war alles einfach Zeug *ohne* Wert.

Zum ersten Mal hielten David und Stefan vor einem Laden voller Lampen, die jener im Zimmer ihrer Unterkunft glichen. Der Verkäufer kam auf David zu, bedrängte ihn mit Zahlen, vermutlich Preisen, auf Französisch und Englisch. David schüttelte immer wieder den Kopf. Der Händler ließ nicht locker. Schließlich stürmte David zurück ins Freie, die Händlerklette neben ihm her. David holte tief Luft: Stop it! Der arme Mann zuckte zusammen, als wäre ohne ersichtlichen Grund aus einem Spiel plötzlich tödlicher Ernst geworden. David atmete mehrmals tief durch, dann sah er sich nach Stefan um.

Stefan hatte vor dem Laden auf ihn warten wollen. Jetzt war er nirgends zu sehen. David drehte sich im Kreis, schließlich entdeckte er ihn etwas abseits und mit einem verzweifelten Blick auf sein Handy. Stefan hatte die Orientierung verloren. Das Wegenetz auf dem Display richtete sich immer wieder aufs Neue aus.

Sollen wir nicht erst einmal dorthin? David zeigte auf ein Schild mit dem Namen des Platzes der Gehenkten, das schief an einer Hausmauer zwischen einem Stoffgeschäft und einer Tischlerei hing, aber in eine eindeutige Richtung zeigte.

Das ist aber nicht, wo wir hinwollen, wandte Stefan ein.

Trinken wir dort einen Tee und schauen in aller Ruhe weiter.

Jemand rempelte Stefan von hinten an und sein Telefon fiel zu Boden. Er fluchte, bückte sich.

Sorry. I am so sorry!

Nein. Nichts passiert. Ist gut! Everything is okay!

Der Rempler zog achselzuckend weiter.

Okay, ja, gut, gab Stefan nach. Erst einmal einen Tee.

Auf dem Weg zum Djemaa el Fna kamen sie zufällig am Gewürzmarkt vorbei. Die Händler hockten zwischen ihren einen halben Meter hohen Kegeln, satte Farben wie in einem Malkasten für Kinder, Gelb, Rot, Grün, Braun. Jeder hatte eine Waage mit Gewichten vor sich.

Stefan wollte Fotos machen, *die Stimmung einfangen*, wie er sagte.

Mit leicht gegrätschten Beinen fixierte er einen der Händler, einen alten Mann mit gegerbter Haut, bat ihn, etwas von dem tiefroten Pulver auf die eine Waagschale zu schaufeln und Gewichte in die andere zu legen. Brav führte der Mann mit sicherer Hand aus, was von ihm verlangt wurde. Von einem anderen Verkaufsstand näherten sich zwei neugierige Mädchen. Kaum hatten sie Stefans Aufmerksamkeit, begannen sie zu posieren. Stefan schoss ein paar schnelle Bilder, dann fixierte er die zwei über die Kamera hinweg. Unter Stefans Blick ordneten die Kinder ihre Gliedmaßen, alles Gespielte, alles Affektierte verschwand aus ihren Körpern. Zufrieden sah Stefan wieder durch den Sucher. Auf den Gesichtern der Kinder entfaltete sich ein herzerfrischendes Lachen. Stefan drückte ab, sah zu den Kindern und strahlte.

Der Mann mit dem magischen Blick.

Später, in einem Lokal am Djemaa el Fna – sie hatten doch noch zur Moschee und der Schautöpferei gefunden, das Museum hatte, dem Himmel sei Dank, geschlossen – war es bereits fortgeschrittener Nachmittag.

Mehr oder weniger nur das Nötigste – Organisatorisches – war besprochen worden, seit David und Stefan in Marrakesch gelandet waren. Aber so ist das immer, egal ob auf einer gemeinsamen Reise oder zu Beginn einer Affäre: Obwohl man zu zweit ist, ist man am Anfang auf sich alleine gestellt, alleine mit den neuen Verhältnissen, alleine mit der neuen Umgebung beschäftigt, man weiß nicht, ob der andere sieht, was man selbst sieht, die Gefühle vermischen sich nicht –

Und so tat jeder seins.

Stefan klickte die Bilder durch, ab und zu nickte er zufrieden, manchmal drückte er die Löschtaste. Die Fotos, die seinem strengen Blick standhielten, lud er auf einer Plattform für semiprofessionelle Fotografen hoch, wo er mehr als dreitausend Follower hatte – nur ein Bruchteil davon likte Stefans Bilder, aber das ist auch nicht das Entscheidende, hatte Stefan David einmal erklärt. Das Entscheidende ist es, zu einer Community zu gehören, die *eine* Sache miteinander teilt.

Und warum fühlst du dich dann nicht der Schwulencommunity zugehörig?, hatte David wissen wollen.

Weil ich nicht das Gefühl habe, mit denen etwas zu teilen, außer mein Begehren – und mein Begehren ist keine *Sache*. David hatte über diese Logik lachen müssen.

Aber auch David war nie auf eine Prideparade gegangen, hatte seine Bücher nicht in schwulen Buchhandlungen gekauft oder Wert darauf gelegt, in *gayfriendly hotels* abzusteigen. Er hatte sich immer nur für Schwulenlokale und ihre Darkrooms und Cruisingareas in städtischen Parks interessiert, um dort auf die Jagd zu gehen –

David loggte sich ebenfalls in das WLAN ein, schielte zur Nachmittagssonne hoch, verrückte seinen Stuhl, scheinbar, um nicht geblendet zu werden, in Wahrheit, um den Bildschirm seines Tablets aus Stefans Blickfeld zu nehmen.

Neue Fotos der beiden Däninnen waren online. Qualitativ besser als jene, die David im Flieger in den Zeitungen gesehen hatte. Zum ersten Mal las er den Namen des Ortes, in dessen Nähe die Morde passiert waren: Imhil, ein Touristenort im Hohen Atlas, ein paar Hundert Einwohner, bekannt für eine Schlucht und den Wasserfall. In Imhil starteten geführte Trekkingtouren ins Gebirge. Mittlerweile galt es als sicher, dass Svea und Inka leichtsinnigerweise ohne Führer unterwegs gewesen waren. Am Nachmittag aufgebrochen, hatten sie den Weg flussaufwärts genommen. Hatten sie am Wasserfall eine Pause gemacht und dem Rauschen zugehört? Hatten sie Fotos geschossen oder Clips gedreht? Bei den Toten waren keine Mobiltelefone gefunden worden. Was aber nicht heißen musste, dass es ein Raubmord gewesen war. Nach etwa fünf Stunden Fußmarsch hatten sie einen Platz mit traumhaft schöner Aussicht erreicht, ein windgeschützter Rücksprung in einer steilen Felswand, der aber keine besondere Trittfestigkeit verlangt, rekonstruierte eine englischsprachige Seite. Die Stelle galt als Geheimtipp. Jemand muss sie ihnen verraten haben. Vielleicht war das eine erste Spur. Eine Spur zu den Tätern gab es nämlich immer noch nicht. Im Zusammenhang mit dem Video wurde in mehreren Artikeln ein Terrorexperte zitiert, der die Bilder als dilettantisch bezeichnete, was gegen eine der bekannten Terrororganisationen sprach, die üblicherweise Wert auf eine eigene Handschrift legten. Und es kursierte immer noch im Netz, las David, obwohl es von den Betreibern fast aller gängigen Plattformen gelöscht worden war. Die Foren unter den Artikeln füllten sich mit antimuslimischen Tiraden, aber auch erstaunlich vielen Posts, die in dasselbe Horn wie Elodie stießen und unverblümt den beiden Mädchen Schuld gaben, dass sie ermordet worden waren. *Unvernünftig, provozierend, total bescheuert, als Mädchen in einem Kopftuchland ohne Begleitung unterwegs zu sein. Schlampen!*

Ich hab was, verkündete Stefan plötzlich. Wird dir gefallen. Es liegt auf halbem Weg von hier aus zu unserem Riad.

David blickte auf und machte die Augen klein. Noch eine Sehenswürdigkeit?

Ein Restaurant.

David schenkte Stefan ein dankbares Lächeln.

Stefan nuschelte oder sprach absichtlich undeutlich: Nomad.

Was?

No-mad. So heißt das Lokal. Das passt doch zu dir. Du bist doch auch ein Nomade, erklärte Stefan grinsend.

David sah ihn verständnislos an. Wieso sagst du das?

Du bist doch immer von einem Mann zum anderen gezogen.

David tat gekränkt. Obwohl es der Wahrheit entsprach. Aber er hatte Stefan bisher nie vom gesamten Ausmaß seines Nomadentums erzählt.

Stefan zuckte mit den Schultern. Oder hast du was anderes?

Nein, nein. David schüttelte den Kopf.

Was suchst du dann?

Ich lese nur. Mails. Unwichtiges. Nachrichten von zu Hause, antwortete David rasch. Es ist verrückt. Wir sind erst heute angekommen, aber schon hat gefühlt nichts, was dort geschieht, etwas mit uns zu tun. Er schwadronierte noch eine Weile über das Relative von Zeit und Ort, dann sah David Stefan direkt an und verkündete, als gäbe es keine Zweifel, dass da ein zwingender Zusammenhang herrschte: *Genau deshalb* würde ich dich jetzt gerne küssen.

Stefan konnte diesen Zusammenhang natürlich nicht erkennen: Was hat das eine mit dem anderen zu tun?

Es gab diesen Zusammenhang auch nicht. *Du bist ein Nomade* hatte ihn durcheinandergebracht. David musste sich eingestehen: Stefan küssen zu wollen war der Versuch gewesen, einen Themenwechsel herbeizuführen.

Mitten auf dem Djemaa el Fna? Stefan warf einen Blick über den Platz. Die hängen uns. Er lachte.

David lachte auch.

Später kriegst du deinen Kuss.

Okay. David nickte. Ich komme darauf zurück.

Die Sonne stand schon tief. Touristen strömten aus den engen Gassen der Medina, um sich auf Holzbänken niederzulassen, um Speisen zu verzehren, die von Gasöfen stammten, die am Morgen wieder verschwunden waren, um Verkaufsständen für frisches Obst und Gemüse Platz zu machen.

Und weißt du, was das Beste ist?, fragte Stefan, als hätte es die gesamte Kussdiskussion nicht gegeben.

Woran?

Am Nomad.

Sag es mir!

Alkohol. Stefan klatschte in die Hände. Sie schenken Alkohol aus. Bist du begeistert?

Die Tische im Nomad standen dicht gedrängt auf drei Dachterrassen unterschiedlichen Niveaus. Über den Köpfen der Gäste baumelten an kreuz und quer gespannten Drähten Laternen. Der Beton strahlte die untertags gespeicherte Wärme ab. Auf den ersten Blick waren alle Tische besetzt. Aber sie wären niemals hierhergegangen, hätte Stefan nicht online vorreserviert. Ein Paar an einem der Tische an der Brüstung musste für sie aufstehen. Stefan nickte zufrieden.

Von hier hatten sie freien Blick auf den beleuchteten Turm der Hauptmoschee, an der sie bereits am Vormittag mit dem Taxi vorbeigefahren waren.

Stell dir vor, wir wären jetzt in Bagdad. Stefan schien erleichtert, als hätte es tatsächlich anders kommen können.

Vermutlich würde man Raketeneinschläge hören, sagte David.

Einen Augenblick lauschten sie auf das Brummen unter ihnen. Es war alles dabei, was in einer Großstadt dazugehörte: Autos, Sirenen, Gebell, Stimmen und unzählige nicht identifizierbare Geräusche – aber keine Bomben und Granaten.

Sie bestellten eine Gemüse-Tajine und eine Flasche chilenischen Chardonnay und äußerten sich über das sinnlose Transportieren von Gütern quer über den Globus. Im Grunde war es ihnen aber egal.

Der Wein und das Essen wurden gebracht.

Und? David hatte sich die Frage für einen Moment wie diesen aufgehoben. Auch wenn er das Zuhause damit jetzt doch hierher verschleppte: Bist du einen Schritt weitergekommen?

Stefan nickte. Er wusste, was David meinte, wog dann aber doch den Kopf, als könnte er nicht genau einschätzen, wie sein gestriges Gespräch, für das er sich am Morgen Anzug und Krawatte angezogen hatte, ausgegangen war.

Wenn alles so kommt, sagte er schließlich. Darüber wollte ich ohnehin mit dir reden, aber vielleicht passt das jetzt nicht.

Doch, doch! Warum soll es nicht passen? David wollte diese offene Frage unbedingt besprechen, als könnten sie erst dann *gemeinsam* hier ankommen, sich erst dann zusammen auf das Land einlassen.

Stefan streckte den Rücken durch. Also, es kann sein – er zögerte nochmals, dann breitete er die Arme aus, als wäre es beim besten Willen nicht seine Schuld: Sie wollen mich in Norwegen haben.

Norwegen?, fragte David verwirrt, als hätte er sich verhört, als hätte Stefan nach der Ermordung der beiden Mädchen gar nichts anderes als *Dänemark* sagen können.

Oslo, ja. Ich wäre für den ganzen skandinavischen Markt zuständig, nicht gleich und für maximal fünf Jahre. Natürlich will ich nicht den Rest meines Lebens da oben verbringen, fügte Stefan hinzu, als wollte er dem Eisberg zumindest seine Spitze nehmen. Du sagst nichts? Stefan schnaufte. Ich müsste hochziehen, schon klar –

Doch, unterbrach David, fände ich super. Und tatsächlich versetzte ihn bereits das Wenige, das er über Stefans Aussicht zu diesem Zeitpunkt wusste, zu seinem eigenen Erstaunen in eine unerwartete Euphorie. Ich meine, wenn ich mitkommen darf, fügte David hinzu. Für mich würde sich ja nicht viel ändern, reise ich eben von Oslo aus – wohin auch immer –, um zu arbeiten. Er lachte etwas gekünstelt.

Ja, ich wusste eben nicht! Stefans Oberlippe zitterte. Ich hatte diesen Gedanken auch. Aber ich wusste nicht –. Schön, dass du es sagst.

Nein, wunderbar, unterbrach David ihn.

Wunderbar, echote Stefan. Aber ich konnte mir ja nicht sicher sein, ob du es genau so sehen würdest. Er legte den

Kopf schief. Ob du mitkommen darfst? Was soll das? Weißt du das nicht?

Mitkommen in ein anderes Land, in ein Land, dessen Sprache David nicht verstand, freilich, seine Treffen mit Xaver, seine Reisen zu den Theatern würden komplizierter werden, aber David war in diesem Augenblick froh, trotz aller möglichen Nachteile, die ihm einfielen – was würde er mit seiner Wohnung machen, zum Beispiel? Jemand anderem die Aussicht überlassen, die Vogelschwärme vorm Fenster, die er so gerne beobachtete? Gleichzeitig war David, als würde sich eine Tür öffnen, eine völlig neue ungeahnte Möglichkeit auftun, eine Perspektive, an die er noch nie gedacht hatte. Stefans Nachricht war des Rätsels Lösung ... Aber welches Rätsel? David schwirrte der Verstand. So viel ging ihm durch den Kopf. Er schwirrte auch vom Alkohol. Ich finde das großartig, ehrlich, sagte er leise.

Und wie am Abend vor ihrer Abreise war es auch jetzt für ein paar unsichere Sekunden so zwischen ihnen, als stünde plötzlich alles, was zwischen ihnen war, auf dem Spiel, als könnte in diesem Moment etwas für immer zerbrechen.

Aber dann hob Stefan das Glas und rief: He, das macht mich total glücklich. Und es ist ja alles noch gar nicht hundertprozentig fix, und wenn es dazu kommen sollte, dann frühestens im Januar übernächsten Jahres.

In über einem Jahr erst? Damit Stefan ihm seine Enttäuschung nicht anmerken konnte, von der David nicht einmal wusste, ob sie echt war, hob auch David sein Glas. Sie stießen an. Die Gläser klirrten fröhlicher, als Davids Stimmung in diesem Moment war.

Und du? Was beschäftigt dich?

David fühlte sich ertappt. Sollte Stefan doch mitgekriegt haben, was er in dem Lokal am Djemaa el Fna gelesen hatte? Eher nicht – die Frage war zu unbedarft gekommen. Trotzdem überlegte er einen Augenblick lang, über die tote

Inka und die tote Svea, über die beiden toten Däninnen zu sprechen. Aber er würde möglicherweise bloß erneut eine Diskussion über die Gefahren ihrer Reise vom Zaun brechen. Und da war ja auch noch eine glaubhafte Alternative – das Stück dieses jungen Autors.

Ich kapier es einfach nicht, sagte David. Und Xaver faselt auch nur davon, dass er es für einen relevanten Text hält, ohne sagen zu können warum.

Worum geht es denn?, wollte Stefan ohne großen Eifer wissen. Im Unterton: *Ich* verstehe zwar nichts davon –

Wenn ich dir das sagen könnte, antwortete David. Aber in einem Punkt hat Xaver tatsächlich recht, wenn man es laut liest, hat es einen ganz guten Rhythmus.

Vielleicht ist es mehr wie Musik, schlug Stefan vor.

Musik – das heißt es dann immer, wenn etwas ohne Sinn und Verstand ist. David ärgerte sich, davon angefangen zu haben. Egal, reden wir von etwas anderem.

Lerne ich deinen Xaver eigentlich mal kennen? Stefan lächelte verschmitzt.

Wenn du im Februar zur Premiere kommst, mache ich euch bekannt, sagte David schnell, *zu* schnell, als dass Stefan es als Vorfreude auffassen könnte. Könnte mir vorstellen, dass ihr euch versteht, sagte er, ohne sicheres Gefühl dafür, ob das auch stimmte.

Stefan wollte das genaue Datum wissen. David nannte es, und er trug es sofort in seinen Kalender ein. Da steht noch nichts drinnen. Machen wir!

Damit ist es entschieden, dachte David.

Die Vorstellung, sie würden auf der Premierenfeier zu dritt zusammenstehen und Xaver würde in Stefans Gegenwart ausplaudern, was vor ein paar Monaten in New York geschehen war, bereitete David allerdings plötzlich Unbehagen – warum auch immer Xaver das tun sollte, nachdem er es nie wieder erwähnt hatte.

Woran denkst du?, fuhr Stefan dazwischen.

Er musste Xaver erklären, dass er mit Stefan nie darüber gesprochen hatte. *Oder* Stefan von New York erzählen.

Entschieden sieht anders aus, musste David sich selbst zugeben.

He, vergiss dieses blöde Stück für ein paar Tage, und wenn wir heimkommen, wird dir schon was einfallen, schlug Stefan vor und legte seine Hand auf den Tisch, als würde er wollen, dass David nach ihr griff, was aber in der Öffentlichkeit kein ernst gemeintes Angebot sein konnte.

Ab jetzt Freizeit. Versprochen?

Versprochen.

Sie stießen nochmals an und David trank in einem Zug das Glas leer.

Und selbst wenn er Stefan von New York erzählen würde, müsste er ihm ja nichts davon erzählen, wie er mitten in der Nacht, betrunken aus dem Hotelzimmer hinaus auf die Straßen gestürzt, dort herumgeirrt war und sich beim besten Willen nicht mehr daran erinnern konnte, wie er ins Hotel zurückgefunden hatte. Aber er hatte. Und am nächsten Morgen waren sie abgereist, als wäre nichts geschehen. Sie hatten einfach weitergemacht wie davor –

Der Kellner trat an den Tisch und schenkte nach. Der Vollmond stand am Himmel. Es sah aus, als hätte die Spitze der Moschee ihn aufgespießt.

Eine halbe Stunde später torkelten sie durch die fast menschenleeren Straßen zurück zu ihrem Riad. Die Händler hatten ihre Ware verräumt, die Rollläden waren heruntergelassen, es war ohnehin schwer, sich in dieser Stadt zu orientieren, aber unter den neuen Bedingungen war es noch schwerer. Nichts erinnerte sie an etwas, das sie schon gesehen oder zu sehen geglaubt hatten. Dreimal bogen sie falsch ab, bemerkten aber jedes Mal rasch ihren Irrtum, kehrten zu ihrem Ausgangspunkt zurück und schlugen eine andere Richtung ein. Plötzlich sahen sie das Stadttor vor sich, vor dem der Taxifahrer gehalten und der Junge mit der Sackkarre das Gepäck übernommen hatte. Jetzt mussten sie nur noch die richtige Abzweigung nehmen.

Als sie vor der verschlossenen Tür des Riads standen, rief Stefan: Aufmachen!

David fiel ein, dass Stefan einen Schlüssel bekommen und eingesteckt hatte. Warte mal!

Was denn?

Er stellte sich hinter Stefan, griff in dessen Hosentasche und begann darin herumzufummeln.

He, he, was machst du denn?, beschwerte Stefan sich kichernd.

Da ist ein Schlüssel.

Yes, there is a key, lallte Stefan.

So albern war Stefan daheim nur selten, und David gefiel diese Veränderung. Halt still!

Tu ich ja!

Nach einer Weile bekam David die Kordel, an der das Metallstück hing, zu fassen und zog es heraus.

Du tust mir weh, beschwerte sich Stefan.

Quatsch nicht!

Der Schlüssel passte. Hätte ja auch sein können, dass nicht, dachte David, dann wären sie eben die ganze Nacht durch die leeren Straßen gezogen und hätten sich in einer verlassenen Gasse umarmt.

Im Hof sprang eine Lampe an.

What the hell is going on?, hörten sie Elodie aus der zweiten oder dritten Etage rufen.

Ausmachen!, rief Stefan.

Die Lampe ging tatsächlich wie auf Zuruf wieder aus.

Siehst du, triumphierte er.

Komm, sei still!, beschwor David Stefan und packte seinen Oberarm.

Okay, flüsterte Stefan. Und wenn du immer noch magst, können wir jetzt auch küssen.

Stefan und David schliefen unter dem projizierten Sternenhimmel miteinander. Als einer von ihnen gegen die Lampe stieß, flitzten die Lichtpunkte über die Wände, den Boden, das Bett, ihre Haut.

Alles ist in Bewegung, flüsterte Stefan bedeutungsschwer.

Sie versanken ineinander, ihr Atem ging schneller und sie kamen wieder zur Ruhe. David zeichnete auf Stefans Haut ein unsichtbares Netz, indem er mit dem Zeigefinger Muttermale miteinander verband, kreuz und quer. Sternbilder. Als sie zu frieren begannen, zog er das Laken über ihre nackten, verschlungenen Körper.

Es ist gut, dass wir gefahren sind, sagte Stefan schließlich.

Es ist gut, dass du das sagst, sagte David.

4

Eine scheppernde Glocke, Elodies schlurfende Schritte, das schabende Öffnen des Tors, lautes Vogelgezwitscher, ein paar Sätze auf Französisch. Bereits seit einer halben Stunde saßen David und Stefan mit gepackten Koffern unter dem Blätterdach und warteten. Anderen Gästen waren sie hier unten noch nicht begegnet. Möglicherweise lag es an der Uhrzeit, es war erst kurz vor halb acht.

Auch das Frühstück auf dem Dach hatten sie alleine eingenommen. In der Morgensonne gesessen, trotzdem gefroren. Elodie hatte ihnen Kaffee, Orangensaft, Fladenbrot und Decken gebracht und versprochen, dass es heute noch richtig herunterbrennen würde, sie könnten froh sein, den Tag in einem klimatisierten Wagen zu verbringen. In zwei, drei Stunden würde es hier oben so sehr glühen, dass man es kaum noch aushielte. Trotzdem hatte jedes Haus in der näheren Umgebung einen Dachgarten. David wäre es nicht aufgefallen. Stefan hatte ihn darauf hingewiesen. Manche waren mit Topfpflanzen zum Blühen gebracht worden – regelrechte Paradiesgärten, andere glichen eher einer Betonwüste. Kurz vor sieben waren sie dann ins Erdgeschoss zurückgekehrt. Stefan hatte den Prospekt mit den Wüstentouren, den Elodie ihnen am Vortag aufgedrängt hatte, heimlich auf den Stapel zurückgelegt. David hatte sich gewundert. War Stefan einfach überkorrekt oder fürchtete er, mit dem Prospekt in der Tasche eine Situation heraufzubeschwören, die es notwendig machen würde, Elodies Empfehlung zu folgen? Schließlich war es zehn, fünfzehn Minuten nach sieben geworden. Mohamed hätte sie um sieben Uhr abholen sollen. Forget it, war Elodie überzeugt gewesen. This is not Germany!

Jetzt aber war es so weit. Das Tor schlug zu. Wenig später kamen Elodie und ein Einheimischer um die Ecke. Stefan sprang auf. Mohamed, rief er ihm entgegen.

Erst als sie bei ihrem angemieteten Wagen standen, war David klar geworden, was der kurze Wortwechsel bedeutet haben musste, der sich zwischen Elodie und ihrem Fahrer entsponnen hatte – kurze Sätze, die hin- und hergeflogen waren – und der mit einem Achselzucken Elodies geendet hatte.

An David und Stefan gewandt meinte sie: He takes your luggage! – Befehl für den Fahrer, Information für die Gäste.

Der Fahrer hob die Koffer an und machte sich wortlos auf den Weg.

And I will see you in seven days!

Yes, of course!

Wait! Elodie hielt sie zurück. I just want to say. Sie schickte dem Fahrer, der gerade um die Ecke Richtung Ausgang verschwunden war, einen misstrauischen Blick hinterher. Understand! This is Marokko. Don't say anything to him.

David nickte, obwohl er vor Tagen, als Stefan und er darüber gesprochen hatten, der Überzeugung gewesen war, sie sollten ehrlich zu ihrem Fahrer sein, offen mit ihm reden, schließlich würden sie eine Woche miteinander verbringen und es ließe sich wohl kaum verbergen, wie Stefan und er zueinander standen. Stefan war gegenteiliger Meinung gewesen: Er hatte auch früher schon in vergleichbaren Situationen Geschichten erfunden. Und selbst wenn ein Fahrer durchschaut, *was Sache ist*, ist es so für alle Beteiligten am besten. Eine Lüge, über die beide Parteien nicht sprechen, hatte Stefan erklärt, gerade *weil* alle wissen, dass es eine Lüge ist, schafft Abstand und Verbundenheit gleichermaßen.

Ja, okay, von mir aus. David hatte eingelenkt, nun aber auch wissen wollen: Was für Geschichten?

Wir sind Cousins, hatte Stefan vorgeschlagen. Unsere Mütter sind Schwestern. Wir waren schon als Jugendliche gemeinsam unterwegs. Erste gemeinsame Reisen ohne Eltern. Mit fünfzehn nach Kreta. Den ersten Joint geraucht.

Du hast Joints geraucht?, hatte David ihn unterbrochen.

Nicht ich, er, der Cousin.

Ah, David hatte getan, als hätte er erst jetzt kapiert, was erfunden und was echt an Stefans Story gewesen war.

Und trotz allem ist es so geblieben, war Stefan fortgefahren. Wir sind erwachsen geworden, haben geheiratet und selbst Kinder bekommen.

Obwohl David das erst lächerlich gefunden hatte, bekam er trotzdem irgendwann Spaß daran, selbst Geschichten zu erfinden. Nicht Cousins, wir sind Brüder.

Müssten wir uns dann nicht zumindest ein wenig ähnlich sehen?

Nicht, wenn unsere Eltern ursprünglich davon ausgegangen waren, selbst keine Kinder bekommen zu können und mich adoptiert haben.

Warum dich?

Weil ich der Ältere bin.

Stefan hatte akzeptiert.

Und dann ist Mama doch schwanger geworden. Nicht von dem Mann, der als unser Vater gilt. Eine kleine schmutzige Affäre, die Papa toleriert hat, weil er sich schuldig fühlte, kein Kind zeugen zu können – und so doch noch zu einem eigenen kommen konnte? David war in Schwung gekommen. Kennst du deinen wirklichen Vater?

Was? Stefan war von Davids Frage offenkundig kalt erwischt worden.

Der, der dich gezeugt hat.

Ja. Natürlich.

Moment, hast du jetzt gedacht, ich meine deinen wirklichen Vater? Also deinen wirklich echten?

Sie hatten geschwiegen. Ihr Spiel hatte sich in eine falsche Richtung verlaufen. Plötzlich war David sich klar geworden, wie wenig sie nach einem Jahr über die Familie des jeweils anderen wussten. Im Übrigen hatte David an diesem Abend auch zum ersten Mal erfahren, dass in Stefans Firma nur Susanne wusste, dass Stefan schwul war. *Offiziell* wusste. Weil natürlich auch die anderen im Büro Bescheid wussten, davon war Susanne überzeugt. Jeder konnte schließlich eins und eins zusammenzählen.

Der gemietete Fahrer hatte seinen roten Pick-up am Stadttor abgestellt, wo die Taxis hielten, die vom Flughafen kamen, und die Jungen mit den Sackkarren warteten, um sich die Touristen untereinander aufzuteilen. Zwei Sitzreihen, kurze Ladefläche, Geländewagenkarosserie, fette, glänzende Aluauspuffe. Die Marke war David unbekannt.

Ihr seid also die beiden? Zum ersten Mal richtete sich der Fahrer direkt an sie.

Es war David nicht klar gewesen, dass Stefan einen deutschsprachigen Fahrer gebucht hatte, fand es aber rücksichtsvoll von ihm, sein Englisch war nicht das beste und Französisch konnte er nur bruchstückhaft.

Und du bist Mohamed, stellte Stefan fest.

Kalifa, sagte der Fahrer und blinzelte in die Morgensonne, die riesig und rot hinter den Dächern der Medina emporstieg.

Kalifa –, erkundigte sich Stefan freundlich. Heißt was?

Ich heiße Kalifa.

Du heißt Kalifa? Stefan brauchte ein paar Sekunden, um zu kapieren, was das bedeutete. Sorry? Er streckte seinen Rücken durch, als hielte ihm jemand eine Pistole ins Kreuz. Und wo ist Mohamed?

Mohamed ist nicht da. Ich fahre. Ein Problem?

Du bist nicht Mohamed, staunte Stefan, als könnte das jetzt nur ein schlechter Scherz sein, der sie bloß unnötig aufhielt, wozu also?

Das muss es gewesen sein, was Elodie irritiert hatte, dachte David. Stefan hatte ihn Mohamed genannt, obwohl er sich Elodie gegenüber als Kalifa vorgestellt hatte.

Aber wir fahren nicht mit *irgendwem*! Stefan machte zwei Schritte zur Seite und rief schließlich über die Schulter, mit einem halben Blick auf David: Das werden wir sehen! Ich rufe Mohamed an!

Obwohl auch David sich fragte, warum sie mit jemandem fahren sollten, den sie nicht gebucht hatten, hielt er Stefans Aufregung für übertrieben. Aber anrufen sollte er, natürlich, die paar Minuten, die sie später loskommen würden, waren egal.

Auch Kalifa zuckte bloß mit den Achseln. Okay. Was soll's!

Während Stefan auf Englisch ins Telefon redete, zuhörte, widersprach, erneut zuhörte, schaute David sich ihren Aushilfsfahrer zum ersten Mal genauer an. Er trug ein grau-weiß gestreiftes Hemd und ausgewaschene Jeans, darüber eine Art Kittel, grob gewebt, zerschlissen, vermutlich bewusst zerschlissen, eine Verkleidung für Touristen. Er hatte sich eine Zigarette angesteckt und lehnte an der Motorhaube des Pick-ups. Wenn er auch im Wagen raucht, wird es sofort zum nächsten Konflikt mit Stefan kommen, mutmaßte David. Er hielt ihn für Mitte dreißig, er könnte aber genauso ein paar Jahre jünger oder älter sein. Ab und zu warf Kalifa jetzt doch einen entnervten Blick Richtung Stefan. Schließlich breitete er seine Arme mit angewinkelten Ellenbogen und hochgezogenen Schultern aus: Was soll der Scheiß?

Wäre er jünger, hübscher, vielleicht würde es ihm sogar gelingen, mich auf seine Seite zu ziehen, dachte David. Ihre Blicke trafen sich. David zwang sich zu einem Lächeln. Die anderen Fahrer und die Gepäckträger schienen Abstand zu halten. Lag es an Kalifas Aussehen? Eher nicht. Alle hatten irgendwas an sich, das dem Klischee eines Beduinen entsprach, Turban, bunte Halsketten, Kaftane. Es dauerte eine Weile, ehe David kapierte, dass es das Auto war, das Kalifa unterschied. Niemand hier hatte so eine protzige Karre. Die meisten fuhren praktikable Vans, in denen sie notfalls bis zu sieben Gäste mitnehmen konnten, keiner der Vans hatte eine derartig auffällige Farbe.

Okay, fahren wir, hörte er Stefan hinter sich, ohne weitere Erklärung.

Gut, Hauptsache, es ging endlich los.

Hab ich doch gesagt, meinte Kalifa, als würde er zu sich selbst sprechen, aber gleichzeitig laut genug sein wollen, damit David und Stefan es hören konnten. Er sog ein letztes Mal an seiner Zigarette, der Rauch stieg aus seinem Mund und verschwand wieder in den Nasenlöchern, dann schmiss er den Stummel auf den Boden. Am Weg zum Auto trat Stefan die Glut aus. Er kletterte als Erster auf die Rückbank, David nahm hinter dem Fahrersitz Platz. Hiermit war die Sitzordnung für den Rest ihrer Reise festgelegt.

Köpfe weg, befahl Kalifa und fuhr die schätzungsweise hundertfünfzig Meter bis zur nächsten Querstraße rückwärts, mit Blick durch die Heckscheibe, die Linke lässig am Lenkrad. Er wendete, hupte mehrmals, schließlich nahm der fließende Verkehr sie auf, sie erreichten den Stadtring, fuhren ihn entlang, immer weiter. David fragte sich, ob er sie ein paar Mal im Kreis herumführen wollte – ein Spaß, den Xaver einmal gemacht hatte, während sie sich über ein Stück unterhalten hatten. Sie hatten in einem Kreisverkehr so viele Runden gedreht, bis ihnen schlecht geworden war, so weit hatten sie auch die Schauspieler bringen wollen, sie sollten sich auf einer sich ständig drehenden Drehbühne um die eigene Achse drehen, bis sie sich tatsächlich übergeben würden, aber keiner der Schauspieler und Schauspielerinnen hatte sich für *so eine schwachsinnige Idee* hergeben wollen –

Kalifa nahm die allerletzte Ausfahrt, Richtung Süden. Sie ließen die Innenstadt hinter sich. Kalifa machte das Radio an.

Head above Water von Avril Lavigne.

Als hätte Stefan damit gewartet, bis Musik spielte, rief er nach vorne: Aber eines will ich jetzt schon mal klarmachen: Ich sage, wo es langgeht!

Jawohl, Chef! Kalifa deutete auf den Beifahrersitz, wo ein paar verknitterte Computerausdrucke lagen. Aber ich *weiß*, wo es langgeht. Und noch etwas: Ich kann nichts dafür, Chef! Mohamed hat mich erst gestern Abend angerufen. Meine Freundin ist sauer. Mehr noch als du. Aber Job ist Job.

Alles klar, bestätigte Stefan.

Klar ist alles klar, sagte Kalifa und lachte.

Sie fuhren parallel zu einem Schienenstrang, links und rechts Trabantenstädte, zwischendrin schmucklose Moscheen, Fabriken. Stefan wies auf die Märkte hin, in denen man Pflanzen in Töpfen oder Pflanzen zum Aussetzen kaufen konnte.

Wer kauft die?, erkundigte sich Stefan.

Keine Ahnung, sagte Kalifa. Ich nicht. Er lachte. Er hatte sich nie Gedanken darüber gemacht, er machte sich jetzt keine, er würde es auch in Zukunft nicht tun.

David schaute auf die sehr weit entfernt gezackte graue Linie. Ein Gebirgsmassiv hinter Dunst. Der Nordhang des Atlas. Ihr erstes Ziel. Ein Zwischenziel. Auf dem Weg in die Wüste.

Warum sprichst du so gut Deutsch?, versuchte Stefan nach einer Weile ein Gespräch anzuzetteln.

Kalifas Gegenfrage: Ist die Musik zu laut?

Ja. Stefan nickte, offenkundig erleichtert, dass er es nicht selbst hatte ansprechen müssen.

Kalifa drehte leiser. Fast gleichzeitig stieg er auf die Bremse, die Reifen quietschten. Siehst du, wie der Trottel fährt! Er ließ das Fenster herunter, rief etwas auf Arabisch, das der Fahrtwind mit sich riss. Autofahren, das können sie hier nicht. Nicht wie in Deutschland, schimpfte er und gab Gas.

Hast du in Deutschland gelebt?, erkundigte sich Stefan, froh, dass er das Gespräch weiterspinnen konnte.

Was? Kalifa hatte nicht zugehört.

Hast du in Deutschland gelebt?, wiederholte Stefan geduldig und mit noch deutlicherem Interesse.

Jawohl, Chef! Ab fünf Jahren. Aber ich war an vielen Orten. In vielen Ländern. Sogar Japan. Und dort verheiratet.

Mit einer Japanerin? David wollte die Konversation nicht vollkommen den beiden überlassen.

Ist das nicht erlaubt?, kam prompt mit einer veränderten, einer harten Stimme von vorne.

Warum soll das nicht erlaubt sein?, erkundigte sich David höflich.

Dann frag nicht so, presste Kalifa hervor.

He, he, entfuhr es David.

Lass!, bat Stefan.

Was habe ich denn Schlimmes gesagt?, entgegnete David. Man kann ja in Japan auch mit einer Inderin oder einer, was weiß ich, einer Ecuadorianerin verheiratet sein!

Lass es einfach, bat Stefan erneut.

Intuitiv sprachen sie leiser.

Du provozierst ihn!

Ich ihn?, sagte David, obwohl er natürlich wusste, dass es vernünftiger wäre, einfach *ja, ja, du hast recht* zu sagen.

Hallo! Kalifa drehte den Kopf halb zu ihnen und grinste. Keinen Streit in meinem Auto! In meinem Auto ist Peace, okay?

Auf der Bahntrasse kam ihnen ein Zug entgegen.

Waggonzählen!, sagte David. Das habe ich als Kind immer gemacht, erklärte er.

David zählte zwei Loks und dreiunddreißig Waggons. Stefan kam nur auf einunddreißig Waggons. Wer recht, ob überhaupt einer recht hatte, wie viele es wirklich waren, würden sie niemals erfahren.

Die Japaner fahren am besten Auto, sagte Kalifa, nachdem das Rattern des Zuges verklungen war, sie haben auch die besten Autos. Was für ein Auto hast du? Es war nicht klar, an wen sich Kalifas Frage richtete.

Keines, antwortete David.

Ich meinte dich, Chef!

Einen Peugeot.

David sah überrascht auf. Stefan besaß nämlich keinen Peugeot, überhaupt kein Auto. Jahre bevor sie einander kennengelernt hatten, hatte er allerdings tatsächlich einen Peugeot gehabt.

Und Kalifa verlautbarte: Ein japanisches. Ein deutsches. Ein italienisches, von mir aus. Niemals ein französisches!

Verstehe, entfuhr es David unwillkürlich, weil er davon ausging, dass, mal abgesehen von älteren Frauen, die Unternehmerinnen waren und möglicherweise für voreheliche Sex zur Verfügung standen, in einer ehemaligen französischen Kolonie alles Französische verhasst war.

Du verstehst also? Wieder dieser harte Ton, den er nur gegenüber David anschlug. Als hätte Kalifa sich im Laufe seiner Fahrerkarriere irgendwann dafür entschieden, für jeden seiner Fahrgäste eine eigene Stimme zu finden.

Und Stefan? Hatte er, als er *Peugeot* gesagt hatte, mit einer Halbwahrheit einen Versuchsballon starten wollen, ob Kalifa ihm auch seine Lüge auf die Frage abkaufte, die er früher oder später stellen würde?

Habt ihr Frauen? Kinder? – Da war sie auch schon.

Er und ich sind in derselben Straße aufgewachsen, begann Stefan zu fabulieren. Wir waren Freunde, obwohl wir beide total unterschiedlich waren. Ich habe Fußball gespielt. Er hat Bücher gelesen. Ich habe ihn gefragt, was in den Büchern steht. Es kam ganz natürlich über Stefans Lippen. Er kam am Sonntag auf den Fußballplatz. Dann haben wir uns in dasselbe Mädchen verliebt, das war sportlich und mochte Romane. Also wurden wir Rivalen.

Klar! Kalifa lachte, und nichts wies darauf hin, dass er Stefan nicht glaubte.

Sie hat sich dann für einen anderen Typen entschieden.

War zu erwarten, rief Kalifa nach hinten.

Stefans Plan schien tatsächlich aufzugehen. Aber unsere Freundschaft war zerstört, ergänzte er.

Shit, fluchte Kalifa. Er war jetzt voll und ganz in dem Film, den Stefan abspulte.

Es hat fast zehn Jahre gedauert, bis David und ich uns wieder trafen, zufällig. Ich war mit Susanne – *na klar* –, meiner Frau, im Theater. Beim Schlussapplaus stand David auf der Bühne. Er hatte das Bühnenbild gemacht. Ein halbes Jahr später haben wir unsere erste gemeinsame Reise unternommen, ohne Frauen, ohne Kinder. Seitdem ziehen wir das durch, jedes Jahr. Steht fix im Kalender. Vergangenes Jahr waren wir in Sri Lanka –

Stopp, unterbrach Kalifa plötzlich, noch klang es, als wünschte er sich bei einem bestimmten Punkt eine Präzisierung.

Was?

Du kannst aufhören, Chef!

Okay, Kalifa hat es kapiert, dachte David noch.

Aber Kalifa sagte: Ich erzähl dir was.

Ich erzähle dir auch gerade was! Stefan wollte seine Lügengeschichte unbedingt zu Ende bringen, als würde sie nur so ihre Glaubhaftigkeit vollständig entfalten.

Kalifa ließ nicht locker: Trotzdem erzähle ich dir jetzt etwas. Also: Die Frau in Japan wollte nach einem Jahr keinen Sex mehr, fuhr er fort, vier Jahre ohne Sex. Das ist viel. Immer nur selber die Palme schütteln macht irgendwann keinen Spaß, oder? Unwillkürlich, so sah es zumindest aus, legte Kalifa seine rechte Hand auf die Innenseite seines Oberschenkels. Eines Abends machten ein anderer Fahrer und ich Party. Wir tranken Alkohol. Französischen Champagner.

Champagner: ja, französische Autos: nein?

Als der andere Fahrer betrunken war, wollte er ficken. Verstehst du? Also alles kein Problem, Chef. Du kannst ehrlich sein mit mir. Okay?

David musste schlucken, so überrascht, regelrecht schockiert war er über Kalifas Offenherzigkeit. Dann schielte er zu Stefan und prustete los. Hab ich es dir nicht gesagt?

Was hast du ihm gesagt?, wollte Kalifa wissen. Dass ich nicht auf den Kopf gefallen bin?

Stefan war rot angelaufen und drehte den Kopf zum Fenster.

Machen wir ein Selfie und schicken es ihm, schlug Kalifa in die erneut aufbrechende Stille hinein vor, als verlangte er eine Wiedergutmachung.

Wem?, fragte David, weil Stefan schwieg. Schicken wem ein Selfie?

Meinem japanischen Freund, verkündete Kalifa munter. Er ist ein guter Mann. Er freut sich. He, kommt schon! Das macht Spaß! Warte! Augenblick. Er griff nach dem Handy, öffnete die Fotoapp, scrollte nach oben und zeigte das Display nach hinten. Zu sehen war ein Japaner. Wie Japaner eben aussehen, dachte David.

Also, was ist?

Das ist doch Schwachsinn. Schau lieber auf die Straße!

Mach ich ja trotzdem, also?

Weder David noch Stefan gingen weiter darauf ein. Kalifa fragte noch zweimal, ließ es aber schließlich auf sich beruhen und drehte stattdessen das Radio wieder lauter.

Mittlerweile hatten sie auch Marrakeschs Vororte hinter sich gelassen, die riesige Morgensonne war, je weiter sie nach oben geklettert war, immer mehr zusammengeschrumpft, mittlerweile auf eine Größe, die David für das Normalmaß hielt. Über dem Asphalt flirrte die staubige

Luft, aufgewirbelter Wüstensand, der am Ende des Winters manchmal sogar bis nach Europa getragen wird.

Stefan blickte unverwandt auf die Straße. Ärgerte er sich immer noch, weil seine Geschichte aufgeflogen war?

Mehrfach musste Kalifa irgendwelchen Gefährten ausweichen, die am Straßenrand dahintuckerten, auch einem Esel, der einen alten Mann mit gegerbter Haut trug, ein Postkartenmotiv.

Plötzlich machte Stefan aber eine starke Bewegung, sah nach hinten hinaus, dann wieder zwischen den Vordersitzen durch die Windschutzscheibe, der Kopf ging hin und her, als hielte er nach etwas Bestimmtem Ausschau – und schrie dann: Hier rechts! Rechts! Rechts hättest du abbiegen müssen! Da war es.

Jawohl, Chef! Kalifa bremste augenblicklich, setzte den Wagen zurück, schlug das Lenkrad ein und bog mit quietschenden Reifen in eine Seitenstraße.

Um nicht auf Stefan geworfen zu werden, hielt David sich an den Kopfstützen des Fahrersitzes fest und schrie: Was wird das?

Chef sagt, wo es langgeht, antwortete Kalifa, selbst ein wenig kurzatmig.

Eines war David klar: Das Ziel, das Stefan im Sinn hatte, war nicht auf dem Reiseplan vermerkt.

Planänderung. Mehr kam nicht von Stefan.

Ist nur ein kurzer Umweg, rief Kalifa vergnügt und nickte Stefan zu.

Du weißt, wohin wir fahren?, fragte David verblüfft, diesmal meinte er Kalifa.

Yes.

Yes?

Auch Kalifa verriet nicht mehr. Er wusste, wohin Stefan wollte. Offenbar wusste Kalifa auch, was sie dort suchten, was es dort zu finden gab. Etwas, das wir unbedingt sehen *müssen*? Warum sagt mir niemand was? David konnte nachbohren, so viel er wollte, Stefan und Kalifa grinsten sich an und verrieten nichts. Vor allem aber nervte David dieses: Chef, Chef, Chef. David atmete durch. Cool down! Sie waren auf Urlaub, machten eine Reise – warum konnte er nicht einfach abwarten? Er legte seine Stirn gegen die kühle Fensterscheibe. Einzelne Gehöfte lagen wie zufällig über die Ebene verstreut. Von der Straße, auf der sie unterwegs waren, führten Schotterwege ab, vermutlich bis zu diesen Häusern. Wer hier wohnte, wie sich ein Leben dort draußen hinter der Glasscheibe abspielte, seine Abläufe, all das konnte David sich nicht vorstellen, und er wusste, er würde nie erfahren, in welchen Punkten sie sich wesentlich von Abläufen auf Gehöften zu Hause unterschieden –

Eine Viertelstunde später verließen sie auch die asphaltierte Nebenstraße. Kalifa dachte nicht daran, die Geschwindigkeit zu reduzieren, legte sogar einen Zahn zu. Es machte ihm Spaß, den Staub der Piste aufzuwirbeln.

Als er nach weiteren zwei, drei Kilometern hielt, konnte David anfangs nicht erkennen, was es da zu sehen gab. Die Staubwolke lichtete sich, dahinter tauchte eine Mauer auf, und ein übermannshohes Tor. Hier endete die Straße. Die Mauer versperrte den Blick.

Wollt ihr aussteigen?, erkundigte sich Kalifa.

Komm! Stefan öffnete die Autotür.

David schaute auf die Uhr am Armaturenbrett, es war kurz nach elf, dann stieß auch er die Tür auf.

Die Sonne brannte ihnen auf die Köpfe, sie war noch nicht *unerträglich*, wie Elodie vorausgesagt hatte, aber im Gegensatz zu heute Morgen, als sie am Dach gefrühstückt und gefroren hatten, hatte sie bereits ziemlich an Kraft gewonnen. Unter ihren Füßen fester, trockener, rissiger Boden, der nach Regen dürstete und auf dem nicht viel mehr als knöchelhohes, hartes Gestrüpp wuchs. David entdeckte Reifenspuren, die kurz vor dem Tor abbogen, entlang der Mauer weiterführten, dann verschwanden, weil der Untergrund zu hart war oder das Auto dort gehalten hatte, aber längst wieder abgefahren war oder was auch immer. In hundert Metern Entfernung zog eine Schafherde vorbei. Die frisch geschorenen Tiere drängten sich dicht aneinander und blökten zu ihnen herüber.

Jenseits der Mauer aber grünte und blühte es. Die Pflanzen ragten weit über die drei, vier Meter hohe Mauer hinaus, dazwischen leuchtete die Ecke eines Dachs mit lehmfarbenen Ziegeln hervor.

Jetzt weißt du, wer die Pflanzen kauft, rief David in Stefans Richtung.

Stefan reagierte nicht.

David schob die Hände in die Hosentaschen, streckte die Ellenbogen durch, schielte zu dem Gebirge. Wirklich näher schienen sie ihm während ihrer ersten Etappe nicht gekommen zu sein. Dann blickte er wieder zum Tor, als könnte der Vergleich ihm etwas offenbaren.

Und jetzt? Vor einer verschlossenen Tür zu stehen konnte ja nicht der Sinn dieses zwanzigminütigen Umwegs – eine Richtung – gewesen sein.

Stefan schaute, als wüsste er auch nicht so recht.

Falsch hier?

Nein, nein. Er grinste, als würde er gleich mit einer Überraschung aufwarten.

Kalifa war mittlerweile auch ausgestiegen und rauchte, wie gehabt, an die Motorhaube gelehnt eine Zigarette, mit dem Rücken zu ihnen.

Weißt du, wem das hier gehört?, fragte Stefan schließlich. Unschwer zu erkennen, dass er nicht damit rechnete, dass David *ja* sagen würde.

Er hatte tatsächlich nicht den Anflug einer Ahnung.

Oskar Ralph.

Ernsthaft jetzt?

Stefan machte einen Schritt auf das Tor zu.

Und woher weißt *du* das?, fragte David verwirrt.

Aus einem Reiseblog.

Da steht –?

Eine Wegbeschreibung, erklärte Stefan.

Kalifa hatte gelauscht. Ihr seid nicht die ersten, die von der Hauptstraße abbiegen, rief er zu ihnen herüber.

Aber Stefan war doch nicht der Typ, der sich für Celebrities interessierte, ihnen vor ihren Häusern auflauerte, sich davor fotografieren ließ –

Ich dachte, du freust dich? Er hatte die Wegbeschreibung am Vortag auf dem Djemaa el Fna entdeckt und beschlossen, David damit zu überraschen.

Ich mich freuen? David schüttelte den Kopf. Nein. Ja. Nein.

Du warst doch ganz aufgeregt, als du ihn im Flieger entdeckt hast.

War er wirklich *aufgeregt* gewesen?

So entschlossen, wie er aus dem Pick-up gestiegen war, ging Stefan auf das Tor zu. David trottete ihm hinterher, sein Blick glitt das Tor hinauf, er kniff die Augen zusammen. Siehst du?

Was?

Die Überwachungskamera.

Stefan hob jetzt auch seinen Kopf und starrte in die Minilinse.

David hob die Hand und winkte.

Was machst du?, fragte Stefan amüsiert.

Der Gedanke, dass der Schauspieler vor einem Monitor saß und sie dabei beobachtete, wie sie sich vor seinem Tor herumtrieben, gefiel David. Würde er sie wiedererkennen? *Die, die im Flugzeug die Sitze in der Reihe hatten, die nicht existierte, und ihm seinen Spaß verdorben, allen anderen Fluggästen die Chance auf eine existenzielle Erfahrung vertan hatten –*

Aber es passierte nichts. Alles blieb still. Kein Geräusch aus einem versteckten Lautsprecher, keine Stimme aus dem Off.

David sah sich nach Kalifa um, der stand immer noch beim Pick-up, hatte sich wieder weggedreht, als wollte er ihnen für ein paar Minuten ein wenig Privatsphäre gönnen.

Also? David fand, es war Zeit, ihn aufzuklären. *Damit ich mich freue* kann ja nicht alles gewesen sein, oder?

Du hast recht, gab Stefan schließlich zu, den Blick zu Boden, in den Staub. Ich bin ihm einmal begegnet.

Begegnet kann vieles bedeuten.

Du bist Oskar Ralph begegnet?

Ja.

Warum hast du im Flieger nichts gesagt? David wunderte sich.

Vor Jahren. Jahrzehnten. Im ersten Semester meines Studiums.

Begegnet, heißt was? David stellte die Frage nicht.

Stefan sah auf, wich Davids Blick aber sofort wieder aus.

Was?

Nichts. Stefan lachte.

Sollen wir klingeln?, fragte David übermütig. Sein rechter Zeigefinger zielte bereits auf den schwarzen Knopf.

Bist du wahnsinnig! Gleichzeitig packte Stefan mit festem Griff Davids Hand.

David grinste Stefan an und stellte sich vor, wie das Eisentor rasselnd zur Seite rumpeln würde, sich aufzog wie ein Bühnenvorhang. Die Bühne ein Garten, als hätte jemand sämtliche Pflanzen aus einem dieser Märkte, an denen sie auf dem Weg aus Marrakesch hinaus vorbeigefahren waren, innerhalb der Mauern zusammengepfercht,

Blätter in unzähligen Grün-, Gelb- und Rottönen. Blüten in Farben, die er so intensiv noch nie gesehen hatte, daraus erhob sich ein Gesumme und Gebrumme, ein Zwitschern und Schnattern, von der Tontechnik eingespielt. Am Ende eines Blättertunnels stand der Schauspieler im Scheinwerferlicht. So könnte das Stück des jungen gehypten Autors beginnen, die Bühne voller Kübelpflanzen, dicht gedrängt, kaum ein Durchkommen, die Spieler müssen kämpfen, wie sie sich durch den Wald der harten Worte, die er benutzte, kämpfen müssen – ja, natürlich, auch schon woanders gesehen, aber immerhin eine erste Idee. Und Xaver und er hatten in ihrer gemeinsamen Laufbahn schon öfter *das Pferd von hinten aufgezäumt*, so nannte Xaver das. Die Idee für das Bühnenbild, den Raum, in dem die Schauspielerinnen und Schauspieler agieren würden, hatte ihnen ein Stück erschlossen, mit dem sie sich anfangs schwergetan hatten, das ihnen verschlossen geblieben war. Und vielleicht sollte Xaver ja – absurder Gedanke – Oskar Ralph fragen, ob er einen Part in dem Stück übernehmen, nach Jahren auf die Bühne zurückkehren, eine der *Stimmen* sein wollte. Und wer könnte dabei helfen, an Oskar Ralph ranzukommen?

Du kennst ihn?

Ich kenne ihn nicht, wehrte Stefan ab.

Was heißt dann *begegnet*? David fragte jetzt doch.

Ewig her. Ich war siebzehn, sagte Stefan. Im Kino lief ein Film. L'Homme blessé. Patrice Chéreau?

Ja, natürlich kannte David den französischen Regisseur.

Der erste schwule Film, von dem ich gehört hatte. Und ich nichts wie hin. Stefan lachte kurz auf. Als ich das Kino verließ, sprach mich ein älterer Herr an. Etwa so alt, wie ich heute bin.

Der Mann war Oskar Ralph. Natürlich. Darauf lief die Geschichte hinaus.

Er wollte wissen, ob ich ihn begleite, setzte Stefan fort, um mit ihm zusammen zu essen, in einem Restaurant, nicht weit weg vom Kino.

Essen? Mit Oskar Ralph. David schielte wieder zu der Kamera hoch.

Er hat mir Geld angeboten.

Er hat dir Geld –? David zog die Augenbrauen hoch. Jetzt wird es ja interessant.

Ja, er bot mir Geld an, damit ich mit ihm essen gehe.

Scherz?

Während Stefan erzählte, ging sein Blick immer wieder zwischen dem Tor und Kalifa hin und her. Als würde er einerseits sichergehen wollen, dass Kalifa ihm nicht zuhörte. Als fragte er sich andererseits, ob hinter dem Tor jemand stand und lauschte. Schließlich schielte auch er wieder zu dem Kameraauge hoch.

Und bist du?

Was?

Bist du mit ihm essen gegangen?

Allerdings, bestätigte Stefan. Dass er berühmt war, habe ich nicht gewusst. Erst als sich in dem Restaurant die Leute nach ihm umdrehten.

Spannender als das, was bei dem Essen geschehen war, fand David: Und dann? *Nach* dem Essen?

Nichts, sagte Stefan achselzuckend. Er hat mir das Geld gegeben. Wir haben uns getrennt.

Einen Augenblick lang überlegte David, ob Stefan ihm wirklich alles erzählt, ob er nicht eine Abkürzung genommen hatte. – Das ist aber jetzt enttäuschend.

Ich habe die Scheine sogar noch irgendwo. Das war vor Euro-Zeiten. Sie sind heute nichts mehr wert.

Eine Weile standen sie einander schweigend gegenüber. Sie waren vor Oskar Ralphs Haus gestrandet, alles war gesagt, und nun wussten sie nicht weiter.

David sagte schließlich: Es war *komisch* für dich?

Komisch? Stefan ahnte offenkundig, was David meinte, war sich aber nicht sicher, ob *komisch* das richtige Wort dafür war. Ich war siebzehn, sagte er schließlich. So was war mir zuvor noch nie passiert. Auch danach nicht.

Plötzlich vernahmen sie ein Surren. Über ihren Köpfen. Ein Geräusch wie von einer Drohne. Aber es war die Kamera, die sich bewegte, die langsam nach links schwenkte, langsam nach rechts, einen Hundertachtzig-Grad-Winkel erfasste.

Komm, sagte Stefan erschrocken. Komm, fahren wir wieder. Ich wollte – ich weiß auch nicht. Sorry. Er hob hilflos die Arme, als verstünde er seine ursprünglichen Absichten selbst nicht mehr. Und machte sich unvermittelt auf den Weg zurück zum Pick-up.

Noch einmal: Sie hatten diesen Umweg gemacht, um *was* zu tun? Stefan hätte ihm genauso gut im Auto gestehen können, dass er Oskar Ralph vor Jahren *begegnet* war.

Warte!

Aber Stefan hörte nicht auf ihn.

David sah erneut zu dem Kameraauge hoch, fixierte es. Es hielt an, war auf ihn gerichtet –

He! Was ist?, Stefan war ungeduldig.

Sollen wir nicht doch klingeln?, rief David ihm zu.

Nein, sollen wir nicht! Stefan klang so, als brächte ihn nichts und niemand dazu, weiter hier abzuhängen.

Und wenn doch? Wenn David ihn doch dazu überreden konnte, weil Stefan Oskar Ralph im Grunde nochmals begegnen wollte, nach all den Jahren?

Der Schauspieler würde ihnen das Tor öffnen, ihnen von seinem Platz im Sonnenlicht aus zurufen: Ich freu mich! Die Arme ausbreiten. Ich bekomme hier nur selten Besuch. Ich, Oskar Ralph, der einstige Star, die Kunstfigur, bin ja mehr oder weniger vergessen. Er würde mit seinem unverwechselbaren Timbre ein Goethezitat abwandeln: Aber hier kann ich sein, der ich wirklich bin, ein Mensch. Er würde ihnen sein Anwesen zeigen. Sie durch den Dschungel führen, auf Pfaden, die so schmal waren, dass sie hintereinandergehen mussten, so verschlungen, dass sie bald die Orientierung verlieren würden. Oskar Ralph voran, dann Stefan, schließlich David. Über Pflanzen konnte der Schauspieler erzählen, weil er sie selbst aus Samen aufgezogen hatte, nicht erstanden auf einem der Märkte entlang der Straße. Vogelstimmen imitierte er so perfekt, dass sie ihm antworteten, in einen Dialog mit ihm traten –

Das Surren der Kamera verstummte plötzlich wieder. David sah zu Kalifa und Stefan hinüber. Stefan hatte die Schafe im Visier, als überlegte er, wie er sie am besten fotografieren konnte. Kalifa schnippte seine Zigarette in die Luft, sie flog einen Bogen. Fertig?

Ja, fertig, sagte Stefan.

Also gut. David machte sich zurück auf den Weg zum Auto.

Im Auto musterte David Stefan so lange grinsend von der Seite, bis dieser nicht mehr anders konnte, als zu fragen: Was?

Du hast mir nicht alles erzählt, oder?

Doch, schon, antworte Stefan etwas zögerlich, zuckte gleichzeitig mit den Schultern.

David entschied, jetzt nicht weiter in ihn zu dringen, ihn später nach dem Rest zu fragen, nicht vor Kalifa, abends, wenn sie alleine waren, in ihrer Unterkunft, in ihrem Zimmer, im Bett, wenn Stefan unbeeinflusst von der Anwesenheit eines Dritten antworten konnte.

Auch Kalifa schienen Fragen unter den Nägeln zu brennen, jedenfalls sah er immer wieder durch den Rückspiegel zu ihnen, brachte aber auch den Mund nicht auf.

Schließlich bog er wieder auf die Hauptstraße, von der sie vor etwa eineinhalb Stunden abgefahren waren, um Kurs auf das Haus von Oskar Ralph zu nehmen. Kalifa drehte das Radio an –

Lady Gaga. *Shallow.*

Und weiter. Richtung Süden. Sie hatten an diesem Tag noch einen weiten Weg vor sich. Ihr Nachtquartier am Fuße des Atlas, der jetzt wieder wie ein riesiges, schlummerndes Tier direkt vor ihnen lagerte, würden sie laut Kalifa erst nach Einbruch der Dunkelheit erreichen.

Der seit Marrakesch parallel zur Straße verlaufende Schienenstrang bog Richtung Westen ab, gen Atlantik, wo er nach zweihundert Kilometern im Sackbahnhof einer Hafenstadt endete.

Stefan erkundigte sich nach dieser Stadt, ob sie sehenswert sei.

Kalifa zuckte mit den Schultern. Was steht in deinem Reiseführer, Chef?

Nichts.

Dann wohl nicht.

Nachdem der Schienenstrang sie verlassen hatte, veränderte sich die Landschaft, Hügel warfen sich auf, immer wieder drängten Ortschaften von beiden Seiten gegen die Straße, Geschäfte, Werkstätten, Obststände, wilde Hunde liefen kreuz und quer, Straßenköter, graubraune, charakterlose Tiere. Die sich so oft gekreuzt haben, dass eine Art Durchschnittshund dabei herausgekommen ist, überlegte David, ein Hund, wie Kinder ihn zeichnen, wenn sie dabei nicht an eine bestimmte Rasse denken, sondern einfach nur: Hund.

Eine Weile hielten David und Stefan nach dieser Art Hunde Ausschau. Da ist einer. Und dort, sagten sie abwechselnd.

Was macht ihr da?, fragte Kalifa irgendwann.

Weiß man, wie viele solcher Hunde es in Marokko gibt?

Welcher Idiot würde die zählen?, hielt Kalifa dagegen.

Nachdem sie eine dieser Ansiedlungen, eine ungeordnete Anhäufung von Häusern, weder Dorf noch Stadt, durchquert und wieder verlassen hatten, machten sie am Straßenrand halt.

Kaum hatten sie den Pick-up verlassen, stülpte sich die Hitze über sie, dämmte die Geräusche, lähmte ihre Bewegungen. Kalifa hockte rauchend im Schatten des Wagens, an einen Vorderreifen gelehnt. David vertrat sich die Beine. Stefan schoss ein paar Fotos von der Umgebung, machte Bilder von verkorksten Bäumen, die bizarr in der Landschaft herumstanden, dem Brunnen, dessen Mauern eingestürzt waren, einer Lehmhütte, vor der zwei verrostete Pkws mit Hilfe von Bahnschwellen aufgebockt waren. David sah auf Kalifa hinunter, wie er die Zigarette zwischen die Lippen steckte und so tat, als bemerke er Davids Blicke nicht. Als Stefan wieder zum Wagen zurückkam und die Kamera auf Kalifa richtete, wehrte er ab: Kein Foto! Kein Foto! – mit einer Heftigkeit, als wäre Stefan dabei, ihm seine Seele zu rauben.

Stefan nickte. Sorry. Demonstrativ verschloss er das Objektiv mit dem schwarzen Deckel. David verstand nicht. Vorhin hatte er ja noch ein Selfie mit ihnen machen wollen. Kalifa presste die Lippen aufeinander, dann sagte er mit Blick auf die gelbbraune Erde: Dieser Schauspieler –

Ja?

Viele aus eurem Land wollen dieses Haus sehen. Ich bringe sie hin, und sie sind enttäuscht, weil sie vor einem verschlossenen Tor stehen.

Und?

Kalifa zuckte mit den Achseln. Ich sage nur.

Aber du willst was wissen.

Kalifa grinste.

Sag, was du wissen willst, verlangte Stefan.

Kalifa nahm einen tiefen Zug aus seiner Zigarette und stieß den Rauch mit viel Atem aus, er verschluckte sich und musste husten.

Sag, was du denkst!, forderte Stefan ihn erneut heraus.

Erst jetzt glaubte David zu verstehen, worauf das hier hinauslief.

Kalifa hielt die Zigarette zwischen Daumen und Zeigefinger, betrachtete die Glut, als würde er in ihr die Antwort lesen können.

Kriege ich es zu hören? Stefan redete mit Kalifa, als hocke ein Siebenjähriger vor ihm, dem er aus erzieherischen Gründen ein Schuldeingeständnis abverlangte.

Langsam drückte Kalifa seine Knie durch, bis er aufrecht stand. Er war etwa so groß wie Stefan, ein Meter achtzig. Sie standen einander in einem halben Meter Abstand gegenüber. Kalifa ließ den Stummel fallen, sah zu Boden, trat die Glut aus, dann fixierte er Stefan. Der Schauspieler ist so wie ihr, oder, Chef?

So wie wir? Stefan tat, als verstünde er nicht.

Warum machte Stefan das?

So wie wir?

Kalifa nickte.

Sag es! Sprich es aus!

Warum bedrängte er Kalifa auf diese Weise? Warum in einem derart herablassenden Ton? Ging es um Revanche? Rächte er sich dafür, dass er ihn mit seiner Nachbarjungengeschichte hatte auflaufen lassen? Keiner der beiden achtete auf David. Trotzdem beschlich ihn das Gefühl, dass beide früher oder später von ihm hören wollten, auf welcher Seite er stand.

Kalifa warf Stefan einen nicht zu deutenden Blick zu und stieg wieder in den Pick-up.

Stefan spuckte aus, der Schleim schlug Blasen und versickerte in der Erde.

Zurück auf der Straße, nachdem sie wieder eine Weile schweigend und ohne englischsprachige Popmusik unterwegs gewesen waren, tendierte David immer mehr dazu, sich auf Kalifas Seite zu schlagen. Stefan hatte Kalifa ihre Beziehung betreffend anlügen wollen, und nun hatte er darauf bestanden, dass Kalifa das Wort *schwul* aussprach? Das war nicht fair, fand er. Je länger er darüber nachdachte, desto weniger sah David ein, warum er Stefan – *unter diesen Bedingungen* – schonen, er sah keinen Grund mehr, warum er sich in Kalifas Gegenwart weiter zurückhalten sollte.

Wenn du mir nicht alles erzählst, fing er schließlich an, dann lass mich wenigstens raten.

Was?, fragte Stefan, als wüsste er tatsächlich nicht, wovon David sprach.

Diese Begegnung mit Oskar Ralph. Du konntest sie während all der Jahre nicht vergessen. Dreißig Jahre?, fragte David, als schienen ihm drei Jahrzehnte sehr viel Zeit dafür, ein Treffen wie jenes, das Stefan geschildert hatte, nicht zu vergessen. Warum?

Warum? Warum? Stefan hatte ganz offensichtlich keine Lust, noch einmal darauf zurückzukommen, vielleicht jetzt, nach der Auseinandersetzung mit Kalifa, sogar noch weniger.

Möglicherweise ging es ja gar nicht um diese Begegnung, sondern um den Film. L'Homme blessé. Worum ging es in dem Film? Worum ging es?, wiederholte David, als würde er sich tatsächlich für den Inhalt des Films interessieren. In Wahrheit schlug er nur einen Umweg ein. Ich bin mir nicht sicher, ob ich ihn gesehen habe.

Vielleicht lag es daran, dass Kalifa begonnen hatte, sie über den Rückspiegel zu beobachten, dass Stefan mehrmals schluckte – sein Adamsapfel hob und senkte sich. Es ging um Liebe, sagte er schließlich in einem Ton, als dürfte das David kaum überraschen.

Es geht *immer* um Liebe – Zitat Xaver –, vermutlich auf verquere Weise sogar in dem Stück des jungen gehypten Autors.

Es ging auch um Begierde und Hass, ergänzte Stefan.

Die Folge von Liebe, Begierde und Hass ist Gewalt.

Stefan zögerte. Ja. Mag sein. Es klang aber, als würde er an diesen Schluss nicht wirklich glauben oder als verstünde er davon genauso wenig wie von Stücktexten.

Nein, es war *nicht* der Film, entschied David mit einem Mal.

Aha, sagte Stefan mit Ironie, wollte null Interesse für Davids neue Mutmaßungen zeigen, ihn auf keinen Fall einladen, diese zu äußern.

Während des Essens muss etwas vorgefallen sein, fuhr David fort. Das Essen hatten sie vorhin übersprungen –

Nichts ist vorgefallen. Wir haben gegessen, getrunken.

Worüber habt ihr gesprochen? Über Filme? Das Theater?

Stefan schüttelte den Kopf.

Worüber?

Stefan atmete tief durch.

Komm schon! Wir reden ja nur. Er warf einen Blick nach draußen, wo es nichts zu sehen gab, was sie nicht schon gesehen hatten – Landschaft. Ich halte dich von nichts ab –

Er hat vom Internat erzählt, wo er zur Schule gegangen ist. Stefan besann sich. Plötzlich lachte er auf – davon, was die Knaben dort miteinander getrieben haben. Er hat Worte gesagt, die ich bis dahin nie jemanden habe sagen hören. Er hat über Sex gesprochen –

Sex war für Oskar Ralph etwas, das getan werden musste, wie essen und trinken, vermutete David. Für das man bezahlte wie für Essen und Trinken.

Plötzlich fragte Stefan spitz: Wieso willst du das alles wissen? Eifersucht? Bist du etwa eifersüchtig?

David ließ sich nicht von der Spur abbringen. Du sprichst nie über Sex, machst auch nie anzügliche Witze, außer wenn du betrunken bist.

Ja. Und? Ist daran irgendwas falsch?

Es war dir unangenehm, als Oskar Ralph das erzählt hat, stellte David fest.

Ja, gab Stefan zu, ohne mit der Wimper zu zucken.

Aber es war dir nicht nur unangenehm. Es war auch aufregend. Elektrisierend. Obwohl du nichts getan hast, außer dem älteren Mann zuzuhören. Und als ihr nach dem Essen wieder auf der Straße gestanden seid, hast du erwartet, dass er fragt, ob du ihn nach Hause begleitest.

Stefan schwieg.

Hast du?

Ja, gab Stefan zu.

Aber er hat *nicht* gefragt.

Nein. Wie gesagt, er hat mir das versprochene Geld gegeben. Das war's. Stefan presste die Lippen aufeinander und stieß Luft durch die Nasenlöcher.

Und wenn du später darüber nachgedacht hast, hast du dir jedes Mal genau diese Frage gestellt. Wollte ich es? Lass mich weiterraten, bat David, ehe Stefan dazwischengehen konnte. Anfangs hast du dir diese Begegnung gemerkt, weil du nie jemandem wie ihm begegnet warst.

Kann sein!

Jemand, der so schamlos war.

So könnte man das sagen, bestätigte Stefan schnell.

Später hast du begriffen, dass Schamlosigkeit ein gutes Mittel ist, dem Gegenüber keine Wahl zu lassen. Obwohl er dir die Wahl gelassen hat, mit dir essen zu gehen oder nicht, hattest du im Grunde keine. Er hätte alles von dir verlangen können, und du hättest alles getan. Das machte es für ihn letztlich uninteressant. Hast du die Sache jemals so gesehen?

Jetzt schwieg Stefan. Fragte er sich, warum er nicht selbst auf diesen Punkt gekommen war? Schließlich drehte er den Kopf zu David und sagte – nicht ohne Ironie: Warum weißt du so viel über mich?

David zuckte mit den Schultern.

Im Grunde führte David dieses *Verhör*, wie er dachte, dass Xaver es führen würde. Xaver konnte unerbittlich sein, wenn er Schauspielern etwas entlocken wollte – ihre Rolle betreffend. Er ließ sein Gegenüber nicht los, bis er ihn oder sie da hatte, wo er es haben wollte. *Bis ich zum Kern vorgedrungen bin*, nannte Xaver das. Dann denkt der Schauspieler nicht mehr darüber nach, was er tut. Ich habe ihn in der Hand, kann ihn führen, er folgt mir.

Aber die eigentliche Frage war ja noch nicht beantwortet, sie war noch nicht einmal gestellt worden: Was war der wahre Grund für den Umweg? Ohne Stefans Reaktion abzuwarten, gab David die Antwort selbst – eine von Xavers Methoden, um einem Schauspieler auf die Sprünge zu helfen und ihn gleichzeitig in eine bestimmte Richtung zu lenken, ihm die Antwort in den Mund zu legen, die er sich selbst längst gegeben hatte: Du wolltest nach dreißig Jahren wissen, ob du immer noch tun würdest, was er von dir verlangt, auch wenn du es eigentlich nicht tun willst. Oder hast du dich verändert? Er wiederholte die Frage, eindringlich: *Hast du dich verändert?* Und legte damit nahe, dass Stefan sich keinen Deut verändert hatte, nicht verändert haben konnte, weil es außerhalb der Natur des Menschen lag, sich zu verändern. Auch das eine von Xavers Theorien, die David mittlerweile seit über zwanzig Jahren kannte. Und einen Beleg hatte David für seine These auch: Hättest du dich verändert, hättest du bei Oskar Ralph geklingelt.

Kalifa hörte mittlerweile zu wie jemand, der einem Gespräch ausgesetzt ist, dessen Bedeutung er für die, die es führten, nicht ermessen konnte. Vielleicht hatte Kalifa aber auch noch nie zwei Menschen *so* miteinander sprechen gehört. Vielleicht stellte er sich zum ersten Mal *wirklich* die Frage, wie Stefan und David zueinander standen.

Hab ich recht?, bohrte David nach.

Hör auf, bat Stefan plötzlich unwirsch.

Aber irgendwann wirst du die Frage, ob du ein anderer geworden bist, beantworten müssen. Nicht mir. Dir.

Ja, ist ja gut!, entgegnete Stefan.

Ist es das, was dein ganzes Leben bestimmt – David konnte trotzdem nicht damit aufhören –, die Angst, Dinge zu tun, die du nicht tun willst, jederzeit dieser Gefahr ausgesetzt zu sein?

Ein letztes Mal! Hör auf! Du weißt ja jetzt – Stefan hatte eine Weile mitgemacht, mehr mitmachen müssen als mitmachen wollen, hatte nun aber genug davon. Diese Phase des Verhörs war gefährlich. Hier konnte es passieren, dass das Gegenüber sich in sein Schneckenhaus zurückzog und nicht mehr hervorzulocken war.

David setzte aber noch eins drauf, obwohl er wusste, dass er das nicht tun sollte, er sollte mit seinen Spekulationen nicht so weit gehen: Er hat dich gedemütigt!

Nein, hat er nicht, er hat mich nicht gedemütigt, widersprach Stefan heftig.

Einmal holte David noch aus: Und du hast es nicht einmal bemerkt! Und du würdest immer noch tun, was er von dir verlangt, wie ein verwirrter Siebzehnjähriger –?

Hör jetzt bitte endlich auf! Stefan stützte sich mit beiden Händen am Vordersitz ab und strecke die Arme durch.

Okay, lenkte David ein, ehe es zu spät sein würde – zu oft hatte er es an diesem Punkt nicht sein lassen können, hatte zerstört, was er nicht hatte zerstören wollen –, aber ganz aufgeben wollte er immer noch nicht: Oskar Ralph hat dich nicht gedemütigt. Verzeih! Aber meine Frage ist berechtigt. Und wenn du diese Frage nicht beantwortest, weil du nicht kannst oder weil du nicht willst, dann lautet die Antwort zweifellos Ja.

Und wenn schon, gab Stefan zurück, dann ist sie eben Ja. Ja, es ist möglich, ich würde mich wieder so verhalten.

Und deswegen haben wir diesen Umweg gemacht?

Weiß ich nicht.

Natürlich weißt du es.

Stefan atmete durch: Ja, wir sind deshalb dort hin. Um das zu erkennen. Zufrieden?

Nein. David konnte nicht zufrieden sein, wenn Stefan es einfach zugab, weil er nicht mehr darüber reden wollte. Aber dann schob Stefan doch noch hinterher: Ich hätte nicht damit angefangen.

Bist du sicher?, fragte David.

Fakt ist, *du* hast.

Fakt ist, du hast es mir gesteckt, dass ihr euch schon einmal begegnet seid, widersprach David.

Und?

Du *wolltest*, dass *ich* es anspreche, behauptete David, du hast mich manipuliert!

Mach dich doch nicht lächerlich, empörte sich Stefan. Es steht jedem frei, aus einer Information zu machen, was er will.

Eben. Es stand mir frei. Aber dann wirf mir nicht vor, dass ich damit angefangen habe!

Stefan stöhnte, wollte etwas entgegnen, aber Kalifa riss plötzlich der Geduldsfaden. Schluss jetzt, kam es von vorne. Ich habe es gesagt und sage es noch mal: Keinen Streit in meinem Auto! Peace. In meinem Auto herrscht Peace.

Später dachte David: Wären sie nur zu zweit gewesen, wäre Kalifa nicht bei ihnen gewesen, hätte er nicht *Peace* gerufen – hätte er Stefan dann verbal niedergerungen, und wenn es ihm mit Worten nicht gelungen wäre, hätte er ihn möglicherweise auch noch körperlich attackiert?

Nur eines noch, verlangte David leise. Glaubst du, Oskar Ralph hätte sich an dich erinnert?

Stefan schaute zum Fenster hinaus, seine Finger verknoteten sich. Er wusste es nicht.

Glaubst du?

Peace, herrschte Kalifa sie noch einmal an.

Okay, Peace. Ist ja gut. David biss die Zähne aufeinander.

5

Kalifas Prognose war richtig gewesen: Es dämmerte bereits, als sie ihre Unterkunft erreichten. Eine Ritterburg, sagte David mit Blick auf die dicken Wände, die kleinen Fenster, auch wenn es in Marokko vermutlich keine Ritter gegeben hat. Also keine Ritterburg, eine Herberge, die bereits im zwölften Jahrhundert von Atlas-Überquerern genutzt worden war. Hier hatten sich die reisenden Händler ausgeruht, ihre Tiere hatten zu fressen bekommen, ehe sie den mühsamen Fußweg bergauf genommen hatten.

In Wahrheit ist es ein erst jüngst mit Hilfe von Naturmaterialien errichtetes Haus, erklärte Stefan. Lehm, Stroh, Sand. Zu massiv geraten. Ohne jede Leichtigkeit.

Ein großer, grauhaariger Mann übernahm sie von Kalifa. Er bewegte sich in dem Haus, als wäre es seines, ob er tatsächlich der Besitzer war, wurde während ihres gesamten Aufenthaltes nicht klar.

Kalifa verabschiedete sich mit der Ansage, dass er sie am nächsten Morgen abholen würde.

Wann?

Mit Sonnenaufgang.

Heißt was?, fragte David, der *Sonnenaufgang* als Zeitangabe ungenau fand und sich wunderte, dass Stefan sich damit zufriedengab.

Aber Stefan hatte Kalifa verstanden, er öffnete eine App auf seinem Handy. 5 Uhr 23?

Exakt, Chef, bestätigte Kalifa.

Wo schläft der eigentlich?, fiel David ein, als er über das abermalige Einverständnis der beiden staunend dem Pickup hinterhersah.

Die von Kalifa aufgewirbelte Staubwolke verzog sich langsam. Stefan hatte keine Antwort und David dachte nicht weiter darüber nach.

Der Hausherr führte sie in die dritte Etage. Die Stockwerke waren um einen überdachten Hof gebaut. Von dort gingen die Zimmer ab. Als David sich über das Geländer beugte, marschierte im Erdgeschoss eine Katze mit hochgestrecktem Schwanz über den Fliesenboden. Der Wirt öffnete eine der Türen. Das Haus war nicht nur zu groß und zu wuchtig – es war auch kalt. Die Luft in ihrem Zimmer war klamm.

Haben Sie nichts anderes?, erkundigte sich Stefan.

Der Hausherr schüttelte den Kopf, schleppte aber einen gasbetriebenen Heizstrahler heran und war eine Weile damit beschäftigt, ihn in Gang zu setzen.

Stefan wollte wissen, wo sie heute noch etwas essen konnten.

Only here, sagte der Wirt. Next is far away. Not without car.

Als sie eine Viertelstunde später den großen, länglichen Gastraum betraten, in dem für etwa vierzig Leute Platz gewesen wäre, war nur für sie gedeckt. Ein Feuer, das erst nach ihrer Ankunft angefacht worden sein konnte, brannte im offenen Kamin. Das trockene Holz knackte, und es stiegen feine Rauchwölkchen auf. Der Wirt servierte Tajine mit Gemüse und Hühnerfleisch, das Übliche.

Wine?

No alcohol.

Mit Sehnsucht in der Stimme erwähnte Stefan das Nomad, die warme Nachtluft, den Blick auf die Moschee, der auf der Spitze des Minaretts aufgespießte Mond – *aufgespießt*, genau so hatte es auch David gesehen. David dachte an Norwegen, die kalten, dunklen Winter und die endlosen Sommertage, die sie erwarteten, sollte Stefan tatsächlich die Stelle in Oslo annehmen und er ihn begleiten. In diesem Moment spürte er aber nicht mehr die gleiche Entschlossenheit, derer er sich im Nomad so sicher gewesen war. Aber war er wirklich entschlossen gewesen? War er nicht vielmehr überrascht und betrunken gewesen?

Seit ihrem Disput hatte eine distanzierte Stimmung im Auto geherrscht. David, Stefan und Kalifa hatten einander belauert, waren jederzeit bereit gewesen, ein erneutes Aufkeimen des Streits sofort zu ersticken. Jetzt, da sie alleine waren, entschuldigte David sich für seine Angriffe: Sorry for that.

Stefan schüttelte nur den Kopf. Es war ja tatsächlich eine blöde Aktion gewesen, zu Oskar Ralphs Haus zu fahren, ohne – er zuckte mit den Schultern.

Ohne? Ohne was? Ohne zu klingeln? Heißt das, dass du eigentlich doch klingeln wolltest?

Stephan wog den Kopf.

Also ja?

Stefan lachte. Ich gebe es nur dann zu, wenn du mich nicht wieder fragst, warum ich das tun wollte.

Also ja. Und so unsinnig es war, in diesem Augenblick spürte David tatsächlich einen Anflug von Eifersucht.

Während Stefan nach dem Essen sofort einschlief, lag David noch lange wach. Er hörte auf Stefans Atem, betrachtete die geschlossenen Augenlider, den Speichelfaden zwischen den leicht geöffneten Lippen, brachte ihn mit der Kuppe seines Zeigefingers zum Reißen. Der Heizstrahler glühte, zeigte aber innerhalb der dicken Mauern keinerlei Wirkung. Ihre Körper wärmten die Bettdecken, nicht umgekehrt.

Hat er, David, heute etwas über Stefan erfahren, das er bisher nicht gewusst hatte? – *Darum* geht es *eigentlich*, würde Xaver sagen. Nicht um Stefans Motivation, bei Oskar Ralph zu klingeln.

Also: Hat er?

Ja, natürlich. David hatte von Stefans Begegnung mit Oskar Ralph nichts gewusst.

Was aber, wenn Stefan und er über etwas gestritten hatten, das gar nicht passiert war? Wenn auch diese Begegnung mit Oskar Ralph eine von Stefans erfundenen Geschichten war, wie jene, die er Kalifa zu verklickern versucht hatte?

Diese Möglichkeit war David tatsächlich erst jetzt eingefallen und sie gefiel ihm von allen denkbaren Möglichkeiten am besten, selbst dann, wenn Stefan die ganze Zeit klammheimlich Freude darüber empfunden haben sollte, weil David auf ihn hereingefallen war.

Er legte den Arm um Stefan, seine Hand berührte Stefans warmen Bauch, er ließ die Hand bis zum Bund seiner Unterhose gleiten, sie krabbelte weiter, umklammerte schließlich Stefans Schwanz, der sich augenblicklich mit Blut füllte. Die beiden roten Lämpchen des Heizstrahlers starrten David wie die Rücklichter eines weit entfernten Autos an. Seine Gedanken glitten zu jenem Moment, als er heute Morgen herauszufinden versucht hatte, was Kalifa von den anderen Fahrern unterschied. Hat Stefan sich diesen Pick-up ausgesucht?, fragte David laut, ohne Rücksicht darauf, ob er Stefan damit aufwecken würde?

Was?

Hatte er die Wahl?

Die Wahl wobei?, fragte Stefan schläfrig – ohne sich zu wundern, dass David ihn in der dritten Person ansprach.

Mit welchem Auto wir durch die Gegend kutschiert werden?

Ja.

Und er hat dieses Monster gewählt?

Hat er, ja.

Echt jetzt? David war ehrlich erstaunt.

Natürlich, murmelte Stefan, drehte sich David zu und drückte ihm einen Kuss auf die Wange.

Und jetzt schlafen!

Er legte seinen Kopf wieder auf das Kissen.

Aber lass deine Hand da, wo sie ist.

David schlief immer noch nicht ein. Er drehte sich auf den Rücken, machte sein Handy an, checkte E-Mails. Xaver hatte versprochen, ihm ein paar Sätze zu dem Stück zu schreiben, falls er neue Erkenntnisse gewinnen sollte. Und er hatte tatsächlich, es sei ein *gewaltiges* Stück, ein *sprachgewaltiges* Stück, ein *gewalttätiges* Stück, hatte Xaver geschrieben. Die Nachricht war vor etwas mehr als drei Stunden abgesetzt worden. *Gewaltig? Gewalttätig?* Nun ja. David dachte daran, was Stefan über L'Homme blessé gesagt hatte. Von Liebe, Begierde und Hass war in dem Stück des jungen Autors nicht die Rede. Die Gewalt in dem Stück musste woanders herrühren. Vielleicht hatte dieser junge Mensch über etwas geschrieben, von dem er keinen blassen Schimmer hatte? Er hätte *Gewalt* sonst nicht ausschließlich mithilfe von Sprache gestaltet, sondern einen Handlungsfaden gefunden, war David überzeugt. David hatte bereits begonnen, eine in diese Richtung gehende Antwort auf Xavers Mail zu schreiben, hatte aber plötzlich keine Lust, so viele Buchstaben in sein Handy zu tippen, zumindest sagte er sich das. In

Wahrheit waren ihm die Ereignisse von New York eingefallen – nicht das, was geschehen war, hatte ihn damals so sehr erschreckt. Es war *nur* die Vorstellung, was geschehen *könnte*, die ihn hatte abhauen lassen, raus aus dem Zimmer in der fünfundvierzigsten Etage, hinunter auf die Straße, ins Freie.

David las weitere Nachrichten. Eine von Netflix, die ein Neueingeben seiner sämtlichen Daten verlangte, damit sein Streamingkonto nicht geschlossen werden würde, verschob David in den Junk-Mail-Ordner, dort löschte er sie dann endgültig. Eine Kostümbildnerin aus Berlin schrieb ihm, dass sie sich von ihrem Freund getrennt hatte, er las aber nur die ersten Zeilen, scrollte dann weiter nach unten, er hatte keine Lust, die elendslange Mail – *das ganze Elend* – zu lesen. Er schloss die Mailapp, zögerte, aber dann war seine Neugierde doch zu groß, ob es neue Informationen zu den Morden an den beiden Däninnen gab. Inka und Svea. Die letzten Nachrichten, die er gelesen hatte, waren ihm wie Cliffhanger in Erinnerung. Er gierte nach einer Fortsetzung. Die aber war mau. Die nichtdänische europäische Presse hatte das Interesse an dem Fall bereits wieder verloren. Der einzige Artikel, den er ganz las, hob schnell von diesem speziellen Fall zu einer allgemeinen Betrachtung über das Reisen in muslimischen Ländern ab. David kehrte zu Artikeln zurück, die er bereits am Vortag in dem Café auf dem Djemaa el Fna gesehen hatte, um erneut die Lesermeinungen zu studieren. Die Stimmen, die den Mädchen eine Mitschuld an ihrem Tod gegeben hatten, wurden immer weniger, stattdessen machte sich eine zunehmend aggressive antimuslimische Stimmung breit. Auf manchen Seiten wurde wiederholt vom Moderator an die Netiquette erinnert. Wieder beklagten User sich daraufhin über Zensur. *Überwachungsstaat!*, schrien die einen. Ein Leser kam auf Adornos Einlassungen über *Autoritätshörigkeit* und *selbst verschuldete Unmündigkeit* zu sprechen. Dieser Leser schien überhaupt sehr belesen, zitierte er in einem weiteren Post doch auch noch, was Dostojewski über Toleranz schrieb. *Sie wird ein solches Niveau erreichen, dass intelligenten Menschen das Denken verboten wird, um Idioten nicht zu beleidigen.* David wechselte zu der Seite seiner bevorzugten Boulevardzeitung, dort schien in der Regel niemand in den Chatverlauf der Leser einzugreifen, was seinen Unterhaltungswert eindeutig erhöhte. *Die Mäuler dieser Motherfucker sollte man mit Schweinefleisch stopfen!*, stand da. *An ihren Eiern* aufhängen, schlug jemand vor. *Sind mit den Flüchtlingsströmen jetzt mitten unter uns und werden auch hier bald unsere Frauen abstechen* – aber schnell hatte er genug von diesem ganzen Schwachsinn und schaltete das Handy aus.

Das Letzte, woran David gedacht hatte, ehe er eingeschlafen war – richtiger: woran er sich am nächsten Morgen beim Aufwachen noch erinnerte –, war sein Vorsatz gewesen, mit Kalifa über die Morde zu sprechen, ihn zu fragen, was *er* wusste, denn er konnte die lokale Presse lesen. Kalifa kann mir sagen, was in Nordafrika, in der arabischsprachigen, der muslimischen Welt darüber geschrieben wird.

5 Uhr 23. Die Sonne ging auf und Kalifa war da. Der Plan des dritten Reisetages war: den Atlas von Norden her befahren, zu Mittag den Pass erreichen, den Atlas am Südhang hinunter, am späten Nachmittag am Rand der Wüste eintreffen, und, wie Susanne empfohlen hatte, auf den Rücken von Kamelen in die Wüste hineinreiten, um die Nacht in einem Dünencamp zu verbringen.

Als hätte Kalifa auf geheimen Wegen von Davids vor dem Einschlafen gefassten Entschluss erfahren, kam er, nachdem sie in den Pick-up geklettert waren, als Erstes auf die Touristinnenmorde zu sprechen.

Vier Leute wurden festgenommen, berichtete er im emotionslosen Tonfall eines Updates. Aus dem Norden!

Das ist immer so. Verstehst du, Chef? Hier im Süden sind wir für Peace. In Marrakesch geht es ums Geschäft. Im Norden um Religion. Und wenn es um Religion geht, geht es nicht um Peace.

Und du bist aus dem Süden. Stefan fragte nicht, er stellte fest.

Richtig erkannt, Chef, bestätigte Kalifa eifrig, und wenn du willst – nicht: wenn *ihr* wollt –, zeige ich dir – nicht: *euch* – das Haus meiner Mutter. Aber *du* musst es wirklich wollen!

Stefan lachte. Ich will. Er sagte es so dahin, im Sinne von: Ich werde sehen – aber auch *er* nicht: *Wir* werden sehen.

Stefan genoss Kalifas ungeteilte Aufmerksamkeit, das schien David sicher.

Und während Kalifa und Stefan sich weiter über die guten Menschen im Süden und die schlechten Menschen im Norden unterhielten, sah David zum Fenster hinaus, angepisst von Kalifas Nichtbeachtung und Stefans Gleichgültigkeit dieser Nichtbeachtung gegenüber.

Etwa eine halbe Stunde nach Abfahrt von ihrem Quartier, dem sie während des Frühstücks den Namen *der Kühlschrank* gegeben hatten, war das Gelände steiler geworden, die Straße führte in Serpentinen bergauf, die Kurven mal enger, mal weiter, eine Weile ging es entlang eines Abhangs auf einer aus dem Felsen gehauenen Straße geradeaus dahin. Nur selten kamen ihnen Autos entgegen, und wenn, waren es entweder LKWs oder Touristenkutschen, meist mit Paaren auf der Rückbank. Beim Vorbeifahren musste Kalifa die Geschwindigkeit drosseln, und David konnte die erschrockenen, einen halben Meter entfernten Gesichter derjenigen erkennen, die so wie er hinter dem Fahrer saßen.

Seit geraumer Zeit tuckerte vor ihnen ein Lastwagen, auf der Ladefläche waren Ziegen zusammengepfercht. Immer wieder setzte Kalifa zu einem Überholmanöver an, musste es aber jedes Mal im allerletzten Moment wieder abbrechen – ein entgegenkommendes Fahrzeug, eine Kurve, die das Gelände zu unübersichtlich machte.

He, he, wir haben Zeit!, rief Stefan nach vorne.

Ja, ja. Kalifa fuhr mit durchgestreckten Armen, schließlich hupte er wie ein Wahnsinniger, der Lastwagenfahrer sollte ihm *verdammt noch mal* Platz machen! Aber wohin hätte er unter diesen Gegebenheiten denn ausweichen sollen? Das musste doch auch Kalifa einsehen! David schüttelte den Kopf, sagte aber nichts. Kalifa würde ihn vermutlich ohnehin noch mehr ignorieren als Stefan.

Das sind Tiere, keine Menschen, presste Kalifa plötzlich hervor.

Ja, sieht man doch, mischte David sich jetzt doch etwas ratlos ein. Aber er hatte ihn missverstanden. Kalifa war auf die Mörder von Svea und Inka zurückgekommen. Die Leute sagen – er beendete den Satz mit einer Geste, die so viel bedeutete wie: Kopf ab!

Einfach so?, fragte David.

Kalifa zuckte mit den Schultern und warf einen kurzen Blick nach hinten: Hast du Hunger, Chef? Sie kamen gerade durch eine Ansammlung von ein paar wenigen Häusern.

Nein, wir fahren noch, bestimmte Stefan.

In diesem Augenblick scherte der Ziegentransporter nach rechts aus und hielt am Straßenrand.

Allah hat meine Gebete erhört! Kalifa nickte, ließ die Ellenbogen locker, schlug mit den Händen auf das Lenkrad und hupte ein letztes Mal. Es war das gleiche dumpfe Dröhnen wie vorhin, klang aber jetzt versöhnlich.

Alles klar, Chef! Wir fahren noch! Ist klug, noch ein wenig zu fahren, pflichtete Kalifa Stefan von ganzem Herzen bei, stieg aufs Gaspedal, der Motor heulte auf. Mit Karacho ließen sie das Dorf hinter sich.

Zwei Dörfer weiter drosselte Kalifa das Tempo, diesmal ohne zu fragen. Er parkte vor einer der Essbuden, wo in der prallen Sonne ein ganzes Schaf hing, das Fell bis auf kleine Büschel über den Hufen abgezogen. Auf den ersten Blick schien noch alles dran zu sein, Kopf, Rumpf, Beine. Aber dann entdeckte David, dass die Augen fehlten. Die weißen, blutleeren Höhlen machten aus dem toten Tier ein Geisterwesen, das jederzeit wieder zum Leben erwachen konnte –

Jetzt essen, bestimmte Kalifa.

Sie stiegen die paar Stufen nach oben, das Lokal war auf einer Betonplatte errichtet worden, Eisensteher und LKW-Planen, ein Gartenschlauch schlängelte sich zwischen den Stühlen, ein Rinnsal aus seinem offenen Ende sammelte sich zu einer Pfütze.

Kalifa umarmte den Typen hinter dem Grill, schlug ihm ein paar Mal auf die Schulter und stellte ihn als Freund vor: Hadir.

Hi, Hadir!, grüßte Stefan.

Hadir schnitt nach Kalifas Anweisung Fleischstücke aus dem Bauch des Tieres. Später sollte Kalifa sagen, *die besten Stücke,* die Filetstücke, weil er mein Freund ist und ich seiner, und somit ist auch er euer Freund und ihr seid seine.

Hadir briet das Fleisch und servierte es mit eingelegtem Gemüse, das er aus einem riesigen Glas fingerte, wo es in einer trüben Flüssigkeit schwamm.

Lecker, nicht wahr, Chef?

Mhm, machte Stefan mit vollem Mund.

Alles bio! Kalifa grinste.

Sie saßen auf weißen Plastikstühlen, an wackeligen Holztischen, ganz vorne, an der Kante der Betonplatte, die Plane schützte sie vor der ärgsten Mittagssonne. Neben Kalifas Pick-up hielt eines dieser typischen Touristenautos, ein Paar Ende zwanzig stieg aus, plapperte auf Spanisch.

Auch sie bekamen Fleisch von dem Schaf und Gemüse aus den Gläsern. Die Spanierin – oder Südamerikanerin –

Wohl eher Spanierin, mutmaßte Stefan, der ein Ohr für Akzente hatte.

Sie sah zu ihnen und schien irgendetwas über David, Stefan und Kalifa zu sagen. Auch ihr Typ schaute kurz herüber, schüttelte den Kopf, sie grinste, als hätte sie ihn mit ihrer Bemerkung auf den Arm genommen, was er aber nicht durchschaut hatte.

Während Kalifa mit David und Stefan aß, blieb der Fahrer des spanischen Paares bei seinem Wagen und spielte mit seinem Handy.

Warum sagt *er* eigentlich schon den ganzen Tag kaum was?, preschte Kalifa plötzlich hervor.

Augenblicklich hörte David zu kauen auf, lehnte sich zurück und sah Kalifa abwartend an.

Frag ihn, sagte Stefan nach einer Pause. Er ist ja da.

Kalifa starrte weiter auf seinen Teller und schmatzte.

Immerhin hatte Stefan nicht für ihn geantwortet, sondern Kalifa an ihn verwiesen. Und so antwortete David: Weil *du* nicht mit mir redest!

Weil *du* nicht verstehst, was ich sage, kam von Kalifa wie aus der Pistole geschossen.

David runzelte die Stirn und konnte sich nicht verkneifen, sich bei Stefan zu erkundigen: Warum denkt *er*, dass ich nicht verstehe, was er sagt?

Stefan antwortete geduldig: Frag ihn, *er* ist ja da.

Ich verstehe sogar, was du nicht sagst, schickte David daraufhin in Kalifas Richtung.

Dann los, weiser Mann, sag, was du über mich weißt! Kalifa machte den Rücken gerade.

Okay, dann wollen wir mal! David war sofort bereit – in gewissem Sinne –, den Platz des LKW-Fahrers einzunehmen, mit dem Kalifa sich duelliert hatte. Auf der Gebirgsstraße mit ihren Gefährten, jetzt mit Worten. Aber bevor er loslegte, schluckte er noch das Stück Fleisch hinunter, das er zwischen den Zähnen hatte.

Kalifa grinste.

Dachte er, David hätte bereits an dieser Stelle aufgegeben? Oh nein!

Du willst, dass man diese vier Männer aufhängt, begann David mit Blick zu Hadirs Grill, wie dieses Schaf.

Als hätte er exakt *diesen* Satz von David erwartet, klatschte Kalifa in die Hände. Dass du damit anfängst, ich wusste es!

Und? Wo ist das Problem?

Ich sag ja, dass du nichts verstehst.

Dann erklär es mir, verlangte David aufgekratzt.

Sie sprachen laut. Das spanische Paar war aufmerksam geworden, verstand aber offenkundig kein Deutsch.

Du bist so scheißeuropäisch, forderte Kalifa ihn heraus.

Ich bin Europäer! David lachte auf und glaubte, einen Punkt gemacht zu haben.

Hier ist es anders. Die vier waren die, die das mit den beiden Mädchen gemacht haben. Also. Wieder machte Kalifa die Kopf-ab-Geste.

Einfach so?, fragte David wie schon im Auto, diesmal mit gedämpfter Stimme.

Nein, widersprach Kalifa, Menschen töten ist nicht einfach. Aber jetzt heißt es, es sei gefährlich hier. Touristen kommen nicht mehr. Und ich habe bald keinen Job mehr. Und er auch nicht. Er zeigte auf den Fahrer der Spanier. Und der auch nicht. Kalifa nickte Hadir zu, der zurücknickte, als wüsste er ganz genau, wovon die Rede war. Diese Männer haben alles kaputt gemacht, fuhr Kalifa fort. Das, was sie gemacht haben, kostet Arbeit, Geld, Nahrung, und noch mehr Leben. Es wird mehr Tote geben als nur diese beiden dummen Girls.

Nein. Einfach nein. Schließlich hatten auch er und Stefan sich von den Morden nicht abschrecken lassen, nach Marokko zu fahren, auch wenn es am Vorabend ihrer Abreise auf Messers Schneide gestanden hatte. Und in Marrakesch, in der Medina, am Djemaa el Fna, im Nomad, dort schon gar nicht. Nichts davon führte David an. Stattdessen: Was ändert das, wenn ihr sie umbringt?

Dann ist wieder Peace!

Ha!

Aber keine Angst, Mann! Wir machen das nicht. Dann protestieren nämlich die europäischen Regierungen. Obwohl Leute von ihnen umgekommen sind. Was pervers ist. Aber Europa ist pervers. Es kümmert sich nicht um seine Leute. Dort geht es nur um Menschenrechte, nicht um Rechte von Menschen. Kalifa funkelte David an, als wäre das eine besondere Spitzfindigkeit, die er da eben von sich gegeben hatte. David ließ sich auf diesen Nonsens nicht ein. Also, führte Kalifa weiter aus: Sie protestieren. Und dann? Der König bekommt Probleme. Aber niemand in Marokko will, dass der König Probleme bekommt. Nicht die Leute aus dem Norden. Nicht die Leute aus dem Süden.

Und auch nicht die Leute aus Marrakesch?, fragte David mit Ironie.

Kalifa verstand in der Sache keinen Spaß. Ja, auch diese, sagte er, als würde es ihm tatsächlich leidtun, dass er in der Hitze des Gefechts die Rolle der Menschen in Marrakesch vergessen hatte.

Aber eigentlich willst du die vier Männer aus dem Norden töten. David ließ nicht locker.

Und weißt du, was die Lösung ist?, fragte Kalifa, ohne auf ihn einzugehen.

Und? Was ist die Lösung?

Ich sag ja, du verstehst es nicht, antwortete Kalifa endgültig triumphierend, jeder hier, jeder in diesem Land, dem ich diese Frage stelle, würde an dieser Stelle schweigen. Er würde wissen, was ich meine. Kalifa schob sich einen Bissen in den Mund – *lieber stopfe ich mir den Mund, als ein Wort darüber zu verlieren.*

Der gesellschaftliche Wert der Tat rechtfertigt sie, auch wenn sie isoliert betrachtet natürlich ein weiterer Mord ist? War Kalifa der Überzeugung: Das ist nicht richtig, aber man kann sich nicht immer richtig verhalten? Dachte er: Töten ist niemals einfach, aber es kann nicht alles einfach sein im Leben? Davids Conclusio: Also macht ihr es doch.

Niemand macht was, presste Kalifa wütend hervor.

Echt nicht? Oder will Kalifa ihm weismachen, dass in seinem Land, auch wenn niemand was macht, es trotzdem geschehen wird?

Und du, hör auf damit! Damit meinte David Stefan, der schon die ganze Zeit geschwiegen und damit genervt hatte, seinen Kopf demonstrativ mal dem einen, mal dem anderen zuzuwenden, als würde er ein Pingpongspiel verfolgen.

Rechnete Stefan so: Ein Konflikt zwischen David und Kalifa, aus dem ich mich heraushalte, festigt meine Position im Wagen weiter?

Sie schwiegen, aßen, tranken, waren in Gedanken, schielten mal dahin, mal dorthin. Zum Schaf, das mittlerweile von mehreren Seiten angefressen schien. Zu den Spaniern, die jetzt ganz mit sich beschäftigt waren, sich gegenseitig mit Gabeln Essen in den Mund schoben, was David und Stefan in der hiesigen Öffentlichkeit niemals hätten tun können, was sie aber in Restaurants zu Hause auch nicht taten, also was soll's. Neue Gäste trafen ein, Hadir warf erneut den Gasgrill an, schraubte das Glas mit dem eingelegten Gemüse auf, bis Kalifa schließlich bestimmte, wie es weitergehen würde: Ich verschwinde mal. Und Chef, du zahlst. Und dann fahren wir. Er wischte sich mit dem

Handrücken über den Mund, stand auf und folgte der Spur des Wasserschlauchs tiefer in das Lokal hinein, balancierte auf ihm wie ein verspielter Junge, bis dorthin, wo die Tische im Halbdunkel lagen.

Er mag mich nicht!

In den Momenten davor hatte David noch gedacht, er würde seinem Ärger anders Luft machen: *Kalifa geht mir auf die Nerven* oder *Kalifa ist ein Vollidiot* oder *Kalifa redet nur Schwachsinn.*

Jetzt einfach nur: Er mag mich nicht.

Es ist doch völlig egal, ob er für die Todesstrafe ist oder nicht! Stefan zog die Klammer mit den Geldscheinen aus seiner Hosentasche.

Es geht nicht um die Todesstrafe, natürlich, schon auch, aber es fängt früher an. Es geht darum, Menschen ohne Prozess zu beseitigen, einfach verschwinden zu lassen, hielt David entgegen.

Echt jetzt? Stefans Erstaunen klang aufrichtig.

Was?, fragte David überrascht.

Willst du dich wirklich auf so eine Diskussion mit Kalifa einlassen?

Nein, wollte David natürlich nicht, weder auf eine Diskussion mit Kalifa noch mit Stefan. Er wusste, dass das zu nichts führen würde. Weder in dem einen noch in dem anderen Fall. Kalifa sprach ihm als Europäer ohnehin jegliche Kompetenz für diesen Fall ab, und Stefan blockte in der Regel politische oder weltanschauliche Diskussionen ab. *Nicht mein Thema.*

Wir müssen die nächsten sechs Tage mit ihm in einem Auto verbringen. Provoziere ihn also nicht unnötig! Stefan blickte auf und rief jetzt hörbar ungeduldiger quer durch das Lokal: Want the check! Pay! Money!

Dafür mag er *dich*, ergänzte David.

Zum Glück, entgegnete Stefan und lachte.

Warum mag er dich und mich nicht? David wunderte sich über sich selbst, dass er es beim besten Willen nicht lassen konnte.

Ganz einfach, erklärte Stefan achselzuckend, weil er darauf abfährt, dass ihm jemand sagt, wer Chef ist.

Ich sage, wo es langgeht! Damit hatte Stefan das Verhältnis zwischen Kalifa und sich geklärt? Aber wahrscheinlich hatte Stefan recht. Xaver hatte ihm das auch beizubringen versucht, als David sich darüber beschwert hatte, dass Bühnenarbeiter meinten, ihn so nennen zu müssen: Chef. Chef. Chef. Das war David immer wieder auf die Nerven gegangen. Du musst als Chef auftreten, hatte Xaver gesagt. Sie erwarten das von dir. Sie wollen das. Wenn du es nicht tust, verarschen sie dich mit diesem Titel. Wurde auch Stefan von Kalifa verarscht? Nein. Stefan war hier nicht der Verarschte. Die Frage ist nur: Wissen die – Xaver und Stefan –, wissen die so was von Haus aus, haben sie es von Kindesbeinen an gelernt oder hatte er sich – in Stefans Fall –, hatte Stefan sich zu Herzen genommen, was er in einem dieser Reiseblogs gelesen hatte: Mit dem einheimischen Fahrer von Anfang an die Fronten klären, sonst tanzt er dir auf der Nase herum? Warum weiß ich so was nicht?, fragte sich David.

The check, please!, rief Stefan nochmals.

David drehte sich um. Hadir stand nicht bei seinem Grill.

Wem rufst du?, fragte er verwirrt.

Hadir.

Er ist nicht da.

Doch. Stefan zeigte in die Tiefe des Lokals.

Hadir saß mit Kalifa im Halbdunkel an einem der Tische. Zwei Silhouetten, zwei glühende Punkte, Zigaretten, sie schoben irgendwas auf dem Tisch hin und her, was Kleines, Unscheinbares in die eine Richtung. Geld in die andere? Stefan schien das nicht weiter zu interessieren, er wollte einfach nur möglichst schnell bezahlen, so wie Kalifa es ihm angeschafft hatte.

Von der Treppe, die vom Vorplatz zum Lokal heraufführte, erklang plötzlich eine kräftige Stimme, die augenblicklich alle Aufmerksamkeit auf sich zog. Obwohl David kaum Französisch konnte, verstand er, dass sie Hunger hatte.

Sie: schwarze Haare, gefärbt, ein ausgefranster Pagenschnitt, rundes Gesicht, korpulent, eigentlich dick, Schweißränder auf ihrem schwarzen T-Shirt, schwarze Jogginghose. Die Frau nahm ihre Sonnenbrille ab. Große Augen, voller Feuer. Ungefähr so alt wie wir, dachte David. Touristin. Sie würde gleich sterben, glaubte David zu verstehen. Ihr Blick ging jetzt ins Innere des Lokals, wo Hadir und Kalifa immer noch an dem Tisch saßen, allerdings zurückgelehnt, entspannter als vorhin. Sie schimpfte, lachte im nächsten Augenblick. Kurz drauf erhoben sich Kalifa und Hadir und kamen zurück ins Sonnenlicht.

Bonjour Hadir!, rief die Neue.

Als Hadir die Frau entdeckte, flog ein verlegenes Grinsen über sein Gesicht. Er schien sie tatsächlich wiederzuerkennen.

Kalifa kam zu ihnen an den Tisch und sagte im Befehlston: *Jetzt* bezahlst du! Gib ihm dreihundert.

Kaum hatte die Neue gehört, wie Kalifa deutsch sprach, wechselte sie die Sprache: Hadir ist der beste Koch in ganz Marokko! Sie strahlte Hadir an. Der wurde rot und sah zu Boden.

Stefan nickte. Dreihundert Dirham, das sind fast dreißig Euro, rechnete Stefan laut vor. Im Gegensatz zu David schien er nicht erstaunt, dass die Frau plötzlich Deutsch sprach, vermutlich hatte er ihren Akzent erkannt.

Natürlich, sagte die Neue, Hadir wäre schön dumm, wenn er nicht verlangen würde, was er wert ist. Sie wandte sich dem Angesprochenen zu und sprach wieder Französisch.

Sie hat ihn vermisst, übersetzte Stefan, ohne Rücksicht darauf, ob sie es hören konnte, dann legte er drei Scheine auf den Tisch.

Hauen wir ab! Kalifa scheuchte sie plötzlich regelrecht Richtung Pick-up. David und Stefan kletterten auf ihre angestammten Plätze, Kalifa ließ den Motor an, er tat es zu hektisch und musste zweimal starten.

David schaute noch mal zu dem abgezogenen, augenlosen Schaf. Was ihm vorhin als Monster erschienen war, schien ihm jetzt ein Opfer zu sein, verwundet, geschändet, besiegt.

David schloss die Augen. Das Bild der Französisch sprechenden Deutschen wollte sich unbedingt über jemandes Bild schieben, an den er sich erinnerte, vage erinnerte. *Irgendwoher kenne ich die.* Der Gedanke hatte schon eine Weile im Hintergrund gewartet, jetzt trat er hervor. Aber wo soll ich sie bloß hintun? Nicht einmal ein Zusammenhang fiel ihm ein. Von früher? Vom Theater? Von seiner Zeit in Ostdeutschland, wo er kurz nach der Wiedervereinigung zum ersten Mal mit Xaver an einem Theater, das ein paar Monate später für immer geschlossen wurde, zusammengearbeitet hatte? Plötzlich überfiel David diese bleierne Traurigkeit, die ihn auch bei der Ankunft in Elodies Riad überfallen hatte – und die auch heute mit dem frühen Aufbruch zu tun hatte, aber auch mit der Auseinandersetzung mit Kalifa und Stefans mangelnder Unterstützung. Er war als Verlierer aus dem Streit hervorgegangen, oder?

Das Geräusch des Motors glitt immer weiter weg, er wollte es nicht loslassen, wollte es nicht ziehen lassen, bald war nur noch aus großer Ferne ein Brummen zu hören, einmal noch riss er sich für ein paar wenige Sekunden zusammen –

Als David aufwachte, hatte er einen trockenen Mund und seine Zunge klebte am Gaumen. Aus der Box neben seinem linken Ohr quoll arabischsprachige Musik, eine Frauenstimme oder eine sehr hohe Männerstimme, im Munterwerden konnte David den Unterschied nicht erkennen. Die Stimme galoppierte auf Vokalen durch eine landestypische Melodie, vielleicht war sie auch untypisch, er wusste es nicht. Auf jeden Fall sollte sie diese Art von Musik von nun an zwei Tage lang begleiten. Zu englischsprachiger Popmusik kehrte Kalifa erst zurück, als sie wieder Richtung Norden unterwegs waren. Adeles *Hello* war der erste nichtarabischsprachige Titel, nach einer endlosen Reihe arabischsprachiger, die für Davids Ohren keinen Anfang und kein Ende hatten.

David spekulierte, ob Kalifa, der aus dem Süden stammte und sich mit ihnen nun dem Ort mit dem *Haus meiner Mutter* näherte, in das er sie eingeladen hatte – wenn das nicht nur so dahingesagt gewesen war –, ob Kalifa sich mit diesem Gedudel – etwas anderes konnte David in seinem schlaftrunkenen Zustand beim besten Willen nicht über diese Musik sagen –, ob er sich damit für seine Heimreise in Stimmung bringen, sich eingrooven wollte?

Wie lange habe ich geschlafen?, fragte er mit Blick auf Stefans Knie, das sich schnell auf und ab bewegte.

Zehn Minuten. Geschätzt. Plusminus. Und ohne weiteren Kommentar: Ist dir nicht auch zu heiß? Stefan knöpfte einen Hemdknopf auf und bat Kalifa, die Klimaanlage hochzudrehen.

Als wäre er mindestens für eine Stunde ausgeknipst gewesen, kam es David vor. Und er fischte nach den Bildern, die in einem nicht benennbaren Raum schwebten und vollkommen durchsichtig waren. Die Deutsche war in dem Traum nicht vorgekommen, so viel wusste er mit Sicherheit, auch wenn er sich sonst an nichts erinnerte.

Schon bevor er eingeschlafen war, war es immer steiler bergauf gegangen, und sie drangen noch immer weiter in den Atlas vor, immer höher hinauf, zuweilen war die

Straße ausgesetzt und kaum gesichert, wie David mit zunehmender Sorge beobachtete. Manchmal öffnete sich ein Blick in die Tiefe, Schluchten waren das.

Wer da hinunterstürzt, von dem bleibt nichts, der ist für immer verschwunden.

In New York hatte David sich gewünscht, in den Häuserschluchten verloren zu gehen, für Xaver, für alle anderen und für immer.

Stefan würde nicht einmal widersprechen, wenn er ihm sagen würde, dass der Gedanke daran, einfach zu verschwinden, für ihn etwas Beruhigendes hatte. Stefan hielt solche Einfälle schlichtweg für *Gerede,* so hatte Stefan es zumindest gesagt, als David am Tag nach einer der vier Premieren des vergangenen Jahres die Sinnhaftigkeit von Theater, also seines Tuns, ergo seiner Existenz, angezweifelt hatte. Hatte Stefan wirklich nie solche Erfahrungen gemacht? David wusste es nicht. Bisher hatten sie über solche Dinge nicht gesprochen.

Steinplatten stapelten sich zu einer Landschaft, ab und zu reckten grau-braun gescheckte Wildziegen ihre Hälse dazwischen hervor oder standen wie erstarrt auf einer der monumentalen Schrägen.

Drei, vier Kurven später parkten ein paar Autos in einer langgezogenen Ausbuchtung im Schatten eines überhängenden Felsens, allesamt Touristenkutschen. Einen letzten Platz gäbe es noch für unseren Pick-up, registrierte David aus den Augenwinkeln, und tatsächlich sagte Kalifa: Fotos machen! Mehr Befehl als Frage. Bevor sie auch nur einen Moment lang überlegen konnten, ob sie tatsächlich Fotos machen wollten oder nicht, hielt Kalifa, legte den Rückwärtsgang ein, schrie: Köpfe weg! Und stach rückwärts in die freie Parklücke.

David öffnete als Erster die Tür, Wind blies ihm in die Haare, strich kühl über seine Haut. Sie waren hier hoch oben, auf fast zweitausend Metern. Er sah sich um. Die Fahrer standen bei den Autos im Schatten des Felsens beisammen, die Touristen hatten die Straße überquert und sich in der prallen Sonne entlang eines windschiefen und verrosteten Geländers aufgereiht.

Vor ihnen ein steiler Abhang, in geschätzten zweihundert Metern Tiefe schlängelte sich ein Rinnsal, von hier oben funkelte es wie eine Silberader. Aber nicht die Schlucht war es, warum die Leute hier standen, es waren die Häuser, die wie Schwalbennester an der gegenüberliegenden Felswand klebten. David erinnerte sich an die Bilder von dem *senkrechten Dorf* im Reiseführer. Er hatte den Text zu den Fotos nicht gelesen, war aber selbstverständlich davon ausgegangen, dass sie die Häuser besuchen konnten. Vor Ort wusste er nun nicht, wie sie dort hinüberkommen sollten.

Siehst du den Pfad?

Kalifa stand zwischen David und Stefan, hatte sich eine Zigarette angezündet, rauchte genüsslicher als sonst, lange Züge in größeren Abständen, und glotzte, als wäre auch er ein Tourist. Plötzlich zeigte er mit der Zigarette zwischen den Fingern auf das gegenüberliegende Gelände.

Wo?

Der helle graue Streifen?

Nach einer Weile glaubte David tatsächlich einen in den Felsen geschlagenen Weg zu erkennen. Und da kommt man –?

Nicht ihr, unterbrach Kalifa, aber es leben immer noch Menschen dort, Idioten. Kalifa schnipste den Zigarettenstummel den Abhang hinunter.

Keine Einheimischen, mutmaßte David.

Richtig. Kalifa lachte. Amerikaner, Europäer. Schaut! Lasst euch Zeit! Damit ging er jetzt doch zu den anderen Fahrern hinüber. Die hießen ihn willkommen, Handschläge, eine Umarmung, sie vergrößerten den Kreis, nahmen ihn bei sich auf.

Stefan war mit seiner Kamera beschäftigt, fokussierte, suchte den richtigen Ausschnitt, nahm die Kamera herunter.

Weiter rechts, forderte er David auf, du sollst weiter rechts gehen, ein, zwei Schritte, was stellst du dich denn so an?

David war nicht klar gewesen, dass er auf dem Bild mit drauf sein sollte. Aber gut!

Kannst du dich mal bitte *da* hinstellen! *Da* hin! Stefan zeigte zweimal auf die Stelle, die er meinte, aber jedes Mal war es eine andere.

Wohin denn nun?

David machte einen kleinen Schritt zur Seite und einen rückwärts. Er wusste den Abgrund hinter sich. Wenn ich noch weiter nach rechts gehe, stürze ich ab. Mach schnell!

Stefan schaute wieder durch den Sucher.

Mach, bat David, als nichts geschah. Das ist eine Digitalkamera. Er schielte nach rechts und links, da wird geknipst und fertig. Es ist nicht wie in unserer Kindheit, als man exakt sechsunddreißig Bilder auf einer Filmrolle hatte.

Und manchmal ist sich auch noch ein siebenunddreißigstes Bild ausgegangen, sagte Stefan wie nebenbei, nahm dann aber die Kamera vom Gesicht.

Fertig?, fragte David, obwohl er wusste, dass es nicht so war.

Stefan schaute ihn an. David wusste nicht, *wie* er ihn ansah, was sein Blick bedeutete, nur dass es nichts mit dem Foto zu tun hatte, das Stefan machen wollte.

Auch mit dir habe ich nicht mehr gerechnet, sagte Stefan langsam, wählte jedes Wort mit Bedacht. Du bist *das siebenunddreißigste Bild*, mit dem man nicht mehr rechnet.

Was war *das* denn? Ein Lachen kam David den Hals herauf, aber er verschluckte es gleich wieder. *Das siebenunddreißigste Bild* war auf jeden Fall das Poetischste, das er jemals von Stefan gehört hatte.

Stefan, die Kamera vorm Bauch. David, den Abgrund im Rücken.

Er wusste, er sollte Stefan etwas entgegnen. Aber dann – dann hatte er den richtigen Moment bereits verpasst. Was immer er jetzt dazu sagen würde, würde wie eine Pflichtübung auf Stefan wirken. Und Schweigen würde wie eine Ablehnung aussehen. Also schnell so tun, als hätte der Wind *du bist das siebenunddreißigste Bild* verblasen und als hätte David *du bist das siebenunddreißigste Bild* nicht verstanden: Hast du gehört, was Kalifa gesagt hat? Dort leben immer noch Menschen.

Ja, hab ich im Reiseführer gelesen, bestätigte Stefan nüchtern.

War er enttäuscht, dass David nicht auf *das siebenunddreißigste Bild* eingegangen war?

Stefan blickte an David vorbei und betrachtete jetzt mit bloßem Auge das architektonische Wunderwerk.

Irre, oder?, sagte David mit etwas zu viel Eifer und musterte Stefans Profil. Er hatte sich seit drei Tagen nicht rasiert und auf seinem kräftigen Kinn sprossen Bartstoppeln. Seit sie sich kannten, war das noch nie der Fall gewesen. Stefan atmete ein, wie um eine Erklärung abzugeben, für die er weit ausholen musste, aber jemand anders fragte plötzlich: Soll ich ein Foto von euch schießen? Die Französisch sprechende Deutsche. Ihre Ankunft war David entgangen. Er konnte sie auch jetzt noch nicht sehen, bis sie hinter Stefans Rücken hervortrat.

Überraschung!

Stefan drehte sich zu ihr um. Ah! Hi!, sagte er.

Ich kann damit umgehen! Sie meinte die Kamera, Stefans Heiligtum. Also keine Angst! Rein formell machte sie ein Angebot, ihre Sätze klangen aber, als wäre es besser, nicht zu widersprechen.

Und plötzlich wusste David, an wen ihn diese *Erscheinung* erinnerte, wer diese Erscheinung mit gar nicht so geringer Wahrscheinlichkeit vielleicht sogar war: Eine Schriftstellerin, die normalerweise Romane schrieb, aber einmal eben auch ein Theaterstück, das Xaver und er auf die Bühne gebracht hatten. War ewig her, zehn, fünfzehn Jahre? Nach der Premiere hatte sie einen Affentanz aufgeführt, hatte ihnen vorgeworfen, überhaupt nicht verstanden zu haben, worum es in dem Stück ging, dabei hatten sie ihr *Stück* überhaupt erst zu einem gemacht. *Stück* hatte man diese zusammengestückelte Prosa nämlich eigentlich nicht nennen können.

Übrigens, ich bin Vera, sagte die Deutsche.

Nein. Die Schriftstellerin hatte *sicher nicht* Vera geheißen. David atmete durch.

Und Stefan überließ Vera die Kamera. Du musst –

Ich weiß, was ich muss, würgte sie ihn ab.

Stefan nickte und stellte sich neben David.

Jetzt. Jetzt könnte es vielleicht passen, dachte David und sagte: Danke für das, was du vorhin gesagt hast, mit dem *siebenunddreißigsten Bild,* flüsterte er.

Stefan schaute ihn an, als müsste er sich erst wieder erinnern. Ach so, okay.

David biss die Lippen zusammen. Er hatte eine größere Reaktion erhofft.

Also was jetzt, rief Vera. Foto oder nicht?

Yes. Folgsam stierte David in das Objektiv von Stefans Spiegelreflexkamera.

He! Männer! Nicht so ernst! Lächeln!

David lächelte. Was Stefan neben ihm tat, darum kümmerte er sich nicht.

Auf *natürliche Weise* lächeln, verlangte Vera.

Er versuchte es.

Der Hintergrund?, erkundigte sich Stefan.

Wenn ihr einen Schritt auseinander macht, sind die Häuser zwischen euch, schlug Vera vor.

Augenblicklich trat Stefan zur Seite.

Wo ist das Vögelchen?, rief sie.

Ha, ha, machte David leise.

Vera drückte ab und streckte Stefan die Kamera hin. Schaut es euch an! Sonst machen wir noch eines.

David überließ Stefan das Urteil, ob die Aufnahme gelungen war. David blickte zu den Fahrern im Schatten der Felswand. Sie standen jetzt dichter beieinander als vorhin. Er kniff die Augen zusammen.

Vera war Davids Blick gefolgt, lächelte, schien zu wissen. Sie war, rekapitulierte David, da sie Hadir vermisst hatte, wohl auch schon mehrmals hier, an diesem Aussichtspunkt gewesen. Dass bei den Fahrern etwas vor sich ging, daran hatte David keinen Zweifel.

Es ist gut, sagte Stefan und hielt David das Display vor die Augen. Das Bild ist gut. Du siehst wirklich gut aus.

David wollte nur einen flüchtigen Blick auf das Bild werfen. Dann aber sah er doch genauer hin. Während er in die Kamera sah, schaute Stefan ihn an, voller Zärtlichkeit. Ja, gut, bestätigte David betont nüchtern, fühlte sich aber, als wäre er Stefan abermals etwas schuldig geblieben.

Er konzentrierte sich wieder auf das, was auf der anderen Straßenseite geschah. Kalifa. Hosentasche. Etwas Längliches. Eine Zigarette? Könnte aber genauso gut ein zusammengerollter Geldschein sein. Und mit einem Mal bezweifelte David, dass Kalifa die Wahrheit über die Bewohner des senkrechten Dorfes gesagt hatte. Er hatte sich ja schließlich bisher noch nie mit besonderen Kenntnissen über das Land hervorgetan. In der Regel verwies er David und Stefan aufs Internet, wenn sie Auskunft zu etwas am

Straßenrand haben wollten, einem Gebäude, einer Vogel-, einer Baumart, oder wenn sie sich nach demografischen, politischen oder sozialen Gegebenheiten erkundigten. Kalifa hat nur unsere Fantasie beschäftigen wollen, und die anderen Fahrer hatten es mit ihren Touristen genauso gemacht, um in Ruhe beisammenstehen und Geschäfte machen zu können?

Darf ich mal? David meinte die Kamera. Plötzlich hatte er eine Idee.

Anstandslos gab Stefan sie ihm.

David richtete das Objektiv auf die Häuser, zoomte sie heran. Steinmauern, grau in grau, schwarze Fensterhöhlen, nichts Buntes, keine flatternde Wäsche. Er suchte mit einer langsamen Bewegung das ganze Dorf ab. Nichts.

Suchst du etwas Bestimmtes?, erkundigte Stefan sich nach einer Weile.

Hast du dort irgendwas gesehen?

Was gesehen?

Ich meine, hast du Menschen gesehen?

Nein.

Also. David fühlte seine Mutmaßungen bestätigt. Es leben dort keine Menschen.

Weil du den Reiseführer nicht gelesen hast, ergänzte Stefan. Die Kommune ist dort nur von März bis August.

Eine Kommune? David nahm die Kamera herunter. Warum das?

Dann wird es zu kalt.

Ah! Das war natürlich, angesichts der Temperaturen, wie sie sie heute Nacht im *Kühlschrank* erlebt hatten, eine glaubwürdige Erklärung. Er sah nochmals zur Felswand hinüber, dann gab er Stefan die Kamera zurück. Dann hatte er Kalifa fälschlicherweise verdächtigt. Sorry! Und möglicherweise hatte er auch aus dem, was er beobachtet hatte, falsche Schlüsse gezogen. Sorry!

Vera unterhielt sich mittlerweile, ihre Hände tief in den Taschen ihrer Jogginghose vergraben, mit anderen Touristen, der Wind trug ihre laute Stimme von David und Stefan weg.

Und wenn sie doch diese Autorin ist, die sich für ihre Theaterarbeit ein Pseudonym zugelegt hat? Schließlich sind wir einander nur ein einziges Mal begegnet, überlegte David, und dann fiel es ihm doch wieder ein: *Dunkelkammer.* Er war doch noch nicht völlig verblödet.

Das Stück heißt *Dunkelkammer*, sagte David so, dass Vera es hören musste.

Das Stück dieses jungen Autors?, fragte Stefan. Hast du eine Idee für das Bühnenbild?

Nein, entgegnete David. Ich soll ja während des Urlaubs nicht darüber nachdenken, hast du gesagt. Er lachte.

Stefan nickte. Du hörst also auf mich? Das klang ironisch.

David hatte die ganze Zeit Vera im Blick gehabt. Bei der Nennung des Stücktitels war sie nicht zusammengezuckt.

Nein, sie ist es nicht, beschloss David, Vera ist nicht die Autorin von *Dunkelkammer.* Das war hiermit klar. Er entspannte sich wieder.

Dunkelkammer. Eigentlich ein schöner Titel.

6

Oft hatte David während Theaterproben, im Dunkeln, schweigend und vollkommen reglos in einer der hinteren Reihen sitzend – in Gedanken –, *Schluss gemacht.* Wegen fehlender Perspektive. Und deshalb Zeitverschwendung. Um ihn herum wurde gesprochen und gesungen, getanzt, geliebt, verhandelt und gemordet – am Anfang der Probenzeit mehr schlecht als recht, dann von allen Beteiligten immer besser organisiert. Die betreffende Person war zuweilen im selben Raum gewesen, war ein Schauspieler oder ein Assistent, mit dem er zu Probenbeginn etwas angefangen, eine erste, eine zweite, eine dritte Nacht verbracht hatte, darauf bedacht, dass niemand sonst im Team es mitbekam – und der von dem geplanten Ende der Affäre noch nichts wusste, nicht einmal ahnen konnte, überrascht sein und aus allen Wolken fallen würde. David saß mit offenen Augen und Ohren da, sah vielleicht den Betreffenden zu sich herschauen, David lächelte ihm zu, als wäre nichts geschehen – es war ja auch noch nichts geschehen –, gab gleichzeitig demjenigen die Schuld, dass David es ihm bald sagen musste, dass es *aus und vorbei* war, heute noch oder morgen oder spätestens nach der Premiere. David wusste, wie ungerecht seine Wut war. Aber die Wut war wichtig. So war es einfacher, den anderen wegzustoßen. Aber im Moment konnte er ohnehin nicht handeln. Also zwang er sich, sich auf das zu konzentrieren, was um ihn herum geschah, wie sich das Spiel auf der Bühne entwickelte. Er lauschte Xavers Anweisungen, den Widerreden, Debatten, Fragen, bis die Schauspieler wieder zu ihren Figuren wurden, deren Körper- und Geisteshaltungen annahmen. Und während sich das Geschehen zwischen ihnen auf neue Weise entwickelte, tigerte Xaver zwischen den Stuhlreihen auf und ab, oft sah er überhaupt nicht zur Bühne hin, hörte nur zu. David wusste ganz genau, was Xaver dachte, was er gutheißen würde, was nicht, wo er mitgehen würde, wo nicht, ob später ein Lob oder *Sorry, aber ich habe dir kein Wort geglaubt* kommen würde. David konnte in Xavers Gesicht lesen, seine Gedanken wie Wege auf einer Landkarte verfolgen. Es gab keine Überraschungen. Werde ich Stefan jemals so nahekommen, wie ich Xaver nahe sein kann, hatte sich David, nachdem sie die erste Nacht miteinander verbracht hatten, immer wieder gefragt. Er hatte sich gefragt: Wird Stefan mir jemals so nahe sein, wie er Susanne nahe ist? Er fragte sich: Wäre es nicht wunderbar, wenn man diese Art von Nähe messen könnte? Er dachte: Wenn es nur eine Maßeinheit dafür gäbe, dann wüsste man Bescheid und würde sich nichts fragen.

Was ist? Stefan schaute von seinem Tablett auf und unterbrach das Schweigen im Pick-up.

David sagte: Wenn wir zurück sind, werde ich für dich und Susanne kochen.

Stefan zog die Augenbrauen hoch: Wie kommst du jetzt darauf?

Susanne hat doch auch diese Tour in die Wüste gemacht, erklärte David. Ich habe mich gerade gefragt, ob sie dieselbe Strecke gefahren ist, ob sie auch bei Hadir eingekehrt ist, von dem die Deutsche behauptet hat, er sei *der Beste* weit und breit.

Die Strecke, ja, ich denke schon. Stefan zog seine Wasserflasche aus dem Fach in der Tür und nahm einen Schluck.

Und was hältst du von meiner Idee, für dich und Susanne zu kochen?, fragte David.

Ja. Aber ich wundere mich.

Weil ich nie besonders großes Interesse an ihr gezeigt habe, vermutete David und schielte nach vorne, weil er bemerkt hatte, dass Kalifa sie über den Rückspiegel beobachtete.

So ist es, bestätigte Stefan. Ich hatte eher das Gefühl, du willst da lieber keinen Kontakt haben.

Das will ich ändern, versprach David und legte mit Blick auf Kalifas starre Augen im Rückspiegel seine Hand auf Stefans Oberschenkel.

Im selben Moment schaute Kalifa weg.

Auch über New York wollte David endlich mit Stefan sprechen. Aber was sollte er ihm sagen? Dass Xaver und er einander nie so nah und so fremd gleichzeitig gewesen waren wie in dieser Nacht in diesem Zimmer in der fünfundvierzigsten Etage eines Hotels an der fünfundvierzigsten Straße? Wie er in Panik geraten war. Sich irgendwo in Greenwich Village verirrt hatte. Er irgendwann auf der Hinterbank eines Yellow Cab gesessen, der Taxifahrer auf ihn eingeredet hatte, sie einander nicht verstanden hatten, ihm Minuten oder Stunden an Erinnerung fehlten, er schließlich in dem Hotel im Lift stand, am liebsten auf sein Spiegelbild eingeschlagen hätte, Xaver von all dem nichts mitbekommen hatte. Wie konnte er darüber sprechen, ohne dass es wie ein Geständnis klingen würde, das er aber nicht ablegen wollte? Dafür sah er absolut keinen Grund –

David hielt die Luft an, bis er schließlich nach Luft schnappen musste.

Sie erreichten den Pass. Abgesehen von der vor sich hindudelnden Musik und von einem Telefonat, das Kalifa auf Arabisch geführt hatte, waren sie wieder eine knappe halbe Stunde schweigend unterwegs gewesen. In langgezogen Serpentinen ging es nun erneut bergab. Nach einer weiteren Dreiviertelstunde erreichten sie die Weite des Graslandes, das immer schütterer wurde, schütter, wie Xavers Haar in den letzten Jahren geworden war, dachte David. Das Land wurde immer häufiger mit Felsbrocken durchsetzt – vor Urzeiten waren sie polternd vom Atlas heruntergerollt und schließlich hier liegen geblieben, eine Landschaft wie die Filmkulisse im *Planet der Affen*, dachte er. Das Licht geht an. Auf der Bühne liegen Steine. Die Schauspieler tragen Affenmasken. Sie sprechen die Worte des jungen gehypten Autors. Unsinn. Schauspieler mit Tiermasken hatten in den letzten Jahren schon so viele Bühnen bevölkert und funktionierten nicht einmal mehr in der Provinz, auch nicht als Filmzitat –

Bald war alles Gras, alles Grün, alles Gelb, alles Rot verschwunden und sie fuhren auf einer schnurgeraden Straße durch die Steinwüste. Nur noch selten tauchten am Horizont Behausungen auf, deren graubraune Häuser aus der Erde aufgeschlagen waren, wie Blasen.

Herden von Vögeln, groß wie Rebhühner, aber mit langen schwarzen Beinen, stakten auf dem trockenen Boden herum.

Was suchen die dort?, staunte David. Da gibt es doch nichts.

Wie heißen die Vögel, Kalifa?, fragte Stefan.

Schau -!, sagte er.

– im Internet nach, ergänzte David.

David und Stefan lachten.

Du bist als Reiseführer echt eine miese Nummer, sagte Stefan.

Sie fuhren in eines dieser Dörfer ein, laut Kalifa war es die letzte größere Ansiedlung vor der Sandwüste. Er drehte die Musik ab, ließ die Seitenfenster der Rückbank herunterfahren, weil es etwas zu hören und zu sehen gab.

Heiße Luft strömte herein, Staub, Hupen, Geschrei, von Menschen und Eseln, Rauch, der Singsang eines Muezzins, Gerüche, die David nichts und niemandem zuordnen konnte. Entlang der Straßen standen Marktstände mit frischem Obst und Gemüse – wo das in dieser Gegend wohl wuchs? Oder musste man es von weit her schleppen? Dahinter Geschäfte voller Elektrogeräte, Geschäfte voller Möbel, Krimskrams. So ein Trubel hatte tatsächlich nirgendwo sonst geherrscht, seit sie gestern Marrakesch verlassen hatten. Nach der eintönigen Steinwüste waren die Farben zurückgekehrt, Männer und Frauen trugen bunte, bodenlange Kleider. Kinder, Ziegen, Kühe, Hunde, Motorräder, Lastwägen – alles lief kreuz und quer. *Das pralle Leben.* David wusste nicht, wohin zuerst schauen.

Stefan packte seinen Fotoapparat aus. Die Hauptstraße war breit, aber Kalifa kam nur im Schritttempo voran.

Was machen wir hier?, wollte Stefan wissen, nachdem Kalifa an den Rand der Straße gefahren war und angehalten hatte.

Schau im Internet nach, feixte David.

Rauchpause, Chef!, sagte Kalifa. Und Alkohol kaufen.

Alkohol?, fragte Stefan, als könnte das nur ein falsches Versprechen sein.

In die Wüste ohne Alkohol ist keine gute Idee. Kalifa grinste. Es wird kalt, eiskalt, bitterkalt.

Kälter als in unserem Zimmer heute Nacht?

Man hält das sonst nicht aus, sagte Kalifa, der Stefans Einwand negierte, als empfände er ihn als eine persönliche Kritik.

Die Seitenfenster fuhren hoch, ein Großteil des Lärms war wieder nach draußen verbannt. Eine Weile saßen sie einfach nur da. Kalifa hatte sie mit der Aussicht, Alkohol zu kaufen, überrascht. Er wusste und genoss es.

Was hält man nicht aus?, erkundigte sich Stefan schließlich. Die Kälte?

Und nachdem Kalifa mit einigem Pathos hinzugefügt hatte, es habe was mit Schönheit zu tun, mit Macht, mit Größe, da merkst du, dass der Mensch nur ein Sandkorn, ein Nichts ist, dass es nicht um den Menschen gehen kann, sondern um etwas Größeres, etwas Allumfassendes, ergänzte David: Es hat was mit Gott zu tun.

Gott?

Kalifa drehte sich zu Stefan um. Ja, Chef! Und wisse, du hast wahrlich einen klugen Freund! Kalifa klang, als würde er aus einem heiligen Buch zitieren.

Etwa eine Viertelstunde zuvor war David ein Straßenschild aufgefallen, eine Abzweigung zum fünfundvierzig

Kilometer entfernten Ouarzazate, dem Zentrum marokkanischer Filmproduktion, das sie für den Rückweg eingeplant hatten, aber Dreharbeiten wurden in der gesamten Provinz durchgeführt. *Lawrence von Arabien*, *Game of Thrones*, *Sex and the City 2*, *Babel* etc., und dass Brad Pitt und Cate Blanchett auch hier, an diesem Ort, gewesen sein könnten, *ihre* Schuhe im Staub dieser Straße, *alleine die Vorstellung* –

Kalifa steuerte auf ein Haus im Stil einer Westernbar zu, geschnitzte und bunt bemalte Säulen trugen das Vordach, man musste drei Stufen hinaufgehen, drei, vier Schritte bis zu einer zweiflügeligen Tür, die man aufstieß wie bei einem Saloon in einem Cowboyfilm, wie sie in Davids Kindheit in den Sommerferien im Fernsehen liefen, wenn es regnete, das waren aber Italowestern gewesen, und er hatte sich als Neunjähriger unsterblich in *Franco Nero* verliebt. Krachend schwangen die Flügel ein paar Mal vor und zurück. Im ersten Augenblick war David erstaunt, dass hier tatsächlich ein Lokal, dass das Ganze nicht nur eine wackelnde Filmkulisse war.

Ventilatoren mit gut und gerne zwei Metern Durchmesser drehten sich surrend an der Decke und wirbelten die abgestandene Luft durcheinander. Ein wiederkehrender Luftzug streifte sie, es roch nach Apfel und Orange, erst später sahen sie die Shishas. Im Zentrum eine u-förmige Bar, die wenigen runden Tische waren nur zu erahnen. Auch die Gestalten an den Tischen – nur zu ahnen. Die Tiefe des Lokals noch nicht absehbar, sichtbar aber der Mann, der an der Bar lehnte. Von der Tür fiel Sonnenlicht herein, Staubpartikel tanzten.

True Blood.

Stefan hatte recht. Die ganze Szenerie erinnerte an diese Serie über Vampire, die sich in schummrigen Bars mit synthetisch hergestelltem Blut versorgen. Die erste

Serie, die Stefan und David gemeinsam gesehen hatten, eine Empfehlung von Susanne, die Serienjunkie war und zugegebenermaßen die besten Tipps hatte. Vielleicht sah der Typ auf dem Barhocker ja nur deshalb nicht zu ihnen her, weil er seine Vampirzähne vor ihnen verbergen wollte. Der Barmann blickte düster, als hätte die Dunkelheit in diesem Raum im Laufe der Jahrhunderte auf ihn abgefärbt, dachte David. Über seinen vollen Lippen wuchs ein Schnurrbart, ein sauber rasierter Strich bloß, plus dieser dunkle Teint – vielleicht doch: *Italowestern.*

Kalifa redete auf Arabisch mit ihm.

Es dauerte.

Was bequatschen die?, fragte Stefan leise und zog die Wangen nach oben.

David kannte dieses Gesicht – von ihrem Berlintrip zu Ostern. Sie waren in einem Technoclub gewesen. David hatte ihn dazu überreden müssen. Nach zehn Minuten schrie Stefan ihm ins Ohr: Ich will hier raus! Erst als sie wieder im Freien standen, hatte er sich langsam entspannt, der Lärm, diese Körper, diese Hitze, diese Geilheit, das alles hatte ihn komplett überfordert. Auch der Theaterabend, *Maria Magdalena,* am nächsten Tag hatte ihn überfordert. Nur das Kamel, das die Schauspielerin nach viereinhalb Stunden ohne Pause auf die Bühne geführt und mit den Worten ans Publikum: *Sie haben ja keine Ahnung, wie teuer das war, dieses Vieh zu engagieren* wieder weggebracht hatte, hatte ihn amüsiert.

Kalifa wird Alkohol für uns bestellen, vermutete David und zuckte mit den Schultern, um Stefan zu signalisieren, dass er nicht beunruhigt sein musste.

Aber sollen wir nicht wenigstens sagen, was wir wollen?, fragte Stefan.

Intuitiv hielt David das für keine gute Idee. Er zuckte mit den Schultern.

Diesen Raum abbauen, nach Europa verschiffen, eins zu eins auf die Bühne bringen, darin das Stück des jungen Autors spielen, in dem sich *alles um Gewalt drehte* – nein, so hatte es Xaver nicht formuliert. Er hatte bloß *sprachgewaltig* gesagt. Und das zahlt dir ohnehin niemand an einer Provinzbühne, sagte sich David, genauso wenig wie ein lebendes Kamel.

Aus den Augenwinkeln bemerkte David Stefans Absicht, sich doch einzumischen, und wollte ihn mit einem unmerklichen Kopfschütteln davon abhalten, zu spät.

Was sagst du ihm?

Sei still, schnitt Kalifa Stefan augenblicklich das Wort ab.

Der Barmann nickte schlussendlich, trat nach hinten ab, seine Schritte brachten das Regal mit den Gläsern zum Zittern.

David hing immer noch dem Der-Raum-als-Kulisse-Gedanken nach, prägte sich alles genau ein: die Gäste an den Tischen, wie viele waren das, ihre Körperhaltung, Shisha rauchend, süßlichen Dampf in die Luft blasend, die Glühbirnen, das gelbliche Licht, Instagram-Filter, Theaternebel –

An der Wand hinter ihnen entdeckte er einen Flachbildschirm. Der Ton war ausgeschaltet. Eine unfassbar hübsche Nachrichtensprecherin bewegte ihre rosa geschminkten Lippen.

Plötzlich war David überzeugt, die Männer an den Tischen hatten schon immer nur auf den Fernseher gesehen, die haben uns nie wirklich beachtet, wir sind ihnen von Anfang an vollkommen gleichgültig gewesen.

Die Moderatorin schloss den Mund. Schnitt.

Man sah den Djemaa el Fna, die Kamera fuhr sogar an dem Café vorbei, in dem Stefan und er gesessen hatten, sie bewegte sich auf eine Demonstration zu, wütende Männer schrien in die Kamera, die Kamera schlug sich nun durch die Menschenmasse wie eine Machete durch den Urwald, unruhig sah sie hierhin und dorthin, schaute auf Plakate hoch, auf denen die Köpfe der beiden toten Touristinnen abgebildet waren.

Inka und Svea. Überlebensgroß.

Worum geht es da?

Sie protestieren, erklärte Kalifa kurzerhand, nachdem er eine Weile zugesehen hatte.

Das sehe ich, aber wofür oder wogegen?

Sie schreien ihre Wut heraus.

Das sehe ich auch. Aber ihre Wut *worauf*? Auf die Mädchen oder auf ihre Mörder? David war sich nach dem, was Elodie gesagt und was er in den Zeitungen gelesen hatte, nicht sicher.

Weiß nicht, Mann. Da ist kein Ton. Ich bin nicht allwissend.

Ganz offensichtlich nervte Kalifa das Thema, trotzdem blieb er erst einmal bei den stummen Fernsehbildern hängen. Auch Stefan hatte sich mittlerweile umgedreht und starrte auf den Bildschirm, mit dem Rücken gegen den Tresen gelehnt –

Die Alkohollieferung dauerte immer noch.

Aber dann klirrten die Gläser im Regal hinter ihnen, der Kellner war zurückgekommen, sie drehten sich um, zwei Flaschen Weißwein standen auf dem Tresen.

Zahlen, Chef, sagte Kalifa mit Blick auf den Barmann, meinte aber natürlich Stefan.

Was bekommt er?

Fünfzig Euro.

Euro?

Habt ihr doch, oder?

Fünfzig Euro? Bist du verrückt?

Pro Flasche.

Stefan warf David einen Blick zu – *das machen wir sicher nicht.*

Um Stefan nicht damit alleine zu lassen, aber auch um Kalifa nicht zu vergrämen, sagte David rasch: Dann nehmen wir eine.

Ihr nehmt beide, bestimmte Kalifa.

Das ist wohl unsere Entscheidung, entgegnete Stefan.

Kalifa beharrte darauf: Du nimmst beide.

Du verarschst mich, empörte sich Stefan.

Du gibst ihm jetzt hundert Euro, nimmst die Flaschen und wir gehen.

Die Männer an den Tischen sahen zu ihnen herüber, vielleicht ja zum ersten Mal, seit sie mit Kalifa in die Bar gekommen waren.

Hundert Euro für zwei Flaschen – vermutlich billigen – Weißwein war auch in einem muslimischen Land reine Abzocke.

Und wenn nicht?, hörte David Stefan sagen.

Kein *Wenn-Nicht*. Kalifa blieb stur.

David konnte sehen, wie Stefan zu kämpfen beschloss, bis er schließlich sagte: Du wirst deinen nächsten Fahrgästen auch wieder einreden, dass sie Alkohol für die Wüste brauchen und hierher zurückkehren. Und es geht dabei nicht um Gott!, presste er mit zunehmender Wut in der Stimme hervor! Und wie viel kassierst du von den fünfzig Euro? Dreißig Prozent? Fünfzig? Siebzig? Und schlussendlich stieß er mit Blick auf den Fernseher hervor: Wenn ich nicht bezahle, bringt ihr uns dann um, wie diese beiden Studentinnen?

Kalifas Gesicht versteinerte. Stefan hatte seine Ehre verletzt. Das Schlimmste, was einem Mann wie Kalifa in diesem Land angetan werden konnte, war geschehen. Später, in der Wüste, unter dem Sternenhimmel, die Weinflaschen zwischen ihnen, als sie darüber lachen konnten: Ja.

Ja, könnte sein, er hat uns nur etwas vorgespielt. Aber in der True-Blood-Bar war Stefan einfach nur wütend: Leck mich!

Als die Türen aufsprangen, zuckten Lichtblitze durch den Raum.

Jetzt sah auch der Vampir vom Tresen auf. Hatte das Licht ihn zum Leben erweckt? Ein blasses Gesicht. Sein Mund geschlossen. Würde er gleich mit seinen Zähnen zuschlagen, Blut saugen? Nein: bloß ein Mann, der aus seinen Grübeleien gerissen worden war und sich einfach wieder in der Realität zurechtzufinden suchte.

Rasch zog David einen Hunderteuroschein aus seiner Brieftasche, knallte ihn auf den Tresen, schnappte die beiden Flaschen und folgte Stefan ins Freie. Der stand mit verschränkten Armen beim Pick-up.

So geht das nicht, rief er David entgegen. Er war stinksauer.

David blinzelte in das Sonnenlicht, atmete durch und sagte: Es geht genau so und nicht anders.

Hinter ihm schlug erneut die Saloontür auf und zu.

Was sollte das?, platzte es aus Stefan heraus.

Ist doch alles gut gegangen, konterte Kalifa vergnügt. In der Rechten trug er einen hellblauen Koffer, größer als ein Aktenkoffer, kleiner als ein Reisekoffer fürs Handgepäckfach. Und: Du hast wirklich einen klugen Freund, Chef! Er nickte anerkennend in Davids Richtung. Er weiß, dass man sich nicht einmischt. Hättest du nichts gesagt, während ich mit dem Barmann verhandelt habe, hätte ich den Preis für euch herunterbekommen. Eigentlich bin ich gut darin, aber wie gesagt, man mischt sich als Ausländer nicht ein.

Stefan musterte Kalifa mit einer Mischung aus Skepsis und Verachtung. Er glaubte ihm nicht, dass er es gewesen war, der es verbockt, dass der hohe Preis an seinem Verhalten gelegen hatte. Aber Kalifa hatte das so unverfroren behauptet, dass Stefan nichts mehr dazu einfiel.

Außerdem war es jetzt ohnehin zu spät. Sie hatten hundert Euro für – vermutlich in jeder Hinsicht – billigen Wein bezahlt. Und David hätte ohnehin viel lieber gewusst, was in diesem Koffer war.

Kalifa schwang ihn zu ihrem Gepäck auf die Ladefläche des Pick-ups und verkündete mit einem breiten Grinsen: Für eine Freundin.

Danke, sagte David und grinste zurück, genau das wollte ich gerade fragen.

Ich weiß, erwiderte Kalifa offenherzig, öffnete die Tür des Pick-ups und setze sich hinter das Lenkrad.

Stefan rührte sich nicht von der Stelle.

David ging zu ihm hinüber, eine Weinflasche in der Linken, eine in der Rechten: He, lass gut sein. Komm!

Stefan nickte langsam. Es geht nicht um die hundert Euro.

Nein, natürlich war es nicht darum gegangen. Stefan hatte seine Autorität gegenüber Kalifa verloren. Vielleicht hatte er sie aber auch nie gehabt. Vielleicht war es ja genau *darum* gegangen. Vielleicht hatte Kalifa ihnen einfach demonstrieren wollen, wer in Wahrheit das Sagen hatte. Nicht Stefan war der Chef. Kalifa war der Chef. Immer schon gewesen. Denn mal ehrlich: Wenn Kalifa sich weigern sollte, hätten sie keine Chance, aus diesem Kaff mitten in der Steinwüste wegzukommen.

Seit dem Besuch in der True-Blood-Bar war Kalifa bester Stimmung. Er sprang von einem Thema zum anderen: die Strände am Atlantik, die Surferparadiese. Die seit einem halben Jahr verschwundene Frau des Königs. Nein, niemand schreibt darüber, *es ist die Königsfamilie* und wir sind nicht England, wo der Presse nichts heilig ist! Schließlich landete er bei seiner eigenen Familie: Als ich in Japan war, hatten wir keinen Kontakt. Vier Jahre lang. Niemand wusste, dass ich geheiratet hatte.

Warum nicht?, fragte David.

Warum nicht, antwortete Kalifa, als wäre das wieder eine dieser typisch europäischen Fragen, eine ziemlich dumme Frage, die sich ja wohl von selbst erklärte.

Nein, ich meine es, legte David nach, warum? Und nachdem Kalifa nichts von sich gab: Du hast selbst gesagt, dass ich nicht verstehe, was du sagst. Aber ich würde es gerne verstehen.

Kalifa drehte sich kurz zu ihm und schenkte ihm ein vielsagendes Lächeln, antwortete aber trotzdem nicht, übersprang die Sache einfach. Als ich heimkam, war Mama nicht mehr da, nicht in dem Haus in Deutschland, fuhr er mit konzentriertem Blick auf die Straße fort. Nach dreißig Jahren in Deutschland lebte sie wieder in ihrem Dorf. Niemand hat geglaubt, dass das noch einmal passieren würde. Sie ist in das Haus ihrer Eltern zurück. Sie ist in das Haus gezogen, in dem sie aufgewachsen ist. Jetzt ist es, als wäre sie nie weg gewesen. Seit sie zurück nach Marokko gekommen ist, weigert sie sich, Deutsch zu reden.

Diesmal verkniff sich David die Nachfrage nach dem Warum.

Sie wird sterben, in zwei Jahren, in fünf, wer weiß das schon, meinte Kalifa. Sie wird zu Hause sterben. Das ist das Wichtigste. Aber ich kann es mir nicht vorstellen, dass Mama überhaupt stirbt, kann ich einfach nicht, das ist völlig ausgeschlossen, ich kann nicht glauben, dass meine Mama nicht ewig lebt – je länger Kalifa über seine Mutter redete, umso verlorener schien er zwischen widersprüchlichen Gedanken. Und plötzlich redete Kalifa auf Arabisch weiter. Mit der Sprache änderte sich auch seine Stimme. *Eine* Stimme für jeden Gast, *eine* Stimme für jede Sprache. Jetzt die hohe Stimme eines Kindes. Und jedes Mal war Kalifa auch ein anderer. Der Zuvorkommende. Der Zurückhaltende. Der Wissende. Der Bescheidene. Der Einheimische. Der Fremde. Der Sohn. Und die Worte eilten dahin, als würde er seiner Mutter noch schnell *alles* sagen müssen, was er ihr schon immer hatte sagen wollen, ehe es zu spät sein würde.

Sie näherten sich der Sandwüste. Erst tauchte sie als geschwungene Linie am Horizont auf, dann stieß die Straße Richtung Süden auf eine Piste, die parallel zum Wüstenufer führte, dahinter stiegen die Dünen steil auf.

Stefan las aus dem Reiseführer vor: Es gibt keinen fließenden Übergang zwischen Stein- und Sandwüste. Es ist nur ein Schritt und man hat nur noch Sand unter den Füßen.

Der Anblick versetzte David in eine ähnliche Euphorie wie die Taxifahrt mit Xaver vom Flughafen JFK, die Wolkenkratzer Manhattans, die er Tausende Male in Filmen gesehen hatte, und dann bist du mit fünfundvierzig zum ersten Mal wirklich da, und es ist überwältigender als alles, was du dir vorgestellt hast. Du warst wirklich noch nie in New York? Nein. Selbst nach zwanzig Jahren erfährt man noch etwas Neues! Okay, gut, das muss ich ändern, schenke ich dir zu deinem fünfundvierzigsten Geburtstag, hatte Xaver gesagt. Ein paar Tage bevor sie aufbrachen hatten David und Stefan ihre erste Nacht miteinander verbracht. David hatte ihm nicht gesagt, dass er mit Xaver nach New York fliegen würde, er fürchtete, das könne Stefan irritieren.

Kannst du die Musik ausmachen?, bat Stefan. Als Kalifa nicht reagierte, wiederholte er: Ob du die Musik ausmachen kannst, Kalifa?

Warum?, brummte Kalifa.

Wir wollen einfach nur schauen, erwiderte Stefan.

Kannst du nicht hören und schauen gleichzeitig?

Ich will es nicht.

Das ist mein Auto, sagte Kalifa.

Ja. Dein Auto. Aber wir bezahlen.

Am liebsten hätte David *Peace* gerufen, aber er wäre sich lächerlich vorgekommen, und so schwieg er.

Statt das Radio auszuschalten, nahm Kalifa den Ausdruck mit den Reisestationen, der immer noch am Beifahrersitz lag, zur Hand, warf einen Blick darauf, ließ das Lenkrad los, blätterte um, suchte, las und legte ihn schließlich wieder zurück.

Wenn Stefans Bitte um Ruhe ein Versuch gewesen sein sollte, die Oberhand im Pick-up zurückzugewinnen, hatte er abermals verloren.

Alle paar Hundert Meter standen *Camel-riding*-Schilder, mehr oder weniger kunstvoll gestaltet. Bei einem der Schilder, auf dem ein Babykamel neben einem Muttertier stand, eine überlebensgroße Laubsägearbeit, verließ Kalifa plötzlich die Straße. Der Parkplatz vor einem geduckten Lehmgebäude war sein Ziel. Er bremste und schaffte es auch hier, eine Staubwolke aufzuwirbeln.

Also dann. Viel Spaß! Wir sehen uns morgen früh. Kalifa blieb hinter dem Lenkrad sitzen und ließ den Motor laufen.

Stefan stieg ohne ein weiteres Wort aus.

Bis morgen, sagte David, nahm die Weinflaschen und kletterte auch aus dem Pick-up.

Sie hoben ihr Gepäck von der Ladefläche, zogen die festen Schuhe heraus, die David am Vorabend ihrer Reise doch noch gereinigt hatte, wickelten die Flaschen in Pullover, steckten sie in einen kleinen Rucksack, legten ihr Gepäck zurück und gingen zum Eingang hinüber.

So ein Idiot, schimpfte Stefan nach ein paar Schritten. Warum hast *du* nichts gesagt?

David schüttelte nur den Kopf und stieß die Tür auf. Dahinter öffnete sich ein orientalisch gefliester Innenhof. Unter ihren Schuhen knirschte Sand. Etwa ein Dutzend Touristen standen in kleinen Gruppen zusammen, plauderten in verschiedenen Sprachen, Englisch, Deutsch, und David glaubte irgendeine nordische Sprache auszumachen. Durch ein Tor, das zur Wüste hinausführte, sah man bereits die an Pflöcke gebundenen Kamele. Plötzlich war David aufgeregt wie als kleiner Junge, wenn vor Weihnachten im Theater der nächsten Stadt das Märchen gegeben wurde.

Stefan stellte sich zu den Wartenden vor dem Check-in-Schalter. Der Beduine – der als Beduine verkleidete jugendliche Manager – nahm Computerausdrucke entgegen und verglich sie mit Daten in seinem Laptop.

David trat hinter Stefan, streckte seinen Arm vor und legte schließlich seine flache Hand zwischen Stefans Schulterblätter. Stefan atmete tief durch.

Alles okay?, fragte David.

Ja. Jetzt ja. Alles okay.

7

Und plötzlich war sie wieder da: Vera, die Deutsche. Immer noch ganz in Schwarz, aber knallroter Lippenstift. Sie strahlte, als ginge es auf ein Fest, auf dem sie auf jeden Fall tanzen würde. Jetzt, da David beschlossen hatte, dass sie ganz sicher nicht die Autorin von *Dunkelkammer* war, freute er sich, sie wiederzusehen.

Vera wusste Bescheid: Jeder bekommt seinen eigenen Guide. Und, was echt witzig ist – Vera fand es *zum Totlachen* –, die Guides hatten sich Namen amerikanischer Popgrößen zugelegt. Sie nannten sich Michael, nach Michael Jackson, John, nach John Lennon, Justin Timberlake etc.

Das sind doch alles Oldies für die, fiel David auf.

Nicht aber für ihre Gäste. Schau dich mal um.

Das nennt man Zielgruppenorientierung, stimmte Stefan zu.

So ist es. Vera lachte laut auf.

Woher weißt du das alles?, fragte David.

Ich war schon öfter hier – was nach der Hadir-Begrüßung, die sie beobachtet hatten, nicht wirklich überraschend war.

Der jugendliche Manager, der auf seinem Platz hinter dem Laptop abgelöst worden war, kam zu ihnen herüber, begrüßte sie nochmals, nunmehr *offiziell*. Er zählte David, Stefan, Vera und sieben weitere Touristen ab, eine kleine Diskussion brach auf – einer war von seiner Freundin getrennt worden, also entweder sie wechselte in seine oder er in ihre Gruppe –, aber auch das ließ sich lösen. Schließlich geleitete der Manager die Gruppe zu den Kamelen hinaus, die sich, um ihre menschliche Last aufzunehmen, auf den Boden gelegt hatten. Nur das eine, das immer wieder hoch wollte, das schnaubte, den Kopf schüttelte, Staub und Gestank stiegen aus dem graubraunen Fell auf, manche rümpften die Nase, aber nur demonstrativ, niemand wollte sich deswegen den Spaß verderben lassen –, dieses eine Kamel wurde mit Tritten in die Kniekehlen malträtiert, bis es hinsank. Ein älteres Paar fragte, ob das nicht *anders* gehe. Der Manager tat, als hätte er nicht gehört, positionierte jede und jeden neben ein Kamel, schließlich befahl er: Sit up! – in einem Ton, der auch das Paar, das mittlerweile allen anderen – *so ist das hier nun mal*, sagte jemand – auf die Nerven zu gehen anfing, zum Verstummen brachte.

Jenen, die sich beim Aufsteigen schwertaten, halfen die Guides.

Vera probierte es erst gar nicht. Help me, Justin!, flötete sie, stützte sich auf einen ernst blickenden Knaben mit ebenmäßigem Gesicht, schwang dann aber zu Davids Erstaunen ihr Bein mit großer Gelenkigkeit über den Rücken des Tieres.

Das erste Kamel hob langsam das Hinterteil. Ein Mann um die dreißig – der mit Frau und Kind die nordische Sprache gesprochen hatte – drohte über den Kopf des Tieres zu stürzen, aber im allerletzten Moment drückte es die Vorderbeine durch und stemmte sich mit einem kräftigen Ruck auf alle Viere hoch.

Die Schrecksekunden lösten sich in Geklatsche und Gejohle auf.

Es folgte das zweite, das dritte Tier, eines nach dem anderen, kein Reiter stellte sich besonders geschickt an. Auch David klammerte sich – das Kamel stand bereits aufrecht – immer noch an seinem Hals fest, sein Guide schrie fast panisch: Up! Up! Vorsichtig richtete David sich auf, fasste die Zügel, hielt sich krampfhaft daran fest und streckte schließlich langsam, die Balance suchend, den Rücken durch.

Davids Führer hieß Bob. Er hatte sogar etwas einstudiert – *only for you* – und sang mit heller Stimme *How many roads must a man walk down.*

Bob war noch kein Mann, maximal zwölf, alle Guides waren mehr oder weniger Kinder. Bob schüttelte aus irgendeinem Grund regelmäßig seine schwarzen Locken. Den sandfarbenen Kittel hatte er wohl eigens für diesen Job übergeworfen, darunter lugten Jeans hervor, er ging barfuß. Das Seil locker in der Rechten stapfte er vorwärts – folgte den anderen, das Kamel folgte ihm. Bob versank bis über die Knöchel im Sand, das Tier war mit seinen Tellerhufen, die es auf dem Sand quasi schweben ließen, Bob gegenüber eindeutig im Vorteil. Trotzdem vertraute David Bob mehr als seinem Kamel.

Die Karawane bewegte sich schnurstracks in die Wüste hinein, nur wenn die Dünen zu hoch waren, machte sie einen Bogen. Die Sonne stand bereits tief. In der Ferne tauchten immer wieder andere Gruppen auf, die anderen Fährten folgten, vielleicht auch andere Ziele hatten, tauchten auf und versanken wieder.

Bald hatte David alles gesehen, was es hier zu sehen gab: Sand. Berge aus Sand. Sandberge. Wie Badende im Meer bewegen wir uns nur am Rand, dachte er, dort, wo die Wellen aufs Land treffen.

Sie waren Wüstenschiffpassagiere.

Vater, Mutter, Kind segelten an der Spitze ihres Zuges – laut Vera waren es Finnen. Sie folgte als nächste. Veras Kamel hatte die meisten Kilos zu tragen. Dann noch das Ehepaar, laut Vera aus Berlin. Und ein junger Mann, unter dreißig, Vera hatte nichts über ihn gewusst, er saß am sichersten im Sattel. Bella figura machte aber auch er nicht.

Nach einer Stunde erreichten sie bereits das Lager, eine Bastion gegen Sandstürme, errichtet aus einem Dutzend Schlaf- und zwei Versorgungszelten. In der Mitte eine Feuerstelle, Holzbänke im Kreis aufgestellt. Ein Dieselmotor knatterte, pustete schwarze Wölkchen in die Luft. Eine andere Gruppe war vor ihnen angekommen, mit etwa doppelt so vielen Touristen, sie standen herum und musterten die Neuen.

Die Guides zogen die Tiere zu Sandkuhlen. Mit dem Seil banden sie ihnen die Vorderbeine zusammen, dann zwangen sie die Kamele erneut mit Tritten in die Knie. Das Berliner Ehepaar beschwerte sich, wie gehabt, fand den Umgang mit den Tieren unmöglich. Niemand stimmte den beiden zu oder reagierte auch nur darauf. Ein weiterer Grund für die beiden, sich aufzuregen, aber alles, was sie von sich gaben, lief ins Leere.

Männer mit gegerbten Gesichtern und blauen Turbanen kamen.

Einer richtete sich an Stefan: Sir. Come with me! Sir! My name is Mehmet! Seine Stimme war tief und rau, als wäre auch sie mit Sand belegt.

Mehmet begleitete sie zu ihrem Zelt und schlug den bunt gewebten Vorhang zur Seite. Der Boden war mit schwarz-weißen Berberteppichen ausgelegt, außerdem war das Zelt mit zwei Einzelbetten, Metallgestellen, Matratzen, Decken ausgestattet. Das war's.

Stefan legte den Rucksack auf eines der Betten. Die Federn quietschen unter der Last der beiden Weinflaschen. David schielte zu Mehmet. Würde er gleich den Rucksack an sich nehmen, öffnen, durchsuchen und die geschmuggelte Ware entdecken? Was würden sie anstellen müssen, damit er sie ihnen nicht wegnahm?

Mehmet aber ermahnte Stefan und David bloß: Hurry! Come on. Sundown. Etwa zwanzig Minuten blieben bis zum Sonnenuntergang. Dafür sollten sie möglichst schnell auf umliegende Dünen steigen. The sun will touch the earth soon. Afterwards eating. For that come to the big tent. Then you go back to the dunes. On the top of a dune. Star gazing. After stars come back. We make fire. There will be music. Original Bedouin music. You sit around the fire. You will be happy about that. When the sun is down it is cold. After music sleeping.

Die Sonne war groß, rot und kurz davor, den Horizont zu *touchen*.

Paare, Familien, Einzelpersonen, alle hatten ihren eigenen Dünengrat, niemand musste seine Düne mit anderen teilen, es waren ja genügend Sandhaufen da. Wüstenblumen gleich standen sie in ihren bunten Kleidern auf dem gelben Sand – manche hatten sich bereits landesübliche Stücke – Turban, Ketten, Röcke – angeschafft. Stefan schüttelte verständnislos den Kopf über so viel Maskerade. Dann nahm er mit seiner Kamera einen Jeep ins Visier, der sich schon eine ganze Weile nicht von der Stelle bewegt hatte und dessen heulendes Motorengeräusch trotz erheblicher Entfernung zu ihnen herüberschwebte.

Hängt der fest?, erkundigte sich David.

Scheint so.

Sie standen nebeneinander, die untergehende Sonne im Rücken.

Ihr habt total recht. Zum wiederholten Male hatten sie Vera nicht kommen sehen, plötzlich stand sie auf dem unsicheren Boden breitbeinig bei ihnen.

Stefan war unter Veras Stimme merklich zusammengezuckt.

Einen Sonnenuntergang habt ihr woanders auch schon gesehen, erklärte sie. Besser gesehen. Ich sage nur Sizilien, *Scala dei Turchi.*

Stefan nahm die Kamera herunter. Da war ich, bekannte er überrascht. Mit Susanne, erklärte er Richtung David.

Er hatte viele Jahre lang Reisen mit Susanne gemacht, wo die beiden überall gewesen waren, dafür hatte David sich nie interessiert.

Siehst du, freute sich Vera. Schon haben wir etwas gemeinsam. Wann warst du dort?

September vor drei Jahren, antwortete Stefan. Er wusste es ganz genau. Am Siebzehnten. Das ist Susannes Geburtstag.

Siebzehnter September vor drei Jahren? Vera überlegte einen Augenblick, dann sagte sie: Da war ich auf den Färöerinseln.

Da war ich auch schon, sagte David, der diesmal nicht das Gespräch alleine Stefan überlassen wollte und tatsächlich bereits auf den dänischen Inseln mitten im Atlantik gewesen war. Er hatte vergangenes Jahr in einem Hundert-Plätze-Theater *Warten auf Godot* gesehen, das Xaver inszeniert, für das Xaver aus Kostengründen – so hatte er es begründet – auch das Bühnenbild entworfen hatte. Wie Xaver zu dem Auftrag gekommen war, hatte er damals schon nicht verstanden, irgendwas hatte Xaver ihm in dem Zusammenhang nicht erzählt –

Vera klatschte in die Hände. So habe ich mit jedem von euch etwas gemeinsam. Wann warst du dort? Vor drei Jahren?

Vor drei Jahren? Nein. Da war ich – und zu seiner eigenen Verblüffung erinnerte sich David, dass er den siebzehnten September vor drei Jahren, und den Tag davor und den Tag danach, mit Philipp verbracht hatte, Philipp, dem Regieassistenten, der sich in den zwanzig Jahre älteren David verliebt hatte. Warum die Sache nicht genießen?, hatte ihm Xaver geraten. Du hast meinen Segen. Brauch ich den? Egal, ob du ihn brauchst oder nicht, es ist *mein* Assistent und ich gebe ihn dir –. Mit Philipp in eine Hütte in den Bergen zu fahren war das Dümmste überhaupt gewesen. Es endete, wie es hatte enden müssen: David hatte Philipp gesagt, dass das, was zwischen ihnen war – er hatte kein Wort dafür gehabt –, nach den Tagen in den Bergen vorbei sein würde. Philipp war in den Wald gerannt, David hatte ihn die halbe Nacht lang gesucht. Einer meiner großen Fehler, ehe ich dich kennengelernt habe, hatte David Stefan erklärt, als sie irgendwann über *alte Geschichten* gesprochen hatten. Oskar Ralph hatte Stefan an diesem Abend nicht erwähnt, fiel David jetzt ein. Aber auch er hatte vieles nicht berichtet –

Und?, fragte Vera noch einmal.

Keine Ahnung, wo ich am siebzehnten September vor drei Jahren war, sagte David. Er wollte hier und jetzt die Philipp-Geschichte beim besten Willen nicht preisgeben.

Alle drei standen jetzt mit Blick auf den roten Ball. Sie schauten, schwiegen andächtig.

Ob Stefan jetzt lieber mit seiner besten Freundin Susanne hier wäre?

Weiß ich das nicht?, fragte sich David. Nein, er wusste es nicht.

In diesem Augenblick *touchte* die Sonne die Erde, so wie in *Melancholia* ein Planet die Erde *toucht* und alles Leben auslöscht. Hier und heute verschwand die Sonne einfach nur hinter dem Horizont. Was die Menschen daran so sehr fasziniert, hatte David noch nie wirklich verstanden, war es doch ein sich täglich wiederholendes Ereignis. Die Vernichtung der Erde in *Melancholia* war aber auch nur scheinbar endgültig – jedes Mal, wenn der Film gezeigt wurde, wiederholte sie sich.

David hatte *Melancholia* mit Xaver gesehen. Als sie aus dem Kino gekommen waren, hatte die *Intensität* des Films Xaver so sehr zugesetzt, dass er an diesem Abend keine drei Worte mehr hervorgebracht hatte. *Ein Meisterwerk.* So wie der Planet die Erde, schien der Film Xaver ausgelöscht zu haben. Vielleicht war er in den Gap zwischen eigenem Anspruch und eigenem Vermögen gestürzt. So was kann einem schon mal passieren. Natürlich war er wieder ans Tageslicht gekrochen, das Leben ging ja immer irgendwie weiter –

Wäre er jetzt lieber mit Xaver hier?

Nein – und wenn doch, wollte David sich das nicht eingestehen. *Und wenn schon*, dann höchstens mit jenem Xaver, der früher existiert hatte, vor New York, oder noch früher –

Die Sterne brauchen noch. Damit umriss Vera im Grunde schon ihre Absicht. Sie konkretisierte: Wer zuerst im Zelt ist, bekommt zuerst zu essen. Und schon war sie in Aufbruchsstimmung. Um ihre Glaubwürdigkeit zu untermauern, fügte sie noch hinzu: Ich bin schon zum achten Mal hier.

Acht Mal, fragte David. Echt jetzt?

Echt jetzt. Ihre roten Lippen legten sich wieder aufeinander.

Immer allein?

Warum sollte ich irgendjemanden mit hierherschleppen?

Damit du nicht alleine bist?

Am Ende ist man es ja doch. Vera lachte auf. Glotzt mich nicht so an! Ihr werdet mich so schnell nicht wieder los! Mit dieser Drohung brach sie auf, ihr Rücken breit und rund.

Komm, sagte David leise.

Willst du wirklich mit ihr gehen? Stefan machte keinerlei Anstalten, Vera zu folgen.

Ja. Für David war es – warum auch immer – selbstverständlich gewesen, mit Vera zu gehen, und er war – warum auch immer – davon ausgegangen, dass auch Stefan damit einverstanden war.

Nicht?

Stefan warf einen Blick zur untergehenden Sonne, dann zum Himmel hoch, schließlich zuckte er mit den Schultern, als hätte auch er plötzlich nichts Besseres zu tun, als danach zu streben, einer der Ersten am Buffet zu sein – Buffet war das natürlich keines, wie sich wenig später herausstellte.

Den Rest überließen sie den anderen, die mit ihnen oder vor ihnen auf Kamelen das Camp erreicht hatten, die jetzt Fotos schossen, von sich und ihren Begleitern, immer den roten Ball im Bild, manche machten seltsame Verrenkungen, damit es auf dem Foto so aussah, als wäre die untergehende Sonne ein Spielball.

Vera dirigierte David und Stefan zu einem der Tische, das dampfende Linsengericht in Händen, das schöpflöffelweise von einem jungen Beduinen in erdbraune Tonschalen verteilt worden war.

Und jetzt erzählt mal! Wie lange seid ihr zwei Hübschen schon zusammen?

Was? Stefan zeigte sich glaubhaft überrascht. He, nein, du irrst dich!

Um nicht loszuprusten, schob David sich schnell einen Löffel voll Linsen in den Mund.

Ach komm! Vera lachte selbstgewiss. Ich irre mich nie, nicht in solchen Fragen.

Stefan schüttelte den Kopf. Tut mir leid! Wir sind Brüder.

Brüder? Scherz, oder?

Keine wirklichen.

Was dann für welche?, fragte Vera spitz.

Meine Mutter und sein Vater haben geheiratet, da waren wir beide sieben, erklärte Stefan. Heute würde man sagen, eine Patchworkfamilie.

Aha, verstehe. Vera nickte. Schien nach ein paar gelogenen Sätzen ihre Theorie, dass sie einem schwulen Paar gegenübersaß, tatsächlich ins Schwanken geraten zu sein? Aber sie gab noch nicht auf: Und weiter?

Stefan nahm zwei Löffel Linsen, bevor er antwortete. Was weiter?

Das ist noch kein Beweis, dass ich falsch liege. Nicht einmal ein Grund.

David nickte intuitiv. Er musste Vera recht geben.

Aber du liegst falsch. Glaub es mir einfach, behauptete Stefan, ohne mit der Wimper zu zucken. Dann drehte er den Kopf weg, als müsste er eine grundsätzliche Entscheidung treffen.

Was? Sorry, aber das genügt mir nicht. Vera versuchte ihn zu provozieren. Dass sie nicht durchschaut hatte, dass Stefan es genau drauf angelegt hatte, mag ihr erster Fehler gewesen sein.

Also gut. Stefan ließ sich darauf ein, ausführlicher zu werden.

David und ich haben eine Weile gebraucht, um uns aneinander zu gewöhnen. Aber mit vierzehn haben wir dann die erste gemeinsame Radtour gemacht. Von einem See zum nächsten. Als wir nach drei Wochen nach Hause kamen, wussten wir, wir kriegen nicht nur das mit dem Reisen ohne unsere Eltern hin, wir kriegen überhaupt alles hin, *das ganze Leben* kriegen wir ohne sie hin, wir waren erwachsen geworden, verstehst du?

Vera verzog den Mund und nickte.

Wir haben das im folgenden Sommer wiederholt und den Sommer drauf auch. Und immer weiter. Bis heute.

Sie hob ihre Augenbrauen.

Wir wurden älter, fuhr Stefan fort, haben studiert, David wurde Bühnenbildner, ich Betriebswirtschaftler, David blieb Single, ich hatte eine Beziehung, aber unsere gemeinsamen Reisen blieben Fixpunkte.

Eine Beziehung mit Susanne, ergänzte Vera, die offenbar zeigen wollte, dass sie aufgepasst hatte.

Hier hätte Stefan einfach *Ja* sagen können. Und Punkt.

Aber Stefan fuhr sich mit der Rechten langsam durch seine Haare: Aber wir haben nie damit aufgehört, im Sommer gemeinsam zu verreisen. Und wenn ein Jahr für einen von uns schlecht lief, nach der gemeinsamen Zeit lief es besser. Wir hatten ein ganzes Jahr keinen Kontakt. Dachten nicht an den anderen. Aber sobald die reservierten Wochen am Kalender auftauchten, meldete sich früher oder später einer von uns, und wenn wir uns dann wiedersahen, war es, als hätten wir uns erst am Vortag verabschiedet. David kam von einer Premiere, ich von einer Auslandsreise für die Firma, wir trafen uns am Gate, atmeten beide tief durch, mit Abheben des Fliegers ließen wir den Mist der letzten Tage, der letzten Wochen, Monate hinter uns. In diesem Jahr hätten wir beinahe absagen müssen, zum ersten Mal. Aber das mussten wir verhindern, denn dann wären wir nie wieder gefahren –

Okay, okay, unterbrach Vera ihn. Ich hab es verstanden.

Einen Augenblick lang fürchtete David, Vera würde, genauso wie Kalifa es getan hatte, jetzt gleich *stopp!* sagen – weil auch sie die ganze Zeit nur vorgespielt hatte, dass sie Stefan den Schwachsinn glaubte – *ich erzähle euch jetzt auch was.* Die Geschichte wiederholte sich aber nicht. Stattdessen wollte sie tatsächlich wissen, woran die Reise in diesem Jahr beinahe gescheitert war.

Auch darauf war Stefan vorbereitet oder er improvisierte, ohne dass man es ihm anmerken konnte: Davids Vater ist an Demenz erkrankt, sagte er. David ist der Einzige, dem er vertraut. Es war schwierig, eine Pflegerin für diese Tage zu finden, die er nicht sofort abgelehnt hat. Schließlich hatten wir aber Glück.

David machte eine passende Miene zum bösen Spiel. Vera schenkte David einen erschütterten Blick.

Und es sieht wohl so aus, als müsste David mehrere Theaterprojekte absagen, um seinen Vater zu pflegen, legte Stefan unnötigerweise nach, was momentan aber ohnehin keine Tragödie ist, weil gerade nur uninteressante Stücke junger Autoren auf dem Tisch liegen.

Spätestens an diesem Punkt durchschaute David Stefans Erzähltechnik. Seine Geschichten bestanden aus wahren Elementen, die er zu etwas völlig Neuem zusammensetzte. Neben der Sache mit dem Stück des jungen gehypten Autors – ehe sie Ostern nach Berlin geflogen waren, war er tatsächlich gerade von einer Premiere gekommen und sie hatten sich auch erst am Gate getroffen. Gleichzeitig vermied Stefan Fakten, mit denen man ihn hätte festnageln können, siehe Susanne. Verschleierte, weckte so die Neugierde. Aber warum diese Demenzgeschichte? Wenn es einen Demenzfall in Stefans Umgebung gab, wusste er nichts davon. Vermutlich steckten noch mehr wahre Details in

Stefans Lügengeschichten, von denen David nichts wusste. Auf jeden Fall hatte die Demenzgeschichte funktioniert, weil *so was* immer funktioniert –

Mittlerweile hatte Vera ihren Eintopf ausgelöffelt, sie kratzte die letzten Reste aus der Schüssel. Eine Weile sahen David und Stefan ihr dabei zu. Bis sie schließlich beide Hände um ihre leere Schale legte und im Aufstehen verkündete: Ich hol mir Nachschlag!

Die meisten Touristen waren von den Dünen zurückgekehrt und hatten sich vor der Essensausgabe angestellt. Vera drängte sich an einer Gruppe vorbei, die sich lebhaft unterhielt, sich Fotos zeigte, und reihte sich vor ihnen in die Warteschlange ein.

Warum tust du das?, platzte David heraus, kaum war Vera außer Hörweite.

Nur wenn ich meine Geschichte aus Puzzleteilen zusammensetze, die ich nicht erfunden habe, kann ich wahrhaftig erzählen.

Das habe ich verstanden, entgegnete David. Aber das war nicht meine Frage. Warum erzählst du ihr diese Geschichten? Wenn du sie Kalifa erzählst, okay, das verstehe ich, aber warum Vera? Was ist so schlimm daran, dass sie es weiß?

Gar nichts. Ich wollte einfach wissen, ob es funktioniert, gab Stefan offenherzig zu.

Ob es funktioniert, dass sie dir deine Geschichte abnimmt?

Genau.

Aber warum?

Ob ich überzeugend sein kann.

Nachdem du bei Kalifa gescheitert bist?

Außerdem nervt sie mich, fügte Stefan hinzu, ohne auf Davids Kalifa-Seitenhieb einzugehen. Dich nicht?

David sah zu Vera hinüber. Sie war in ein Gespräch – eher in einen Streit – verwickelt. Aus der Ferne sah es so aus, als hätte einer bemerkt, dass Vera sich vorgedrängelt hatte, er beschwerte sich, Vera fand das falsch, ungerecht, lächerlich.

Veras Vordrängelei fand David zwar unsympathisch, andererseits hatte er sich aufrichtig gefreut, als sie an der Camel-riding-Station plötzlich wieder da gewesen war, aber vielleicht hatte er sich ja nur gefreut, weil sie *nicht* die *Dunkelkammer*-Autorin war –

Komm, sagte Stefan plötzlich verschwörerisch, hauen wir ab!

– und war es nicht egal, ob er Vera sympathisch oder unsympathisch fand?

Die Schalen ließen sie auf dem Tisch stehen und schlichen aus dem Versorgungszelt. Draußen war es bereits dunkel geworden, die ersten Sternenhaufen hingen am Himmel. Sie hatten Glück, es war Neumond, sie würden Zeugen der größtmöglichen Prachtentfaltung sein. Aber das war kein Zufall. Stefan hatte das bei der Reiseplanung berücksichtigt.

Nicht wirklich?

Doch, ich habe den Tag ausgerechnet, an dem die beste Sicht ist: heute.

David war ehrlich beeindruckt, ja gerührt, dass Stefan sich im Vorfeld diese Gedanken gemacht hatte, und hätte ihn am liebsten in die Arme genommen.

Zwei Männer bemühten sich um das Feuer, unter den aufgestellten Ästen züngelten bereits Flammen, hatten sich aber noch nicht festgefressen.

Im Zelt streiften David und Stefan ihre Pullover über. Mit den beiden Fünfzigeuroflaschen fühlten sie sich in dem Camp, in dem es keinen Alkohol gab, wie Sieger.

Ohne nach links oder rechts zu schauen, stapften sie, die Weinflaschen unter den Pullovern versteckt, quer über den Hof Richtung Ausgang. Am Tor hielten zwei der Beduinen mit den blauen Turbanen Wache. In einem von ihnen erkannte David Mehmet. Der machte eine Bewegung zu ihnen her und schaute sie direkt an.

Es muss diese Bewegung, dieser Blick gewesen sein, sagte sich David später, als er darüber nachdachte, warum er plötzlich gefürchtet hatte, Mehmet und der andere Wächter würden sie nicht ohne Weiteres gehen lassen.

Stop! Stefan versteht nicht. What do you want? Stop, wiederholt Mehmet. No movement! Vielleicht will er eine Flasche. Stefan bringt den Wein zum Vorschein. Augenblicklich zieht Mehmet eine Pistole, holt aus, schlägt Stefan die Weinflasche aus der Hand, die fliegt gegen einen hölzernen Torpfosten, zerschellt. David sieht die Glasscherben am Boden liegen. Mehmet funkelt sie wild an. Seine Augen klein und stechend. Hinter ihnen Bewegungen, die nicht zu hören sind, Schatten, die am Boden hin und hereilen. Die Leute in ihrem Rücken gehören zu Mehmet. Plötzlich ist ihnen klar: Sie haben uns! Sie halten uns gefangen. Wir sind ihre Geiseln! We are hostages – David brüllt es aus sich heraus. Ist *hostages* das richtige Wort in diesem Fall? Egal. Seine Stimme verrät ohnehin mehr als das Wort. Die anderen Touristen stürmen auf den Hof. Stop! No movement! David dreht sich nach ihnen um. Auch die beiden Männer am Feuer haben jetzt Maschinengewehre. Panik. Schreie der Touristen. Schreie der Geiselnehmer. Das Entsichern von Waffen. Plötzlich Stille. Anyone who moves will be shot! Alle stehen ruhig, keiner bewegt sich, niemand scheint zu atmen, auch die Zeit scheint still zu stehen. In Davids Fantasie ist es schließlich Stefan, der vortritt – David sieht es, will ihn nicht davon abhalten, es ist Stefan, der den Mund aufmacht: That can only be a joke!

Shut up!, fährt Mehmet ihn an.

You do not say shut up to me!, schreit Stefan ihn wutentbrannt an. Not you! That's crazy! You are crazy!

Mehmet richtet die Pistole auf Stefan Kopf. David steht wie gebannt. Er glaubt, was er sieht. Er sieht, was er sich vorstellt. Und dann feuert Mehmet, ohne Vorwarnung. Blut. Schreie. Das Echo des Schusses hallt immer noch über die Dünen. Wie lange der Nachhall wohl zu hören sein würde –

8

Stefan, der Mann, auf dessen Rücken zu liegen David seit einem Jahr liebte, Haut auf Haut, den leicht metallischen Geruch schlürfend, im selben Rhythmus atmend wie in Elodies Gästezimmer, daran musste er jetzt denken. Stefan, der Mann, für den er das *siebenunddreißigste Bild* war, mit dem nicht mehr zu rechnen gewesen war. Stefan, der Mann, den er in seiner Fantasie gerade zum Helden gemacht hatte, *seinem* Helden. Stefan, der Mann, dessen Tod er in seiner Fantasie hätte verhindern können, hätte er ihm bloß eine andere Rolle zugewiesen. Dieser Stefan stapfte zügig voraus, vorbei an den Kamelen, deren Hälse und Köpfe aus den Kuhlen, in denen sie lagerten, herausragten – Figuren im Kasperltheater. Mit den beiden Weinflaschen, die er am liebsten in der True-Blood-Bar zurückgelassen hätte, stapfte er zielstrebig den Hang einer Düne hinauf. Als Stefan den Gipfel erreicht hatte, sah er zu David her – *was ist denn mit dir? Warum kommst du nicht nach?*

Das Gehen im Sand hatte David angestrengt. Er war stehen geblieben, hatte tief eingeatmet und die Luft stoßweise wieder ausgeatmet, erneut nach Luft geschnappt und sie langsam und kontrolliert wieder aus sich herausströmen lassen – dann beschloss er, sich nicht auf Stefans Tod, sondern auf seinen Widerstand zu konzentrieren, wenn er Stefan von seiner Fantasie erzählen würde, darauf, dass Stefan der Einzige gewesen war, der sich in seiner Fantasie gegen die Geiselnahme gewehrt hatte. Nach ein paar Schritten zweifelte David jedoch daran, ob es klug war, überhaupt davon anzufangen. Stefan würde ihn wahrscheinlich fragen: Wo ist bei dir die Grenze zwischen dem, was du dir vorstellst, und dem, was du tust? Als er schließlich bei Stefan angekommen war, stand fest: Nein, kein Wort darüber. Wozu auch? Was würde das bringen außer eine unsinnige Debatte?

Auf dem Grat der Düne lagen sie am Rücken, hatten eine der Weinflaschen geöffnet – immerhin kein Fusel wie befürchtet –, sie sahen zu den Sternen hoch, ein milliardenfaches Funkeln, ohne erkennbare Ordnung, ein regelrechtes Durcheinander, als hätte jemand – Gott? – Glitzer verstreut, da und dort wie ein Kind darin umgerührt und an anderen Stellen mit einem Pinsel Streifen gezogen. Sterne, so weit das Auge reichte. Zum ersten Mal machte für David der Begriff *Himmelszelt* Sinn, ja, *es* war groß, *es* war mächtig, wie Kalifa gesagt hatte, ehe sie die True-Blood-Bar aufgesucht hatten, ja, es war überwältigend, man fühlte sich angesichts dieser Übermacht klein, unbedeutend –

Stefan hatte sich mit den Ellenbogen aufgestützt, nahm mit der Linken eine Handvoll Sand und ließ ihn durch seine Finger rieseln. Schau, sagte er, wie winzig diese Sandkörner sind und wie riesig wir im Vergleich dazu. Er hatte offenkundig auch gerade an Kalifas Rede über die Wüste gedacht, sie aber anders ausgelegt.

Vielleicht hast du recht, stimmte David zu.

Vielleicht?

Du *hast* recht, betonte David lachend.

Offen blieb, woran David und woran Stefan dabei gedacht hatte.

Stefan nahm einen Schluck aus der Flasche. Sie erinnerten sich an die True-Blood-Bar und konnten jetzt über den erzwungenen Deal lachen, sogar Stefan.

Tut mir leid wegen vorhin, wegen dieser Geschichte über uns. Stefan kicherte leise vor sich hin. Aber nachdem ich angefangen hatte, konnte ich nicht mehr aufhören. Das war crazy, ich weiß.

David schüttelte den Kopf. Es war nicht nötig, sich zu entschuldigen.

Weißt du, *was* crazy war?, sagte David.

Es schien ihm jetzt der richtige Moment, ihre *wirkliche* Geschichte nochmals zu erzählen, ausführlicher, genauer, als Stefan sie kannte.

Stefan reichte David die Flasche, drehte sich zu ihm und stützte seinen Kopf mit der Hand auf. Sag es mir, flüsterte er mit einem Grinsen auf den Lippen.

Weißt du schon, was kommt?

Nein. Wie sollte ich?

Weil du dabei warst.

Ja?, fragte Stefan erwartungsvoll.

Als wir vor unserem ersten Date im selben Bus waren, erinnerst du dich?

Natürlich erinnere ich mich. Stefan legte sich auf den Rücken und starrte hoch zu den Sternen.

Sie hatten einander gegenübergesessen, zufällig.

David nahm einen Schluck und drückte die Flasche in den Sand. Und obwohl sie sich von Fotos kannten, wussten sie nicht, dass sie es waren, die sich im Chat verabredet hatten, nicht, dass sie einander eine Stunde später treffen würden.

Sie waren verblendet gewesen.

Natürlich erinnere ich mich, sagte Stefan, in der Erwartung, dass das nicht alles gewesen sein konnte, was David hatte sagen wollen.

David spulte ein Jahr zurück, bis er sich in dieser Bus-Situation quasi erneut bewegen konnte, wie in einem virtuellen Raum, bis alles wieder da war – und sagte: Ich fand dich total attraktiv und ich dachte, wenn ich nicht schon eine Verabredung für diesen Abend hätte, würde ich dich fragen, ganz direkt. Und später standst du vor mir. Und du warst derselbe wie im Bus.

Warum hast du mir das nie erzählt?, fragte Stefan nach einer Pause, als wäre es nötig gewesen, sich auch dorthin zurückzuversetzen – und als bräuchte das aber seine Zeit.

Du warst ja da. Warum hätte ich dir sagen sollen, dass ich mich mit einem anderen hätte verabreden wollen?

Stefan runzelte die Stirn, ordnete seine Gedanken, kam zu einem Schluss: Aber wenn *ich* es war, hättest du es mir ja sagen können.

Aber während der Busfahrt warst du es nicht, erklärte David lächelnd.

Doch, ich war es.

Aber ich hielt dich ja für einen anderen.

Für Stefan war das nicht der eigentliche Punkt, der ihn an dieser Geschichte interessierte. Der eigentliche Punkt war: Hast du das schon mal gemacht, jemanden direkt gefragt, ob er mit dir – er zögerte –, ich wüsste gar nicht –. Stefan setzte sich auf und schaute auf David herab, der sich neben ihm auf den aufgeheizten Sand gelegt hatte, die einzige Wärmequelle weit und breit, denn die Luft war bitterkalt geworden. Ich wüsste nicht einmal, was ich da sagen sollte.

Du könntest fragen, ob er mit dir etwas essen geht, schlug David vor.

Stefan brummte missmutig, als wäre er in eine Falle getappt. Natürlich hatte er Davids Anspielung auf seine Begegnung mit Oskar Ralph verstanden. Stefan griff wieder nach der Flasche, trank, setzte sie ab, drückte sie zurück in die Kuhle, die David vorhin geschaffen hatte, schaute in die Ferne.

David war nie mit jemandem in einem öffentlichen Verkehrsmittel mitgegangen, aber er hatte andere Dinge gemacht, auf die er im Nachhinein nicht unbedingt stolz war.

Worauf bist du nicht stolz?, hätte Xaver an dieser Stelle gefragt.

Es gab eine Phase in seinem Leben, ein Jahr vielleicht. *More or less*, was eine Untertreibung waren, es war fünf, sechs, sieben Jahre gewesen. David setzte sich jetzt auch auf, nach einem kurzen Hin- und Hergerutsche hockten sie einander gegenüber, wie damals im Bus, nur hatten sie damals nicht im Schneidersitz gesessen und ihre Knie hatten sich nicht berührt.

Es war in den Jahren, bevor er Xaver kennengelernt hatte, und auch noch während ihrer ersten gemeinsamen Arbeit. Damals war er an Wochenenden aus der ostdeutschen Provinz nach Berlin gefahren, war in Bars gegangen, da waren diese Männer gewesen, die er nicht gekannt, deren Namen er nie erfahren hatte, manche hatte er nicht einmal gesehen, nur gerochen, geschmeckt, gespürt, und dann waren sie weitergezogen, auf der Suche nach einer anderen, neuen, besseren Gelegenheit – immer gesucht, nicht immer was gefunden – immer weniger anspruchsvoll geworden, in einem schmutzigen Winkel genommen, was man gekriegt hatte, was übrig geblieben war, am Morgen, alleine, wenn die Sonne aufgegangen war und der Rausch ausgeschlafen, nicht mehr daran denken wollen, die ganze Zeit daran denken, das Verlassen der Stadt half beim Vergessen – von einem dieser Wochenenden hatte er aus einem Antiquariat einen Band mit Oscar-Wilde-Märchen mitgebracht, Xaver hatte für David gekocht, und sie hatten sich gegenseitig daraus vorgelesen. Und David hatte an diesem Abend davon erzählt, was er in Berlin so trieb. Er hatte immer diejenigen beneidet, die das ohne Scheu getan hatten, die frei von Selbstvorwürfen gewesen waren oder es zumindest behauptet hatten. Xaver hatte einfach nur zugehört. Ohne Kommentar. Und nun war das mehr als zwanzig Jahre her, ein anderes Leben – und wenn David später an einer dieser Bars vorbeigegangen war, hatte er gedacht, es hätte mir nicht gutgetan, wenn ich so weitergemacht hätte, irgendwann hätte ich mir wie viele damals Aids eingefangen, und lange hatte er gedacht, Xaver hat mir das Leben gerettet, indem er mich nicht verurteilt hat –

Stefan holte Luft, um eine Frage oder einen Gedanken hinzuzufügen. Rasch legte David seinen rechten Zeigefinger auf Stefans Mund. Aber ich bin nie mit jemandem in einem öffentlichen Verkehrsmittel mitgegangen.

Stefan starrte ihn an.

Glaubst du mir nicht? Davids Finger verschloss immer noch Stefans Lippen.

Und ich habe auch nicht vor, es irgendwann einmal zu tun. Ich habe jetzt dich. Du bist es, der mir guttut.

Nach einer Weile fragte Stefan: Darf ich was sagen?

Natürlich! David musste über Stefans naiven Tonfall lachen und zog seine Hand zurück.

Ich weiß nicht, ob man das fragen kann.

Frag einfach.

Warum tu ich dir gut?

David streckte den Rücken durch. Erst fehlten ihm die Worte, dann aber fiel ihm etwas ein, das es tatsächlich traf: Du zwingst mich, über mich nachzudenken.

Ich zwinge dich?

Ja, so war es tatsächlich. Als würde er Stefan wieder verlieren, wenn er nicht genügend über sich wusste – dieser Gedanke war neu, er hatte ihn noch bei keinem seiner Männer gehabt. Aber wie viel war genug? War es genug zu wissen, dass er das im Wagen nicht hätte tun sollen, als er Stefan mit der Oskar-Ralph-Geschichte gequält hatte?

Er legte den Kopf in den Nacken und verkündete: Vera hat recht. Es sind die Sterne, nicht der Sonnenuntergang.

Sind wir hierhergekommen, um über Vera zu sprechen?, fragte Stefan mit Ironie in der Stimme.

Wenn wir schon dabei sind: Warum sind wir hier, in der Wüste, warum sitzen wir hier im Sand? Warum frieren wir uns den Arsch ab? Warum geht mir das Weltall am Arsch vorbei? Abgesehen davon, dass Susanne es empfohlen hat –

Denkst du manchmal an Inka und Svea?, bog David erneut ab.

Inka und Svea? Diesmal ging Stefan auf Davids Versuch ein, das Thema zu wechseln.

Die ermordeten Däninnen.

Du weißt, wie sie heißen?

Hätte Stefan gefragt, *warum* weißt du, wie die heißen, hätte David gesagt – *in der Zeitung gelesen.* Hätte Stefan gefragt, warum hast du dir die Namen gemerkt – *nun ja, es sind einfache Namen* – aber er hätte geahnt, dass das nicht die ganze Wahrheit war.

Denkst du an sie?

Nicht, wenn du mich nicht daran erinnerst, gab Stefan schließlich zu.

David nahm einen Schluck Weißwein, spürte seine Wirkung – die Gedanken wurden langsamer, die Glieder schwerer.

Was war eigentlich auf dem Video zu sehen? Stefans Mund blieb leicht geöffnet und seine Lippen glänzten.

Ein Puzzlespiel. Ein Rätsel. Ein Geheimnis.

War auch etwas zu hören?

Schreie. Männerschreie. Ich hätte Schreie von Frauen erwartet. Dass die schreien, die sterben. Nicht die, die töten, wiederholte David seine Gedanken vom Vorabend ihrer Reise.

Stefan nickte ein paar Mal, vervollständigte wahrscheinlich das Bild, das er sich zu machen versuchte, dann sah er wieder auf: Warum hast du dir das Video angesehen?

Ich habe davon gelesen, ein User mit dem Namen *don't-ignore* hat den Link gepostet. David zuckte mit den Achseln. Also habe ich es nicht ignoriert. Dann habe ich den Cursor auf die Zeile hinbewegt –

Das mag ich an euch Künstlern, sagte Stefan nach einer Pause. Ich mag euren Mut, möglichst lange im Ungefähren zu bleiben, sich möglichst lange nicht festzulegen. Ich könnte mir das in meinem Job nie erlauben, diese langen Vorlaufzeiten, während denen man nachdenkt, verwirft, neu denkt. Und wenn du eine Steckdose in einem Bühnenbild montierst, muss diese nicht funktionieren.

David bezweifelte plötzlich, dass Stefan ausschließlich von seiner Arbeit sprach.

Und tatsächlich sagte Stefan ohne weitere Überleitung: Manchmal habe ich das Gefühl, du hast dich immer noch nicht für *uns* entschieden.

David stockte der Atem. Er hatte einfach nicht *damit* gerechnet. Es war ja nicht einmal eine Frage. Und David war auch nicht in der Lage, das Naheliegende zu fragen: *Warum* hast du den Eindruck? Vielleicht war es aber nicht die überraschende Frage, sondern: Was, wenn Stefan einfach recht hatte?

Stefan nahm die Flasche, aber ohne zu trinken. Ich weiß manchmal nicht, ob du sicher bist, dass du mit mir zusammen sein willst, sagte er geradeheraus.

Manchmal –, brachte David jetzt doch hervor. Auch jetzt?

Stefan zuckte mit den Schultern.

Also ja.

Weißt *du* es?, fragte David hilflos und erwartete im selben Augenblick, dass Stefan eine Gegenfrage nicht akzeptieren würde.

Aber Stefan antwortete geduldig: Ja, ich weiß es. Aber noch nicht sehr lange.

Noch nicht sehr lange? Seit wann denn?

Anfang des Sommers – wir hatten einen neuen Kollegen bekommen, ich habe dir von ihm erzählt.

David erinnerte sich, Stefan war sich nicht sicher gewesen, ob der neue Kollege schwul war, aber nach ein paar Tagen hatte der Typ es allen erzählt, wie eine Selbstverständlichkeit, was Stefan beeindruckt hatte. Seine Mutter glaubte ja immer noch, Susanne sei mehr als eine Arbeitskollegin –

Wie hieß der?, erkundigte sich David.

Arnold.

Ah ja, richtig, Aaarnold.

Mein Gott, waren Sie *deshalb* in die Wüste gefahren? Lief es darauf hinaus? War das der Zweck ihrer Reise? All das nur deshalb?

David zog das A so lange hin, bis er den Mut fand, den beißenden Gedanken laut auszusprechen. Mit trockenem Mund fragte er: Hattest du etwas mit ihm?

Nein! Stefan lachte. Nein, aber er beeindruckte mich. Das muss ich zugeben.

Mehr, als ich dich beeindrucke? Augenblicklich schämte David sich für diese Annahme.

Du beeindruckst mich *anders.*

David nickte. Zufrieden stellte ihn die Antwort nicht. *Anders,* was hieß das schon? Er nahm einen langen Zug aus der Flasche, bis sie leer war.

Seit wir uns kennen, bin ich das erste Mal durcheinandergeraten –

Du hattest Zweifel.

*Durcheinander*geraten war alles, fuhr Stefan fort. Er war auch nicht mein Typ.

Und wenn er dein Typ gewesen wäre?

Ich weiß es nicht.

Na, super!

*Durcheinander*geraten, hakte David nach. Das war alles?

Nun, ich war vor die Frage gestellt: Auf welche Weise will ich von dem Mann, mit dem ich zusammen bin, beeindruckt werden?

Warum hast du damals nichts gesagt?

Ich musste das mit mir ausmachen, sagte Stefan.

Und mit Susanne, ergänzte David bitter.

Ja, gab Stefan zu, auch wenn es ganz offensichtlich war, dass David das in diesem Moment nicht hören wollte. Ja, auch mit Susanne. Sie war es auch, die gesagt hat, dass ich das klären muss, dass ich das nicht in der Schwebe halten darf.

David sah Susanne und Stefan in einem Restaurant mit gehobener Küche – *wo du nicht unter vierzig Euro für den Hauptgang davonkommst* – einander gegenübersitzen, die zuvorkommenden Kellner und anderen Gäste hielten sie ganz selbstverständlich für ein Paar –

Ich habe mich entschieden.

Du hast dich *entschieden*?

Stefan zuckte mit den Achseln. Nenn es, wie du willst.

Und wie hast du herausgefunden, was die richtige Entscheidung ist?, fragte David mit harter Stimme.

Halte *ich* es in der Schwebe, die Frage lief immer noch auf einer Parallelspur.

Stefan zuckte abermals mit den Schultern. Ich wusste es einfach.

Du wusstest es einfach? Plötzlich wusstest du es, oder wie? Hat es auch irgendwas mit mir zu tun?

Stefan stemmte sich halb hoch.

Was machst du?

Bleib, wo du bist, bat Stefan.

Wo soll ich auch hin?, fragte David matt, ein Teil von ihm wollte nämlich tatsächlich weg, weit weg.

Auf allen Vieren kroch Stefan in Davids Rücken.

Was machte er?

Stefan nahm ihn zwischen die Beine, schlang die Arme um David, legte den Kopf auf seine Schulter, seine Lippen an Davids Ohr, sein Atem, seine Wange an Davids Wange, Stefans Bartstoppeln kratzten.

Das machte er.

David schielte nach den Touristen auf den anderen Dünen. Immer mehr waren während der letzten halben Stunde aus dem Lager hierhergekommen. Und Stefan, der in Marrakesch gefürchtet hatte, dass sie für einen flüchtigen Kuss gehängt werden würden, störte das nicht im Geringsten.

Als Jugendlicher, in dem Alter, als wir als Brüder Reisen unternahmen – Stefan lachte kurz auf, weil er seine eigene Lügengeschichte zitierte –, war ich fest davon überzeugt, dass es jemanden geben wird, mit dem ich gut auskommen werde. Aber da war niemand, jahrelang war da niemand. Bis ich verstanden habe, ich habe einen Fehler gemacht.

Einen Fehler?

Einen grundlegenden Fehler.

Was für einen Fehler?, fragte David aufgeregt, als müsste Stefans grundlegender Fehler unweigerlich sein eigener Fehler sein und als hätte er jetzt die Gelegenheit, von diesem Fehler, den er selbst nie an sich entdeckt hätte, zu erfahren, um ihn für immer ausmerzen zu können – diese Gelegenheit würde er nie wieder bekommen.

Ich habe immer nach jemandem gesucht, der mir ähnlich war, sagte Stefan.

David war enttäuscht. Nein, diesen Fehler hatte er nie begangen. Wenn er jemandem begegnet war, der ihn an ihn selbst erinnerte, nahm er immer besonders rasch Reißaus.

Als ich dich kennengelernt habe, fuhr Stefan fort, wusste ich, dass ich auf jemanden wie dich gewartet habe.

Jemanden *wie* mich?

Ist dir das nicht genug?, fragte Stefan.

Doch, ist es, sagte David rasch. Alles andere wäre ja auch – was? – kindisch? Aber – aber – wie – wie bin ich denn?

Jemand *wie du* kannst nur *du* sein, erklärte Stefan leise und drückte David fester an sich.

So war das also.

David gab ein leises Wimmern von sich. Die Knoten – in Bauch, Hals, Zunge und sonst wo – lösten sich, einer nach dem anderen. Dann streckte er seinen Arm nach der zweiten Flasche aus, öffnete sie, nahm einen Schluck, drehte seinen Kopf und suchte Stefans Lippen. Erst drückten sie sie geschlossen und fest aufeinander, dann öffnete David seine Lippen, ganz wenig nur, Stefan tat es ihm gleich, langsam ließ David aus dieser kleinen Öffnung aus seinem Mund den prickelnden Wein in Stefans Mund fließen. So hatten sie es auch in der ersten Nacht gemacht, in der sie miteinander geschlafen hatten. Ein wohliger Schauer lief David über den Rücken. Erst jetzt bemerkte er, dass er die ganze Zeit gefroren hatte. Aber jetzt war ihm warm.

9

Mein Gott!, juchzte Vera. Mein Gott! Wenn ich das hätte, was *ihr* habt, ich würde niemanden an mir vorbeiziehen lassen, ich würde absolut jeden mit beiden Händen festhalten und es ihm ins Gesicht schreien!

Schon beim ersten *mein Gott* war David zusammengezuckt.

Bitte nicht schon wieder, flüsterte Stefan ihm ins Ohr.

Vera stand mit den Händen in die Hüften gestützt da, rang nach Atem. Kaum hatte sie die Aufmerksamkeit von beiden, sang sie: *Love ist in the air, everywhere I look around!* Sie hatte eine überraschend schöne, dunkle, etwas rauchige Altstimme. Brüder! Vera lachte, als hätte sich eine wirklich schlechte Sache im letzten Augenblick wider Erwarten doch noch zu einer wirklich guten Sache gewendet. Immerhin weiß ich jetzt, dass ich mich nicht getäuscht habe. Ist auch was wert. Sie kam näher. Gebt mir was zu trinken!, verlangte sie aufgekratzt.

David streckte ihr die Flaschen hin, wie um sich für Stefans Lügenmärchen zu entschuldigen.

Hab ich euch erschreckt?, fragte sie mit einem breiten Grinsen.

Genauso müssen sich die Mörder an die beiden Touristinnen herangeschlichen haben, überlegte David.

Vera warf ihm einen Blick zu, als hätte sie bisher nichts von den Morden gehört – und nahm einen kräftigen Schluck.

He, he, he, protestierte Stefan, das ist unsere letzte.

Vera setzte die Flasche ab und beschwerte sich: Da behaupten diese beiden Idioten in der Essensschlange, ich hätte mich vorgedrängt!

Trotzdem ist die hier nicht nur für dich. Stefan streckte die Hand aus. Außerdem haben wir sie unter ziemlich hohen Verlusten erobert.

Diesmal schaute Vera, als wüsste sie ganz genau, wovon die Rede war.

David fragte sich, ob Stefan das Geld oder das Duell mit Kalifa meinte – oder beides – und ob er tatsächlich noch immer daran nagte.

Ehe Vera die Flasche zurückgab, machte sie noch einen Zug. Irrtum, sagte sie.

Kein Irrtum. Stefan ging davon aus, dass sie vom Wein sprach.

Aber Vera hatte die beiden Däninnen gemeint: Die haben sich schon auf Facebook mit denen verabredet – und jetzt sind sie tot.

Woher weißt du das mit Facebook? Weder bei seinen Recherchen im Flugzeug noch im Café am Djemaa el Fna noch letzte Nacht in ihrer Herberge war David auf diese Information gestoßen.

Irgendwo gelesen.

Peter, der Taxifahrer, der sie zum Flughafen gebracht hatte, hätte das so nicht gelten lassen, hätte eine Quelle wissen wollen – David beschränkte sich auf: Weißt du sonst noch was?

Wieder traf David Veras echter oder gespielter ahnungsloser Blick.

Was die beiden Toten angeht.

Was kümmern die mich?

Alles klar. Nichts mehr darüber. Von ihr würde David nicht mehr über die Vorgänge im Atlas nahe des Dorfes Imhil erfahren, als er bereits wusste. Es war auch plötzlich nicht mehr so wichtig. Er fragte sich, warum er sich überhaupt in den letzten Tagen so sehr dafür interessiert hatte. Und David beschloss, dass hiermit der natürliche Endpunkt seines Interesses für Inka und Svea erreicht war –

Vera ließ sich neben ihnen auf den Boden plumpsen, der Sand unter ihr geriet in Bewegung, und schon rutschte sie die Düne hinunter. Lachend, als wüsste sie ganz genau, was zu tun war, nahm sie Schwung, rollte auf den Bauch, breite die Arme aus, krallte die Finger in den Sand. Tatsächlich blieb sie kurz darauf liegen. David streckte ihr die Hand hin. Vera war aber zu weit weg. Er hätte aufstehen, sich auf sie zubewegen müssen. Das beabsichtigte er auch, aber Stefan klammerte seine Arme fester um ihn. David drehte den Kopf und küsste ihn auf den Mundwinkel. Es dauerte eine Weile, bis Vera schließlich ohne Hilfe Fuß gefasst hatte, wie eine Schildkröte zu ihnen zurückgekrabbelt war und wieder bei ihnen saß. Währenddessen war Stefan von David abgerückt, und Nachtkälte kroch wieder über seinen Rücken.

Vera starrte zum Himmel hoch: Habt ihr so was schon mal gesehen?

Nein. David hatte so was noch nicht gesehen.

Nicht in den Bergen, als er mit dem Regieassistenten nachts auf der Wiese gelegen war, sie zu den Sternen hochgeschaut hatten und er – zu diesem Zeitpunkt – Philipp noch eine romantische Stimmung vorgegaukelt hatte. Nicht auf Kreta, wohin er mit Xaver gefahren war, um einen Arbeitsurlaub zu verbringen, sie hatten Konzepte entwickeln wollen, letztlich war es mehr Urlaub als Arbeit gewesen. Im Norden Schwedens war es nie wirklich dunkel geworden, es war Sommer und er war von Freunden, die im Süden leben, aus aufgebrochen, alleine, *einmal* alleine verreisen, war sein Vorsatz gewesen, er hatte die lächerliche Eingebung gehabt – die er damals aber ernst genommen hatte –, unterwegs endlich den Mann fürs Leben zu treffen. Aber warum suchte er ihn in einer quasi unbesiedelten Gegend? Zehn Tage hatte er durchgehalten, dann war er zu den Freunden zurückgekehrt. Sterne hatte es auch nicht auf den Färöerinseln gegeben. Drei Tage lang hatte es durchgeregnet. Es hatte auch keine Bäume auf den Färöerinseln gegeben. Der einzige Baum war der auf der Bühne von *Warten auf Godot* gewesen, fiel David ein und fragte sich zeitgleich, ob Stefan ihm den Großen Bären zeigen könnte. Er fragte aber, um Stefan nicht zu blamieren, sicherheitshalber allgemein: Kennt sich jemand mit Sternbildern aus?

Stefan schüttelte den Kopf. Ich nicht.

Vera?

Vera reagierte überhaupt nicht. David studierte ihr Profil, ihre fleischigen Wangen. Ihre Haut war glatt, feine rote Adernester da und dort, Vera sah vermutlich jünger aus, als sie tatsächlich war –

Nachdem Stefan einen Schluck aus der Flasche genommen hatte, reichte er sie an ihn weiter, David trank, Vera streckte ihre Hand danach aus. Einverstanden, von nun an würde die Flasche im Kreis gehen. Vera drückte den Flaschenhals auf ihre vollen Lippen, sog daran, ihr Kinn mahlte, drei, vier Mal. Anschließend klemmte sie die Flasche zwischen die Oberschenkel, ächzte ein wenig und gestand schließlich: Ich habe seit acht Jahren keinen Alkohol mehr getrunken.

Dann gib sie sofort zurück!, forderte David sie umgehend auf.

Nein! Fuck, scheiße! Ich will heute trinken. Und – meine lieben Brüder und Schwestern – ich will nicht darüber reden! Und immer noch wollte sie nicht glauben, dass sie auf Stefans Erzählung hereingefallen war.

Er ist einfach gut, schlug David als Erklärung vor.

Kann sein. Aber jetzt seid ihr mir was schuldig, verkündete Vera. Ihr müsst mir eine Frage beantworten.

Schuldig sind wir dir nichts, entgegnete Stefan prompt. Gib mir lieber die Flasche zurück.

Davon ließ Vera sich nicht beeindrucken –

Und zwar?, fragte David nach einer Weile des Schweigens, weil es ja irgendwie weitergehen musste.

Vera sah ihn nur an.

Deine Frage!

Einfache Frage.

Sag!

Wie wollt ihr sterben?

Echt jetzt? David konnte es kaum glauben: Das war Xavers Standardfrage zu Probenbeginn eines jeden neuen Stückes. Die Schauspieler sollten darüber nachdenken, welche Gedanken ihre Figuren sich über den Tod machen, wie ihre Figuren sterben wollen, Xaver machte diese Übung auch, wenn in dem Stück niemand starb. So erfahrt ihr etwas über ihr Leben, war Xaver überzeugt. Xavers Frage hatte David immer auf seltsame Weise beunruhigt, er hatte immer gedacht, er müsste, während die Schauspieler die Aufgabe für ihre Figuren lösten, dieselbe Aufgabe für sich lösen.

Auch Stefan atmete entnervt durch. Nicht ernsthaft, oder?

Und außerdem: Als Übung zu Probenbeginn ja, aber wäre das hier ein Theaterstück, fände David es absolut lächerlich, drei Mittvierziger, die nachts in der marokkanischen Wüste auf einer Düne zusammensitzen, über den Tod philosophieren zu lassen, etwas weniger Originelles kann einem Autor wohl kaum einfallen.

Auf Proben war Davids insgeheime Antwort immer gewesen: Ich will nicht sterben. Jetzt sprach er sie laut aus, obwohl er eigentlich nicht über das Sterben reden wollte, nicht jetzt, nicht mit Vera –

Nicht sterben zu wollen genügt mir nicht als Antwort, sagte Vera – hätte aber auch von Xaver kommen können.

Okay, David änderte seine Taktik: Ich will so sterben wie die beiden – also hatte Vera ihn doch wieder auf die Toten gebracht –, die beiden Däninnen, ohne zu wissen, dass ich jetzt gleich sterben werde.

Warum gehst du davon aus, dass sie es nicht gewusst haben?, fragte zu Davids Erstaunen Stefan.

Inka und Svea, zu zweit im Atlas, unter freiem Himmel, warten auf ihre Facebookfreunde. Wozu also über das Sterben nachdenken?

Wozu überhaupt über den Tod nachdenken, wenn er einen ohnehin in jedem Moment treffen kann? Damit wandte Stefan sich an Vera, vermutlich in der Hoffnung, das Thema damit abzuwürgen.

Sag nicht, was du nicht willst, sag, was du willst. Auch das hätte von Xaver stammen können.

Und du?, spielte Stefan die Frage an Vera zurück.

Ich? Ich mache mir schon mein ganzes Leben lang Gedanken darüber, wie ich sterben werde, antwortete Vera.

David hatte nicht damit gerechnet, dass sie darauf eingehen, dass sie die Frage nicht an Stefan und ihn zurückgeben würde. Aber je länger er Veras Antwort lauschte, umso überzeugter war er, dass sie im Grunde ohnehin niemals neugierig auf Stefans und Davids Antworten gewesen war. Von Anfang an war es ihr nur darum gegangen, dass *sie* gefragt werden würde.

Schon als Kind hatte ich genaue Pläne –

Und was waren das für Pläne?

Sie korrigierte: Was *sind* das für Pläne.

Und dann habe ich als Vierzehnjährige einen Traum gehabt. Er spielte in der Wüste: Ich stehe auf und gehe los, Schritt für Schritt, immer weiter, bergauf, bergab, auf einer geraden Linie, keine Umwege. Ich gehe langsam, um Kraft zu sparen, um weit zu kommen, bis die Sonne aufgeht. Sobald die Sonne aufgeht, kommt Wind auf. Ich drehe mich um, der Wind verwischt meine Spuren. Von nun an gehe ich mit einem anderen Gefühl weiter, weiß, ich habe keine Verfolger mehr, ich habe sie abgeschüttelt, ich bin bereits fünf, sechs Stunden unterwegs. Längst habe ich meinen Rhythmus gefunden. Ich beginne müde zu werden, gönne mir keine Rast, gehe weiter, immer weiter. Alles, was war, alles, was ich erlebt habe, was ich gesehen, gehört habe, alles, meine gesamte Vergangenheit rieselt aus mir heraus, bis ich nur noch ein sich bewegender Körper bin. Innerhalb weniger Stunden wird die Wüste zu einem Grillofen. Ab jetzt werde ich nicht mehr lange durchhalten, ich werde fallen. Vielleicht lasse ich mich auch einfach fallen, wenn ich weit genug gegangen bin, und sobald ich liege werde ich es nicht mehr hoch schaffen, und ohne Wasser halte ich nicht lange durch, zwei Tage, drei, wie ein gestrandeter Wal liege ich da, ich warte, dieses Warten ist das Beste bisher. Sand schiebt sich über mich, rieselt in die Falten meines Körpers, rieselt mir in die Ohren, die Augen, den Mund, zwischen die Beine, eine Welle im Zeitlupentempo deckt mich nach und nach zu. Nach einem Tag sind meine Füße, meine Schenkel bedeckt, nach einem zweiten mein Rücken, mein Kopf, alle meine Öffnungen füllen sich. Mund, Ohren, Nase. Ab und zu wird die dünne Schicht über meinen Kleidern weggeweht und man sieht den schwarzen Stoff, aber dann kommt neuer Sand, neue Schichten legen sich über mich, bis ich weg bin, vollkommen weg, als wäre ich nie dagewesen. Es ist still. Aus. Vorbei. Das war's. Und niemand wird mich jemals finden.

Okay, bis hierher, würde Xaver sagen, sobald Vera ihren Monolog beendet hatte, dachte David.

Und Xaver würde Vera mit ihrem Rollennamen ansprechen, der ident war mit ihrem eigenen. Vera, würde Xaver also sagen, das war schon sehr gut, aber hol es noch mehr, ganz zu dir, näher an dich ran. Nur dann wird es auch glaubwürdig, was du sagst. Ich verrate dir einen Trick, einen ganz einfachen Trick: Sprich so leise wie möglich, die Leute müssen sich anstrengen, um dich hören zu können. So zwingst du sie, dir nahe zu sein, ganz bei dir. Sie müssen sich auf dich einlassen, mit dir atmen, und bitte, lass dir Zeit, erlaube dir Pausen, du hast alle Zeit der Welt. Lass das Bild vor uns entstehen, vor allem aber, und das ist ganz wichtig, lege es in keiner Sekunde darauf an, Mitleid im Zuschauer erwecken zu wollen. Vera ist eine starke Frau, die weiß, was sie will, von Kindesbeinen an ist sie mit dem Tod befreundet, sie kann vom Ende her leben, damit ist sie – wie wir gerade – und jetzt integrierte David sich und Stefan in die Szene –, wie wir gerade von David und Stefan gehört haben, würde Xaver sagen –, damit ist sie weiter als die meisten von uns, und du musst diesen Plan ernst nehmen. Wenn du ihn nicht ernst nimmst, verrätst du deine Figur, machst sie lächerlich. Sie ist nicht lächerlich, sie ist auch nicht depressiv, nicht müde, sie ist ganz klar, ganz entschieden, ganz fokussiert, das ist das Entscheidende. Und jetzt kommt das große *Aber*. Natürlich. Immer kommt ein großes Aber. Nachdem sie zu Ende gesprochen hat, gilt unser Interesse ausschließlich den beiden anderen Figuren dieser Szene: Wie wird dieses schwule Paar – Stefan und David – auf das, was Vera gesagt hat, reagieren?

David und Stefan starrten Vera nur an. Sie wussten nicht, was sie dazu sagen sollten. Wartete sie überhaupt auf ein Feedback? Sie hatte sie doch verarscht, oder? Stefan griff nach der Flasche, die Vera fest umklammerte.

Und sie fragte jetzt doch: Und du?

Stefan: Und ich?

Komm schon! Die Frage lautet immer noch: Wie willst du sterben? Du hast noch nicht geantwortet.

Stefan machte seinen Rücken gerade und sagte: Gut. Aber dazu brauche ich vorher noch einen Schluck! Vera überließ Stefan bereitwillig die Flasche. Sie war noch zu einem guten Drittel gefüllt. Stefan leerte sie in einem Zug. David wollte protestieren, aber sei's drum, er hatte genug intus. Stefan stellte die leere Flasche ab, diesmal ohne sich darum zu kümmern, ob sie Halt finden würde. Und sie kippte dann auch tatsächlich um und rollte den Hügel hinunter. Alle drei schauten ihr mit glasigen Augen hinterher, wie etwas, das unwiederbringlich verloren war. Die Flasche kam vor den Füßen zweier Touristen zu liegen. Es war das ältere deutsche Paar, das sich über die Behandlung der Kamele beschwert hatte. Es hatte wohl genug von dem gesehen, was man ohnehin nicht erfassen kann, dachte David. Anderer Vorschlag: Den beiden war zu kalt geworden, denn nicht zu vergessen, es war bitterkalt in der Wüste. Der Mann bückte sich, hob die Flasche auf und rief was von wegen Müll. Vera winkte fröhlich. Eindeutig eine Provokation. Der Mann kam mit ein paar energischen Schritten auf sie zu, als suchte er Streit. Hätte er wahrscheinlich auch gefunden, mit Vera, mit Stefan, vielleicht sogar mit David – aber die Frau packte ihn und zog ihn weiter Richtung Camp. Da sprang Stefan wie von einer Tarantel gestochen auf und schrie – erst einmal nur dem Paar hinterher: Es gibt dazu nichts zu sagen, weil ich unsterblich bin! Und Stefan grölte in die Nacht, in die Wüste hinaus, zum Himmel über der Wüste hinauf: Ich bin unsterblich! Ich bin es! Da könnt ihr sagen oder denken, was ihr wollt!

Vera kriegte sich kaum ein vor Lachen.

David wusste, der Ausbruch war dem Alkohol geschuldet. Er bat Stefan, still zu sein, bitte, setz dich wieder!

Wieso soll ich den Mund halten? Ist das hier ein Friedhof?

Stefan machte einen ersten Schritt, stürzte beinahe, aber nur beinahe, drehte sich nochmals zu David, wollte etwas sagen, dann doch nicht, dann doch: After stars come back. We make fire. There will be music. Original Bedouin music. You sit around the fire. You will be happy about that, zitierte Stefan Mehmet – und ging. Mit jedem Schritt fasste er besser Tritt im weichen Sand.

Shit, fluchte David, als er begriff, *wie* betrunken Stefan war.

Und Vera forderte ihn auf, Stefan hinterherzugehen, ihn nicht alleine zu lassen. Mach schon! Geh! Geh!

Und du?

Ich komme alleine zurecht. Bin ich immer schon. Ich bin immer schon alleine zurechtgekommen.

Aber dann sah David, wie sie zitterte.

Ich friere, tat Vera das ab und meinte, er solle sich keine Sorgen machen, sie würde für diese Nacht schon noch einen Platz finden, wo sie sich wärmen könne.

David fragte sie, ob sie sicher sei, dass er sie alleine lassen könne.

Ich bin sicher, antwortete Vera. Hau ab!

Und David folgte Stefans Spur –

Die Sterne über ihm prangten, der Sand glitzerte. Am Hof des Camps brannte bereits Feuer, die meisten Touristen waren vom Sterneschauen zurückgekehrt und drängten zur Wärme, viele standen, nur wenige saßen, etwas abseits stimmten drei Einheimische ihre Musikinstrumente, Stefan unterhielt sich mit zwei Frauen mittleren Alters, die David weder bei ihrer Ankunft noch im Versorgungszelt aufgefallen waren. Und David beobachtete die drei eine Weile, beobachtete, wie Stefan redete und die beiden Frauen zum Lachen brachte. Und dann sah David sich nach dem deutschen Paar um, entdeckte es nirgendwo, schaute dahin und dorthin. Für einen Augenblick begegneten sich Stefans und seine Blicke, Stefan wandte sich aber gleich wieder seinen beiden Zuhörerinnen zu. David starrte in die Flammen, er wollte nicht lauschen, aber der Mann neben ihm sprach so laut, dass David nicht weghören konnte, und dieser Mann erzählte einem anderen, er und seine Freundin würden jeden Winter nach Afrika *fliehen*, und so eine *Flucht* sei die einzige Möglichkeit, den Winter in Europa zu überleben. Der andere sagte, er sei für eine Reiseagentur unterwegs, um für *fluchtwillige* Europäer neue, attraktive Ziele zu entdecken, und da musste David auch an *Flucht* denken, erst an die Afrikaner, die nach Europa *fliehen*, und dann an sich, dass er von hier *fliehen* wollte – und drehte sich weg, sah nochmals zu Stefan hinüber, um den mittlerweile fünf Leute standen, die sich alle köstlich amüsierten. Für einen Augenblick überlegte David, sich doch zu ihnen zu gesellen, wie ein Fremder, wie einer, der Stefan nicht kennt, wollte er zuhören, aber dann entschied er sich anders, überquerte den Hof, ging zu ihrem Zelt. Kurz darauf setzte die Musik ein, Musik wie die, die, seit er im Atlas für zehn Minuten eingeschlafen war, in Kalifas Auto gelaufen war, und dann legte David sich, so wie er war – in voller Montur –, auf eines der beiden Eisenbetten, die Knie an den Bauch gezogen. Die Federn des Bettes quietschten, als würden sie durcheinanderplappern. Die Matratze schwang eine Weile nach. David zog die Decke über sich, und schließlich kamen das Bett und David zur Ruhe, und David lag jetzt ganz reglos da. Eine Sehnsucht nach Stefan zog in seiner Brust. Nach seinem Körper, seinem Geruch, seinen Worten. Er wartete auf Stefan, und jeden Gedanken, der sich an ihn heranschlich und sich gegen Stefan entwickeln könnte, erstickte er im Keim, jedes Gefühl, das einen anderen Namen als *Sehnsucht* verdienen würde –

10

Kurz nach Sonnenaufgang traten David und Stefan mit steifen Gelenken hinaus auf den Zeltplatz. Stefan klagte auch über Kopfschmerzen. Vom Alkohol oder von dem harten Bett oder von beidem. David legte ihm seine Hand in den Nacken und machte ein paar Massagegriffe. Stefans Haut wärmte Davids kalte Hand. Ein frischer Morgenwind fuhr über den Hof, wirbelte Sandnester durch die Luft und ließ die Zeltplanen geräuschvoll flattern. Ein Großteil der Touristen hatte sich bereits um die Feuerstelle versammelt. Ein feiner Rauchfaden stieg aus der verlöschten Glut auf, wurde aber rasch vom Wind zerfetzt. Das Stück des jungen Autors um ein erkaltetes Lagerfeuer spielen lassen, wie einen Ringelreihentanz, ein Bild für Endzeit und Ewigkeit – egal –, Davids Gehirn arbeitete noch nicht richtig.

Da erst bemerkten sie, wie aufgeregt alle waren.

Jemand fehlte, jemand war abgängig, und es war die Gruppe, mit der David und Stefan gekommen waren, die nicht vollständig war. Sie sahen die Einheimischen dahin und dorthin laufen. Mehmet? Mehmet stand beim Tor. Er brüllte in ein knacksendes Funkgerät.

Eine Frau war verschwunden, die Dicke, niemand sprach ihren Namen aus.

David wusste, dass es Vera war, es konnte nur Vera sein, die vermisst wurde. Trotzdem hielt David weiterhin Ausschau nach ihr. Weiß jemand, wo – er entschied sich gegen *die Vermisste* und für ihren Namen – weiß jemand, wo *Vera* geschlafen hat?, fragte David schließlich, so, dass alle ihn hören konnten.

Der Vertreter der Reiseagentur stand wie schon in der vergangenen Nacht zufällig in seiner Nähe. Er zeigte auf eines der Zelte, aus dem gerade zwei Einheimische kamen.

Vielleicht hat sie bei jemand anderem übernachtet, überlegte David.

Stefan hatte durchgezählt. Es sind jetzt alle da. Alle haben ihr Zelt verlassen, niemand sonst fehlte. Er hatte sich gestern bei ihrer Ankunft einen Überblick verschafft. Er machte so was quasi automatisch.

Eine Frau, die sich von Kopf bis Fuß mit marokkanischer Kleidung ausgestattet hatte, fragte: Verschweigt jemand von uns etwas?

Immer die, die fragt. David hatte nicht gesehen, wer das gesagt hatte.

Verhaltenes Gelächter. Die Frau zeigte den Stinkefinger in die Runde.

Eine letzte Hoffnung hatte David noch: *Sie würde schon ein warmes Plätzchen finden.* Vielleicht hatte Vera die Nacht mit einem der Guides verbracht? Hat das jemand gecheckt? Aber David wusste es im Grunde besser. Scheiße. Ich hätte es mir denken können! Ich hätte sie gestern nicht alleine lassen dürfen.

Stefan konnte sich nur vage an das erinnern, was in der vergangenen Nacht in den Dünen geschehen war, worüber sie gesprochen hatten, kaum an Veras Monolog und überhaupt nicht, dass er in den Nachthimmel gebrüllt hatte, er sei unsterblich. Meine Güte, Stefan legte seine rechte Hand für einen Augenblick flach auf die Stirn, habe ich mich danebenbenommen? Aber ehe David sagen konnte: *irgendwie ja*, fasste Stefan einen Entschluss: Wir müssen es ihnen sagen –

Plötzlich stand das deutsche Paar bei ihnen.

– aber nicht denen. Wir müssen es Mehmet und seinen Leuten sagen.

Der Mann stellte sich als Alfons aus Berlin vor – Berlin hatten sie schon von Vera erfahren – und seine Frau als *die Heidi*. Die Flasche, über die sie sich heute Nacht in den Dünen so geärgert hatten, erwähnten sie mit keinem Wort. Alfons und Heidi waren davon ausgegangen, dass die Vermisste zu Stefan und David gehörte. Nachdem sie verstanden hatten, dass Vera alleine gereist war, rief Heidi: Meine Güte, wer macht denn so was!

Komm, forderte Stefan David auf, wir reden mit Mehmet.

Im Dauerlauf überquerten sie den Hof. Vom Tor aus sahen sie die Guides bei den Kamelen lagern. Was im Camp passiert war, schien sie nicht weiter aufzuregen – war nicht ihr Zuständigkeitsbereich. Mehmet schrie mit den Fahrern von drei motorisierten Gefährten gestenreich über die laufenden Motoren hinweg. David und Stefan gingen zu ihnen hinüber: We know something. Maybe we can help!

Go back, brüllte Mehmet sie an.

Mit wenigen Worten versuchten sie zu erklären, dass sie heute Nacht mit Vera auf einer der Dünen zusammen gewesen waren und –

Go back!, Mehmet ließ sie nicht ausreden, go back!

But listen to me, versuchte es Stefan erneut.

Go back!

Das war mehr als ein Nicht-die-Worte-Verstehen, das war Desinteresse, Ablehnung, Hass? Die Szene, die David gestern beim Verlassen des Camps fantasiert hatte, war nicht weit weg davon. Natürlich würde das hier nicht so enden. Aber einen Augenblick lang war David sich da gar nicht so sicher.

Sie gingen zurück auf den Hof. Was jetzt?

David fühlte sich, als hätte er die ganze Nacht nicht geschlafen. Dabei hatte er sich, nachdem Stefan zu ihm auf das schmale Bett gekrochen war, umarmt und geliebt gefühlt und hatte rasch die Augen geschlossen.

Alfons und Heidi wollten wissen, ob sie etwas Neues erfahren hätten. Stefan schüttelte den Kopf. Alfons war überzeugt, sie dürften das hier nicht den Einheimischen überlassen. Der Verlust eines Menschenlebens bedeutet in solchen Kulturen nicht so viel wie bei uns.

Geistesabwesend nickte David.

Wenn Vera tatsächlich heute Nacht losmarschiert war, wie sie es in ihrem Monolog beschrieben hatte, war es dann nicht das, was sie, seit sie als Kind davon geträumt hatte, gewollt hatte? Wäre es da nicht viel richtiger gewesen, niemandem etwas zu sagen? War es also gut, dass Mehmet nicht auf sie gehört hatte? David sah auf. Im Osten hatte sich die Sonne bereits vom Horizont gelöst. Veras Zeitplan nach wäre sie noch auf den Beinen, aber der Wind hätte bereits begonnen, ihre Spuren zu verwischen, und frei war sie, frei – unwillkürlich musste David lächeln.

Die Leute waren näher zusammengerückt. Manche hielten sich umarmt, andere hatten sich auf den Boden gesetzt, saßen stumm da, stierten vor sich hin, redeten unterdrückt. Sie redeten natürlich auch über die beiden ermordeten Däninnen, darüber, ob so etwas wieder geschehen war. Manche sorgten sich, ob sie hier überhaupt sicher wären. Niemand wüsste genau, was geschehen war, also, wozu diese Frage? Ein anderer plädierte dafür, auf die Erfahrung der einheimischen Männer zu bauen. Zwei Frauen weinten. Ein Junge lief stupide im Kreis, bis seine Mutter ihn an der Hand packte und zwang, sich zu ihr auf eine der Bänke an der Feuerstelle zu setzen.

Menschen ohne Namen. Gesichter, die David sich nicht merken oder schnell wieder vergessen würde.

Der Reiseagent verkündete schließlich, er würde sich um Tee für alle kümmern, kam aber bald unverrichteter Dinge zurück.

Wir brauchen Wasser, schrie plötzlich eine Frau, mein Mann dehydriert. Heidi packte aus ihrem Rucksack eine Wasserflasche aus. Bevor sie sie weitergab, trank sie selbst einen Schluck.

David fragte: Wie geht es deinen Kopfschmerzen?

Besser, sagte Stefan.

Eine Stunde lang bekamen sie keinerlei Informationen, wie es jetzt weitergehen würde. Schließlich stürmte Mehmet auf den Hof, begleitet von zwei Männern: Come on! Time to go! Die Leute wollten endlich Auskünfte, Erklärungen haben, Näheres wissen. Aber Mehmet wiederholte wie eine Sprechmaschine bloß immer wieder: Come on! Time to go!

Langsam setzte sich die Gruppe in Bewegung. Am Tor aber begannen die Vorderen plötzlich zu laufen, alle anderen liefen hinterher, David und Stefan mittendrin. Die Kamele waren bereits von ihren Fesseln befreit und nahmen geduldig ihre Last auf. Heute lachte niemand über Ungeschicke beim Aufsteigen, alle strengten sich an, ihr Bestes zu geben, manche schienen tatsächlich aus der Erfahrung von gestern gelernt zu haben.

Der Spaß war weg. Der Ernst war da.

Wie Ergebene – dem Schicksal oder wem auch immer – saßen die Touristen auf den Rücken der Kamele. Die Popstars trieben ihre Tiere an und führten sie auf kürzestem Weg zur Ausgangsstation. Der Morgenwind blies immer noch. David wünschte sich, Bob würde ein Ständchen für ihn singen, beispielsweise: *The time will come up, when the winds will stop ... the hour that the ship comes in –*

Als sie auf den Parkplatz kamen, zündete Kalifa sich gerade an der Glut eines Stummels eine neue Zigarette an. Er hatte seine Touristenverkleidung abgelegt und trug ein frisch gebügeltes Hemd. Sonnenbrille, ein graues Basecap – David registrierte es, dachte aber nicht weiter darüber nach. Der blaue Koffer, den Kalifa aus der True-Blood-Bar mitgenommen hatte, war verschwunden. Auch das bemerkte er nur nebenbei, seine Gedanken kreisten um Veras Verschwinden.

Es hatte sich natürlich auch unter den Fahrern herumgesprochen.

Idioten, die keine Ahnung haben, was die Wüste ist, kommentierte Kalifa den Fall.

Du weißt schon, die deutsche Frau, erklärte Stefan. Die, die Hadir –

Ja, ja, ich weiß. Auch eine, die glaubt, das hier ist ein Sandkasten. So was passiert ein-, zweimal im Jahr. Einen Tag lang werden die gesucht. Manchmal finden wir jemanden, manchmal nicht. Kalifa redete sich in Rage. Wer am ersten Tag nicht gefunden wird, ist in der Regel tot. Zwei schnelle Züge noch, dann schnipste Kalifa die Zigarette weg und kletterte hinter das Lenkrad.

Stopp, Moment! David schien es unmöglich, unter diesen Umständen einfach weiterzufahren. Er wollte wissen, was geschehen ist, er brauchte Gewissheit, er musste Vera nochmals mit eigenen Augen sehen.

Der Motor des Pick-ups sprang an.

Warte doch mal, schrie David.

Kalifa streckte den Kopf durchs Fenster: Was ist denn noch?

Er hat aber recht. Auch Stefan wollte los.

Wie konnten sie nur so unbekümmert sein? Vor allem aber nervte David, dass Kalifa und Stefan sich schon wieder einig waren.

Kalifa setzte den Wagen zurück und stoppte.

Nein. Bevor ich nicht irgendwas weiß, steig ich da nicht ein.

Kalifa, warte einen Augenblick!, bat Stefan.

Gib mir etwas Zeit, er ist gerade etwas aufgeregt, ich beruhige ihn schon – so klang das in Davids Ohren.

Kalifa nickte, ließ aber den Motor laufen. Hätte er auch noch *ja, Chef* gesagt, hätte David ihm die Fresse poliert.

Stefan packte David an den Schultern. Schau mich an!

Langsam hob er seinen Kopf und sah Stefan ins Gesicht. Was?

Was bringt das, wenn wir –

Auch wenn du sie nicht mochtest, unterbrach ihn David, kann es dir doch nicht egal sein, was –

Stopp, stopp, stopp! Ich bin nur realistisch. Und wir kennen sie nicht –

Realistisch?

Glaubst du, Vera ist tatsächlich einfach losmarschiert? Und noch mal, ganz langsam, als wäre David ein Idiot: Glaubst du das wirklich?

Ich weiß es doch nicht! Hilflos hob David die Arme.

Um sie herum sprangen die Motoren der Touristenkutschen an. Eine um die andere fuhr mit ihren Insassen zurück auf die Straße, auf der sie gestern alle hergekommen waren –

Und Veras Fahrer?, fiel David plötzlich ein. Warum hat er bisher nicht an Veras Fahrer gedacht?

Was ist mit ihm?, fragte Stefan schnaufend, weil das die Sache möglicherweise noch komplizierter machen könnte.

Wir haben ihn gesehen, als wir Vera zum ersten Mal begegnet sind. Er hat beim Auto auf sie gewartet, während sie bei Hadir im Lokal war.

Stefan erinnerte sich.

Wo ist der? Sie sahen sich um. Nicht hier.

Dass der Fahrer nicht da war, war aber vielleicht eine konkrete Spur. Stefan nahm sie auf: Vielleicht ist sie ja nicht in die Wüste hineingerannt, sondern zurück zum Ausgangspunkt, überlegte er. Und sie sind dann nachts noch weitergefahren. Das ist es.

David konnte Stefan ansehen, wie sicher er sich seiner Theorie war und dass er darüber hinaus dachte, mit dieser Erklärung musste sich – *verdammt noch mal* – auch David zufriedengeben.

Ja, natürlich ist das möglich, lenkte David ein. Aber wozu? Wozu heimlich, und alle anderen verrückt machen?

Aber genau das würde zu Vera passen.

Wie willst du das wissen? Du hast gerade gesagt, wir kennen sie nicht. Wütend packte David Stefans Hände auf seiner Schulter und entfernte sie von dort.

Vorschlag! Stefan versuchte es erneut. Wir verfolgen die Nachrichten, und wenn ein Unglück passiert ist, werden wir es erfahren.

Bisher hatte Kalifa zwar zugehört, aber demonstrativ, mit einem Blick ins Leere, kein Wort dazu gesagt. Jetzt mischte er sich doch ein: Vergiss es, sagte er mit einer wegwerfenden Kopfbewegung. Nicht einmal bei den Morden an den beiden Frauen war bei uns hier etwas zu hören. Erst nachdem die ganze Welt schon darüber gesprochen hatte. Es waren übrigens Jugendliche, sie wurden angeheuert. Man hat ihnen gesagt, diese Mädchen seien Feinde des Islam. Solche Idioten. Aber die, die das diesen Jugendlichen gesagt haben, waren Algerier. Keine Leute von uns. Es wurden zwei Däninnen getötet. Ja. Alles klar. Aber es war ein Attentat auf Marokko. Wir haben jetzt die Probleme –

Jugendliche? Algerier? Und die vier Männer? Was war mit denen geschehen? Bereits hingerichtet? Davids Gedanken hüpften durcheinander.

Die Jugendlichen waren keine Algerier.

Aber die, die den Jugendlichen gesagt haben, dass sie es tun sollen?

Kalifa nickte. Du hast es kapiert.

Aber was ändert das daran, dass wir nicht wissen, was mit Vera passiert ist?

Nichts, antwortete Kalifa wahrheitsgemäß. Er hatte aber auch kein Problem damit. Vera interessierte ihn nicht.

David drehte sich weg. Fast alle Fahrzeuge hatten mittlerweile den Parkplatz verlassen. Neue, mit Touristen für die Abendtour, waren noch nicht eingetroffen. Unter den letzten Wagen, die abfuhren, war der von Alfons und Heidi. Sie winkten zu ihnen herüber.

Was ist jetzt?, fragte Stefan.

Fühlte David sich tatsächlich schuldig? Ja. Vielleicht. Zumindest mitschuldig. Er hätte bei Vera bleiben oder sie mit zurück in das Camp nehmen müssen. Aber hatte er wirklich ahnen können, dass sie ihren Monolog ernst gemeint hatte? Würde es für Vera etwas ändern, wenn sie hier warteten? Nein. Was würde Vera jetzt sagen? Was ihm raten? Was ihm zuflüstern? Verdammt, fluchte er. *Mach schon! Geh!*

Geh! Ich komme alleine zurecht, hatte sie letzte Nacht zu ihm gesagt. Sie sei immer schon alleine zurechtgekommen, hatte sie gesagt. Und David ließ die Sätze so lange in seinem Kopf kreisen, bis ihm endlich war, als wäre ihm von höherer Stelle eine Genehmigung erteilt worden. Natürlich wusste er, dass er jetzt auch trickste. Wie alle anderen Touristen vermutlich auf ihre Weise. Trotzdem nickte er als Zeichen des Einverständnisses.

Was?

Fahren wir!

Nachdem sie die Steinwüste durchquert hatten und in dem Flussbett neben der Straße wieder Wasser floss, kehrten auch die üppigere Vegetation und die menschliche Ansiedelung zurück. Aber Kalifa musste für den Rückweg eine andere Route gewählt haben, sonst hätten sie doch längst durch die Stadt mit der True-Blood-Bar fahren müssen.

Ich habe mit Mama telefoniert, rechtfertigte sich Kalifa, jetzt wäre sie enttäuscht.

War Stefan immer noch einverstanden, dass er sie zu seiner Mutter brachte? Würde der Abstecher, nachdem sie heute Morgen mit großer Verspätung losgekommen waren, nicht ihren Tagesplan komplett durcheinanderbringen?

Wir müssen nicht, lenkte Kalifa ein, aber du siehst dort, wie die Menschen hier wirklich leben. Ganz normale Menschen. Das kannst du nicht im Internet buchen. Das ist ein Geschenk. Von mir. Für euch.

Ist doch super, stimmte Stefan ihm zu. Warum denn nicht? Man ist schließlich auf Reisen, um Neues kennenzulernen.

Okay, einverstanden. Und plötzlich wusste David – deshalb also hatte Kalifa seine Touristenverkleidung abgelegt und ein sauberes Hemd angezogen.

Vor einer Kreuzung verlangsamte Kalifa das Tempo, sie bogen nach rechts ab, befuhren eine Straße, die ein Melonenfeld mit riesigen dunkelgrün gestreiften Früchten durchquerte, bis sie nach etwa fünfhundert Metern wieder auf den Fluss stießen. Stefan erklärte ihm das mithilfe einer Karte.

Wo sind wir?

Hier. Wo der Punkt ist.

Der blaue Punkt bewegte sich auf Stefans Display. Schwarze Striche für Straßen, blaue für Flüsse, braune und grüne Landschaftsflecken, rote für Dörfer. Von David unbemerkt hatte der Fluss schon vor einiger Zeit einen Bogen weg von der Straße gemacht.

Sie erreichten eine Holzbrücke, die Bretter rumpelten unter dem Gewicht des Pick-ups. Auf dem anderen Ufer reihten sich ebenerdige Lehmhäuser aneinander, flache Dächer, kleine Fenster und Türen aus bunten Holzbrettern. Typisch für diese Gegend, erklärte Stefan, der im Reiseführer zu blättern begonnen hatte und fündig geworden war. Die Informationen betrafen nicht diesen konkreten Ort, aber die Region. Kalifa hupte, um die Ziegen und Hunde zu verscheuchen, die auf der Straße lagerten. Gemächlich erhoben sie sich und trotteten langsam zur Seite.

Etwas Prinzipielles fiel David ein: Das ohnehin unverständliche Stück des jungen Autors von Anfang an komplett zerstören, indem er lebende Tiere – muss ja kein Kamel sein – auf die Bühne brachte, das war ein sicheres, ein todsicheres Mittel. Kinder und Tiere – aber wozu ein schlechtes Stück auch noch vernichten? Vielleicht würden sie ihm ja dadurch sogar noch Sinn verleihen? Waren sie damals bei *Dunkelkammer* nicht auch so vorgegangen? Sie hatten einen Hund und ein Kind engagiert, auch wenn im Text weder Hund noch Kind vorgesehen war. Zuschauer und Presse fanden es auf jeden Fall besser als die Autorin –

Nachdem Kalifa die Dorfstraße verlassen hatte, in immer schmalere Gassen eingebogen war, musste er schließlich halten, weil die Häuser so eng standen, dass er nicht mehr weiterfahren konnte. Eine junge Frau, beide Hände in den Hüften, blickte zu ihnen. Ein alter Mann kam auf einen Stock gestützt mit schlurfenden Schritten auf sie zu. Kalifa schaltete das Autoradio aus. Das Gedudel verstummte, hing aber noch ein letztes Mal in der Luft wie ein penetranter Geruch, den man einfach nicht aus den Kleidern kriegt.

Das dort drüben ist der Bruder meiner Großmutter, erklärte Kalifa. Und sie ist meine Cousine. Er zeigte auf eine junge Frau in Jeans und mit einem Kopftuch mit Blumenmuster. In der ganzen Straße wohnen nur Verwandte. Und die Kinder? Kalifa nahm eines nach dem anderen ins Visier. Ich habe keine Ahnung, wer zu wem gehört, welche von ihnen Geschwister sind. Er lachte. Welcome at my home! Er stieg aus. Und plötzlich war Kalifa Entertainer, lief herum, warf sein Basecap in die Luft, ein Junge fing es auf, Kalifa machte eine großzügige Geste, er durfte das Cap behalten.

Stefan hatte bereits ein Bein aus dem Wagen gestreckt, als er sich nochmals zu David umdrehte, der keinerlei Anstalten machte, auch aussteigen zu wollen.

Warte noch einen Augenblick, bitte! David schob seine Unter- über seine Oberlippe und blickte die Straße hinauf, wo immer mehr Bewohner aus den Häusern kamen. Eine Weile betrachtete er den Jungen, der sein neues Cap aufgesetzt und in den Nacken geschoben hatte. Dann sah er zu Stefan. Sag mir: Warum denkt jemand von Kindheit an darüber nach, wie er sterben will?

Was ist das für eine Frage?

Vera hat das heute Nacht gesagt. Erinnerst du dich nicht?

Stefan schüttelte den Kopf. Ich war betrunken. Er zog sein Bein wieder zurück in den Wagen. Du bist immer noch sicher, dass sie in die Wüste gegangen ist, oder?

Seit sie von der Camel-riding-Station aufgebrochen waren, war David immer wieder alles durchgegangen, von ihrer ersten Begegnung in Hadirs Lokal bis zu ihrer Trennung unter dem Sternenhimmel, alles, was Vera gesagt, was sie getan hatte, alles, woran er sich erinnerte, was er über sie wusste. Erklärte das irgendwas?

Nein, sicher bin ich nicht, sagte David. Ich schließe es aber auch nicht aus. Aber du hast recht. Wir können nichts tun, gab David zu. Und hoffentlich hast du auch damit recht, dass sie uns einfach ein paar Stunden voraus ist. Vielleicht treffen wir sie ja bei den Filmstudios wieder.

Stefan nickte, schien nun aber selbst nicht mehr wirklich überzeugt zu sein. Aber was brachte es, darüber zu reden? Sie ließen es auf sich beruhen.

David sah wieder zu Kalifa, der umringt von den Kindern auf seine Cousine zusteuerte, sie umarmte. Immer mehr Männer und Frauen kamen auf die Straße. Als hätte sie jemand ins Freie geschickt, um die Szenerie zu bevölkern, ein Opernchor, der nach und nach auftrat, dachte David. Nichts ist schwerer zu inszenieren als ein Chor, hatte Xaver einmal gesagt, lauter Individuen, die nicht verstehen, dass sie keine Solisten sind –

Und jetzt? David grinste. Vera würde sagen, *jetzt* habe ich tierischen Hunger.

Stefan lachte. Er war erleichtert. Die Vera-Krise schien überstanden. Sie verließen den klimatisierten Wagen. Die Mittagssonne brannte herunter. Davids Hemd klebte binnen Sekunden auf der Haut.

Mit ausgebreiteten Armen kam Kalifa zu ihnen zurück. My friends!, rief er in die Runde. This are my friends! David und Stefan sagten: Hello! Verbeugten sich in alle Richtungen. Die Bewohner der Straßen lächelten freundlich distanziert. Kaum hatte Kalifa bemerkt, dass sie den Jungen mit seinem Cap fixiert hatten, rief er ihm etwas auf

Arabisch zu. David und Stefan erklärte er: Nabil. Der Sohn meiner Schwester. Ich habe ihm gesagt, er soll herkommen.

Aber Nabil bewegte sich nicht, er stand ganz still, war einfach da, wie ein Niemand oder ein Alles. Er trug blauglänzende Adidas-Shorts, hatte aufgeschlagene Knie, Staub an den nackten Füßen, wie Schuhe, unter dem Basecap schwarze Locken bis zum Kinn, eine Narbe auf der rechten Wange.

Stefan ging zu Nabil hin und vor ihm in die Hocke, gestikulierte jetzt, schnitt Grimassen. Es dauerte eine Weile, aber plötzlich platzte ein Lachen aus dem Jungen heraus, ein richtiges Gackern. Und Stefan strahlte.

Das ist es, sagte David.

Dann führte Kalifa sie von der Straße in ein Haus, sie gingen durch einen Flur, der in einen Innenhof mündete, wo an einem Baum ein Esel angebunden war. Der erste Raum rechts war die Küche. Die Tür stand offen. Der Ofen strahlte eine große Hitze aus, ein Topf stand darauf. Kalifa stieß die nächste Tür auf. Setzt euch! Mama kommt gleich, sagte er und ließ sie alleine.

In diesem Raum war es angenehm kühl. Durch die Schlitze in der Mauer fiel Licht herein und malte helle Streifen auf den Teppich voller Ornamente, die von der Mitte des Raums aus Kreise zogen, wie Wasserkreise, kurz nachdem ein Stein die Oberfläche durchstoßen hatte. Eine Bank lief an den Wänden entlang. Gestapelte Kissen. Ein sitzhoher Holztisch in der Mitte, zu dem man sich hinunterbeugen musste, gedeckt, Tonschalen, Gabeln. Für zwei.

Ich habe dich mit dem Jungen beobachtet, sagte David. Wie du nicht aufgegeben hast. Bis er gelacht hat.

Der Junge heißt Nabil, sagte Stefan.

Deshalb. Weil du nicht aufgibst. Und die Kinder auf dem Gewürzmarkt in Marrakesch? Weißt du noch?

Stefan sagte: Ich wäre ein guter Vater.

Darüber hatten sie noch nie gesprochen. War das Stefans geheimer Wunsch? Vater werden? Hatten deshalb alle seine erfundenen Geschichten mit Familie zu tun? Wollte er eine Familie haben? Hatte er selbst, David, in dem Bild auch einen Platz? Der Gedanke versetzte David einen Stich.

Aber dann kam Kalifa zurück, begleitet von einer kleinen, stämmigen Frau. Ihr schwarzes Kleid reichte fast bis zum Boden, sein Saum war mit einer weißen Stickerei verziert. Viele Frauen auf der Straße hatten Kopftücher getragen. Der Kopf von Kalifas Mutter war unbedeckt. Graue Haare. Ein Pagenschnitt. Der machte sie jünger. Wache Augen. Kleine Hände, die Finger waren verknöchert, die Haut bläulich. Eine alte Frau.

Meine Freunde! Mama, das sind meine Freunde, sagte Kalifa wieder.

Es ist schön, hier zu sein, beteuerte Stefan.

Schweigend stellte die Frau den dampfenden Topf ab und schöpfte gemächlich gekochtes Gemüse in ihre Schalen. Nachdem beide Schüsseln bis zum Rand gefüllt waren, verließ sie den Raum wieder, mit kleinen, vorsichtig tastenden Schritten. Kalifas Mutter hatte kein einziges Wort gesprochen. David sah ihr nach und wunderte sich über den kurzen, stummen Auftritt. War es Kalifa nicht darum gegangen, ihnen seine Mutter vorzustellen? Jetzt war sie aber schon wieder weg.

Seine Mutter verstehe zwar Deutsch, erklärte Kalifa, natürlich, sie habe ja dreißig Jahre in Deutschland gelebt, aber seit ihrer Rückkehr weigere sie sich, Deutsch zu sprechen.

Ja, hast du gesagt, entfuhr es Stefan. Hat sie jemals gesagt, warum?

Warum? Warum?, äffte Kalifa ihn nach, als läge auch hierfür der Grund auf der Hand, als könnte – zum wiederholten Male – nur ein Europäer so was fragen. Diesmal traf der Vorwurf Stefan, wenn auch unausgesprochen.

Esst jetzt!

Und du, fragte Stefan Kalifa, isst du nichts?

Ihr esst! Keine weitere Erklärung.

Hatte er keinen Hunger? War es was Kulturelles? In Sri Lanka waren Xaver und er einmal zum Essen eingeladen, da verließen die Gastgeber sogar das Zimmer, solange sie aßen.

Sie beugten sich zu dem kniehohen Tisch hinunter, stocherten in dem Gemüse herum. Bräuchten sie nicht eher einen Löffel als eine Gabel?

Kalifa stand in der Mitte des Raums, die Hände hinter dem Rücken, halb Diener, halb Wächter. Vermischen!, wies er sie an, nachdem er sie eine Weile stumm beobachtet hatte.

Vorsichtig rührten David und Stefan um.

Am Grund der Schüsseln war Couscous verborgen gewesen. Jetzt, da er hochkam, sog er die Flüssigkeit der Suppe auf und kühlte sie gleichzeitig ab. David gefiel, wie durchdacht das Gericht war. Jetzt war auch die Gabel das richtige Werkzeug. Er nahm einen ersten Happen. Und nichts von dem, was sie bisher zu essen bekommen hatten, war mit dem hier vergleichbar, nicht in dem teuren Nomad in Marrakesch, nicht in Hadirs Essbude, nicht das Essen im Wüstencamp – im Mund eine wahre Geschmacksexplosion. Scharf. Herb. Süß. Bitter. Und es roch, wie es auf dem Gewürzmarkt von Marrakesch gerochen hatte – viele Farben, die sich zu einer mischten. Nachdem beide mehrfach betont hatten, wie köstlich das Gericht seiner Mutter schmeckte, nickte Kalifa.

Was heißt *es ist köstlich* auf Arabisch?

Kalifa übersetzte etwas widerwillig, Stefan versuchte es nachzusprechen. Es klang nicht annähernd ähnlich. Sag es bitte noch mal, bat Stefan Kalifa. Er wiederholte. Stefan versuchte es erneut. Kalifa schüttelte den Kopf. Stefan und David lachten. Wir können uns auch auf Deutsch bei Kalifas Mutter bedanken, schlug David vor. Sie versteht uns ja.

Ich werde es Mama sagen, entschied Kalifa.

Sehen wir sie nicht mehr?, fragte David erstaunt.

Sie hat zu tun, begründete Kalifa ihre Abwesenheit.

Aber wir würden uns wirklich gerne bei ihr bedanken. David hielt daran fest.

Wie gesagt, sie erfährt es von mir.

Auch Stefan verstand nicht, warum sie sie nicht noch einmal sehen konnten. Ist sie nicht mehr im Haus?

Kalifa antwortete weder mit einem *Ja* noch mit einem *Nein*, nur mit einem kurzen Brummen.

Es dämmerte David, worum es hier ging, die ganze Zeit gegangen war. Natürlich! Er schielte zu Stefan: Ich meine, ich weiß nicht, fünfzig Euro? Er wollte nicht knausrig sein. Wäre das okay?

Willst du mich beleidigen?, widersprach Kalifa ungewöhnlich forsch.

Hundert Euro, fragte Stefan mit Blick auf David. Ich meine, das wäre – er begann zu stottern –, ich weiß nicht, was – was –

Was habe ich gesagt?

Ich will dich nicht beleidigen. Ich weiß nur nicht –

Es war doch anders, als sie gedacht hatten, kapierte David und sprang Stefan bei: Wir sind *Gäste*.

Gäste? Ah. Jetzt verstand auch Stefan. Wir sind Gäste. Verstehe. Richtig. Hast du gesagt. Ein Geschenk von dir für uns. Er rettete sich mit Ironie über die Situation hinweg. David fürchtete, dass Stefan, wenn er in diesem Tonfall weitermachen würde, Kalifa noch mehr gegen sie aufbringen würde, und bat: Sag deiner Mutter einfach *danke*.

Damit war Kalifa einverstanden.

Und wenn das gar nicht seine Mutter gewesen war, wenn das nicht die Straße war, in der Kalifa geboren worden war, Nabil nicht sein Neffe, die Erwachsenen und Kinder nicht seine Verwandten, wenn überhaupt alles Fake war? Aber hätte er dann nicht Geld genommen? Nicht unbedingt, wenn er das alles für eine gute Kritik bei *Tripadvisor* aufgeführt hatte. *Nachdem eine Mitreisende in der Wüste verschollen war, tröstete uns unser zauberhafter Fahrer mit einem Mittagessen, das seine Mutter in seinem Heimatdorf auf den Tisch zauberte –*

Als sie auf die Straße, in die Hitze traten, waren die meisten Bewohner in ihre Häuser zurückgekehrt. Nur ein paar Kinder waren auf die Ladefläche des Pick-ups geklettert und sprangen gleichzeitig in die Luft, quietschend vor Vergnügen, um den Wagen auf und ab schwingen zu lassen. Er war gut gefedert, und die Karosserie schlug fast am Boden auf.

Kalifa fluchte, rannte die Straße hinunter, schrie die Kinder an, scheuchte sie vom Wagen wie einen Schwarm Vögel. Sie flatterten zurück in den Staub.

Und wenn das gar nicht Kalifas Mutter war?, fing Stefan jetzt plötzlich auch an. Nicht seine Verwandten, nicht das Dorf, in dem er aufgewachsen ist. Oder bin ich bescheuert? Oder habe ich schon Wahnvorstellungen?

Nein, sagte David. Du hast recht. Irgendwas stimmt nicht.

Du denkst das auch?

Von Anfang an.

Wieso hast du nichts gesagt?

Ich weiß nicht. Es war nur ein Gefühl. Ich wollte Kalifa nicht fälschlicherweise verdächtigen –

Plötzlich hörten sie Schritte hinter sich. Es war Nabil. Kaum hatten David und Stefan sich nach ihm umgedreht, blieb er stehen. Immer noch trug er Kalifas Basecap. Seinen

Schatz. Er würde ihn nie wieder hergeben, sicherlich am liebsten damit zu Bett gehen –

Nabil redete. Auf Arabisch. Ohne Punkt und Komma.

Was? Was denn? What? What do you want to say?

Diese beiden fremden Männer verstanden ihn nicht, das musste Nabil klar gewesen sein, trotzdem redete er weiter. Er wird nicht aufgeben, bis sie ihn irgendwann endlich verstanden haben werden. So wie Stefan nicht aufgegeben hatte, bis Nabil endlich gelacht hatte.

David und Stefan lauschten. Nabil redete. Sie lauschten. Nabil redete. We don't understand! Aber er redete weiter. Nabil gab erst auf, als Kalifa zwei Mal kurz hintereinander hupte. Da grinste Nabil, dreht sich weg und lief die Straße zurück. Sein Basecap flog ihm vom Kopf und rollte ein Stück. Nabil lief ihm hinterher, fing es ein, klopfte den Staub ab und setzte es wieder auf.

11

Hello von Adele schallte aus den Boxen. *There's such a difference between us, and a million miles.* Kalifa hatte, nachdem er zwei Tage lang arabische Musik gespielt hatte, den Sender gewechselt und war zu internationalem Pop zurückgekehrt.

Hello war auch an diesem Abend in der New Yorker Hotelbar gelaufen, der damit begonnen hatte, dass Xaver über *Prinzipielles* gesprochen hatte: Sind wir Feiglinge? Ist Feigheit der wahre Grund, warum wir es bisher nie an die großen Theater geschafft haben? Und als sie doch einmal einen Auftrag erhalten hatten, auf der Hauptbühne eines Staatstheaters, waren sie mit Bomben und Granaten gescheitert, beim Publikum, bei der Presse, und der Intendant hatte sich nie wieder gemeldet. Zu Recht oder zu Unrecht, wer weiß das schon. Wenn es so was wie Angst vorm Erfolg gibt, sind *wir* ein Beispiel dafür, hatte Xaver schwadroniert. War es diese Angst, die uns von Anfang an miteinander verbunden hat?, hatte Xaver in der Hotelbar während des dritten oder vierten Gin Tonic wissen wollen. Um uns Mut zu machen, haben wir uns immer wieder gesagt, *unsere Zeit* wird schon noch kommen. Aber sagen wir uns das nicht schon zu lange? Die Frage war auch schon die Antwort gewesen. Noch ein Stück von *angeblich begabten Autoren* und noch eine Inszenierung mit *angeblich begabten Schauspielern*. Und immer die Hoffnung, *diesmal* würde *die Sache* groß werden, explodieren. David hatte daneben gesessen, an seinem Getränk genippt, einen Eiswürfel in den Mund genommen, darauf herumgekaut und sich gesagt, vielleicht hat Xaver ja recht. Ich will keine Hoffnung mehr haben müssen, hatte Xaver gelallt. Vielleicht verlangte das, was sie *ihre Zeit* nannten, tatsächlich einfach mehr Mut? Aber was hieße das denn – Mut haben? Am Beginn ihrer Zusammenarbeit hatten sie oft Tage und Nächte lang fantasiert, wie sie ein Stück auf die Bühne bringen würden, sie hatten getrunken, geraucht, ab und zu hatte Xaver Koks besorgt, ihre Ideen waren extrem, radikal, frei, neu – zumindest hatten sie es selbst so empfunden. Das Ergebnis war dann nichts davon, nicht extrem, nicht radikal, nicht frei und neu sowieso nicht – nüchtern betrachtet, schon damals nicht, auch wenn sie diese Anfangsjahre später verklärten. Immer hatte es diesen Gap gegeben, den Xaver auf fast selbstzerstörerische Weise empfunden hatte, als sie *Melancholia* gesehen hatten. Und nach ein paar Jahren, als sie in eine *Tretmühle* geraten waren, Geld verdienen mussten, Xaver, um für zwei Kinder zahlen zu können, David, um seinen Kredit für die Wohnung in der vierzehnten Etage abzustottern. Immer wieder hatte Xaver in der New Yorker Hotelbar gesagt: Wir sind verdammte Feiglinge! Und David hatte zu all dem geschwiegen.

Aber ab einem gewissen Punkt hatte Xaver dann nicht mehr nur ihre gemeinsame Arbeit damit gemeint – später, wenn David über diesen Abend nachgedacht hatte, hatte er sich gefragt, warum er nicht erkannt hatte, wann dieser Punkt erreicht gewesen war –?

David schielte zu Stefan. Er tippte auf seinem Handy. Arbeit?

Ja, sorry!, entschuldigte sich Stefan.

Du wolltest nicht.

Manchmal muss es trotzdem sein.

David legte seine Stirn gegen das kühle Glas des Fensters. Verschwommen zog die Landschaft vorbei. David stellte scharf. Nichts außer Felsen. Davon hatte er mittlerweile genug gesehen. David ließ sie wieder verschwimmen.

Also noch mal: Was hieße es, mutig zu sein? Vielleicht war das ja gar nicht so schwer. Vielleicht war es sogar ganz einfach: Die Arbeit mit dem Stück des jungen, gehypten Autors absagen, den Vertrag brechen, Menschen vor den Kopf stoßen – anstatt an seinem Erfolg mitnaschen zu wollen, wie Gäste einer Geburtstagsparty an der Torte des Geburtstagskindes, das man fragen musste, ob man noch ein kleines Stück, ein Stückchen haben dürfte –

Als Kalifa plötzlich auf Arabisch zu fluchen begann, war *Hello* längst verklungen, die Straße war schmaler geworden und führte in engen Serpentinen das Atlasgebirge bergauf.

Hast du das gesehen! Kalifa empörte sich über den Fahrer des beigefarbenen Dacia, der ihn in einer der Kurven überholt hatte – und gab Gas.

Was soll das?, rief Stefan nach vorne.

Vor zwei Tagen hatte Kalifa den Lastwagen mit den Ziegen überholen wollen, um zügiger voranzukommen. Heute war es ein Kräftemessen mit einem Kollegen.

Immer wieder musste Kalifa abbremsen, immer wieder den Pick-up hinter den Dacia setzen. Kalifa scherte erneut aus, obwohl die Straße vor ihnen hinter einem Felsen verschwand.

Stop it! Stop it! Stop it, schrie Stefan, nachdem die blaue, verbeulte Schnauze eines LKWs direkt vor ihnen aufgetaucht war und Kalifa, um einen Frontalzusammenstoß zu verhindern, nichts anderes übrig geblieben war, als den Pick-up im letzten Augenblick erneut zurückfallen zu lassen. Der Fahrer des Dacia gewann wieder an Vorsprung, Kalifa stieg aufs Gas.

Hör auf, beschwor Stefan Kalifa. Hör sofort auf!

Nein! Den fang ich mir, presste Kalifa wutentbrannt hervor.

Du bringst uns um. Du bringst uns alle um!

Ich bringe niemanden um!

Aber ich bring dich um, wenn du nicht sofort aufhörst!

Touristen bringen Fahrer um. Kalifa lachte übertrieben auf.

Eine Weile ging das noch so – Reifenquietschen, nah am Abgrund und Stefans Geschrei. Dann tauchte eine der Parkbuchten auf, an denen Fahrer gerne für Landschaftsfotos hielten, die aber an diesem Tag leer war.

Dort! Du hältst da!, befahl Stefan. Das ist deine letzte Chance!

Sonst?

Du hältst dort!

Sonst was?

Rufe ich Mohamed an!

Bei der unmittelbar darauffolgenden Vollbremsung scherte das Hinterteil des Pick-ups aus, Kalifa steuerte dagegen, der Wagen schlitterte seitlich auf dem rötlichen Schotter gefährlich nahe dem ungesicherten Abgrund zu. Schließlich blieb er stehen. Als hätte das Auto Feuer gefangen, rissen alle drei die Türen auf und stürzten ins Freie.

Scheiße!, fluchte Stefan. So eine Scheiße!

Der Dacia tauchte wie für ein letztes, triumphierendes, kurzes Winken in der Ferne nochmals auf und verschwand gleich wieder hinter einer Kurve. Kalifa wühlte in seinen Hosentaschen nach Zigaretten, steckte sich eine an. Stefan marschierte aufgebracht auf und ab. Er hatte sein Handy eingeschaltet und wartete auf Empfang. Wolken zogen über ihnen hin, ein Spiel von Sonne und Schatten streifte über die Felsen, färbte sie im Wechsel hell und dunkel.

Was machst du?, wollte Kalifa wissen.

Ich rufe Mohamed an.

Nicht, wenn ich stehen bleibe. Er sog an der Zigarette, hustete, Rauch stieg ihm in die Augen, sie tränten.

Ich habe es mir anders überlegt, behauptete Stefan.

Mach das nicht! David, sag ihm das, bettelte Kalifa. Bitte! Ich verliere alles! Dann bin ich am Ende. Sag ihm das! Bitte, bitte, sag ihm das.

Stefan, warte doch mal, mischte David sich ein.

Er hätte uns fast umgebracht, fuhr Stefan ihn an.

Aber du hörst doch, was er sagt! Und du hast wirklich gesagt, wenn er nicht hält. Er hat gehalten. Stefan!

Du bist auf seiner Seite?

Ja, ich stehe auf seiner Seite. Anders als vor zwei Tagen, als Stefan unbedingt gewollt hatte, dass Kalifa das Wort *schwul* aussprach, bekannte David sich diesmal dazu.

Stefan starrte ihn einen Augenblick lang wie den denkbar miesesten Verräter an, lenkte dann aber ein: Okay. Er ließ den Arm sinken und atmete durch. Er fährt uns heute zu dem Hotel und dann ist Schluss!

Bitte, bitte, bitte nichts Mohamed sagen, flehte Kalifa, der mit Stefans neuem Vorschlag nicht viel gewonnen hatte.

Nein, ich habe die Schnauze voll!

Aus dem Lautsprecher von Stefans Handy kam immer noch das Klingeln bei Mohamed. Wenn Mohamed rangehen sollte, würde Stefan sich es vielleicht noch mal überlegen und doch mit ihm sprechen.

Aber jetzt leg doch erst mal auf, Stefan! Damit versuchte David, für Kalifa Zeit zu gewinnen. Leg auf, beschwor er ihn. Du kannst Mohamed immer noch sagen, was du ihm sagen willst!

Fahr du mit ihm, von mir aus! Ich nicht. Ich nicht mehr. Ist mir scheißegal, was du tust! Stefan war noch aufgebrachter, als er es in der True-Blood-Bar gewesen war. Hätte David auch nur eine Sekunde überlegt, wie er vernünftigerweise darauf reagieren sollte, wäre seine Intervention sicher schiefgegangen. So aber schlug er einen Befehlston an, den er normalerweise nicht draufhatte: Stopp! Nimm das Handy runter! Nimm es sofort runter!

Und dann?, fragte Stefan und klang bereits wesentlich kompromissbereiter.

David staunte, dass sein harscher Tonfall nicht Widerspruch hervorrief, sondern tatsächlich erste Wirkung zeigte. Davon bestärkt wandte er sich Kalifa zu.

Kalifas Zigarette war selbstgedreht. David wusste, was das war. Er hatte das Gras bereits heute Morgen am Parkplatz vor der Camel-riding-Station gerochen. Damals war David jedoch mit Vera beschäftigt gewesen – verdammt, Vera! Wie hätte sie? Was hätte sie? Entscheidend war: Wenn Stefan sich in diesem Augenblick bewusst geworden wäre, dass Kalifa bekifft Auto fuhr, wäre Kalifas Zeit hier und jetzt abgelaufen gewesen. Stefan wäre nicht mehr in den Pick-up gestiegen. Aber zum Glück bekam Stefan so was nicht mit, wenn man ihn nicht buchstäblich mit der Nase draufstieß. David war schon öfter verblüfft gewesen, dass Stefan den Alkoholiker nicht als Alkoholiker, den Kokser nicht als Kokser erkannte. *Ich habe keinen Blick dafür,* sagte Stefan dann, bezweifelte aber auch Davids Diagnose, die in der Regel ja nur eine Ferndiagnose war, aufgrund von Haut- oder Verhaltensmerkmalen, mit Adern durchzogenen Wangen, einer bestimmten Spannung der Nasenflügel –

Und nun? Stefan klang, als hätte er seinen Widerstand gänzlich aufgegeben. War auch nicht bereit, eine eigene Entscheidung zu treffen. Er erwartete eine Handlungsanweisung.

Die kannst du haben, die könnt ihr beide haben!

Kalifa wirft jetzt seine Zigarette weg, sagte David ganz langsam – jeder sollte auch wirklich verstehen, was er zu tun hatte. Auch was der andere zu tun hatte. Und Stefan steckt sein Handy ein. Und wir fahren zu unserem Hotel. Und dann sehen wir weiter.

Okay, okay – kleinlaut ließ Kalifa den Stummel fallen, und David konnte zum ersten Mal beobachten, wie Kalifa selbst die Glut austrat. Ganz offensichtlich tat es im leid um die Verschwendung, aber Kalifa wusste, dass David wusste, was er da rauchte, und er wusste auch, dass ihm das ernsthaft Probleme bereiten konnte, falls David es nicht auf sich beruhen ließ.

David sah wieder zu Stefan. Und jetzt du!

Daraufhin schaltete Stefan tatsächlich sein Handy wieder off.

Also. Geht doch.

Der nächste geplante Halt war ein einsam gelegenes Hotel. Von dort aus wollten sie die Atlas-Filmstudios am Stadtrand von Ouarzazate und die alte, unbewohnte Stadt Aït-Ben-Haddou besichtigen. David hoffte, zwei Nächte am selben Ort würden die Situation beruhigen, die Besichtigung der Filmstudios ohne Kalifa die Spannungen rausnehmen. Und seine Hoffnungen schienen ihm noch berechtigter, als Kalifa, nachdem sie eine halbe Stunde schweigend unterwegs gewesen waren, plötzlich ein Geständnis ablegte –

Kann ich etwas sagen?, fing Kalifa an, als hätte es ihm schon eine ganze Weile auf dem Herzen gelegen.

Stefan sah vom Reiseführer auf, den er seit einer Weile studierte. Sicher, natürlich. Was gibt es?

Euch Mama vorzustellen, war nur *ein* Grund, warum wir in mein Dorf gefahren sind. Kalifa machte eine Pause, dann sagte er: Also, wir sind nicht nur deswegen hin. Habt ihr das verstanden? Es schien nicht einfach für Kalifa zu sein, über das zu reden, was er ihnen beichten wollte. Stefan und David ließen ihm Zeit. Kalifa klopfte mit der Rechten ein paarmal auf das Lenkrad, als würde er sein Lieblingstier tätscheln. Mohamed hat mich zum ersten Mal mit dieser Karre fahren lassen. Ich bin mit euch in mein Dorf gefahren und habe den Leuten in meiner Straße gesagt – wieder zögerte er, wieder warteten Stefan und David ab –, und ich habe gesagt: Das ist *mein* Auto. Ansonsten bin ich auch immer mit einem Lada unterwegs. Das sind wirkliche Scheißautos. Was erwartest du? Russen können keine Autos bauen. Nachdem er eine Weile über russische Autos hergezogen hatte, kam er nochmals auf das Eigentliche zurück: *Deshalb* bin ich da mit euch hin. Kurz drehte er sich nach ihnen um und lachte verlegen. Ich wollte angeben. Ist doch – ist doch menschlich, oder? Ein wenig an der Wahrheit rumdrehen. Er grinste Stefan an.

Was?

Kapierte Stefan wirklich nicht, worauf Kalifa anspielte?

Kalifa ließ es auf sich beruhen, er war nicht auf Revanche aus. Alle haben immer gesagt, du bist in der Welt unterwegs, erzählte Kalifa weiter, und sie sagten: Du kommst immer ohne was zurück. Ohne Auto. Ohne Frau. Ohne Kinder. Und weißt du, wie sich das anfühlt, wenn sie denken, du bist kein Mann? Du bist nicht geachtet. Du bist das Letzte.

Und deine Freundin?, fiel David ein. Die sauer war, weil du die Tour machen musstest? Was ist mit der?

Ach! Kalifa atmete tief durch und schüttelte den Kopf. Wie soll ich das hinkriegen als Fahrer, der Touristen durch die Gegend kutschiert? Eine Woche, zehn Tage, zwei Wochen unterwegs, ein, zwei Tage zu Hause, dann wieder auf Tour. Das macht keine mit. Jede beschwert sich. *Du bist nie da. Ich bin immer alleine. Und wer weiß, was du da treibst, wenn du mit diesen blonden Europäerinnen unterwegs bist.* Kalifa wechselte auf Arabisch und imitierte mit hoher Stimme ein paar solcher Beschwerden, dachte dabei wohl an eine bestimmte Person, deren Klagen noch in seinen Ohren nachhallten. Vielleicht, überlegte David, musste sich Kalifa, als er vor drei Tagen aufgebrochen war, zum wiederholten Male das Gleiche anhören. *Wenn du Mohamed zusagst, dann musst du dich auch nie wieder melden.* Und Kalifa? Er hatte noch mal mit Mohamed darüber gesprochen, ob er keinen anderen Fahrer finden würde. Aber dann hatte Mohamed ihm gesagt, dass der Pick-up gebucht worden war und er also mit dem Pick-up unterwegs sein konnte, er eine Tour machen konnte, wie sie Mohamed bisher ausnahmslos selbst gemacht hatte. Und da war Kalifa sofort schwach geworden, denn wichtiger als diese Bitch, die ohnehin früher oder später abhauen würde, war ihm gewesen, in der Straße seiner Familie Eindruck machen zu können. Und so war er auf die Idee gekommen, mit seinen Gästen und dem Pick-up zu seiner Mutter zu fahren. Dass er zwei Schwule durchs Land fahren würde, hatte er damals noch nicht gewusst. Und anfangs hatte er dann auch tatsächlich gezögert, ihnen diesen Umweg vorzuschlagen, aber schließlich war doch ein Besuch mit dem Pick-up in seinem Heimatdorf verlockender gewesen als seine Bedenken. Seine Mutter hatte aber sofort durchschaut, *mit was für welchen er da unterwegs war*, und ihn nun verdächtigt, selbst *so einer zu sein*. Das sind Touristen, ich kann nichts dafür, ich kann mir die nicht aussuchen! Nichts hatte was genutzt. Mein Sohn ein Schwuler, hatte Kalifas Mutter hinter den

Kulissen geklagt und gezetert und sich die Haare gerauft. Sonst hätte er ja auch Frau und Kinder, was ja nur logisch sei, warum habe sie da nicht früher daran gedacht –

Hätte Stefan gewusst, was David durch den Kopf ging, hätte er ihm vorgehalten: Du bist echt eine Klischeenudel.

Ja. Und? Immerhin wäre das eine Erklärung für Kalifas Verhalten im Haus seiner Mutter. Darum hatte sich im Haus von Kalifas Mutter alles irgendwie falsch angefühlt –

Wie ist das bei euch?

Wie ist was bei uns?, fragte David, obwohl er natürlich wusste, was Kalifa mit seiner Frage meinte.

Vermutlich stellte Kalifa sich vor, auch sie würden für ihre Familien – wie hatte er gesagt – *das Letzte* sein, *nicht geachtet, keine richtigen Männer*. Und folglich ging Kalifa logischerweise davon aus, dass seine Scheißlage mit jener von Schwulen zu vergleichen war und sie ihn deshalb verstehen müssten. Aber ging er darüber hinaus davon aus, dass ihre Lage im Grunde gar nicht anders sein konnte – seine hingegen schon? Würde ihm das Schicksal besser mitspielen, wenn er nur einen anderen Job hätte –? Und fand Kalifa sie deswegen bemitleidenswerter, auch verachtenswerter als sich selbst?

Stefan schwieg zu all dem. David hingegen hätte Kalifa gerne erklärt, dass ihm nie jemand verboten hatte, so zu sein, wie er war, weder seine Familie, niemand im Job, und bei Xaver hatte er zwar erst mit Oscar-Wilde-Märchen aufmarschieren müssen, um ihn auf die Idee zu bringen: Du, schwul? Na so was. Hätte ich nie gedacht. Das war's. Aber sollte David Kalifa das wirklich alles erklären? Nein, sollte er nicht, denn Kalifas Frage war nicht der eigentliche Kern dieser Szene im Pick-up irgendwo auf der Strecke zwischen Kalifas Heimatort und Ouarzazate.

Was ist das eigentlich Interessante an dieser Szene?, fragte Xaver manchmal auf Proben seine Schauspielerinnen und Schauspieler. Und half ihnen dann meist auf die Sprünge. In diesem Fall würde er sagen: Schaut doch auch noch mal auf Kalifas Kleidung: Hemd und Hose, kein zerschlissener Kaftan mehr, keine Verkleidung mehr. Kalifa hat zum ersten Mal die Touristenfahrermaskerade abgelegt. Kalifa will einer von ihnen sein. Er will ein Freund sein. Er will die Rolle, die Stefan für Kalifa abgelehnt hat, bevor sie ihm überhaupt begegnet waren – aus Prinzip. *Deshalb* schweigt Stefan.

Ja, so konnte man das sehen. Xavers Interpretation fühlte sich richtig an.

Und Kalifas Frage blieb unbeantwortet. Er hakte auch nicht nach. Vielleicht fürchtete er, sie würde bloß wieder zu Streit führen. An diesem Tag lagen noch etwa drei Stunden Autofahrt vor ihnen. Die wollte Kalifa in *Peace* hinter sich bringen. *Peace*. Es sollte *Peace* im Pick-up herrschen. Einfach nur *Peace*.

Erst fuhren sie noch ein Stück weiter Richtung Norden, dann bog Kalifa an einer Weggabelung nach links ab. Von nun an ging es auf die Westküste zu. In drei-, vierhundert Kilometern Entfernung lag der Atlantik vor ihnen. Stefan hatte während der Vorbereitung dieser Reise überlegt, auch ans Meer zu fahren, aber dafür hätten sie ihre Reise um mindestens zwei, besser drei Tage verlängern müssen. So viel Urlaub hatte Susanne auch beim besten Willen nicht für Stefan herausschlagen können.

Nach einer Stunde hatten sie die Serpentinen und den Pass hinter sich gelassen und fuhren auf einer nahezu schnurgeraden Straße über eine Hochebene. Auf bewässerten Feldern wurde Gemüse angebaut. Am Horizont zog sich ein dichtes, grünes Band hin. Dass sich zwischen den Bäumen und Sträuchern ein Fluss verbarg, erkannte David erst, als er das Schild kurz vor der Brücke sah. Eine symbolische

Welle, darunter das Wort: Ourika. Der Name des Flusses. Kalifa verringerte die Geschwindigkeit.

Können wir halten? Er musste pinkeln.

Ohne eine Antwort abzuwarten, rollte Kalifa kurz vor der Brücke auf eine Schotterfläche neben der Straße. Er stieg aus, lief zu einem Busch und stellte sich breitbeinig hin.

Stefan lachte. Scheint ziemlichen Druck zu haben.

David sah zu dem gelben Strahl, der zwischen Kalifas Beinen auf den Erdboden klatschte, und musste an das Gras denken, das Kalifa rauchte und das man in seinem Urin nachweisen könnte. Dann schaute er zurück auf die Straße, die grau-braune Landschaft dahinter, schielte zum blauen Himmel hoch, wo sich Quellwolken auftürmten wie an einem Sommernachmittag zu Hause. Zu Hause würde es abends ein Gewitter geben, eine erfrischende Abkühlung, ohne dem Sommer Abbruch zu tun, nur eine kurze wohltuende Unterbrechung. Aber war das hier auch so? David verfolgte den Wettergedanken nicht weiter. Etwas anderes hatte ihn abgelenkt, es hatte ihn aus der Ferne angeweht, noch zu vage, um es ernsthaft zu bedenken. Nach der Brücke teilte sich die Straße. Bog man nach rechts, würde man nach eineinhalb Stunden Ouarzazate erreichen, stand auf einem verbeulten Wegpfeiler. Darunter war ein anderer Ortsname zu lesen: Imhil. Um nach Imhil zu kommen, musste man nach links abbiegen.

Wie lange brauchte ein Gehirn, um ein Wort wiederzuerkennen, das man mehrfach in der Zeitung oder im Netz gelesen, sich aber nie wirklich zu merken vorgenommen hatte? David hatte auch nie nachgesehen, wo dieses Imhil lag, obwohl das auf der Hand gelegen hätte. Wie lange brauchte Davids Hirn? Drei Sekunden? Fünf Sekunden? Kaum begriff David, wo sie hier waren, öffnete er die Autotür. Daran zu denken, welche Möglichkeit ihm das eröffnete – davon war er noch weit entfernt.

Was hast du vor?, fragte Stefan.

Nur kurz. Mehr hätte David in diesem Augenblick auch noch nicht erklären können.

Vermutlich ging Stefan davon aus, David müsste jetzt, angesteckt von Kalifa, auch Wasser lassen. Also stieg er auch aus, um sich die Füße zu vertreten. Kalifa nahm Davids Verlassen des Pick-ups als Gelegenheit war: Kann ich noch eine rauchen?

Wenn es kein Gras ist!

Zu diesem Zeitpunkt hatte David auch noch keine Ahnung, was sich von dieser Antwort aus entwickeln würde – aber er war nach ein paar Sekunden davon ausgegangen, dass Stefan seine Bemerkung nicht gehört oder überhört hatte, aber dann kam doch: Was hast du gesagt? Und in Richtung Kalifa, ungläubig: Rauchst du Gras?

Nein, behauptete Kalifa. Ich –

Lüg nicht, schnitt David ihm das Wort ab.

Beide waren binnen kurzer Zeit von null auf hundert, ihre Köpfe rot wie die von Kampfhähnen.

He! He! He!, ging Stefan dazwischen.

Kalifa beharrte darauf: David lügt.

Kalifa lügt, sagte David.

Fahren wir –, Kalifa ließ seinen Joint fallen, von dem er nur zwei Züge genommen hatte.

– nach Imhil, ergänzte David Kalifas Satz.

Was? Wohin?, fragte Stefan nun vollends verwirrt. Wieso das denn? Er verband nichts mit diesem Namen, ihm fehlte die Orientierung.

Kalifa fehlte sie nicht: No way! Seine Augen funkelten wild.

Weil David nochmals zu dem Straßenschild am anderen Flussufer gesehen hatte und Stefan seinem Blick gefolgt war, entdeckte er jetzt auch das Hinweisschild. Was soll dort sein?

No way, sagte Kalifa noch einmal. Wir fahren wie geplant. Wir fahren, wie es auf deinem Zettel steht.

Klärt mich jemand auf?, forderte Stefan unbeholfen.

Dort waren die Morde, erklärte Kalifa knapp. Diese Mädchen. Diese Däninnen.

Mit offenem Mund sah Stefan zu David. Es dauerte eine Weile, bis die naheliegende Frage folgte: Und was willst du dort?

David hatte darauf keine Antwort. Aber ihm war klar: Sie *mussten* dorthin. Es war ein Gefühl wie: Erst dieser Abstecher würde der Reise ihren eigentlichen Sinn geben. Nur dann würde alles gut ausgehen. Das ist unsere einzige und letzte Chance –

Wir verlieren sehr viel Zeit, hielt Kalifa dagegen.

Es war früher Nachmittag, in eineinhalb Stunden würden sie ihr geplantes Ziel erreichen, und soweit David Stefans Vorhaben kannte, stand für heute nichts Wesentliches mehr auf dem Programm. Das war also nicht der wahre Grund, warum für Kalifa kein Weg nach Imhil führte.

Schau zu den Wolken, versuchte es Kalifa erneut. Es kommt ein Unwetter. Besser wir sind bald im Hotel.

Auch das war nicht der wahre Grund. Was sollte ihnen ein Unwetter in *diesem* Auto anhaben?

Sag du es ihm, Chef, dass das eine blöde Idee ist.

Das ist eine blöde Idee, plapperte Stefan Kalifa nach und schaute, als würde er gleich sagen wollen: Ich verstehe die Handlung nicht. Xaver sagte das, wenn die Schauspieler *irgendwas* machten, *irgendwas* ohne Sinn und Verstand, *irgendwas*, das nichts erzählte.

Aber hast du nicht vor unserer Reise mehrfach gesagt, ich soll Vorschläge machen, wo ich hinwill, damit du sie nicht alleine planen musst – und jetzt mache ich einen, einen ganz konkreten, und du sagst *Nein*? Davids Empörung war aufgesetzt.

Hätte Stefan sich darüber beschwert, wäre vielleicht alles anders gekommen.

Aber Stefan sagte nur: Du hörst doch, was Kalifa sagt.

Kalifa hatte sich doch wieder eine Zigarette angezündet. Stefan schaute ihm zwei Züge lang beim Rauchen zu, fragte sich wohl, ob das wirklich Gras war, dann wandte er sich wieder an David: Aber warum? Warum willst du gerade dorthin? Erklär es mir! Was soll es dort zu sehen geben?

Stefan war guten Argumenten immer zugänglich, das hatte David im vergangenen Jahr gelernt. Und seine Fragen nach dem *Warum* war eine Brücke, eine Aufforderung, ihm Gründe zu nennen. Gleichzeitig signalisierte er damit auch die Bereitschaft, sich umstimmen zu lassen. Und unter anderen Umständen hätte sich David wahrscheinlich tatsächlich darauf eingelassen. Hätte Gründe vorgebracht, die er mit ein wenig Mühe schon gefunden hätte. Aber in diesem Augenblick war er wütend. Er wollte sich für nichts rechtfertigen müssen. Warum konnten die beiden nicht einfach tun, was er wollte, ihm vertrauen, dass eine Fahrt nach Imhil nicht umsonst sein würde, dass es ein Highlight werden würde, auch wenn er ihnen im Moment nicht sagen konnte, worin dieses Highlight bestand? Warum vertrauten sie nicht einfach auf seine Intuition? Aber *irgendwas* musste er vorbringen. Er entschied sich für das Naheliegende: Es ist bald Mittag. Wir müssen ohnehin irgendwo etwas essen. Warum nicht dort?, schlug David vor. Und dann fahren wir weiter. Wir haben genügend Zeit, und bis wir wieder unterwegs sind, wird es schon nicht zu regnen angefangen haben.

Stefans und Kalifas Ablehnung war einhellig.

Zornig dachte David: Alles wieder wie zu Beginn der Reise.

Vor ihm lag die zugewachsene Böschung, die zum Fluss Ourika hinunterführte, der von Imhil kommend Richtung Ouarzazate floss.

Also fahren wir weiter, hörte er Stefan hinter sich.

Warum sollte ich irgendjemanden mit in die Wüste schleppen?, hatte Vera gesagt. Warum schleppte man sich überhaupt ein Leben lang mit irgendwelchen Menschen ab, die einem sagen wollen, was man zu tun und was man zu lassen hat? Auch wenn es Stefan gegenüber ungerecht war, aber das war es, was David jetzt einfiel.

Ein Fluchtreflex übermannte ihn, und er lief zwischen die Büsche, die Zweige peitschten ihn, zerrten an seiner Kleidung, rissen ihm Kratzer in die Haut. Er wollte alleine sein, für ein paar Momente nur, dann konnte – von mir aus – ja alles wieder so weitergehen wie gehabt.

Er lief bis zum Wasser und dort ein Stück flussaufwärts.

Sein Name schallte über ihn hinweg. Am Ufer kniehohes Gras. Das Wasser kristallklar, nicht tief, wenn Steine im Weg waren, schäumte es kurz auf. Der Fluss produzierte Tonfolgen, die sich niemals wiederholten. Insekten, wie David sie noch nie gesehen hatte, Käfer mit schillernden Panzern, kleine schwarze Tiere auf seinen Waden. So ein verschwindend kleines Tierchen wäre er jetzt gerne.

Stefans Rufe entfernten sich, offenkundig suchte er in der falschen Richtung. Auf der anderen Seite des Flusses Männer und Ziegen. Vier Männer, zählte David, die am Boden hockten, rauchten. Die Ziegen knabberten Blätter, manche standen auf den Hinterbeinen und reckten sich zu einem Baum hoch, andere hatten es auf die dicken Äste geschafft.

Und ein Mädchen, vielleicht sechs, sieben Jahre alt. Dunkle Haare. Ein fester Zopf, der über ihre rechte Schulter gelegt mit seiner Spitze bis zur Taille reichte. Das Mädchen stand nah am Ufer auf einem Stein im Wasser und starrte David wie eine Erscheinung an.

David! David!, hörte er, und es schien ihm, als käme Stefans Stimme mal aus dieser, mal aus jener Richtung, mal war sie weit weg, dann näher, im nächsten Augenblick kam sie von jenseits des Flusses, dann wieder von dieser Seite.

Plötzlich zeigte und deutete das Mädchen. Wollte es Kontakt aufnehmen? Aber es meinte nicht David, natürlich nicht! *Niemand* meinte ihn. Es meinte den, der sich ihm von hinten näherte. David dreht sich um. Kalifa, Vera, Elodie, die Kinder – auch wenn das *so* nicht stimmte, das wusste David, trotzdem: Immer meinten alle Stefan –

Stefan kämpfte sich durch das Gebüsch. Bist du bescheuert? Was machst du da? Warum bist du abgehauen? Kalifa fährt nicht nach Imhil. Er ist stinksauer. Und ich fahr da auch nicht hin. Unwirsch schob Stefan einen Zweig beiseite, der ihm ins Gesicht geschlagen hatte, er wickelte sich um seinen Arm und Stefan musste sich losreißen.

Ist ja gut. David schob seine Hände in die Hosentaschen, versteckte seine Fäuste. Ich komm ja schon.

Dann komm aber auch!

David drehte sich noch mal zu dem Mädchen im Fluss um. Der Stein, auf dem es gestanden hatte, war leer. Hatten sie es mit ihren lauten Stimmen vertrieben? Sein Blick schwirrte herum. Die vier Männer saßen immer noch dort, ungerührt von dem, was auf der anderen Flussseite vor sich ging. Schließlich entdeckte er auch das Mädchen wieder, zwischen den Ziegen.

Was denn noch? Stefan beschwerte sich, weil David immer noch keinen Schritt zurück gemacht hatte. Im selben Augenblick startete ein Auto.

Noch einmal: Wie lange braucht es eigentlich, bis die Wahrnehmung zu einer eigentlich naheliegenden Erkenntnis führt, in diesem Fall: ein Geräusch zu dem Wissen, was es bedeutet –

Scheiße! Stefan kapierte es zuerst.

Im Umdrehen sah David auf der Brücke über den Fluss Ourika Kalifas Pick-up.

Verdammte Scheiße!, fluchte Stefan.

Dort, wo Kalifas Auto gestanden hatte, rotierte Stefan im Kreis, das Telefon am Ohr, er rief Mohamed an, aber da war nur irgendeine Ansage. Ich verstehe dich nicht, brüllte er hilflos ins Telefon. Was machen wir jetzt? David! Es war deine Idee. Du wolltest dorthin! Es war deine Idee, also sagst du jetzt, was wir tun! Du musst das jetzt steuern! Stefan schnappte nach Luft.

David hätte am liebsten laut losgelacht. Und er blieb auch noch um einiges gelassener als Stefan, als ihnen klar wurde, dass Kalifa mit dem gesamten Gepäck abgehauen war. Stefans Fotoapparat. Immerhin hatte Stefan noch seine Brieftasche. Ein wenig Bargeld, die Karten. David nicht einmal das. Auch sein Handy hatte Stefan noch. Der Rest war im Pick-up, mit dem Kalifa nach rechts abgebogen war, die ursprünglich geplante Strecke genommen hatte. David hatte nur noch das, was er an seinem Leib trug, buchstäblich. Und seine Taschen waren leer.

Plötzlich war er ganz ruhig. Die Wolken hatten sich weiter aufgetürmt. Die Sonne war dahinter verschwunden, sie würde nicht wieder hervorkommen, ehe es nicht abgeregnet hatte. Und das, schätzte David, würde eher früher als später passieren.

Grillen zirpten. Das haben sie wohl schon die ganze Zeit gemacht, aber jetzt hörte David sie auch.

Stefan wählte bereits zum x-ten Mal Mohameds Nummer. Vergeblich.

Der kommt wieder. Kalifa kommt wieder, versuchte David ihn zu beruhigen, obwohl er selbst nicht wirklich daran glaubte. Und Kalifa kehrte tatsächlich nicht zurück. Nicht nach zehn Minuten, nicht nach zwanzig, nicht nach einer halben Stunde.

Lass es, sagte David, als Stefan abermals Mohameds Nummer wählen wollte. Macht keinen Sinn. Spar lieber Akku.

Und wenn alles von vornherein darauf angelegt war, mutmaßte Stefan, der mittlerweile zumindest wieder gleichmäßig atmete. Wenn Kalifa nur den passenden Augenblick abgewartet hat. Eine Stelle, wo er uns alleine zurücklassen konnte.

Wozu? Wegen unseres Gepäcks? Das ist doch lächerlich. Du hast doch gesehen, welche Angst er hatte, als du Mohamed anrufen wolltest. Das Argument war nicht stichhaltig, denn Schwierigkeiten würde Kalifa früher oder später ohnehin wegen seiner Aktion bekommen.

Und wenn die beiden unter einer Decke stecken?

Nein, sagte David. Nein. Das nicht.

Und wenn es nicht um unser Gepäck geht, sondern um das Auto?

Wozu uns dann mitten in der Pampa im Stich lassen?

David hatte eine andere Idee, warum Kalifa abgehauen war. Aber er wollte sie nicht mit Stefan teilen, nicht jetzt, er wollte ihn nicht noch mehr aufbringen, außerdem war es ja nur eine Theorie. Durchaus schlüssig, wie er fand. Beweise hatte er allerdings keine.

Und jetzt? Was jetzt?

Die Wolken veränderten ihre Farbe, wurden dunkel, schwarz.

Stefan stand mit hängenden Armen da. David wusste, dass es jetzt an ihm lag, einen produktiven Vorschlag zu machen. Er sah noch mal zu dem Wegweiser am Ende der Brücke, tat, als würde er nachdenken, schließlich aber verkündete er, was er ohnehin schon die ganze Zeit im Hinterkopf gehabt hatte: Wir dürften es in etwa eineinhalb Stunden schaffen. Und wenn ein Auto vorbeifährt, können wir es ja vielleicht stoppen und die Insassen bitten, uns mitzunehmen. Und vielleicht schaffen wir es sogar, bevor der Regen kommt –

12

David überquerte die Brücke, folgte dem Schild Richtung Imhil, ohne den geringsten Zweifel, das Richtige zu tun. Imhil war die Rettung. Was hatten sie sonst für eine Option? Das musste doch auch Stefan so sehen. Und noch was: Obwohl sich der Streit mit Kalifa an seinem Wunsch nach Imhil zu fahren entzündet hatte, waren sie in diese Lage gekommen, *weil Kalifa abgehauen war*. Wegen Kalifa gingen sie jetzt mit fast nichts am Flussufer entlang, nicht wegen David. Das musste doch auch Stefan klar sein. Trotzdem, vermutete David, war Stefan sauer auf *ihn* und nicht auf Kalifa –

Zielgerichtet marschierte David voran. Obwohl er Stefans Schritte nicht hörte, vertraute er darauf, dass er hinter ihm war. Zwei Autos kamen ihnen entgegen, aber kein einziges fuhr in ihre Richtung, keines, das sie hätte mitnehmen können.

Der Fußweg machte David nichts aus. Seine einzige Sorge galt den schwarzen Wolken – dass sie es vor dem Regen nicht nach Imhil schaffen würden, dass der Regen sie durchweichen würde. Alles andere würde sich schon finden. Er war *voller Vertrauen*, letztendlich auch in Stefan. Stefan würde sich wieder einkriegen und alles auf seine Weise regeln. Er traf doch immer Vorbereitungen für alle Eventualitäten, wobei vermutlich die, dass ihr Fahrer sie mitten in der Pampa stehen lassen würde, nicht unbedingt zu Stefans Fantasien im Vorfeld einer Reise gehörte.

So gingen sie dahin.

Und es dauerte länger als erwartet, fast zwei Stunden waren sie unterwegs gewesen, bis sie die ersten Häuser erreichten. Schließlich zogen sie abgekämpft in Imhil ein, zwei müde Krieger nach einer verlorenen Schlacht, bei der sie alles verloren hatten außer ihrem Leben.

Fluss und Straße liefen nebeneinander durch den Ort. Schon am Ortseingang konnte man erkennen, dass Straße und Fluss auch gemeinsam hinter der Häuseransammlung zwischen hohen Felstürmen wieder verschwanden. Auf ihrer Seite des Flusses stieg das Gelände rasch an, auf der anderen Flussseite gab es erst noch Wiesen, bevor sich das Gelände auch hier aufschwang, es erreichte dort aber niemals dieselbe Höhe. Die Häuser drängelten sich zwischen Straße und Felsen, stapelten sich übereinander, die immer steiler werdenden Berghänge hinauf. David wunderte sich, warum der Ort sich auf der zum Bauen wesentlich schwierigeren Seite des Tals entwickelt hatte. Vermutlich waren es topografische Gründe, möglicherweise trat der Fluss bei starken Regenfällen über sein Ufer und überschwemmte die flache Seite –

Der Himmel hatte sich mittlerweile fast vollständig verdunkelt. Über Imhil lag ein großer Schatten. Auf den Gipfeln konnte David allerdings immer noch vereinzelte Sonnenflecken ausmachen. Wie es die Sonnenstrahlen durch die Wolkendecke dorthin schafften, blieb ihm ein Rätsel.

Sie erreichten den Ortskern, einen staubigen Platz, den Lokale und Geschäfte halbkreisförmig säumten, die Fassaden waren bunt bemalt, freundlich, erheiternd – mehrere Eselskarren, Motorroller fuhren kreuz und quer. Menschen standen beisammen, mit ernster Miene, auf den ersten Blick ausschließlich Einheimische. Erste Tropfen fielen. Kurzentschlossen sprang Stefan unter das Vordach einer Teestube. David wollte noch eine Weile die kühlenden Tropfen genießen. Aber von einem Augenblick zum nächsten öffneten sich die Schleusen und die Wassermassen stürzten auf das Tal herab, auf das Dorf, seine Häuser und Menschen – auf alles, was das Leben hier ausmachte. Es waren bloß fünfzig Meter bis ins Trockene, und doch war David klatschnass, als er unter der rettenden Plane stand. Ein Dach aus LKW-Plane, ähnlich jenem in Hadirs Lokal in den Bergen. Hadir. Vera. Ihr Körper in der sengenden Hitze der Wüste. Vom heißen Sand zugedeckt. Tot. Würde jemand aus ihrer Heimat in den nächsten Wochen nach ihr suchen lassen? Hatte sie Eltern? Geschwister? Wie weit weg das war, räumlich und zeitlich, bloß noch wie vom Hörensagen oder ein schlechter Scherz, an den man sich nur ungern erinnert.

Ohrenbetäubend prasselte der Regen auf das Dach.

Stefan war – ohne Vorankündigung – im Inneren des Lokals verschwunden und unterhielt sich dort im Halbdunkel mit dem jungen Typen hinter der Bar. Ihre Profile wie Scherenschnitte. Stefans kleine Nase, das vorspringende Kinn. Die hohe Stirn des Barmanns.

Auf der Terrasse saßen um drei Plastiktische ausschließlich junge, kräftige Männer, sportlich, trainiert, sie tranken aus Dosen, rauchten Zigaretten, spielten mit ihren Handys, wie überall sonst auf der Welt.

Binnen Kurzem hatte sich der staubige Boden in eine schlammige Masse verwandelt. Pfützen wuchsen schnell zu kleinen Seen an. Ein Transporter mit Gasflaschen hatte in der Mitte des Platzes gehalten. Der Fahrer wartete in der Kabine ab. In den offenen Türen der Läden hatten Menschen Schutz vor dem Unwetter gesucht. Ihre Münder gingen auf und zu, wie bei den Klappmaulpuppen, die Xaver neuerdings gerne in seinen Inszenierungen einsetzte – auch so eine Mode, die sich in letzter Zeit in den Theatern ausgebreitet hatte. Überhaupt hatte David schon seit Längerem den Eindruck, Xaver würde sich früher oder später *jeder* Mode anschließen –

David fröstelte. Am liebsten hätte er sich die nassen Kleider auf der Stelle vom Leib gerissen und eine heiße Dusche genommen.

Auf mehreren Häusern waren Schilder mit Hinweisen auf Agencys für Trekkingtouren montiert, auf Französisch und Englisch. Vielleicht hatten Inka und Svea auch hier gestanden, hatten die Schilder gelesen und aus Gründen, die David verborgen waren, beschlossen, ohne Führer und auf eigene Faust loszumarschieren. Wieso verborgen? Vera hatte doch von einer Facebook-Verabredung berichtet. Gab es Guides, die ihr eigenes Business betrieben, Social Media nutzten, um ihre Dienste anzubieten, ohne sich von einer dieser Agenturen anstellen lassen zu müssen, auf diese Weise besser verdienten, keiner Kontrolle unterlagen? Die Türen der Agencys waren mit Wellblechrollos verschlossen. Es lag auf der Hand: Nach den Morden an den beiden Däninnen hatten sämtliche Touristen fluchtartig diesen Ort verlassen, und jene, die Imhil auf ihrer Liste gehabt hatten, hatten ihre Pläne geändert. Mit Trekkingtouren war gerade kein Geschäft zu machen. Und die Typen an den Tischen waren arbeitslose Guides, die auf bessere Zeiten warteten.

Stefan kam zurück auf die Terrasse.

Ich habe uns ein Zimmer organisiert, rief er, um den Lärm, den der Regen immer noch verursachte, zu übertönen. Sobald es aufgehört hat, bringt uns der Typ hin. Wir werden unsere Unterkunft beziehen und dann weitersehen, sagte Stefan. Die Versicherung wird das alles regeln. Sie werden die Rückreise organisieren. Und alles ersetzen.

Und Kalifa?

Stefan zuckte mit den Schultern.

Die Männer an den Tischen schauten jetzt doch zu ihnen herüber. Vielleicht sahen sie in Stefan und ihm ja ein Zeichen, dass sich die Situation zu entspannen begann, die Touristenflaute ein Ende nahm, Geschäfte wieder möglich waren.

Zuversicht lag in der Luft.

So plötzlich, wie es zu regnen angefangen hatte, hörte es auch wieder auf. Die Wolken hatten sich entladen, ein paar letzte Fetzen trieben noch herum, die Sonne stach hervor und würde auch diese Reste verdampfen. Die Menschen verließen ihre Unterstände. Jetzt konnte man auch ihre Stimmen hören. Der Fahrer des Transporters kletterte auf die Straße, klappte scheppernd die Schutzbleche auf, hievte zwei Gasflaschen auf seine Schultern und verschwand in einem der Lokale. Motorräder knatterten wieder über den Platz. Auf den Pfützen schimmerten Ölfilme.

Der Typ kam aus dem Lokal, nickte ihnen zu und führte sie stumm ein paar Häuser weiter. Im Erdgeschoss verkaufte ein großer schlanker Mann Hühner, er hatte einen erstaunlich kleinen Kopf, einen Kopf wie ein Vogel, dachte David, ein Vogelkopf. Zu dritt oder zu viert hockten die Hühner geduckt in Käfigen und warteten auf ihr Schicksal. Vor dem Schlachter ein dickes Holzbrett. Darauf ein blutiges Hackbeil. Der Schlachter, das Beil, das Blut fesselten ihn.

Komm, sagte Stefan, wie am Tag ihrer Abreise auf der Flugzeugtreppe.

David musste sich losreißen.

Der Typ lief zwischen diesem Shop und einem verbeulten Garagentor hinauf in den ersten Stock. Am Ende der Treppe führte ein dunkler Flur in die Tiefe des Hauses. Aber bevor Davids und Stefans Augen sich an die Dunkelheit gewöhnen konnten, riss ihr Begleiter eine Tür auf. In einem sonnendurchfluteten Zimmer saß eine stämmige Frau an einem Holztisch, mit einem im Nacken gebundenen Kopftuch, über eine Schüssel gebeugt. Ihre flinken Finger lösten Hülsenfrüchte aus. Fleckige Schalen. Darin kleine weiße Kugeln. Die Frau schob die Schüssel ein Stück von sich, sah zu ihnen herüber. Der Barmann verständigte sich mit ihr, dafür genügten ein paar wenige Worte auf Arabisch. Die Frau schaute daraufhin in Stefans und Davids Richtung, als wären sie gerade erst dazugekommen, schätzte sie kurz ab und überließ sie dann ihrem Begleiter.

Er führte sie zu den Zimmern am Ende des Gangs, der, wie jetzt zu erkennen war, an einer zweiten Treppe endete. Hier kam man hinunter in einen Hof, in dem lila und rosa blühende Sträucher wucherten. Daher kam also die Inspiration. Die Häuser auf dem Platz waren mit ähnlichen Farben wie die der blühenden Sträucher angepinselt worden. Unter anderen Umständen hätte David Stefan auf seine Entdeckung aufmerksam gemacht –

Der Typ öffnete zwei gegenüberliegende Türen.

Hast du *zwei* Zimmer mit ihm verabredet?, fragte David erstaunt.

Willst du ein Doppelzimmer für zwei Männer, in einem Ort, wo man Touristinnen umbringt?

Okay, einverstanden. Trotzdem hatte David den Verdacht, dass das nicht die ganze Wahrheit war, ein vorgeschobener Grund, dass Stefan ihm immer noch Schuld gab, dass sie zu Fuß nach Imhil hatten gehen müssen, ihm eine Grenze aufzeigen wollte, wie er Kalifa eine Grenze aufgezeigt hatte, als er ihn zwingen wollte, das Wort *schwul* auszusprechen. David schielte den Gang hinauf und hinunter. Der Typ war verschwunden, er konnte nur die Treppe zum blühenden Hof genommen haben, sonst hätte er sich an ihnen vorbeidrängen müssen. Erst wollte David vorschlagen, beide Zimmer zu bezahlen, aber nur in einem zu übernachten, dann aber – wenn das eine von Stefan gezogene Grenze war, würde er sie ganz bestimmt nicht überschreiten – entschied er sich für das linke. Wenn Stefan ihn – obwohl er ganz objektiv an ihrer Lage nicht schuld war – von sich wies, wollte er nicht darum betteln, die Nacht mit ihm verbringen zu dürfen. Mit einem Knall schlug David die Tür hinter sich zu. Und er hoffte, dass Stefan ihm nicht folgen würde –

Sein Zimmer war überraschend groß und fast leer. Das einzige Möbelstück war ein Doppelbett, bespannt mit einem weißen Laken, ein Kissen, ein zweites Laken als Zudecke, vor dem Bett ein Berberteppich mit seinem typischen schwarz-weißen Karomuster. Sauber, immerhin. David öffnete das Fenster zum Hof. Der Duft der Blüten, eine süßliche Wolke. Der Hof war von drei Gebäudeteilen begrenzt, das U wurde von einer Mauer geschlossen, dort gab es eine Tür zur Straße, sie stand offen. Der Typ aus der Bar war durch diese Tür zurück in den Ort entwischt –

David setzte sich aufs Bett. Die Matratze war hart wie ein Brett. Langsam legte er seine Schuhe ab, zog die feuchten Socken aus und stellte seine Füße auf den Teppich. Die grobe Wolle unter seinen nackten Sohlen war angenehm, als würde sie ihn durch eine Berührung besänftigen wollen. *Come on! Come down! Morgen ist alles wieder gut!* Er stand auf, entledigte sich der Hose und des T-Shirts und hängte beides zum Trocknen über das Eisengestänge am Fußende des Bettes. Nackt, wie am Vorabend ihrer Abreise vorm Spiegel im Schlafzimmer, stand er da. Wie damals würde er jetzt nichts lieber tun wollen als eine Dusche zu nehmen. Seinen Ärger auf Stefan abspülen, der mittlerweile größer war als der auf Kalifa – wenn da eine Dusche überhaupt helfen konnte. Aber ein Bad hatte ihnen der Typ nicht gezeigt. Auch damals hatte er nicht geduscht. Er war stattdessen ins Wohnzimmer gegangen, wo der Fernseher lief, und zum ersten Mal hatte er von den Morden gehört, er hatte im Internet von dem Video gelesen, und obwohl er sich gesagt hatte, *ich sollte das nicht tun*, hatte er den Link angeklickt. Vielleicht wäre er schon damals auf die Idee gekommen, dieses Video für die Inszenierung des Stückes des jungen Autors einzusetzen, wenn Stefan nicht gerade in diesem Augenblick nach Hause gekommen wäre. Zwar arbeitete David nie gerne mit Videos auf der Bühne, projizierte Bilder hatten für ihn nichts mit Theater zu tun, besonders jene, die auch noch dazu live auf der Bühne gefilmt wurden – eine Weile war es gar nicht ohne gegangen, auch Xaver hatte damit experimentiert, sie hatten mehrere Abende lang darüber gestritten. *Aber manchmal geht es nicht ohne diesen Schnickschnack, vor allem nicht, wenn man Erfolg haben will.* – Vielleicht versperrte er sich tatsächlich gegen etwas, dem gegenüber er offen sein sollte, wie Xaver argumentiert hatte – also gut, ich will jetzt offen dafür sein und für das Stück des jungen gehypten Autors auf der Bühne Videos laufen lassen, Videos, die echte Morde zeigten. Im Darknet konnte man solche Aufnahmen finden, sicher auch jene, auf denen zu sehen war, wie Inka und Svea starben. Und David stellte sich vor, wie Zuschauer und Kritiker erst nach und nach begriffen, dass es echte Videos waren, Videos, auf denen Menschen *wirklich* starben, auf denen Menschen *wirklich* mordeten, die nur auf illegalem Weg zu beschaffen gewesen waren, und auch das wäre Teil des Konzepts. Die Zuschauer sollten *Gewalt* vorgeführt bekommen, echte Gewalt – bis sie angeekelt den Theatersaal verließen oder aber ihrer Faszination erlagen, einer Faszination, die den, der sie spürt, einsam macht, weil man sie mit niemandem teilen kann. David hielt inne. War er einen Schritt weiter? Vielleicht. Vielleicht auch nicht. Am liebsten hätte David Xaver sofort von seiner Idee erzählt – reden hilft, Ideen abzusichern oder sie im Keim zu ersticken, ehe er sich Illusionen zu machen begann – Xaver wenigstens eine Nachricht schicken. Aber wie sollte er das ohne Handy anstellen? Shit.

Und überhaupt: Hatte er nicht beschlossen, diese Produktion abzusagen, raus aus dem Vertrag, egal wen er damit verärgern würde, egal wer nie wieder mit ihm sprechen würde? Aber jetzt, mit dieser Idee im Kopf, beschloss er, die Sache noch einmal zu überdenken.

David legte sich aufs Bett. Er hatte Hunger. Seit ihrem Besuch bei Kalifas Mutter hatten sie nichts gegessen. Er legte seine rechte Hand flach auf seinen Bauch – dachte:

ein wenig abnehmen würde ohnehin nicht schaden. Er sah zum Fenster. Draußen dämmerte es bereits. Rasch würde es dunkel und kühl werden. Besser jetzt aufstehen, das Fenster schließen, das Laken ausbreiten, sich mit dem Laken zudecken, dann müsste er nicht später, wenn er schon eingeschlafen war und die Kälte ihn aufwecken würde – er würde es erst eine Weile vor sich herschieben, eine Weile lieber frieren als aufstehen und dann aber doch irgendwann aufstehen *müssen* –

13

Ein zweistimmiges, rhythmisches Händeklatschen weckte David auf. Da war es schon wieder Tag. Vom Fenster flutete Licht ins Zimmer. Die offenen Fensterflügel belegten, dass er gestern Abend nicht noch mal aufgestanden war, dass er eingeschlafen war, ehe er sie schließen konnte. Langsam setzte er sich auf. Sein Körper fühlte sich schwer an. Seine Muskeln schmerzten, als er sich nach seinem T-Shirt streckte, das wie seine restliche Kleidung am Fußende seines Bettes hing und über Nacht getrocknet war. Aus dem Hof hörte er ein Kinderlachen. David beeilte sich beim Anziehen. Die Schuhe ließ er stehen. Barfuß ging er zum Fenster. Ihm schwindelte ein wenig. Der Holzboden war überraschend kühl. Stefan saß neben einem Mädchen auf den unteren Stufen der Treppe in den Hof. Von dort kam auch das Klatschen. Stefan klatschte vor. Das Mädchen klatschte nach. Seine großen Hände klangen dunkel und voll. Der Klang ihrer Hände schwebte hell darüber.

Bis zu diesem Moment hatte David nicht gewusst, wie musikalisch Stefan war, was für ein ausgeprägtes Rhythmusgefühl er besaß. Immer länger, immer komplizierter wurden seine Vorgaben. Das Mädchen wiederholte fehlerfrei. Gelang es nicht beim ersten, gelang es beim zweiten Mal. Dann drehten sie das Spiel um. Das Mädchen klatschte vor, Stefan machte es ihm nach. Die Muster, die das Mädchen vorgab, erschienen David noch komplizierter als Stefans. Plötzlich brach er mittendrin ab und drehte den Kopf zu ihm her.

Hallo!, grüßte Stefan fröhlich. Guten Morgen!

David hatte geräuschlos am Fenster gestanden und stumm gelauscht. Jetzt lächelte er. War es tatsächlich seine bloße Anwesenheit gewesen, die Stefan bemerkt hatte?

Auch das Mädchen bewegte jetzt seinen Kopf und sah zu David herauf. Jetzt erkannte er es wieder – es trug auch dasselbe Kleid wie am Vortag, als er es am Fluss bei den Ziegen gesehen hatte, eine Art Kittel, dessen Saum, als es aufstand, die Knöchel berührte, bis zur Taille quer-, von da an längsgestreift, allerdings trug es heute das Haar offen, bekränzt von Blüten, die sie von den Sträuchern im Hof gepflückt haben musste. Auch Stefan hatte dasselbe an wie gestern. Aus den bekannten Grünen. Zwei Tage hintereinander dasselbe Hemd oder dasselbe T-Shirt, das gab es bei ihm sonst nie, weder zu Hause noch auf Reisen. Aber Kalifa fuhr mit ihrem Wäschevorrat in der Gegend herum, und auch mit ihren Toilettensachen, keine Zahnbürste, keine Rasierer, alles weg –

Wie spät es war? David schätzte eher spät als früh. Das war kein Morgenhimmel, kein Morgenlicht mehr. Vor allem aber rätselte David, wie Stefan und das Mädchen vom Fluss zusammengekommen waren.

Willst du frühstücken gehen?, rief Stefan.

Einen Moment!, bat David.

Er schlüpfte in seine Schuhe, trat auf den Gang, zog die Tür hinter sich zu, ging den Gang entlang und die Treppe in den Hof hinunter. Die Sonne stach bereits auf der Haut.

Alles, auch sein Sonnenhut, war in dem Pick-up geblieben.

Von Stefan erfuhr er, dass es kurz nach neun war.

Sie verließen den Hof durch die Tür in der Mauer. Vor einem Frühstück in dem Lokal, in dem sie am Vortag Schutz vor dem Regen gesucht hatten, wollte Stefan aber noch durch den Ort streifen. Um sich zu orientieren. Um dieses spezielle Licht für Fotos zu nutzen.

Das Mädchen lief die ganze Zeit neben ihnen her.

Kommt sie etwa mit?, fragte David befremdet.

Sie heißt *Bassima*, erklärte Stefan in einem Ton, als hätte David mit seiner Frage nicht nur das Mädchen, sondern auch ihn gekränkt.

David blieb stehen, ließ die beiden vorausgehen, sah ihnen etwas benommen nach. Stefan knipste mit der Handykamera die bunten Hausfassaden, die Berge in der Ferne, mit und ohne Straßenszenen im Vordergrund, bat Bassima für ihn zu posieren –

Solltest du nicht Batterie sparen?, fragte David, der immer zwei, drei Schritte hinter Stefan und Bassima herlief, nur, um *irgendwas* zu sagen.

Ist voll, sagte Stefan knapp und zuckte mit den Schultern.

Hatte er also doch ein Aufladekabel in seiner Hosentasche gehabt?

David wunderte sich außerdem, dass Stefan Imhil mittlerweile als eine Station ihrer Reise akzeptiert zu haben schien. Als wäre hierher zu kommen immer schon sein Plan gewesen. Normalerweise nervte Stefan jede Änderung seiner Pläne, zumindest jene, die nicht von ihm ausgingen, und fand sich lange nicht damit ab. Diesmal war das aus irgendeinem Grund anders.

Eine halbe Stunde später standen sie wieder vor dem Haus, in dem sie übernachtet hatten. Der Mann mit dem Vogelkopf saß auf der Straße, ein totes Huhn im Schoß, er rupfte es mit flinken Bewegungen. Die großen Federn segelten zu Boden, die flaumigen schwebten davon.

Von hier war es, erkannte David jetzt, ein Katzensprung zu dem Lokal, in dem sie frühstücken wollten. Lokal und Unterkunft lagen in Sichtweite, gestern war ihm der Weg länger vorgekommen.

Davids erster Eindruck: An den Tischen unter der LKW-Plane saßen dieselben Leute wie gestern. Aber es war auch gut möglich, dass er sich täuschte. Gestern hatte er sich keines der Gesichter genauer eingeprägt. Auf jeden Fall waren es wieder ausschließlich *junge* Männer, wieder tranken sie Limonade aus Dosen und spielten mit ihren Handys. Vielleicht waren sie ja nie weg gewesen, hatten die ganze Nacht hier gesessen, saßen seit Tagen hier und würden erst wieder aufstehen, wenn die Touristen nach Imhil zurückkehrten.

Stefan kam mit Kaffee und Gebäck. Bassima war im Inneren des Lokals geblieben.

Lass es dir schmecken, sagte er gönnerhaft.

Danke.

Stefan trank einen Schluck und setzte die Tasse wieder ab. Und es ist alles geklärt.

Geklärt? David schien – im Gegenteil – vieles, manches, alles unklar. Die Sprachlosigkeit zwischen ihnen beispielsweise. Stefans merkwürdige Freundlichkeit, und eben auch sein Beharren darauf, dass alles in Ordnung war.

Ich habe heute Morgen bereits mit der Versicherung telefoniert. Sie schicken uns einen Wagen. Stefan war sichtlich mit sich zufrieden.

Okay. Gut. David hatte recht gehabt, als er angenommen hatte, Stefan würde sich um alles kümmern. Aber jetzt fühlte es sich seltsam an. Er griff nach dem Blätterteighörnchen. Es war klebrig und so süß, dass seine Zähne davon schmerzten.

Und die Sachen in Kalifas Auto? Mein Handy, Geld, Klamotten, Zahnbürsten?

Werden ersetzt.

Und Kalifa?, redete David kauend weiter.

Was soll mit ihm sein?

Wollen wir ihn einfach so davonkommen lassen? Ich meine, wollen wir nicht zur Polizei, und –

Ich lass mir den Urlaub ganz sicher nicht verderben, unterbrach ihn Stefan fröhlich.

Ja. Aber –. David blieb der Mund offen stehen.

Aber was?

Ich kann hier nicht sitzen und nichts tun. Er hat uns beklaut. David versuchte es mit einem Hinweis auf Stefans Kamera. Weg! Einfach so?

Ja, weg.

Die Fotos, die du gemacht hast?

Hatte Stefan, ehe sie ihm abhanden gekommen war, auf die Cloud hochgeladen.

David konnte es beim besten Willen nicht glauben, wie gelassen Stefan mit all dem umging.

Stefan lachte. Dann tu was, wenn es dir ein Anliegen ist. Tu, was du nicht lassen kannst.

Ja, es war ihm ein Anliegen. Und je gleichgültiger Stefan schien oder tatsächlich war, umso überzeugter war David, dass er etwas unternehmen musste, und ja, er war mittlerweile fest entschlossen, zur Polizei zu gehen, von ihrem Fall zu berichten, eine Anzeige zu machen. Und er hatte auch schon eine konkrete Idee, wie das gehen würde. Dein Handy! Er streckte die Hand aus.

Was ist damit?, Stefan blickte ihn skeptisch an.

Schau bitte, ob auf einem der Fotos, die du mit dem Handy gemacht hast, die Autonummer des Pick-ups zu sehen ist. Damit können wir zur Polizei.

Du kannst zur Polizei.

Okay, okay, okay, *ich*. Aber schau nach. David war plötzlich total aufgeregt. Dass Stefan skeptisch blieb, störte ihn nicht, stachelte seinen Eifer bloß noch mehr an.

In diesem Augenblick kam Bassima aus dem Lokal. Stefan nickte ihr zu. Just a moment.

What means – *just a moment?* Was hatten sie vor?

Stefan durchsuchte das Fotoalbum seines Mobiltelefons, wischte mit dem Finger über das Display, bis er tatsächlich ein Foto fand, auf dem Kalifas Nummerntafel zu erkennen war. Er las die Ziffern laut vor. David zog eine Papierserviette aus dem Stapel, der mit einem Aschenbecher beschwert war. Was ihm fehlte, war ein Stift.

Can you bring me a pen?, fragte er Bassima.

Sie sah ihn fragend an. Er tat mit der Hand, als würde er in der Luft schreiben. Jetzt verstand sie, lief zurück ins Lokal und kam mit einem Kugelschreiber zurück.

Thank you!

Stefan wiederholte die Ziffern, David notierte.

Ist das alles?, fragte er. Stefan zeigte ihm das Display, zwischen den ersten fünf und den letzten drei Ziffern gab es zwei arabische Schriftzeichen. David malte sie ab.

Hast du es?

Ja.

Bassima trat von einem Bein auf das andere.

Dann sehen wir uns am Abend, erklärte Stefan. Wenn du die Straße am Fluss weitergehst, gibt es nach ungefähr fünfhundert Metern eine Art Steakhouse. Das Petit Europe. Dort treffen wir uns.

Abends? So lange wird das auf der Polizei nicht dauern.

Bassima nimmt mich mit zu den Ziegen, verlautbarte Stefan. Wir werden den ganzen Tag unterwegs sein.

David hatte gehört, was Stefan gesagt hatte, seine Gedanken gingen aber woanders um. Woher – woher weißt du das mit dem Lokal?

Stefan kramte ein paar Münzen aus seiner Geldbörse. Ich habe dort gestern noch etwas zu essen bekommen. Er legte die Münzen auf den Tisch.

Du warst gestern Abend noch draußen?, fragte David verwirrt.

Ich hatte Hunger. Und Lieferservice gibt's hier nicht, spottete Stefan und stand auf.

Und warum – warum hast du mich nicht mitgenommen?, fragte David verwirrt.

Du hast – immerhin zögerte er, als wollte er nichts sagen, das wie ein Vorwurf klingen könnte –, du hast bereits geschlafen.

Bassima griff nach Stefans Hand. Die Geste wirkte vertraut. Sie machte den ersten Schritt, die Arme zwischen ihnen waren gestreckt.

Können wir nicht zusammen zur Polizei und dann gemeinsam zu den Ziegen?, versuchte es David nochmals. Das Flehen in seiner Stimme missfiel ihm sogar selbst.

Wir treffen uns abends, bestimmte Stefan.

Und das Mädchen –?

Bassima.

Ja, ja, Bassima – David fragte nicht. Vermutlich war er ihr auch in diesem Petit Europe begegnet.

Dann gingen sie. David glotzte, als hätte Stefan eine Tür zugeschlagen, so wie David es gestern Abend in ihrem Quartier gemacht hatte – Hand in Hand marschierten die beiden die Hauptstraße hinunter. Das Mädchen zog ihn schließlich um eine Häuserecke. Weg waren sie.

Erst jetzt fiel ihm ein, dass er Stefan um Geld hätte bitten sollen. Er konnte sich nicht einmal eine Flasche Wasser kaufen. Aber er fühlte sich zu erschlagen, um aufzuspringen und den beiden hinterherzujagen. Außerdem lag ja das Geld fürs Frühstück auf dem Tisch. Schnell trank David seinen Kaffee aus. Er zählte dreißig Dirham. Erst war er versucht, alles mitzunehmen, aber dann zweigte er doch bloß zehn Dirham für sich ab. Den Rest schob er in die Mitte des Tisches.

Ehe er die Serviette mit Kalifas Autonummer zusammenfaltete, las er sich noch mal die Ziffern vor. Schließlich schob er sie vorsichtig in seine rechte Hosentasche. Er warf einen letzten Blick zu den jungen Männern und ihren Mobiltelefonen. Da wusste er: Stefan muss sein Handy gestern Abend im Petit Europe aufgeladen haben. Warum sonst sollte die Batterie heute voll sein? Das Petit Europe. Der Dreh- und Angelpunkt.

Auf ihrem Rundweg durch den Ort waren sie an der Polizeistation vorbeigekommen. David fand sie auf Anhieb wieder. Im ersten Augenblick wunderte es ihn, dass sie mit einem einzigen Polizisten besetzt war, nachdem hier vor einer Woche zwei Morde passiert waren, die internationales Aufsehen erregt hatten. Aber vielleicht war ja genau *das* der Grund für die Unterbesetzung, alle anderen waren mit diesem Fall beschäftigt –

David breitete die Serviette vor dem *Restposten* aus – und er versuchte dem Mann mit schwarzem Schnurrbart und in schlecht sitzender Uniform begreiflich zu machen, dass ihr Fahrer mit ihrem ganzen Reisegepäck inklusive seines Handys, Geld, Ausweisen abgehauen war. Der Polizist hörte konzentriert zu. Als David fertig war, schüttelte er aber den Kopf. Vielleicht hatte der Polizist ihn missverstanden. The question is not, if you know him. You have to find him. Understand?

Aber es war nicht dieser Unterschied, den der Polizist nicht kapiert hatte, er verstand David überhaupt nicht, weder auf Englisch oder auf Deutsch noch, wenn er es mit Händen und Füßen versuchte. Ohne Übersetzer kam er hier nicht weiter. In einem Tourismusort würde sich bestimmt ein Übersetzter finden lassen. Also zurück in das Lokal, um einen der jungen Männer um Hilfe zu bitten. Einer würde in der Lage dazu sein, wenn sie tatsächlich Trekkingguides waren, wie David am Vortag angenommen hatte. Aber David trug ein Drittel der Frühstückszeche in der Hosentasche mit sich. Ein Drittel war mehr, als Stefan Trinkgeld gab, selbst in Ländern, wo für sie alles sehr billig war. Genau genommen hatte David dem Kellner Geld gestohlen. Besser war wohl, er kehrte nicht unter die LKW-Planen zurück –

Stattdessen ging David zurück in ihr Quartier, dem einzigen, halbwegs vertrauten Ort in Imhil, dem einzig sicheren Ort, wie es David an diesem Vormittag schien.

Zwei ältere Frauen verhandelten gerade mit dem Vogelmann über eines der Hühner. Er hatte einen Käfig mit vier Tieren auf das Hackbrett gestellt, die Frauen zeigten mal auf dieses, mal auf jenes. David wandte sich ab, er hatte keine Geduld, die Entscheidung abzuwarten, auch wenn er nur allzu gerne dabei zugesehen hätte, wie das Hackbeil fallen und Kopf und Körper trennen würde.

Er stieg die Treppe zu ihren Zimmern hinauf. Kaum passierte er die Tür, hinter der gestern ihre Zimmerwirtin Hülsenfrüchte ausgelöst hatte, machte er schnellere Schritte und hielt erst vor Stefans Zimmer. Einen Augenblick lang zögerte David, dann drückte er die Klinke, öffnete die Tür, vorsichtig – es war schmaler als seines, auch nur mit einem Einzelbett ausgestattet, dafür hatte es Vorhänge – Vorhänge fehlten in seinem Zimmer –, die Vorhänge waren zugezogen. Der Deckenventilator mit weit ausladenden Rotorenblättern, den es in seinem Zimmer auch nicht gab, drehte sich langsam und ließ den weißen Vorhangstoff leise flattern. Laken und Decke waren glatt gestreift. Waren sie überhaupt benutzt worden? Ein Verdacht überfiel David. Sein Herz klopfte plötzlich schneller.

Nichts wies hier auf Stefan hin. Hatte Stefan überhaupt hier geschlafen? Er beruhigte sich damit: Auch er hatte in *seinem* Zimmer nichts zurückgelassen, das beweisen würde, dass er die Nacht dort verbracht hatte. Natürlich: außer seinen Geruch.

David streckte sich auf Stefans Bett aus.

Das Haus war still. Die Geräusche, die zu hören waren, kamen von weiter weg: Autos, Stimmen, Gespräche, Lachen, ein krachender Auspuff, im Hof landete ein Schwarm Vögel, plötzlich ein kurzer krächzender Schrei. Für eines der Hühner war es jetzt also vorbei. Wenn er es schon nicht gesehen hatte, hatte er es immerhin gehört. Die anderen würden von nun an für den kurzen Rest ihres Lebens mehr Platz im Käfig haben, dachte David. Er gönnte es ihnen. Aber im Laufe des Tages würden sie sicher auch noch dran glauben müssen. Kopf ab – das war ihre natürliche Art, das Leben zu verlieren. Welches Huhn durfte schon an Altersschwäche sterben? Wie wollt ihr sterben?, hatte Vera in der Wüste gefragt. Ach, Vera. Wenn sie wirklich den Worten ihres Monologs gefolgt war, vermutete David, dann litt sie jetzt nicht mehr. Dieser Gedanke hatte etwas Tröstliches, sogar seine eigene Situation betreffend.

Wie am Morgen verließ David das Haus über die hintere Treppe, den Hof, die Tür in der Mauer. Schnurstracks kehrte er auf die Straße am Fluss zurück, auf der sie gestern gekommen waren, und folgte ihr weiter flussaufwärts. Nach fünfhundert Metern stieß er auf das Petit Europe. Trotz seines Namens war es ein relativ großes Lokal. Markisen und Sonnenschirme schufen ein blickdichtes Dach über den Tischen und Stühlen im Freien.

David ging daran vorbei.

Es war Nachmittag geworden und glühend heiß, der heißeste Tag, den sie bisher erlebt hatten. Um sich vor der

Sonne zu schützen, zog er den Ausschnitt seines T-Shirts von hinten bis zur Stirn vor.

Je näher man dem Felsentor kam, desto zahlreicher waren die Schilder, die für Trekkingtouren warben, Geschäfte für Wanderausrüstungen, Schuhe und Jacken und Stöcke, wie man sie in jedem europäischen Outdoorladen fand. Ab und zu rief ein Händler zu ihm herüber. David tat so, als würde er sie nicht hören.

Nach dem letzten Haus wurden Fluss und Straße schmaler und zwängten sich gemeinsam durch das Steinmassiv. Der Ourika-Fluss schäumte lautstark vom Gebirge herunter. In einem der Zeitungsartikel hatte es geheißen, Inka und Svea seien am Fluss entlang bis zum Wasserfall gegangen – es hatte geklungen, als hätte da das Unglück bereits seinen Anfang genommen. Vor Ort erkannte David: Alle, die ins Gebirge wollten, mussten diesen Weg nehmen.

Wasser und Straße verschwanden nach etwa hundert Metern hinter den nächsten Felsen. Wie es dahinter aussah, konnte man von hier aus nur ahnen.

Das Felsentor markierte eine Grenze, die David, obwohl ihm der Gedanke lächerlich vorkam, besser nicht übertreten wollte.

Er fragte sich, ob es Inka und Svea auch Überwindung gekostet hatte, an dieser Stelle weiterzugehen, oder ob sie nur ihr Ziel im Kopf gehabt hatten, den Platz im Gebirge, den Platz mit der *allerbesten Aussicht*, wo sie übernachten wollten.

David trat nicht durch das Tor, weil er dahinter etwas fürchtete. Er hatte einfach kein Ziel in den Bergen vor Augen. Das war es. Aber er hatte ein anderes Ziel im Sinn. Das Petit Europe.

Und David kehrte um.

Stefan und er hatten keine bestimmte Uhrzeit vereinbart. Aber wann immer es möglich war, aß Stefan gegen

18 Uhr. Sicherlich würde er dafür sorgen, dass er rechtzeitig von den Ziegen zurück sein würde. Die Uhr auf dem Armaturenbrett eines geparkten Autos zeigte 14:30.

Im Petit Europe waren zwei Tische besetzt. Dass dort ausschließlich *alte*, Wasserpfeife rauchende Männer saßen, erklärte sich David so: Das Petit Europe war das Lokal, wo sich die Älteren des Ortes trafen, und das LKW-Planen-Lokal das für die Jüngeren. Warum das so war, lag am Namen. Die Alten waren nach Jahren in Europa enttäuscht zurückgekehrt. Mit der Sprache, die sie dort gelernt hatten, wollten sie wie Kalifas Mutter jetzt nichts mehr zu tun haben. Täglich ein kleines, unbedeutendes Europa zu betreten, empfanden sie als Triumph. Die Jungen aber sehnten sich genau nach diesem Europa, das in ihrer Fantasie groß und mächtig war, das Petit Europe war für sie nur ein schlechter Scherz, den sie den Alten übel nahmen. Sie brachten sich mit Hilfe von Youtube-Videos Englisch oder Deutsch oder Französisch oder Spanisch bei. Aber heutzutage war es nicht mehr so einfach, nach Europa zu gelangen wie noch vor Jahrzehnten, als die Alten jung gewesen waren. In Imhil mischten sich Alte und Junge nicht. Die Jungen wollten nicht die schmachvollen Geschichten der Alten hören. Die Alten wollten nichts von den Sehnsüchten der Jungen wissen –

Eine Ausnahme von der Regel, die David aufgestellt hatte, gab es natürlich auch: Direkt an der Hauswand saß ein junger Typ im Halbdunkel. Er wischte auf seinem Smartphone herum. Das Display beleuchtete sein kantiges Gesicht mit Bartflaum. Er war kein Kind mehr, ihm würde nie ein ordentlicher Bart wachsen.

David bestellte Kaffee bei einem Kellner in schwarzer Hose und weißem Hemd, dem man ansah, dass er sich nach Vorbild angezogen hatte, genauso gut hätte er in einem Pariser Bistro arbeiten können.

Der Kaffee war heiß, und David trank ihn in kleinen Schlucken. Zeit verging. Zweimal fragte der Kellner, ob er noch etwas wollte, Kaffee oder Essen oder zu trinken. David verneinte. Beim dritten Mal erklärte er ihm, dass er noch auf jemanden warten würde. Und dass das vermutlich länger dauern würde. Ob es ein Problem wäre, wenn er hier einfach sitzen würde. Sie unterhielten sich in einer Mischung aus Englisch und Französisch. Daraufhin ließ der Kellner ihn in Ruhe.

David wartete.

Zwei Stunden lang war David körperlich anwesend, hing aber weder einem bestimmten Gedanken nach noch nahm er wirklich auf, was um ihn herum vor sich ging. Er wollte nichts. Er musste nichts.

English? Français? Plötzlich stand der junge Typ bei David am Tisch.

Deutsch?

Ich spreche alle Sprachen, antwortete er mit starkem Akzent.

Alle?

Yes. Er lachte. More or less. Deutsch eher less, stellte sich bald heraus. You are waiting for someone? I know from Kadeen. Er zeigte auf den Kellner.

Yes, no, stotterte David. Aber der kommt vielleicht nicht mehr.

Ich bin Arib, stellte sich der andere vor. Du hast Sorgen. I see.

Arib setzte sich. Er war Anfang zwanzig, maximal drei-, vierundzwanzig. Seine Haut war bronzefarben, seine Muskeln auf natürliche Weise definiert. Sein Gesicht wie gemeißelt.

Und du hast Hunger. Ich sehe das.

Und ich habe kein Geld. Siehst du das auch?

No problem. Das Restaurant gehört meinem Onkel.

Mein Cousin hat Geld. Aber er ist nicht gekommen.

Your cousin? Arib musterte David mit einem kurzen, überraschten Blick, lächelte, akzeptierte. Your name?

David. I am David.

You are hungry. I see. Is goat steak okay, David?

Ist okay. Ja.

Dass Stefan mit Bassima bei den Ziegen war, er aber der war, der Ziege essen würde, erfüllte David mit einer seltsamen Genugtuung.

Arib sprang auf und kam wenig später mit zwei Tellern voller Fleisch, Gemüse und Couscous zurück. David stürzte sich drauf, es musste mittlerweile fünf oder sechs Uhr sein, und er hatte tatsächlich einen riesigen Hunger.

What happened?

What do you mean?

Hallo! Dein Cousin is lost. No money. No mobile phone.

Why do you know –?

That you have no mobile? Wenn Arib lachte, riss er seinen Mund weit auf und seine Lippen wurden schmal.

Alle Touristen nehmen es aus der Tasche, sobald sie in einem Lokal sind und loggen sich ins WLAN ein, erklärte Arib. And you? Sitting. Looking. Waiting.

David nickte und schnitt ein Stück Ziegenfleisch ab. Ehe er es zwischen die Zähne schob, fragte er: Kennst du einen Kalifa?

Wer ist das?

Er hat einen Pick-up, fährt mit Touristen.

No.

Er hat alles, was Stefan und mir gehört, sagte David. Gehst du morgen mit mir zur Polizei? Übersetzt für mich?

Kein Problem. Ich kenn die Typen von der Polizei. Arib lächelte verschmitzt.

Was?

It's nice to talk with you.

Dieser Satz war für Davids Empfinden etwas zu früh gekommen, saßen sie doch erst etwa seit einer Viertelstunde zusammen. Ein Lockmittel? Aber auch David tat es gut, mit Arib zu sprechen. Es fühlte sich so natürlich an, leicht und unbelastet von dem, was in den vergangenen Tagen passiert war. Also was soll's – Lockmittel oder nicht. Es lag ja an ihm, wozu er sich verlocken ließ.

Du bist von hier?

Aus Rabat. Ich jobbe hier. Aber gerade gibt es nichts zu tun.

Das habe ich gesehen. Keine Touristen.

Weder David noch Arib erwähnten die beiden ermordeten Däninnen.

Arib erzählte, dass er schon seit seinem sechzehnten Geburtstag das halbe Jahr in Imhil bei seinem Onkel verbrachte. Die andere Hälfte des Jahres lebte er bei seiner Familie in der Hauptstadt. Er hatte vier jüngere Geschwister, ausschließlich Schwestern. Er sparte Geld, um heiraten zu können.

Und, gibt es schon jemanden?, fragte David.

Arib zückte sein Handy und zeigte das Selfie einer Blondine, die ihre Lippen schürzte und dem Betrachter einen Kuss schickte.

Sie?

Arib schüttelte den Kopf.

Ah! David verstand, es war nur ein Symbolbild. So sollte sie aussehen. So sah aber keine Marokkanerin aus. Die Haare, die blasse Haut. Arib versank eine Weile in dem Bild, dann steckte er sein Handy wieder weg.

David kratze die letzten Essensreste vom Teller.

Thank you.

Arib nickte. Kadeen nahm im Vorbeigehen das leere Geschirr mit.

Thank you!

Schweigend und ernst musterte Arib Davids Gesicht, als wollte er Dinge über ihn herausfinden, über die man nicht sprechen, die man nur sehen konnte, wenn man ein Auge dafür hatte. Nach einer Weile fühlt sich David unangenehm berührt. Er wollte aber keine Verlegenheit, keine Schwäche zeigen und zwang sich, nicht wegzuschauen. Bis er Aribs forschen Blick dann doch nicht mehr ertrug und nach der Uhrzeit fragte. Ohne David aus dem Blick zu lassen, behauptete Arib, es sei bereits nach sieben.

Und Stefan war immer noch nicht aufgetaucht.

Aber wieso bist du dir so sicher, wie spät es ist?

Der Muezzin.

David erinnerte sich, es war schon eine Weile her, von weit weg hatte er das Krachen und Quietschen der Lautsprecher gehört.

Wenn du magst, führe ich dich in die Berge, schlug Arib plötzlich vor. Ich weiß die besten Plätze.

Was sind die besten Plätze?

Die mit der besten Aussicht.

Beste Aussicht war das Stichwort. Und ein Gedankenchaos brach über David herein, das ihm eine Schauer über den Rücken jagte.

He! Was ist? Arib konnte ihm ansehen, dass von einem Wimpernschlag zum nächsten etwas nicht mehr in Ordnung war.

Was, wenn das Mädchen Stefan nicht mit zu den Ziegen genommen hatte? Wenn das nur ein Vorwand war? Wenn es ihn an einen Ort mit *bester Aussicht* gebracht hatte – Touristen waren doch immer nach der *besten Aussicht* aus. Wo Männer ihm die Kehle durchschnitten? Und war Stefan Bassima nicht höchstwahrscheinlich im Petit Europe begegnet? Und jetzt saß *er* hier mit Arib, und auch der bot sich David als Führer an – das alles versetzte David einen unerwarteten Schub. Er spürte Energie wie lange nicht. Wie hatte er nur so gleichgültig dem gegenüber sein können, was Stefan trieb! Und David sprang vom Tisch auf. Der Stuhl donnerte zu Boden.

He! He!

Danke für das Essen. Ich weiß, stieß David aus. Panik in der Stimme. Ich weiß, wo mein Cousin ist.

Er wusste es natürlich nicht. Aber er hoffte aufs Innigste, dass er dort war, wo er hinrannte, ohne sich nochmals nach Arib umzudrehen. Und dann würde er Stefan um Verzeihung bitte, dass er an der Brücke diesen Vorschlag gemacht hatte, und sie würden sich aussprechen. Er würde sich zu Stefan ins Bett legen, er hatte Lust auf Sex, bei dem sie jeden Laut unterdrücken mussten, damit niemand es mitbekam.

Die Tür zu Stefans Zimmer war versperrt. Ein gutes Zeichen. Er klopfte.

Was denn? Stefans Stimme.

David atmete durch. Gott! Hatte er wirklich geglaubt –? Da bist du ja – du bist da. Mach auf!

Sorry, ich war total fertig, rief Stefan von drinnen. Und ich hatte keinen Hunger mehr!

David hätte ihm Vorwürfe machen können, dass er nicht wenigstens im Petit Europe vorbeigeschaut und ihm Bescheid gegeben hatte. Aber er stammelte nur: Du bist ja da – du bist ja da. Mach auf! Er hämmerte erneut gegen die Tür, die unter der Heftigkeit seiner Schläge bebte.

Hör auf, David!

Mach die Tür auf! Mach sie auf! Mach sie auf!

Bist du wahnsinnig? Stefans Stimme klang jetzt anders. Hatte er gelegen und stand jetzt?

Aus einem anderen Zimmer am Flur hörte er Rufe. Eine Frau. Die Zimmerwirtin? Auf Arabisch. Aber weder ihre noch Stefans Schreie hielten David davon ab, gegen die Tür zu hämmern. Als würde er nur dann glauben, dass er noch lebte, wenn er ihn mit eigenen Augen sah. Er rüttelte und schlug, und da Stefan nicht öffnete, trat David mit dem Fuß dagegen, bis sie schließlich krachend aufschlug. Stefan saß mit nacktem Oberkörper aufrecht im Bett und starrte David an, als könnte das alles nicht wahr sein. Bist du wahnsinnig?

Du bist ja –, brachte David schließlich hervor.

Natürlich bin ich da.

Für sein Alter war Stefan gut trainiert. Aber im Fall einer heimtückischen Attacke würden ihm seine Muskeln nichts nutzen.

Was ist denn?

Ich – ich hatte Angst um dich.

Mach dich nicht lächerlich!

Ja, er hatte sich lächerlich gemacht –

Aber hatte Stefan überhaupt kapiert, was David vermutet hatte, auch wie er darauf gekommen war?

Stefan sagte: Geh ins Bett!

David sprach nicht aus, was er wirklich befürchtet hatte.

Hat die Polizei was herausgefunden?, fragte Stefan schließlich, wie um ihm in einem Streit, in dem sie grundsätzlich unterschiedliche Positionen vertraten, entgegenzukommen.

Die haben mich nicht verstanden, berichtete David matt. Oder wollten nicht. Keine Ahnung. Aber ich bleibe dran. Ich werde mir einen Übersetzer –

Das machst du schon, unterbrach Stefan ihn.

David nickte. Ja, er wird das schon machen.

Dann sah er Stefans Blick, der an ihm vorbeiging, und schaute über die rechte Schulter. Im Türrahmen stand ihre Zimmerwirtin. Sie trug ein schwarzes Kopftuch. Es war ihr nicht anzusehen, was sie dachte. Sie konnte nicht wissen, worüber sie gesprochen hatten. Aber David war klar, sie würde hier so lange stehen bleiben, bis er Stefans Zimmer verlassen hatte. Als er auf sie zuging, trat sie erst im allerletzten Augenblick einen Schritt von der Tür zur Seite.

In dieser Nacht träumte David von Messern und Blut. Von Menschen und Tieren. Von Tieren mit Menschenköpfen und Menschen mit Tierköpfen. Jemand hatte sie von den Leibern abgetrennt und neuen Körpern aufgesetzt. Die Tiere mit Menschenköpfen gackerten und blökten und schrien. Die Menschen mit Tierköpfen redeten und sangen. *How many roads must a man walk down*, sangen sie im Chor, an der Melodie vorbei. Und alles wurde von jemandem mit einem Handy gefilmt. Obwohl David sein Gesicht nicht sehen konnte, wusste er, es war Kalifa.

14

Applaus. Die Schauspieler nehmen ihn an der Rampe entgegen. Als sie sich Menschen- und Tiermasken von den Köpfen ziehen, brandet der Beifall erst richtig auf. Aber unter den Masken kommen erneut Tier- und Menschenfratzen zum Vorschein. So was haben diese Leute noch nie gesehen. Begeistert davon, dass hier Mensch und Tier zusammenspielen, trampeln die Zuschauer mit den Füßen.

David war vom Klatschen Hunderter Hände und dem Getrampel ebenso vieler Füße aus dem Schlaf gerissen worden. In Wirklichkeit schlugen aber nur zwei Kinderhände gegeneinander.

Tat – tata – tat – tata – ta – ta – ta.

Damit rief Bassima nach Stefan. David hörte seine Tür auf- und zugehen. Wenig später verstummte auch das Klatschen. Er sprang aus dem Bett und lief auf den Gang hinaus. Vom oberen Ende der Treppe sah er zu den beiden in den Hof hinunter. Bassima hatte bereits nach Stefans Hand gegriffen. Als Stefan sich nach David umdrehte, wollte sie ihn schnell fortziehen.

Wir können heute nicht zusammen frühstücken, rief Stefan mit einem bedauernden Achselzucken zu ihm hoch. Wir haben es eilig. Siehst du ja!

Schon okay. Wenn er bereits am Sprung war, würde es vermutlich ohnehin kein Vergnügen sein, mit Stefan Kaffee zu trinken. Und mit ihm und Bassima *irgendwo dort draußen* den Tag zu verbringen, darauf hatte David unter diesen Umständen auch keine Lust. Aber er war völlig blank, wollte nicht schon wieder auf Fremde angewiesen sein.

Hast du Geld für mich?

Stefan lachte. Er hatte genau diese Frage erwartet. Versuch, ohne klarzukommen!, schlug er vor.

Was?

Nimm es als Challenge!

Als Challenge?

Dich ohne Geld durchzuschlagen. Kann doch ein Spaß sein!

David hatte keine Ahnung, was der Spaß daran sein sollte. Was das nun wieder war, was der Schwachsinn sollte?

Wie auch immer. Stefan wollte endlich weg.

Aber du hast Geld? Damit hielt David ihn nochmals zurück.

Hab ich, ja.

Ich zahl es dir zurück!

Ein Auto hupte. Bassima zerrte erneut ungeduldig an Stefan.

Die würden nicht lange auf sie warten und dann müssten sie den ganzen Weg zu Fuß machen, reimte sich David zusammen. Aber wenn Stefan ihm kein Geld gab, war es vielleicht doch nicht so blöd, die beiden zu begleiten, überlegte er. Warte! Warte doch mal! Verdammt! Ich zieh mich an und komme mit!

Aber du wolltest doch noch mal zur Polizei gehen!

Wieder hupte es. Auf der anderen Seite der Mauer stand ein Laster mit laufendem Motor, der in kurzen Abständen schwarze Dieselwolken ausstieß. Auf der Ladefläche saßen zwei junge Frauen, eine dick, eine hager. Die Hagere trug ein Kopftuch, die Dicke nicht.

Bassima und Stefan verließen den Hof. Sie wollten ihn auf keinen Fall dabeihaben.

Erst als sie jenseits der Mauer auftauchten und dem Laster zustrebten, fiel David auf, dass Stefan heute einen schlichten, grauen, knöchellangen Kaftan trug, wie ihn traditionellerweise marokkanische Männer anhatten. An seinen Füßen Sandalen statt seiner geliebten Sneakers. Warum jetzt auch er diese Verkleidung trug, nachdem er in der Wüste über Mitreisende in *Einheimischenuniform* den Kopf geschüttelt hatte? Xaver würde einem Schauspieler, der diese Frage zu seiner Rolle stellte, zwei Optionen anbieten. Erstens – *Stefan* wollte saubere Kleidung und hat seine Aversionen beiseitegestellt. Und zweitens? Zweitens – es war ein Zeichen dafür, dass sich etwas *Grundlegendes* geändert hatte.

Der Duft der blühenden Sträucher drängte auf David ein, die violetten Blüten waren klein und hingen als Trauben, die rosaroten waren größtenteils abgefallen und lagen gleichmäßig verstreut am Boden, die weißen Blüten waren die größten, standen einzeln, waren von drei spitzen Blättern gebildet und reckten sich gegen die Sonne. Die Sonne stand noch tief über Imhil. Die Vögel zwitscherten im dichten Gebüsch ihren Morgengesang. Morgens und abends sangen sie wie verrückt, war David aufgefallen. Während der Mittagshitze schonten sie ihre Stimmen. Der Hof von Elodie fiel David ein – wie sie am Dach gefrühstückt und gefroren hatten. Er dachte an den Garten von Oskar Ralph, den er nur von außen gesehen, in den er sich aber hineinfantasiert hatte. Er versuchte den Gesang der Vögel zu imitieren, wie Oskar Ralph es in seiner Vorstellung getan hatte – Davids Gesang mischte sich unter den der Vögel.

Also abermals ohne Geld ins Petit Europe. Arib erst um einen Kaffee bitten, dann, dass er ihn auf die Polizeistation begleiten würde. Dafür brauchte David die Serviette mit der Autonummer von Kalifas Pick-up. Aber was hatte er damit angestellt, nachdem er sie gestern dem Polizisten gezeigt hatte? Das gibt's doch nicht! In diesem Augenblick fehlte ihm jede Erinnerung daran.

Er kehrte in sein Zimmer zurück und durchsuchte hektisch die Taschen seiner Hose. Er suchte den Boden ab, das Bett. Die Serviette blieb verschwunden. Gestern, unter den LKW-Planen, hatte er sich die Nummer nochmals halblaut hergesagt, ehe er sie wegsteckt hatte, eingeprägt hatte er sie sich nicht – ganz abgesehen von den arabischen Schriftzeichen zwischen den Ziffern. David fluchte. Er hatte mit dieser Polizeiaktion etwas wiedergutmachen wollen. Schließlich lag die Sache – nüchtern betrachtet – tatsächlich so: Hätte er nicht vorgeschlagen, nach Imhil zu fahren, wäre Kalifa nicht abgehauen. Das kann als Fakt angenommen werden. Indem er *das* dachte, dachte David, wie er annahm, dass Stefan dachte. Aber nach Stefans gestrigem und heutigem Verhalten musste David davon ausgehen, weniger über Stefan, über sein Denken zu wissen, als er bisher angenommen hatte –

Ohne die Serviette mit der Autonummer ein zweites Mal in der Polizeistation aufzutauchen, machte absolut keinen Sinn, selbst ein Übersetzer konnte da nichts retten. Und selbst wenn er *mit* Autonummer und Übersetzer dort auftauchen würde? Falls der Polizist der Sache überhaupt nachgehen, Kalifa ausfindig machen würde, hätte Kalifa dann nicht auf seiner Fahrt gegen Norden schon längst irgendwo angehalten, ihre Kleidung aussortiert – und was er nicht für sich behalten wollte, hatte er in eine Schlucht geworfen. Das Geld in die Hosentasche gesteckt. Geldkarten den Kleidungsstücken hinterhergeworfen. Handy und Reisepässe ins Handschuhfach gelegt. Dafür würde er am Schwarzmarkt gute Preise erzielen. Aber auch das alles nur unter der Voraussetzung, dass stimmte, was Stefan annahm, weshalb Kalifa abgehauen war.

Diebstahl?

Nein, Diebstahl war nicht Kalifas Motiv gewesen, davon war David überzeugt.

Hi, mein Freund! Arib erwartete ihn bereits an dem Tisch, an dem sie gestern gesessen hatten. Coffee?

I can't pay, sagte David formhalber, denn er war sich sicher, dass Arib sagen würde: Du bist mein Gast!

Arib sprang auf.

Wait. Do they have an Espresso?

Of course.

Arib trug blau-weiß gestreifte Shorts und ein rotes Träger-T-Shirt. Auf dem Weg ins Dunkel des Lokals bewegte er seine Schultern, als würde er sie entspannen wollen, drückte den Kopf gegen die Brust, die Nackenmuskeln dehnten sich, seine Bizepse schwollen an. Wenig später kam er mit italienischem Espresso zurück.

Ich habe mit meinem Onkel gesprochen, berichtete Arib. Er kennt den Polizeimann. Wir können zu ihm gehen, er wird helfen und du wirst –

Vergiss es! Zu spät. David winkte ab und trank den Kaffee in einem Zug. Er war stark und bitter und weckte seine Lebensgeister.

Whatever you think. Aber im Leben sei nie was zu spät, behauptete Arib, als würde er sich diesen Spruch dreimal am Tag selbst aufsagen.

In diesem Fall schon. Auf die genaueren Umstände ging David nicht ein.

Warst du gestern zu spät?

David ahnte augenblicklich, was Arib meinte. Seine Aktion gestern Abend war offenkundig zu durchschaubar gewesen. Gestern hatte ihn seine Überlegung in Panik versetzt, heute war sie ihm peinlich.

Als er nicht antwortete, fragte sein Gastgeber: Willst du noch einen?

David nickte. Arib holte einen zweiten Espresso. Wenig später brachte Kadeen Frühstück. Toast und Eier und Orangensaft – English Breakfast, serviert von einem französischen Kellner –, und wieder dieses süße Gebäck, das auch Stefan gestern zum Kaffee gebracht hatte.

Hast du deinen Cousin gefunden?, formulierte Arib seine Frage neu.

Yes. David nickte. Nein, sein plötzlicher Aufbruch am Vortag war nicht fair gewesen. Sorry.

Sorry – for what?

David zuckte mit den Schultern.

Aber Arib ließ nicht locker: Gestern hast du gedacht, er würde umgebracht. Wie diese Touristinnen.

David lief rot an.

Die Leute in Imhil sind keine Mörder, erklärte Arib mit harter Stimme.

Ich weiß, sagte David schnell. Sein Verdacht war ihm jetzt vor allem deshalb so unangenehm, weil Arib so gut für ihn sorgte. Und er wollte nicht, dass Arib annahm, sein Verdacht hätte etwas mit ihm oder den Bewohnern von Imhil zu tun gehabt. Ich weiß, es waren Algerier.

Algerier? Wer sagt das?

Kalifa.

Unsinn. Arib machte eine wegwerfende Bewegung mit der Hand und beugte sich andeutungsweise vor. Dein Kalifa plappert nach, was in der Zeitung steht. Und in der Zeitung steht, was die Politiker sagen. Die beiden stammen aus einem Dorf in einem anderen Tal. Es hatte auch nichts mit Religion zu tun, wenn Kalifa dir das erzählt haben sollte. Es waren einfach Morde.

Einfach Morde?

Ja.

In Hadirs Lokal in den Bergen hatte Kalifa gesagt: Menschen töten ist nicht einfach.

Aribs Blick verfinsterte sich. Did I say that?

Nein, hast du nicht, gab David kleinlaut zu.

Er fürchtete, das Gespräch könnte in eine Richtung laufen, die am Ende zu einer ähnlich sinnlosen Auseinandersetzung führen würde wie mit Kalifa. Andererseits hatte er jetzt möglicherweise zum ersten Mal die Gelegenheit zu erfahren, was wirklich passiert war – quasi aus erster Hand. Alle anderen Aussagen zu den Ereignissen im Atlas rund um die beiden Ermordeten hatten ja auf bloßen Vermutungen beruht.

Arib nahm eines der süßen Teilchen und biss hinein. Auf seinen Lippen blieben ein paar Krumen kleben. Er leckte mit der Zunge darüber und ließ sie in seiner Mundhöhle verschwinden.

Du kennst sie? David scheute sich, das Wort *Mörder* auszusprechen.

Mein Onkel kennt jemand, der sie kennt, gab Arib zu, als würden die Verbindungen seines Onkels, wenn man es genau nahm, bis in die entferntesten Winkel des Atlas reichen.

Aber warum gerade diese beiden Touristinnen?, tastete David sich weiter vor.

Arib schaute ihn verwundert an. Waren eben da.

Und das mit Facebook, bohrte David nach, dass die beiden sich mit ihren Mördern über Facebook verabredet haben?

Woher hast du das?

Von Vera – ach, Vera!

Arib fragte nicht, wer Vera war. Er zuckte nur mit den Schultern. Ob er das Facebook-Gerücht auch gehört hatte, blieb offen. Er wechselte das Thema. Iss auf, und dann, wenn du magst, kannst du Klamotten von mir haben.

Wieso -?, David zögerte.

Du hast dasselbe an wie gestern. Wie vorgestern. Dasselbe, seit dein Kalifa abgehauen ist, mutmaßte er.

Okay, ich stinke.

Arib grinste und sprang auf. Ich bin gleich wieder da.

Wohin wollte er denn jetzt? Außerdem hätte David gerne noch einen dritten Espresso gehabt –

Als David vor einer Stunde ins Petit Europe gekommen war, waren vier oder fünf Männer beisammengestanden, hatten einen Kaffee hinuntergekippt, ein paar Sätze gewechselt, waren auseinander-, ihren Geschäften nachgegangen. Jetzt saß David alleine auf der großen Terrasse. Als Arib nach einer halben Stunde zurückkam, fragte David nicht, wo er gewesen war.

Arib sagte: Komm!

Kadeen saß im Inneren des Lokals an einem Tisch und füllte konzentriert handschriftlich Formulare aus. Als er David kommen hörte, blickte er auf und sah ihn mit einem mehrdeutigen Grinsen an. Was? Da waren wieder die Zweifel: Haben Arib und Kadeen in der vergangenen halben Stunde Pläne ausgeheckt? War nicht Stefan in eine Falle gegangen, sondern er gerade dabei, in eine zu tappen? Trotzdem folgte David Arib über einen gepflasterten Innenhof, wo Kartons, Getränkekisten und Gasflaschen gestapelt waren, sie betraten ein ebenerdiges Zimmer, Aribs Quartier für die Monate, die er in Imhil verbrachte, um Touristen in die Berge zu führen.

Die Fenster in Aribs Zimmer waren mit einem dicken Stoffstück verhängt. Quietschend drehte sich ein Deckenventilator und wirbelte die abgestandene Luft um ihre Köpfe. Eine nackte Glühbirne beleuchtete den Raum schwach.

Arib setzte sich aufs Bett, das einzige Möbelstück neben einem Stuhl, der mit Kleidung überhäuft war. Arib steckte sich eine selbst gedrehte Zigarette an, inhalierte und ließ den Rauch als weiße Schwade langsam in die Luft steigen. Es war der gleiche Geruch. Es war das gleiche Zeug, das auch Kalifa geraucht hatte.

Like? For relaxing.

Ich bin entspannt, behauptete David.

No, you are not.

David wollte nicht zu Arib aufs Bett. Also nahm er die Wäsche von dem Stuhl und legte sie auf den Boden, setzte sich, drückte den Kopf gegen die Wand und streckte die Beine aus. Arib erhob keinerlei Einspruch, nahm erneut einen Zug. Während der Rauch aus seinem Mund wirbelte, stand Arib langsam auf und kam zu David herüber. Er steckte ihm den Joint zwischen die Lippen. David schielte auf Aribs Finger und sog jetzt auch den berauschenden Rauch ein. Knisternd fraß die Glut an dem Papier.

Es war mehr als ein Jahr her, dass David Gras geraucht hatte. An seinem fünfundvierzigsten Geburtstag. Xaver und er waren gerade an einem Theater im hohen Norden engagiert gewesen, waren an den Ostseestrand gefahren, um in einem Strandkorb mit Blick über das *endlose* Wasser und den *endlosen* Himmel einen Joint zu rauchen, den Xaver dann fix und fertig aus der Tasche gezogen hatte. Die Wellen schlugen gegen den Sand, der Vollmond beleuchtete die Szenerie. David hatte sich an diesem Abend Xaver nahe gefühlt wie nie zuvor. *Ich liebe dich.* Weißt du das? Xaver hatte geschwiegen. Auf eine Weise wie sonst niemanden, hatte David ergänzt, um kein Missverständnis aufkommen zu lassen. Was ein paar Wochen später in New York passiert war, hatte vermutlich in dieser Nacht seinen

Ausgang genommen. Im Nachhinein betrachtet – *nach* Ostseestrand und *nach* New York: Er hatte von seiner Liebe gesprochen, weil er bekifft gewesen war. Xaver hatte *es* in New York *einmal ausprobieren* wollen, weil das Hotelzimmer weit weg von zu Hause gewesen war? So einfach das alles. War es deshalb weniger wahr? Waren Davids Worte deshalb gelogen gewesen? War das, was in der fünfundvierzigsten Straße in einem Hotel auf der fünfundvierzigsten Etage passiert war, weniger wirklich gewesen?

Davids Brustkorb dehnte sich, er wollte den Rauch so lange wie möglich in den Lungen belassen. Arib hatte sich wieder aufs Bett gelegt. In Zeitlupentempo streckte er den rechten Arm mit dem Joint in die Luft. David könnte noch davon haben, wenn er zu ihm hinüberkommen würde. Er stand also vom Stuhl auf und setzte sich zu Arib auf die Bettkante, nahm den Stummel mit zwei Fingern und inhalierte erneut. Arib rückte zur Seite. Mit vorsichtigen Bewegungen – als müsste er jeden Winkel seiner Gliedmaßen genau bedenken – machte David es sich neben ihm bequem. Erst lag er noch mit aufgestellten Knien da, dann streckte er auch die Beine aus. Über ihnen stiegen Rauchschwaden hoch, bis der Luftstrom des Ventilators sie vertrieb.

It's yours, sagte Arib.

David sog noch einmal daran, dann drückte er die Glut zwischen Zeigefinger und Daumen aus. Ein kurzer stechender Schmerz auf der Haut. David gefiel dieser Schmerz, er hätte ruhig länger andauern können –

Vielleicht einen riesigen Ventilator über die Szenerie des Stückes des jungen gehypten Autors hängen. Und wenn der Ventilator sich dreht, dreht sich auch die Bühne. Und während die Schauspieler – er sah in diesem Augenblick nur Männer auf der Bühne – den wortgewaltigen Text aufsagten. David hatte – vor Jahren – eine Massenvergewaltigung auf der Bühne gesehen, die Inszenierung einer mittlerweile verstorbenen Regielegende. Eine ganze Kompanie fiel über ihren Kompanieführer her. Natürlich hatten alle nur so getan *als ob*, aber sie hatten es in Echtzeit gespielt, und das hatte gedauert. David hatte im Zuschauerraum eine Erektion bekommen, er hatte am ganzen Körper gezittert, der Schweiß war aus ihm herausgeflossen – *Blut geschwitzt* –, er wäre am liebsten auf die Bühne gestürmt, hätte sich eingereiht, hätte nicht so getan *als ob*, hätte gar nicht so tun können, die Zuschauer egal, die Folgen egal –

Also: Wenn der Ventilator sich dreht, dreht sich auch die Bühne – wenn dieses Nudelbrett, wo sie das Stück des jungen gehypten Autors aufführen würden, überhaupt eine Drehbühne hat. Wahrscheinlich nicht. Warum wusste er das nicht? Warum hatte er sich nicht erkundigt? Und überhaupt: sowohl *diese* Idee als auch alle anderen, die er bisher zu diesem Stück gehabt hatte, die lebenden Tiere, Felsbrocken, ein Raum wie die True-Blood-Bar – original oder nachgebaut, und auch die Idee mit den Gewaltvideos, sie alle waren zum In-die-Tonne-Treten. Sie waren klein. Sie taugten alle nichts. Sie waren Dekoration. Im Grunde hatte er es bereits gewusst, als ihm diese Einfälle gekommen waren. Es war einfach falsch, auf etwas Gegenständliches, einen Raum oder Bilder zu setzen. Gab es doch auch in dem Stück des jungen gehypten Autors nichts Konkretes. Wenn schon, dann musste er einen Ort suchen, der mehr war als die Summe dessen, was es dort *zu sehen* gab. Und er durfte auf keinen Fall diesen Ort auf der Bühne abbilden. Es ging um die Atmosphäre, die Essenz dieses Ortes, er musste einen Essenzraum schaffen, mit Mitteln, von denen er im Moment keine Ahnung hatte, erst musste er diesen Ort finden. In der Inszenierung der Regielegende war von dem Ort, wo die Szene spielte, nichts übrig geblieben, es war nur die Dauer der Vergewaltigung übrig geblieben – seine Kulisse war die Zeit.

David schloss die Augen. Eine Euphorie hatte ihn erfasst, wie er sie von früher, von seinen ersten Arbeiten am Theater kannte. Eine Euphorie wie kurz vor einem Durchbruch. Vielleicht würde ja sogar der Text des jungen Autors – würde David ihn Arib hier und jetzt vorlesen –, vielleicht würde er eine Kraft entfalten, die David bisher noch nicht gesehen hatte –

Als hätte Arib geahnt, wo Davids Gedanken umgingen, wollte er plötzlich wissen: What are you doing in your real live?

I am working for the theatre. I am a stage designer.

This is not the real life, sagte Arib und lachte.

That's right, stimmte David zu. But what I am doing is real. My work is real. Have you ever been in a theatre?

No, sagte Arib. But I want to become an actor. A film actor.

Oh! David staunte, als hätte er nie und nimmer erwartet, dass auch junge Marokkaner davon träumen könnten, Filmstars zu werden. Auf gewisse Weise war er auch enttäuscht. Er hätte sich für Arib etwas anderes ausgedacht. Pilot. Warum Pilot? Keine Ahnung. Er merkte, wie seine Euphorie seinem Körper entwich wie ein flüchtiges Gas.

How old are you?, fragte David.

Ein-und-zwan-zig, sagte Arib auf Deutsch.

Mit einundzwanzig – David rappelte sich auf –, er war mit einundzwanzig an der Kunsthochschule angenommen worden, war aus der Provinz in die Hauptstadt gekommen und hatte sich in Max verliebt. Max hatte aber nur experimentieren wollen, einfach alles ausprobieren, sich nicht festlegen. I waste my time – damit hatte er sich verabschiedet. *I waste my time.* Diesen Satz hatte David nie vergessen. Er hatte das Schuldgefühl nie vergessen, jemandes Zeit verschwendet zu haben, weil er ihn liebte. Und das Erschreckendste daran, David war die ganze Zeit fest davon überzeugt gewesen, auch Max wäre mit Haut und Haaren in ihn verliebt gewesen. Wie konnte er sich nur so täuschen? Wie konnte er jemals wieder sicher sein? Später hatte er selbst den Satz ein paar Mal eingesetzt. Hatte, obwohl er es war, der einen anderen damit grausam verletzte, den Schmerz gespürt, den er empfunden hatte, als Max ihn ihm gegenüber gesagt hatte. Damals war zum ersten Mal *seine Welt zusammengebrochen*. Kurz danach hatte es auch in ihrer Stadt erste Aidsfälle gegeben. David hatte es mit der Angst zu tun bekommen und ein ganzes Jahr lang keinen Sex gehabt. Er war froh gewesen, einen Grund zu haben, sich keinem Mann zu nähern. Er war fünfmal pro Woche ins Theater gegangen. Hatte bald gewusst, was ihm gefiel, was ihn langweilte – hatte seinen eigenen Stil entwickelt. Aber er hatte immer noch einen Mann finden wollen, dem er treu sein wollte, treu sein hieß gesund bleiben. Er wollte einen Mann finden, mit dem er von hier aus ins Leben starten konnte. Er hatte seinen Abschluss gemacht, an ein paar größeren Häusern assistiert, die eine oder andere Nacht mit einem berühmten Bühnenbildner verbracht, dem er hatte versprechen müssen, dass niemand von ihnen erfahren durfte. Der Ostblock war zerbröckelt, in Europa waren die Mauern gefallen und die eisernen Vorhänge zerrissen. Es hatte eine allgemeine Aufbruchsstimmung geherrscht. Alle waren erfüllt davon gewesen, auch David. Der berühmte Bühnenbildner hatte ihm geraten, die Stadt zu verlassen, hinaus in die Welt zu gehen, dort sein Glück zu versuchen. Kannst du mir helfen? Mir hat auch niemand geholfen, hatte der berühmte Bühnenbildner gesagt. Vermutlich hatte er David nur loswerden wollen. Aus den Augen, aus dem Sinn. David hatte eine Nacht lang geweint, dann hatte er sich die Adressen aller deutschsprachigen Theater besorgt und unzählige Bewerbungen geschrieben. Und eines Tages war tatsächlich ein Anruf aus einem Theater in Ostdeutschland gekommen. Er hatte sich in den Zug gesetzt und geschworen, erst wieder zurückzukehren, wenn sein Name in den Feuilletons der großen Zeitungen stehen würde. Nach zehnstündiger Fahrt und dreimaligem Umsteigen war er auf dem Bahnsteig 1 von zwei möglichen Bahnsteigen gestanden. Xaver hatte ihn erwartet.

Da ist er, waren seine Begrüßungsworte gewesen.

Ja, da ist er, hatte David über sich selbst gesagt, ohne zu wissen, wer das eigentlich war.

Arib hatte begonnen, Filmmelodien zu summen, erst aus *Casablanca*, dann aus anderen amerikanischen Filmen. Arib hatte ein erstaunliches Repertoire. Wenn David sie kannte, summte er mit, manchmal lauschte er einfach nur dem tiefen, warmen Sound.

Wollte er Arib sein Leben erzählen? Nein, wollte er nicht.

Aber Arib erzählte von seiner Familie in Rabat, von seiner jüngeren Schwester, die bereits verheiratet war, mit einem Idioten.

Wieso Idiot?

Weil er meine Schwester zwingt, ein Kopftuch zu tragen. Niemand in unserer Familie tut das, sie ist die Einzige. Und sie ist auch noch glücklich damit, behauptet sie zumindest.

Du glaubst ihr nicht?

Wie könnte ich? Arib lachte. Niemand in unserer Familie geht in die Moschee. We are a normal, a nice family.

Apropos Familie –

Your cousin?, fragte Arib plötzlich.

Auch wenn David ein gewisses Verständnis für Stefans Lügengeschichten gehabt hatte, zumindest jene, die er Kalifa aufgetischt hatte – wollte er Arib nicht anlügen.

He is not my cousin.

Er hörte Arib nur atmen neben sich. Warum fragte er nicht weiter? Plötzlich aber setzte Arib sich auf. Are you hungry?

Ja, war er.

Arib sprang aus dem Zimmer und kam wenig später mit einem Teller voller Köstlichkeiten zurück. Fleisch und Gemüse, kalt und warm. Er stellte ihn auf das Bett, zwischen ihnen. Er hatte aber nur eine Gabel. Sorry!

I can go, schlug David vor.

You stay.

Aber auch Arib ging nicht nochmals zurück in das Restaurant, um ein zweites Besteck zu holen. Er schnitt ein Stück Fleisch ab, hielt es David hin. Open your mouth! Er fütterte David. Ab und zu schob er sich selbst einen Bissen in den Mund. David bekam mehr als Arib. Sein Bauch wurde voll und schwer. Er fühlte sich wie der Wolf im Märchen, dem die Geißenmutter Wackersteine eingenäht hatte. David streckte sich auf dem Bett aus, starrte wieder zum Ventilator hoch. Das Gras, das Essen, die immerwährende Drehbewegung schläferten ihn ein. Seine Augenlider wurden schwer. Er dachte nicht mehr an das Stück, das Bühnenbild, nicht mehr daran, wo Stefan war. Es war einfach alles gut. Sehr gut sogar. Er drehte sich zur Seite, zog Knie und die Ellenbogen zum Bauch.

Als er aufwachte, war die Glühbirne ausgeschaltet und im Zimmer war es vollkommen dunkel. Der Platz neben ihm war leer. Und es war still. Auch der Ventilator lief nicht mehr. Sein T-Shirt klebte David auf der Haut. Er hatte im Schlaf geschwitzt. Zum ersten Mal roch er selbst, *wie* sehr er stank –

Die Tür zum Hof ging leise auf. Arib streckte seinen Kopf herein. You are awake, flüsterte er, als wäre er schon öfter hier gewesen, um nach seinem Gast zu sehen. Draußen dämmerte es bereits. You slept long, my friend. Arib knipste die Glühbirne an. David blinzelte in das Licht, einzelne unscharfe Bilder hüpften vor seinen Augen herum. Einen Augenblick lang war ihm, als sähe er die Gesichter von Inka und Svea vor sich. Hatte er von ihnen geträumt, ohne sich daran zu erinnern? Er stützte sich mit den Ellenbogen auf und starrte gegen die nackte Wand. Arib hatte sich auf den Sessel gesetzt, den David leergeräumt hatte, als sie nach dem Frühstück hierhergekommen waren.

Darf ich dich etwas anderes fragen –?, bat David.

Something else?, fragte Arib verwirrt.

Etwas anderes als nach frischen Klamotten, hatte David gemeint.

Wenn du diese Typen kennst, fing er an, die diese Däninnen umgebracht haben –

Mein Onkel, I said, stellte Arib richtig. Not me.

Your uncle knows someone who knows someone. Yes. Aber.

But what?

No terrorists, boys from another valley. Why did they make this video?

Arib hatte keine Ahnung. Weil man das so macht? Because everybody can do it.

That's true, musste David zugeben. Hatte Arib es sich angeschaut?

Yes.

Sie schwiegen. Arib veränderte seine Sitzhaltung. Der Stuhl knarzte.

Ich bin ihnen begegnet, flüsterte sein Gegenüber in die Stille.

Den Mördern?, fragte David erstaunt. Ich dachte, du kennst sie nicht.

No! Those two girls.

Sie waren ins Petit Europe gekommen und hatten bei ihm eine Tour buchen wollen. Aber dann hatten sie sich nicht auf den Preis einigen können. Und die eine hatte gesagt, sie hätten auch noch andere Kontakte. Aber dann hatte die andere gefragt, auf Dänisch, warum sie das gesagt hätte, wo sie doch gar keine hätten. Dieser Idiot soll es glauben. Sie hatten nicht erwartet, dass Arib sie verstehen würde. Und schließlich den Preis senken würde. Aber er hatte sie ziehen lassen. Damals hatte es noch jede Menge Touristen und jede Menge Jobs gegeben.

And – David wusste nicht, wie er fragen sollte. Auf jeden Fall wollte er vermeiden, Arib in Bedrängnis zu bringen.

What?

Wie waren sie?, wich er aus.

Arib lachte. Wie Japaner. Japaner wollen alles so billig wie möglich haben. Sie geben im Restaurant kein Trinkgeld. Sie wollen, dass die Leute hier glauben, sie sind nicht reich. Sie sagen, sie lieben dieses Land. Aber sie lügen, wenn sie über sich sprechen. Und sie glauben, dass niemand sie durchschaut.

And –

And what?

Ein Film spulte sich vor Davids innerem Auge ab. Inka und Svea am Weg zum Felsentor. Diesen Weg war David gestern gegangen. Das Tor hatte er nicht durchschritten. Von nun an fehlten David die Bilder. Den Weg bis zum Wasserfall musste er improvisieren, hier passierte aber auch nichts Wesentliches. David ließ den Film im Zeitraffer abspielen, hielt ihn erst wieder an, als Inka und Svea den Platz mit der traumhaft schönen Aussicht erreicht hatten. Einsam, gottverlassen. Berge und Täler. Der Film zeigte, wie Inka und Svea sich für die Nacht bereit machten, die Unterlagen ausrollten, Schlafsäcke – nur allzu gerne hätte David sie etwas sagen lassen, aber er wusste nicht, wie ihre

Stimmen klangen. Er wusste nicht, ob sie glücklich waren, zu zweit dort oben in den Bergen. Er wusste nicht, was sie fühlten, als die Sonne hinter dem Horizont verschwunden war und die Sterne hervorkamen, was sie zueinander sagten, ob sie schwiegen, Angst hatten –

Take something for you. David hatte nicht bemerkt, wie Arib bei ihm am Bett Platz genommen hatte. Shirt, pants. What you want!

Der Film über Inka und Svea riss ab. Der Rest war ja ohnehin auf dem Video zu sehen gewesen.

Was wäre gewesen, wenn Arib sie nicht weggeschickt hätte? Wenn er mit ihnen in die Berge gegangen wäre?

Stupid question. Sie wären nicht ermordet worden. So simple.

David stand auf, drehte Arib den Rücken zu, zog sich seine muffelnden Kleider vom Leib, wühlte in dem Haufen zu seinen Füßen, wählte eine rot glänzende Short und ein schwarzes T-Shirt, das Einzige ohne Aufdruck. Als er sich wieder zu Arib umdrehte, klatschte der in die Hände.

Looking good!

Arib rekelte sich auf dem Bett. Eine paar Augenblicke lang war David bereit zu glauben, dass Arib müde war. Aber dann wurde ihm klar, dass er sich ihm präsentierte, seinen Körper zeigte, sich ihm anbot. Arib war bereit, mit ihm zu schlafen. Vor zwanzig Jahren hätte er wahrscheinlich sofort zugegriffen. Aber der sechsundvierzigjährige David stand wie erstarrt –

If you want, you can sleep here, bot Arib an.

Gegen Cash, dachte David als erstes. Darum ging es doch. Geld, das er ohnehin erst von Stefan hätte erbetteln müssen. Jetzt mal ehrlich: Warum sollte der einundzwanzigjährige durchtrainierte Arib sonst mit einem sechsundvierzigjährigen Durchschnittskörper Sex haben wollen? Aber warum eigentlich nicht – gegen Cash? Wann hatte er zuletzt mit einem so jungen, trainierten Körper geschlafen? Da er nie für Sex bezahlt hatte, schon lange nicht mehr. Wäre es wirklich so ungewöhnlich, in seinem Alter damit anzufangen? Würde er sich nicht viel Kummer ersparen? Und was, wenn er sich einfach nahm, was sich ihm darbot. Arib würde ihn nicht verpfeifen können, nicht bei Kadeen, nicht bei seinem Onkel, schließlich wäre er in die Sache verwickelt gewesen, er würde Sex mit Arib haben und dann einfach gehen, ohne zu bezahlen –

You must not go through the streets in the night, argumentierte Arib. I bring something to drink and there is more to smoke.

Vielleicht wollte Arib ja gar kein Cash, vielleicht – noch schlimmer – hoffte Arib ja, David würde ihn, nachdem sie miteinander Sex gehabt hatten, mit nach Europa nehmen und ihm Kontakte zum Theater vermitteln. Arib hätte dort gar keine schlechten Chancen, die Theater waren ja ohnehin gerade ganz heiß auf Nichtmuttersprachler. Arib könnte in jedem Flüchtlingsstück spielen, das gerade auf einer deutschen Bühne aufgeführt wurde –

Thank you!, sagte David. But I go – I go to my boyfriend.

Your cousin, sagte Arib, ohne sich über Davids Ablehnung zu beklagen. Better you say cousin. You don't want to come in prison in this fucking country.

David sah ihn an, nickte langsam.

Aber plötzlich hatte er eine andere Idee, wie er sich Arib gegenüber für seine Fürsorge – das Essen und die Kleidung – als dankbar erweisen und Arib doch noch Geld an ihm verdienen konnte. Sein Herz schlug unvermittelt schneller. You can do something else for me. David wäre bereit, ihm einen guten Preis dafür zu bezahlen.

You have no money.

My *cousin* has money, sagte David atemlos, machte eine dramatische Pause, dann fügte er hinzu: Bring me to the place. Dorthin, wo die beiden Däninnen ermordet worden sind.

This was the place. The Place, den David für seine Bühnenbildidee suchte, im Grunde seit er den Fernsehmoderator zum ersten Mal von den Morden hatte sprechen hören. Alles machte auf einmal Sinn. Nichts war Zufall gewesen. Der Fernsehbericht, das Video, die Berichte in den Zeitungen, die Gespräche mit Elodie, Kalifa, Stefan, Vera darüber. Es war kein Zufall gewesen, dass sie an dem Wegweiser vorbeigekommen waren, dass Kalifa abgehauen war, nicht einmal, dass Stefan seiner Wege ging, seit sie in Imhil angekommen waren –

And your cousin would come with us?

Nein. No, no. Nur David. Only me, sagte er aufgeregt.

Okay. Arib stimmte zu. No problem. Ist aber ein Fußweg von mindestens fünf Stunden. Eine Richtung. Wie lange genau, würde von Davids Kondition abhängen. Arib schlug vor, früh aufzubrechen. Sehr früh. Um vier Uhr früh.

David war mit allem einverstanden.

Then go now. And sleep. You must be fit. And be careful. Better, my uncle doesn't see you coming out of my room.

Es war, als wollten sie beide einander plötzlich loswerden – bis morgen früh.

David schlich über den Hof und durch das Lokal, in dem noch ein paar wenige Tische besetzt waren. Kadeen stand hinter dem Tresen und nickte ihm wieder mit einem vielsagenden Blick zu. Ob Aribs Onkel ihn gesehen hatte oder nicht, war David ziemlich egal.

Die Straßen von Imhil waren leer, abgesehen von diesen Hunden ohne Charakter, die, kaum näherte er sich ihnen, ihre Köpfe hoben und ihn ins Visier nahmen. David schien aber keine Gefahr für sie. Rasch legten sie ihre Köpfe wieder ab und schliefen weiter. David tänzelte durch die leeren Straßen. Selbst wenn er ein Handy gehabt hätte, hätte er

Xaver nicht darüber informiert, was er vorhatte. *Das* musste er alleine machen. Einmal hörte er hinter sich ein Motorrad knattern. Als er sich umdrehte, bog es gerade in eine Seitenstraße ab und riss das Licht seines Scheinwerfers mit sich fort. Er kam an dem Lokal vorbei, wo Stefan und er bei ihrer Ankunft in Imhil vor dem Regen Schutz gefunden hatten. Da wusste er, er war zu weit gegangen. Für einen Augenblick hatte er die Orientierung verloren. Dann aber entdeckte er die Polizeistation, von hier aus kannte er den Weg.

Eine Viertelstunde nachdem er Arib verlassen hatte stand David vor ihrem Quartier. Die Bude mit den Hühnern war verschlossen. Hinter dem Blechrollo war es still. Sie schliefen oder waren tot. Im Gang hielt er zwischen Stefans und seinem Zimmer, lauschte. Stefans Schnarchen war durch die geschlossene Tür zu hören. Er überlegte, Stefan aufzuwecken und ihm von seinen Plänen zu erzählen. Aber wozu? Stefan würde wissen wollen, was er am Tatort suchte. David würde ihm keine zufriedenstellende Antwort geben können. Stefan verstand nichts vom Wunder der Fügung und somit nichts vom Wunder des Theaters – was manchmal ein und dasselbe war. Unwillkürlich schüttelte er den Kopf. Auf keinen Fall wollte David sich sein Vorhaben von Stefan verderben lassen. *Und für die Kunst gilt es alle nur erdenklichen Mühen in Kauf nehmen* – so hatte der David immer etwas pathetisch erschienene Spruch des berühmten Bühnenbildners gelautet, der ihn in die Welt hinausgeschickt hatte. Heute würde er ihn unterschreiben. Wenn der Wagen der Versicherung, den Stefan angekündigt hatte, morgen früh hier eintreffen sollte, um sie nach Marrakesch zu bringen – egal. Er würde es schon irgendwie zum Flughafen und zurück nach Europa schaffen.

Mit oder ohne Stefan.

15

Es war immer noch Nacht, als David viereinhalb Stunden später wieder auf der Straße stand. Nur dort, wo die Hochebene um den Fluss Ourika in den Himmel überging, gab es bereits einen schmalen Streifen Morgenlicht. Die Hunde strichen schwanzwedelnd durch die Straßen – als könnten sie sich noch an Davids Gefahrlosigkeit erinnern, kümmerten sie sich nun gar nicht mehr um ihn.

David fror, aber er war hellwach.

Arib erwartete ihn im Lokal seines Onkels, auf einem der Tische sitzend ließ er die Beine baumeln. Für David hatte er Jacke und Bergschuhe mitgebracht. Die Jacke war ihm etwas zu groß, aber die Schuhe passten wie angegossen. Arib war Profi. Ein einziger Blick hatte ihm genügt, um zu wissen, welche Schuhgröße David hatte. Aus Höflichkeit bot David an, den Rucksack zu übernehmen, aber Arib schüttelte den Kopf. David insistierte nicht. Ihn erwartete eine anstrengende Tour, und er war heilfroh, kein Gepäck tragen zu müssen.

In other times, erklärte Arib, many tourists and their guides start at this time.

Other times are good times?

Better times.

Sie marschierten los. Arib vorneweg. Als sie das Felsentor erreichten, blieb er zum ersten Mal stehen. My god bless me, your god bless you! Jedes Mal, wenn er auf einer Tour diesen Punkt erreichte, sagte Arib diesen Satz.

Will we need the blessing?

We will need it, antwortete Arib mit ernsterer Miene, als David erwartet hatte.

But you said, you don't believe in god.

What?, fragte Arib. What? I don't understand what you mean.

Anfangs dachte David nur an das Ziel, zu dem sie aufgebrochen waren – einem Platz mit einer traumhaft schönen Aussicht. Das Auge sieht nur Weite, findet keinen Punkt, wo es sich festhalten will. Den Blick irgendwo ausruhen zu lassen hieße etwas Wesentliches zu versäumen. An die toten Däninnen versuchte David nicht zu denken. Aber als sie nach etwa drei Kilometern plötzlich eine Abzweigung auf einen unbefestigten Weg nahmen, den David übersehen hätte, wenn er ohne Arib unterwegs gewesen wäre, fragte er sich, ob Inka und Svea auch hier gegangen waren. Hatten sie von diesem schwer zu findenden Einstieg gewusst? Hatten sie ihn zufällig gefunden? Hatte ihnen jemand davon erzählt? Oder gab es noch einen anderen Weg?

In engen Serpentinen ging es von nun an parallel zum Wasserfall – aber ohne ihn sehen zu können – zügig in die Höhe. *Wassersturz* hatte Arib ihn auf Deutsch genannt. Das Getöse schien aus allen Richtungen zu kommen. Sie bewegten sich in einem Sturm aus Schall. David geriet schnell außer Atem, und seine Vorstellungskraft konzentrierte sich immer weniger auf das Ziel, er bedachte vor allem nur noch die nächsten Schritte. Immer wieder drehte Arib sich nach ihm um, blieb stehen und wartete. Kaum war David auf vier, fünf Meter an ihn herangekommen, nickte Arib ihm aufmunternd zu, sprang dann aber wieder federnd vorneweg.

Zwei Stunden benötigten sie bis zu der Stelle, wo der Fluss über eine Felsklippe stürzte und mehr als hundert Meter in die Tiefe fiel. Hier gestattete Arib eine erste Rast. Erschöpft ließ David sich auf einen Stein nieder. Feinste Tropfen schäumten bis zu ihnen herüber. Um sich zu erfrischen, machte David den Mund auf und breitete die Arme aus.

This danish girls where sitting here, too, behauptete Arib.

Why do you know?

Alle sitzen hier. Alle tun hier immer das Gleiche. Egal ob sie mit oder ohne Guide unterwegs sind

Man bräuchte also eigentlich gar keinen Guide.

But don't tell anyone. Arib lächelte, ein wissendes, ein überlegenes Lächeln. Diese Logik kann tödlich enden. Ein aktuelles Beispiel haben wir ja.

David schaute auf Imhil hinunter, das ihm bereits weiter weg vorkam, als er trotz des zurückgelegten Weges erwartet hätte. Der Ort war beleuchtet von der Morgensonne, die sich mittlerweile über den Horizont erhoben hatte. Wie dicht die Häuser standen und dass es kaum Ausreißer gab, keine vereinzelten Gehöfte. Der Ort drängte sich zusammen, als wappne er sich solidarisch gegen einen äußeren Feind. David wunderte sich über die amöbenförmigen, langsam die Form verändernden Schatten, die sich auf der flachen Uferseite des Flusses vorsichtig über den braunen Boden schoben – Schatten, von Wolken geworfen? Aber der Himmel war wolkenlos –

No shadows. Flocks of goats.

Ja. Natürlich. Da hätte ich auch draufkommen können. Und irgendwo dort, bei den Ziegen, waren vermutlich Stefan und Bassima unterwegs.

Bassima?

You know her?

Everybody in Imhil knows her.

Bassima war oft ins Petit Europe gekommen. Dort hatte sie für die Touristen gesungen. Wie David gemutmaßt hatte, hatte Stefan sie also wahrscheinlich tatsächlich dort getroffen.

Die Touristen lieben sie. She is a real talent. But there are no tourists now.

Und Bassima hatte nach dem Tod der beiden Däninnen ihr Business umstellen, sich eine neue Einnahmequelle für ihre Familie einfallen lassen müssen. Die Sängerin war zur

Ziegenhirtin geworden, die nicht Gruppen, sondern – siehe Stefan – nur noch Einzelpersonen unterhielt. Bassima hatte ihn wie einen Einheimischen eingekleidet, so konnte er tageweise mit ihr mitleben. Mit dem Wissen darum, dass man ihn – zumindest aus der Ferne – nicht als Fremden erkennen würde, konnte er sich wie einer von ihnen fühlen. Das war ihr Angebot.

But the tourist groups will come back. Arib war zuversichtlich. Spätestens in zwei Wochen würden die ersten Ausländer wieder in Imhil eintrudeln. Er und Stefan seien die Vorboten, auch wenn sie nicht freiwillig nach Imhil gekommen waren. When I did understand you right.

More or less. David wog den Kopf.

David musste daran denken, wie Arib sich auf dem Bett gerekelt hatte. Die Not macht – unter Umständen – aus Menschen auch Huren. Aber vielleicht hatte David ihn auch missverstanden, möglich, dass Arib wirklich nur müde gewesen war. Auf jeden Fall war David in diesem Augenblick froh, dass er sich gestern Abend nicht auf ein Gespräch darüber eingelassen hatte.

Come on, forderte Arib ihn auf! Next step!

Eine Stunde lang ging es weiter steil bergauf. Schließlich führte der Weg durch eine Schlucht – meist nicht breiter als Davids ausgestreckte Arme. Aber an zwei Stellen wurde sie so schmal, dass Arib seinen Rucksack abnehmen und sie sich seitwärts bewegen mussten. Die Felswände waren kühl und feucht, als würden sie schwitzen. Aus der Schlucht heraus traten sie auf eine Hochebene, zwischen dicht wachsende, knöchelhohe, harte Gewächse. Weit und breit gab es nichts, das Schatten warf. Nach der erfrischenden Feuchtigkeit entlang des Wasserfalls und der Kühle in der Schlucht brannte hier, obwohl immer noch Morgen war, die Sonne auf sie herunter. David fiel immer weiter hinter Arib zurück.

Wait!

Arib blieb stehen. Erst als David zwei, drei Schritte hinter ihm war, drehte er sich nach ihm um. David meinte eine Spur Ungeduld in seinem Blick zu erkennen und versuchte die Stimmung mit einem Scherz aufzulockern: I am an old man!

Wortlos nahm Arib eine Wasserflasche aus dem Rucksack und hielt sie ihm hin. Drink! Und er ermahnte David, sparsam zu sein. Sie bräuchten auch noch etwas für den Rückweg, der, obwohl es dann bergab ging, noch anstrengender werden würde. Zur Erklärung blinzelte Arib in die Sonne.

Vorsichtig nahm David einen Schluck, benetzte Zunge und Lippen, und schon verschloss er die Flasche wieder. Dann wollte er wissen, ob Inka und Svea auch hier gegangen waren. Yes. Wenn man aus Imhil kommt, gibt es keinen anderen Weg.

And their – ? David zögerte.

Murderers?

Sie waren aus einer anderen Richtung gekommen.

And where are they now?

In Prison. Vor vier Tagen waren sie verhaftet und in die Hauptstadt gebracht worden, berichtete Arib.

Kalifa hatte ihnen vor vier Tagen eine ganz andere Geschichte erzählt. Vielleicht waren ja beide Geschichten falsch. Vielleicht waren auch beide – mit Abstrichen – richtig? Vielleicht nutzte die marokkanische Regierung, die ja laut Arib auch Schwule einsperrte, solche Vorfälle, um unliebsame Bürger hinter Schloss und Riegel zu bringen, indem man ihnen einen Verdacht umhängte, dachte David, während sie unter der glühenden Sonne weitermarschierten. David spürte jetzt am eigenen Leib, was auf Vera zugekommen war, wenn sie tatsächlich wie angekündigt ohne Wasservorräte in die offene Wüste aufgebrochen war. Aber Vera war darüber hinausgegangen. Irgendwann hatte es kein Wasser und kein Zurück mehr gegeben –

Jedes Mal, wenn er Wasser trank, tat David es von nun an mit der Furcht, dass es am Ende nicht ausreichen würde. Arib sah er nie trinken.

Als Arib plötzlich anhielt, meinte David, dass er wieder einmal auf ihn warten würde. Aber als David näher kam, sah er, dass sie an einer Felskante standen. Ob sie ihr Ziel bereits erreicht hatten, war in diesem Moment nicht wichtig, nicht in erster Linie.

Die Aussicht war überwältigend. Grau- und Brauntöne. Schroff. Anziehend. Abstoßend. Reine Landschaft. David verstand. Aus diesem Grund nahmen Menschen solche Fußmärsche auf sich. Er schaute und er wusste, sein Auge würde nicht satt werden. Das Panorama war zu weit gespannt, um es mit *einem* Blick überhaupt erfassen zu können. Wolken schoben sich vor die Sonne. Auf Hell folgte Dunkel, auf Dunkel wieder Hell. Je nach Einfall des Lichtes würde sich dieser Ausblick im Laufe des Tages hundertfach verändern. Und obwohl man auf unverrückbare Natur schaute, vielleicht ein Vogel, eine Wolke, die vorbeizogen, hielt das Licht das alles in Bewegung, und zweifellos würde abends die Dramatik ihren Höhepunkt erreichen, ehe das Licht dann ganz verlosch. Vielleicht war ja die Zeit, die halbe Stunde zwischen Sonnenuntergang und hervorquellendem Sternenhimmel, die beste.

Can you see? Over there! The Village.

Für Davids Begriffe zeigte Arib ins Nirgendwo. Aber nach einer Weile entdeckte er tatsächlich braune Ziegeldächer am Beginn eines Tals, das sich von dort aus bis zum Horizont schlängelte. Von dort sind die beiden Mörder losgezogen.

The place you want to see is not far away.

Davids Herz schlug gegen die Brust, diesmal nicht vor Anstrengung, sondern vor Aufregung.

War Arib, nachdem die Morde passiert waren, schon einmal hier gewesen?

No. Er schüttelte den Kopf und machte einen Schritt vorwärts.

Im ersten Augenblick meinte David, sein Guide hätte einen Schritt ins Leere gemacht, aus Leichtsinn oder aus Spaß daran, David zu erschrecken. Aber dann sah er den Weg, der in das abfallende Gelände führte, der anfangs schmal war – er setzte seinen Fuß auf, war unsicher, schwankte – dann aber wurde der Weg breiter und sicherer – und auch David wurde trittfester. Links ging es steil bergab, rechts wuchs die Felswand immer höher. Nach etwa zwei,- dreihundert Metern sprang die Felswand plötzlich zurück, machte Platz für eine Rast, nicht viel Platz, vielleicht zehn Quadratmeter, grob geschätzt. Und da war auch eine Feuerstelle, begrenzt von Steinen, die jemand vor längerer Zeit im Kreis aufgelegt hatte. Die Steine mussten von weiter weg hierhergeschleppt worden sein.

David wusste, sie hatten ihr Ziel erreicht, und doch fragte er: Here?

Yes, here.

Erst auf Aribs Bestätigung hin stockte ihm der Atem.

Arib setzte den Rucksack ab.

Erneut hielt David nach den Dächern des Dorfes Ausschau. Nochmals vergegenwärtigte er sich: Von dort waren die Mörder gekommen, mit Messern und Handykamera, um zwei schlafenden Frauen die Kehle durchzuschneiden, das Töten zu filmen und ins Netz zu stellen. Aber wer sagt eigentlich, dass sie geschlafen hatten? David war davon ausgegangen, auch wenn das nirgendwo zu lesen gewesen war. Ob sie ihren Tod im Schlaf fanden oder bei vollem Bewusstsein – nicht einmal das wusste er mit Sicherheit.

Er versuchte etwas, das er in dem Video gesehen hatte, wiederzuerkennen, versuchte Bilder im Kopf mit dem abzugleichen, was er vor Augen hatte. Aber der Großteil der Aufnahmen war im Dunkeln gemacht worden. Erst während der letzten Sekunden hatten die beiden Leichen im Sonnenlicht gelegen.

Irritiert schaute David sich um. Arib und er standen im Schatten, der ganze Platz lag im Schatten, das letzte Stück Weg hatte im Schatten gelegen. Also hatten sich auch die Leichen um diese Uhrzeit im Schatten befunden. Die Felswand hatte sie vor der Morgensonne geschützt. David war davon ausgegangen, dass das Licht die Morgensonne gewesen sein musste, die das Display überflutet hatte. Ein Irrtum. Davids Schätzung nach tauchte sie hier frühestens in zwei bis drei Stunden auf. Er überlegte weiter: Vielleicht stammte dieses Licht gar nicht von der Sonne, vielleicht hatte einer der beiden eine Taschenlampe mitgebracht, um die Szenerie für die Aufnahmen auszuleuchten. Sollte es sich aber doch um Sonnenlicht handeln, änderte das die von ihm bisher angenommene Timeline der Vorgänge komplett. Spezialisten, die das Video zweifellos untersucht hatten, hätten David sicherlich verlässliche Auskunft darüber geben können. Deren Erkenntnisse waren aber entweder nicht in die Redaktionen der Zeitungen gelangt oder es hatte sich um Details gehandelt, die den Verfassern der Artikel für die breite Masse uninteressant erschienen waren.

David wandte sich an Arib. Do you think the murderers stayed a while with the girls, after they killed them?

Arib wusste es nicht.

Andere Frage: Who found them?

Eine Gruppe, die einen Tag später hier vorbeigekommen und anders als *these girls* mit einem Guide unterwegs gewesen war, aber hier nur die Aussicht genießen, nicht hier hatten übernachten wollen. We are always looking for places, which are prepared for tents. So einen Zeltplatz hatte auch Badir vor einer Woche für seine Gruppe angesteuert. Hier übernachteten nur Touristen, die ohne einen Einheimischen unterwegs waren und die unter dem Sternenhimmel schlafen wollten.

We never do that. It's dangerous.

Why?

Because of animals.

What kind of animals?

Arib hatte keine Antwort, außer: Everybody knows, but tourists don't believe.

Do you know Badir?

Arib kannte Badir, natürlich.

Can I talk with Badir?

Why?

David zuckte mit den Schultern. I am curious.

No, entschied Arib. You can't.

Why not?

Badir war nicht in Imhil geblieben, er wollte in dieser Saison nicht mehr hier arbeiten. Auch für nächstes Jahr will er sich einen anderen Ort suchen.

I understand.

Er würde Badir also nach ihrer Rückkehr nicht befragen können – egal ob stimmte, was Arib über ihn behauptet hatte, um einen Konkurrenten auszuschalten, oder nicht.

Als nächstes begutachtete David jetzt die Stelle, wo Inka und Svea gelegen haben mussten. Bei dem Mord war Blut geflossen, vermutlich viel Blut. Er drehte sich im Kreis. Blut war hier keines mehr zu sehen, auch keine Reste, keine Blutspuren.

What are you looking for?

Plötzlich hatte David einen neuen Verdacht, zumindest einen Anfangsverdacht: War die Tat überhaupt hier geschehen?

Of course. Arib klang merklich verärgert. Und er betonte nochmals, dass hier, an dieser Stelle, zwei Menschen gestorben waren.

Okay. Yes.

David sollte Respekt zeigen. Respekt zeigen hieß: den Mund halten.

Okay, okay.

Arib lehnte an der Felswand und schaute in die Weite.

Waren seine Gedanken bei den Toten, wie seine Forderung nach Respekt nahelegte? Gedachte er ihrer, indem er sich erinnerte, wie er ihnen begegnet war? Versöhnte er sich gerade mit den Toten, nachdem sie ihn beleidigt hatten? Schwer zu sagen. Je länger David Aribs undurchschaubares Gesicht musterte, umso mehr verhärtete sich sein Anfangsverdacht: Und wenn das doch nicht der Ort war? Wenn Arib mich einfach an irgendeinen Ort geführt hat? Hatte Arib nur das Honorar für eine Tour einstreifen wollen? Schließlich hatte er genau dafür seine Heimatstadt verlassen und saß seit Tagen taten- und somit auch verdienstlos herum? Hätte kein Guide ihn jemals an den richtigen Ort gebracht, weil dieser Ort tabu war? Warum tat David sich so schwer, daran zu glauben, dass Arib tatsächlich so was wie Respekt für die beiden Frauen, die umgebracht worden waren, empfand?

Arib bückte sich zu seinem Rucksack und schnürte ihn auf. You have to eat and to drink. Er zauberte gefüllte Fladenbrote hervor und teilte sie gerecht zwischen ihnen auf.

Trotz Aribs Fürsorge ließen die Zweifel einfach nicht nach: Selbst wenn hier nichts von den Toten zurückgeblieben war, müssten polizeiliche Maßnahmen Rückstände hinterlassen haben. Sollte der Polizist, dem David in Imhil begegnet war, doch der einzige Ordnungshüter weit und breit sein, hatte man doch sicher andere nach Imhil geschickt, aus der nächsten Provinzstadt, vielleicht sogar aus Rabat, um die Morde, die internationales Aufsehen erregt hatten, zu untersuchen. Oder hatte man sich bei der Jagd nach den Tätern auf jene Spuren verlassen, die sie im Netz hinterlassen hatten, die Spuren am Originaltatort waren irrelevant oder es war viel zu kompliziert, um sie zu sichern –

David löffelte Linsensalat aus einem Plastikgefäß.

Und wieder einmal schien Arib zu wissen, was er dachte. Believe me, sagte er. That's the place.

Und David fragte: Why is there no blood?

It's tradition. Or religion. I don't know.

Auf jeden Fall darf in Aribs Kultur kein menschliches Blut an einem Tat- oder Unfallort zurückgelassen werden, erfuhr David.

Könnte so sein. Oder auch nicht.

David erhob sich. Sein Blick ging abermals über Felsen und Sträucher, die Dächer des Dorfes, er streifte in Schluchten, so weit das Auge reichte, dann an Steilhängen hinauf, in die Weite, bis hin zum Horizont, wo ein paar Wolken hervorkletterten. Aber die Landschaft kam ihm plötzlich vor wie aus Pappe. Das waren doch nur zweidimensionale Wände, hintereinander aufgestellt, um eine künstliche Tiefe herzustellen, eine nicht vorhandene Perspektive zu simulieren. David kam sich wie bei dem Besuch eines Filmstudios vor. Als er den Film gesehen hatte, hatte er reale Empfindungen gehabt. Hier am Drehort, der längst wieder aufgeräumt und gesäubert worden war, konnte er nicht einmal mehr auch nur im Entferntesten nachempfinden, was er damals im Kino empfunden hatte. Durfte er dieses Gefühl, *an einem Drehort zu sein,* aber auch als Beweis dafür gelten lassen, dass Arib ihn reingelegt, dass er ihn an einen x-beliebigen Ort geführt hatte, der kein Kriterium des realen Tatorts erfüllte als das der traumhaft schönen Aussicht?

Arib wühlte in seinem Rucksack. Offenkundig packte er bereits wieder, um den Rückweg anzutreten –

David war noch nicht so weit. Er hatte noch nicht gefunden, was er suchte. Aber er wusste auch, dass Arib zum Aufbruch drängen würde. Er schloss die Augen. Besann sich.

Dann war es eben das, was er für das Stück des jungen Autors von hier mitnehmen konnte: die Abwesenheit der Gewissheit, dass das hier der Tatort war. Die Abwesenheit dessen, was diesen Platz als Tatort ausgewiesen hätte. Die Abwesenheit all dessen, was David erwartet hatte, sowohl materiell als auch immateriell. Er hatte Blutspuren erwartet, gestand er sich ein, und keine gefunden. Er hatte ein Gefühl erwartet, das er noch nie gehabt hatte, das er deshalb auch nicht beschreiben konnte – da er noch nie an einem Ort gewesen war, wo zuvor ein Mord geschehen war. Wie aber lässt sich *das alles* auf der Bühne umsetzen? Mit einem von allem, was bisher dort geschehen war, gesäuberten Raum? Ein Raum ohne Spuren? Eine Bühne mit *nichts?* Wären wir also wieder bei einem *leeren Raum* – wohlwissend, dass auch ein leerer Raum nicht *nichts* ist –, und wenn die Schauspieler *irgendwas* brauchten, eine Barriere oder *etwas zum Herumklettern* – dann war da einfach nichts. David atmete durch. War er angekommen? Aber die Euphorie, die er in der vergangenen Nacht empfunden hatte, stellte sich nicht wieder ein. Sie hatte ihn wohl in die Irre geführt. Das hier war ganz offensichtlich kein Durchbruch –

Aber plötzlich vernahm David ein Geräusch, das er nicht zuordnen konnte. Und noch bevor er die Augen öffnen konnte, war Arib bei David. Ganz nah. Und David spürte seinen scharfen Atem im Nacken. Aribs Brust an seinem Rücken. Seinen Arm um seine Brust. Und Aribs Gesten waren nicht vage, nicht unbestimmt. Verfolgten eine bestimmte Absicht. Die Absicht war alles andere als freundlich.

Seine Augen zu öffnen schaffte David nicht, als hätte er – dachte er später, viel später, als er sich in Gedanken immer wieder damit herumschlug, was damals im Atlas geschehen war –, als hätte er, wenn er die Augen aufgemacht hätte, im Voraus ungeschehen machen können, was als nächstes kommen würde – aber warum hatte er es dann nicht getan?

Und dann spürte er etwas Kaltes, Scharfes am Hals.

Zu schreien wäre logisch gewesen. David brachte jedoch nur ein nach innen gerichtetes Stöhnen hervor.

Be quiet!, zischte Arib. It's pointless!

Genauso gut hätte Arib sagen können: Schrei! Schrei, so viel du willst! Hier hört dich ohnehin niemand.

David blinzelte, er schielte nach unten. Die Klinge drückte von oben gegen seinen Kehlkopf. Mit dem linken Arm und seinem rechten Bein hielt Arib David auf eine Weise eingeklemmt, dass er weder seine Arme noch seine Beine bewegen konnte. Er tat es so gekonnt, dass er es geübt haben musste.

Arib hatte Kraft. Viel mehr Kraft, als David hatte.

Und als David protestieren wollte, als er *Stop it! Stop it!* hervorbringen wollte, kam wieder nur ein Krächzen heraus.

I don't know if your life had any meaning, flüsterte Arib nah an seinem Ohr. But look at the world one last time.

Bist du – bist du –, versuchte David es erneut und brachte nur deutsche Worte hervor.

Are you afraid?

Ja, was denn sonst? Davids Muskeln wurden hart. Er wollte von innen heraus explodieren. Arib wegsprengen. Aber der Druck von Aribs Armen nahm im selben Maße zu.

Als er das alles später wieder und wieder durchging, sagte sich David: Wenn ich mich früher gefragt habe, was mir wohl durch den Kopf gehen würde, wenn ich wüsste, dass ich im nächsten Moment sterben müsste – dann habe ich vermutet, mein Gehirn würde das Bild jenes Menschen aufrufen, der in meinem Leben am wichtigsten war, ja, der mich geprägt hat. Und der wäre? Nicht meine Mutter, nicht mein Vater, nicht die Menschen, die mich aufgezogen haben. Xaver? Ja, Xaver. Xaver, dem ich durch einen Zufall, quasi durch einen Losentscheid, begegnet, neben dem ich erwachsen geworden bin, mit dem ich Erfolge und Misserfolge geteilt habe. Aber dann, im Atlas, alleine mit Arib, der mir ein Messer an die Kehle hält, habe ich *nicht* an Xaver gedacht, ich habe an Stefan gedacht. Stefan noch einmal in den Armen halten, ihm noch einmal nahe sein, ihm sagen, dass ich mich entschieden habe, dass ich dieses *siebenunddreißigste Bild* sein will. Und wenn ich jetzt tatsächlich sterben muss – alles sieht danach aus –, sollte Stefan das zumindest nach meinem Tod erfahren.

Arib war der Einzige, der ihm das hätte sagen können. Dafür hätte Arib es aber erst einmal erfahren müssen – so dachte David später. Aber war das in diesem Augenblick im Atlas tatsächlich alles auch so gewesen? Wieder und wieder darüber nachzudenken brachte keine Gewissheit. Vielleicht wünsche ich mir nur, dass es so gewesen wäre, sagte er sich.

Keine Zweifel hatte er allerdings daran, dass er plötzlich bemerkt hatte, wie Arib seinen linken Arm bewegt, ihm ein Stück Freiheit geschenkt hatte, als eine letzte Chance sich zu wehren –

Aber David bewegte sich nicht. Er wehrte sich nicht. Er tat nichts.

Vorsichtig führte Arib seine Hand zur Hosentasche, steckte sie hinein, fand, was er suchte. Der Arm kehrte in seine ursprüngliche Position zurück, und Davids Chance – wenn es überhaupt eine *Chance* gewesen war – war ungenutzt verstrichen.

Look into the camera!

David sah sich selbst. Auf dem Display des Handys, das ihm Aribs Hand vors Gesicht hielt. Für den Bruchteil einer Sekunde schaute er hin, dann drehte er den Kopf weg.

Look! Look!

Würde Arib ihn nicht umbringen, solange er sich gegen das Foto wehrte?

It's not necessary, but –

What?

Das Messer drückte stärker gegen den Hals.

Yes, I am afraid, brachte David hervor, weil er hoffte, ein Eingeständnis könnte ihm irgendwie helfen. Aber Arib reagierten nicht darauf.

Und David bat: Let me go! Let me go!

Er flehte, er wimmerte.

Arib verbot ihm jetzt nicht mehr den Mund, er ließ ihn bitten und flehen und wimmern – nach einer Weile wurde sein Griff lockerer, als hätte er David jetzt da, wo er ihn haben wollte: eingeschüchtert, verängstigt, ihm ausgeliefert. Die Kamera bewegte sich vor David hin und her.

Was? Was?

Hin und her.

Schließlich drückte Arib ab. Und David verstummte. Das Handy schwebte immer noch vor ihm. Auf dem Display sein Gesicht – eingefroren, zerrissen von Angst. David schloss die Augen und schluckte. Sein Adamsapfel bewegte sich, ohne die Klinge zu berühren. Das Messer, die Kälte des Stahls – nicht mehr da.

War's das?

Das war's.

Arib sprang zur Seite, holte mit dem rechten Arm aus, schleuderte das Messer in weitem Bogen den Abhang hinunter. David hörte es aufschlagen, ein feines Klicken.

Dann sackte er nach hinten. Lag am Rücken. Stierte in den Himmel.

Arib stand neben ihm und schaute milde lächelnd auf ihn herab. Oh man, you pissed in my pants! Er klopfte sich lachend auf den Oberschenkel. David spürte erst jetzt die Nässe zwischen den Beinen, er stierte weiter in den Himmel, er sah eine Wolke, die ihn an ein Kamel erinnerte.

Neben ihm packte Arib den Rucksack. We have to go. Otherwise it will be too hot.

Are you worried about me?, fragte David, nachdem er eine Weile gebraucht hatte, um zu kapieren, dass Aribs Ansage tatsächlich Aufbruch bedeutete.

Of course!

Why – why did you do that?

Why? You don't know?

Should I?

Bevor Arib geprüfter Bergführer wurde, hatte er, um eine Lizenz zu bekommen, einen Kurs machen müssen. Da haben sie ein paar Regeln gelernt. Eine lautete: Know what your costumer wants and offer it to him.

Das wollte ich nicht, brachte David mit Piepsstimme hervor.

Offer it to him even if he does not know anything about his wish himself, sagte Arib, als würde er aus einem Lehrbuch mit Merksätzen vorlesen.

Das ist Schwachsinn, brach es aus David hervor. Scheiße! Das ist – ist –, seine Stimme funktionierte immer noch nicht richtig.

Eine weitere Regel lautete, bring deinen Kunden immer sicher nach Hause.

Also: Come on! Stand up. Don't be a pussy! Das war ein Befehl.

David gehorchte. Benommen setzte er sich auf.

Drink! Arib reichte ihm eine Flasche Wasser. And then we go!

Wie ein Hund trottete David Arib hinterher. Zuerst bis zur Hochebene. Dann, in der prallen Mittagssonne, bis zum

Eingang der Schlucht. Hier hatte er seinen Wasservorrat bereits aufgebracht. Arib überließ ihm seinen. Dankbar nahm David die Flasche. Obwohl er wusste, wie unvernünftig das war, trank er die Flasche mit einem Zug leer. Absurderweise verstand er das auch noch als einen Akt des Widerstands, ein letzter Rest Selbstbestimmtheit.

Sie marschierten weiter.

David versuchte nicht an das zu denken, was an der Bergkante geschehen war. Also dachte er die ganze Zeit daran – bis die Hitze, die gleichmäßigen Schritte, ein Summen, das in der Luft lag und von dem er nicht verstand, wo es herrührte, ihn einlullte.

Später war ihm, als hätte er während der nun folgenden zwei, drei Stunden sein Inneres verloren, er war nur noch Hülle gewesen – und er hatte keine Vorstellung, wohin der Rest, der ihn ausmachte, während dieser Stunden verschwunden war – und als er sein Inneres wiedergefunden hatte, ob es dasselbe war wie davor?

Auf dem Weg zurück aber war nur eine Frage entscheidend gewesen: Was macht Arib mit dem Foto? Was macht dieser Scheißtyp mit diesem Scheißfoto?

Das Tosen des Wasserfalls empfing sie. Als sie auf demselben Platz rasteten, von wo aus David am Morgen auf Imhil und die Ziegenherden hinuntergesehen und sie für Schatten gehalten hatte, fragte er endlich: What are you doing with the photo?

If you give me your phone number, I'll send it to you, erklärte Arib. As reminder. Is included in the price.

Davids Handy hatte Kalifa. Oder wem auch immer er es mittlerweile verkauft hatte.

You can give me your cousin's number.

Sicher nicht!

Alleine wenn er daran dachte, dass jemand es zu sehen bekommen würden, kroch Scham in seinen Körper.

Scham, die Hitze durch seine Adern schickte und seine Muskeln lähmte.

Niemand sollte dieses Abbild seiner Todesangst jemals zu sehen bekommen.

16

Als sie wieder die Straße nach Imhil unter den Füßen hatten, war es bereits vier Uhr nachmittags. Davids Knie schmerzten. Seine Füße brannten. Noch nie in seinem ganzen Leben war er so erschöpft gewesen.

Kurz nachdem sie das Felsentor zum zweiten Mal an diesem Tag durchschritten hatten – diesmal aus der entgegengesetzten Richtung –, hängte Arib David ab und ließ ihn den Rest des Weges alleine. Als David sich dem Petit Europe näherte, sah er wieder nur die Alten des Dorfes dort versammelt – sie trinken Tee, erzählen sich seit ihrer Rückkehr aus Europa davon, wie früher, vor ihrem Aufbruch in den Norden, hier im Süden alles besser gewesen war, und haben vergessen, wie es wirklich gewesen ist, dachte David. Zwischen den Alten sah er Arib, der sich mit Kadeen unterhielt. Ob er ihm berichtet, was er am Ort mit der traumhaft schönen Aussicht mit David angestellt hatte? Hörten auch die Alten zu? Wird sie diese – brandaktuelle – Geschichte von nun an noch mehr unterhalten als ihre falschen Erinnerungen? David wollte es nicht genauer wissen. Am Petit Europe vorbeimarschieren, um in ihr Quartier zurückzukehren, in der Hoffnung, nie wieder etwas mit Arib zu tun haben zu müssen – *das* wünschte er sich in diesem Augenblick von ganzem Herzen. Aber die Bezahlung stand noch aus. Arib würde das Geld auf jeden Fall eintreiben, Geld verdienen war für ihn der Zweck dieser gemeinsamen Tour gewesen.

Es wäre auch nicht fair gewesen, ihn *nicht* zu bezahlen. Und wenn Arib wirklich glaubte, was er als Begründung für seine Messerattacke vorgebracht hatte, hatte er sich ja tatsächlich Mühe gegeben, hatte er sich etwas einfallen lassen, einen Event geplant, individuell zugeschnitten auf ihn – David musste lächeln, schüttelte dann unwillkürlich den Kopf. Er sollte das Schreckliche auf keinen Fall verniedlichen, nicht beiseiteschieben –

Was kostet so eine Tour? Das Gleiche wie zwei Flaschen Wein aus der True-Blood-Bar? Geld musste er ohnehin von Stefan erbitten. *Ein* Grund, erst ins Quartier zu gehen, wo er Stefan hoffentlich finden würde. Andererseits wollte David möglichst rasch die geliehenen Wanderschuhe gegen seine leichten Sneakers austauschen, die er im Petit Europe zurückgelassen hatte. Überhaupt gehörte ja alles, was er am Körper trug, Arib. Nicht nur was den Preis für die Tour anging, auch diesbezüglich hatten sie keinerlei Absprachen getroffen. Vielleicht war es ja ein Tausch gewesen? Vielleicht hatte Arib ihm frische Klamotten angeboten, weil er es auf Davids Diesel-Jeans abgesehen hatte. Die einzige wirkliche Absprache betraf das Foto. *Im Preis inbegriffen.* Schon alleine wegen dieses Fotos musste David möglichst rasch mit Arib reden. Er wollte ihm klarmachen, dass er die Aufnahme löschen musste. Er würde dafür sogar den Preis, den er für die Tour zu bezahlten hatte, verdoppeln, Geld, das er nicht hatte, das er von Stefan erbetteln müsste, der eine Erklärung dafür verlangen würde, und so weiter –

Stefan. Bevor David ihn sah, hörte er seine Stimme: Wo warst du denn? Stefan kam ihm entgegengelaufen.

David blieb stehen.

Ich – ich war verrückt vor Angst. David hatte ihn noch nie so aufgelöst erlebt. Du warst verschwunden. Ich habe das ganze Dorf abgesucht.

Ich war in den Bergen, erklärte David knapp. Es war anstrengend. Und ich bin müde.

Ja, sicher. In Stefans Augen schimmerten tatsächlich Tränen. Dann lachte er plötzlich auf und wischte sich mit der flachen Hand über die Wangen. Entschuldige, sagte er. Komm! Stefan wollte in Richtung Unterkunft weitergehen.

Wir müssen noch kurz ins Petit Europe, erklärte David. Aber sie standen ohnehin bereits davor.

Arib ließ von Kadeen ab und wandte sich ihnen zu. He must be your cousin?

Stefan musterte Arib misstrauisch.

Egal was Stefan vermutete. David wollte das hier möglichst schnell hinter sich bringen: Gib ihm hundert Euro!

Ich gebe niemandem –

Du gibst sie ihm!, sagte David. Und er würde jetzt ganz sicher keine Erklärung liefern.

Okay. Okay. Ich geb sie ihm.

Arib nahm den Schein, den Stefan ihm hinhielt.

The photo?

Lösch es!, verlangte David im selben Befehlston, mit dem er Stefan angewiesen hatte, Arib Geld zu geben. Er wollte noch etwas wie *kann ich mich darauf verlassen?* hinterherschieben, verkniff es sich aber. Er setzte ein Lächeln auf, als handelte es sich bei Aribs Frage nach dem Foto um einen Insiderwitz, den sie auf ihrer mehrstündigen gemeinsamen Tour entwickelt hatten, für einen Außenstehenden kaum nachvollziehbar, und vor allem null witzig.

Arib nickte. Er war einverstanden. Alles okay. Seine Ängstlichkeit wegen des Fotos schien David plötzlich kindisch. Arib verlangte die Wanderschuhe nicht zurück, auch nicht seine Klamotten. Die Sneakers, die Diesel-Jeans waren verloren. Nun gut. Nur weg hier! Auch wenn die Aktion in den Bergen nüchtern betrachtet ja auch irgendwie etwas Komisches hatte, ein Scherz gewesen war, nur der Scherz eines gelangweilten Bergführers, entschied David und fühlte sich erleichtert. Dass er vor ein paar Minuten noch beschlossen hatte, nicht *so* darüber denken zu wollen, spielte plötzlich keine Rolle mehr. Da waren Stefan und er bereits am Weg zu ihrer Unterkunft. Schweigend gingen sie nebeneinanderher. Eine Frage wie: *Und? Wie war es in den Bergen?* Einen Satz wie: *Von dort oben muss man eine traumhaft schöne Aussicht haben.* Nichts dergleichen. Das passte aber auch ins Bild: Stefan hatte ja bisher genauso wenig von seinen Unternehmungen mit Bassima erzählt. Beide hatten sie in den vergangenen Tagen ihr Ding gemacht. Morgen würden sie gemeinsam das Flugzeug nach Hause besteigen. Wer sagt denn, dass man, wenn man gemeinsam auf Reisen war, immer alles gemeinsam machen musste? Wer bestimmt denn, dass man, wenn man die Tage getrennt verbracht hatte, dem anderen abends haarklein erzählen musste, was man erlebt hatte? Das meinen *die Leute* immer, dass das so sein muss, würde Xaver argumentieren, *die Leute* haben in der Regel keine Ahnung, vor allem aber haben sie falsche Idealbilder –

Schlechte Nachrichten. So fing Stefan schließlich doch ein Gespräch an.

Oh, sagte David nur, ohne in eine bestimmte Richtung zu denken.

Die Versicherung hat sich gemeldet. Irgendetwas funktioniert nicht. Sie schaffen es weder heute noch morgen, einen Wagen zu schicken, der uns zum Flughafen bringt.

David zuckte mit den Schultern. Die Absage der Versicherung betraf sie zwar beide, gleichzeitig fühlte es sich aber so an, als wäre das nicht sein Problem. Dann müssen wir eine andere Lösung finden. Er meinte: Dann musst *du* eine andere Lösung finden. Und vermutlich würde Stefan ohnehin gleich eine Alternative aus dem Hut zaubern.

Vor ihrem Quartier hatte sich eine Schlange gebildet, sechs, sieben Frauen standen an, um Hühner zu kaufen. Der Mann hinter der Theke wurde von den Wartenden verdeckt, David sah aber seine rechte Hand mit einem Beil in der Luft schweben, und, wenig später, wie es niedersauste. Es folgte ein dumpfer Schlag. David erwartete einen Schrei, den Schrei eines sterbenden Vogels. Kein Schrei. Trotzdem gab es keine Zweifel daran, was gerade geschehen war. Keine der Umstehenden schien das weiter aufzuregen. Nur David war zusammengezuckt –

Sie betraten das Haus, stiegen zügig die Treppe hinauf, gingen den Gang entlang. David folgte Stefan in dessen Zimmer, setzte sich auf die Bettkante, schnürte die Wanderschuhe auf, zog sie von den Füßen und machte mit den befreiten Zehen ein paar vorsichtige Bewegungen. Warmes Blut schoss in sie hinein. Das kitzelte erst, dann brannte es. Stefan hockte sich neben ihn, so nah, dass David Stefans Haut am Oberarm spürte. Stefan sprach nicht aus, was ihm am Herzen lag, ging wohl davon aus, David wüsste auch so, was er sagen wollte. Wie erleichtert er war, wie froh. Es war ihm ja vor zwei Tagen ähnlich ergangen, als er Ziegensteaks von Arib serviert bekommen hatte und plötzlich davon ausgegangen war, dass Stefan in eine Falle getappt, dass er tot war, und David war aufgesprungen, hierhergelaufen, und er hatte Stefan unversehrt in seinem Zimmer vorgefunden – und sollte Stefan doch an etwas anderes denken, David jedenfalls dachte daran.

Was gab es zu sagen, was nicht ohnehin beide wussten?

Einiges.

Aber als nächstes war der Auftritt des Zauberers mit seinem Hut an der Reihe: So, verkündete Stefan und stand entschlossen auf. Ich gehe und suche Kalifa.

Kalifa? Das war tatsächlich eine völlig unerwartete Wendung. Gleichzeitig schien es David, als wären Jahre vergangen, seit er diesen Namen zuletzt gehört hatte.

Ich habe heute seinen roten Pick-up parken gesehen, erklärte Stefan.

Bist du sicher?

Ich habe seine Nummerntafel gecheckt. Also muss auch Kalifa irgendwo sein.

Stefan kannte Kalifas Nummerntafel? David staunte, dann begriff er – im Schneckentempo: Ach ja, das Foto auf dem Handy, von dem er Ziffern und Zeichen abgeschrieben hatte, um damit zur Polizei zu gehen.

Du meinst, Kalifa ist da, um uns morgen zum Flughafen zu bringen?, fragte er.

Warum sollte er sonst nach Imhil gekommen sein?

David erinnerte sich, wie er am Flussufer, nachdem Kalifa abgehauen war, *der kommt wieder* behauptet hatte. Er wollte jetzt aber nicht rechthaberisch sein. Er sagte nur: Ich warte hier.

Und Elodie? War der Plan nicht gewesen, dass sie von heute auf morgen bei Elodie übernachteten?, fiel David plötzlich ein. Aber Stefan war schon weg, raus aus dem Zimmer, auf der Suche nach ihrem Fahrer.

David legte sich aufs Bett, machte sich so klein wie möglich und sah zum Fenster hin, das, wie er erst jetzt bemerkte, sperrangelweit offen stand.

Als die Tür aufsprang und Stefan verkündete: Hier! Pass, Geld, Handy, alles, nichts fehlt – war die schwarze halbe Stunde zwischen Sonnenuntergang und Sternenhimmel bereits angebrochen. Das Licht hatte sich immer mehr zurückgezogen, die Farben der Sträucher im Hof waren verblasst, waren grau geworden, schließlich hatten sie sich in der Dunkelheit aufgelöst.

David hob den Kopf.

Kalifa holt uns morgen früh ab. Stefan klang, als hätte er nie daran gezweifelt, dass sich die Ereignisse, seit Kalifa an der Brücke abgehauen war, in irgendeine andere Richtung als *diese* hätten entwickeln können.

Und? Hat Kalifa gesagt, warum er uns mitten in der Pampa einfach stehen gelassen hat?

Stefan schloss die Tür und ging zum Fenster.

Du hast nicht gefragt?

Doch, natürlich. Er hat gesagt, er hätte uns nie im Stich gelassen. Er wusste ja, wann wir am Flughafen sein müssen.

Das ist keine Antwort.

Ich bin rechtzeitig zurückgekommen, um euch zum Flughafen zu bringen, hat Kalifa gesagt – was auch keine Antwort ist.

Stefan stand immer noch mit dem Rücken zu David. *Du* wolltest doch unbedingt nach Imhil. *Er* – auf keinen Fall.

Dann denkt Stefan also immer noch, es sei meine Schuld und nimmt Kalifa in Schutz. Warum?

Wie auch immer, sagte Stefan. Er wollte die Diskussion, die er selbst angezettelt hatte, schnell wieder beiseitewischen. Geh jetzt in dein Zimmer, schlafen. Kalifa holt uns um fünf Uhr ab.

Aber David wollte den Vorwurf nicht auf sich sitzen lassen. Zumal er ja eine sattelfeste Theorie hatte: das Lokal mit dem nackten Schaf. Kalifa und Hadir, ihre Geschäfte im Halbdunkel. Der eine reicht etwas über den Tisch, der andere schiebt etwas zurück. Die Fahrer am Straßenrand, die etwas im Kreis gehen ließen, während die Touristen ihre Fotos schossen. Der Koffer, den Kalifa aus der True-Blood-Bar mitgenommen hat. Der, als sie aus der Wüste kamen, verschwunden war –

Stefan starrte ihn an, als könnte er sich auf das, was David da sagte, keinen Reim machen, egal wie er es auch drehte und wendete.

Kalifa transportiert illegales Zeug quer durch das Land. So macht er Geld. Um seine Familie beeindrucken zu können. Du hast ja gehört, was von ihm erwartet wird. Er wollte nicht nach Imhil fahren, weil Wolken aufgezogen sind. Ja?

Ja, bestätigte Stefan widerwillig.

Hast du ihm das geglaubt? Ich nicht. Er ging davon aus, dass es in einem Ort, wo zwei Europäerinnen ermordet worden sind, nur so vor Polizisten wimmelt. Warum sollte er sich dieser Gefahr aussetzen?

Es wimmelt in Imhil nicht vor Polizisten, widersprach Stefan unangemessen aufgebracht.

Nein, tut es nicht, bestätigte David geduldig, aber das konnte Kalifa nicht wissen. Seine Annahme war auch nicht unbegründet.

Woher weißt du das? Zum ersten Mal hatte David den Eindruck, dass Stefan bereit war, sich auf das Gespräch einzulassen.

Seine Geschäftemacherei war doch offensichtlich! Ist Stefan wirklich so naiv? Oder will Stefan auch nur sehen, was er sehen *will?* Reicht dir nicht, dass er während der Autofahrt gekifft hat?

Und selbst wenn! Stefan verschränkte die Arme vor der Brust. David konnte sehen, wie sein Gehirn Argumente hin- und herschob und schließlich eine Entscheidung traf: Wir sind morgen auf ihn angewiesen.

Du verstehst mich falsch! Ich habe kein Problem damit. Ich bin auch schon bekifft Auto gefahren. Und ich hatte immer das Gefühl, egal ob ich bekifft oder betrunken gefahren bin, dass ich konzentrierter war, sicherer – ich will nur sagen, *ich* bin nicht schuld, dass Kalifa abgehauen ist. Es war *seine* Entscheidung.

Dass Kalifa aber diese Entscheidung nur hatte treffen müssen, weil David den Vorschlag gemacht hatte, nach Imhil zu fahren, stand eine Weile unausgesprochen zwischen ihnen.

Okay. Du hast es gesagt. Und jetzt geh schlafen, bitte! Stefan hatte wohl eingesehen, dass sich die Diskussion im Kreis zu drehen beginnen würde, wenn er diesen Aspekt erneut vorbrachte. Sie würden immer wieder bei diesem Punkt landen, immer und immer wieder.

David rührte sich nicht. Für ihn war das Gespräch noch nicht zu Ende. Plötzlich wollte er reinen Tisch machen. Er wollte wissen, wo Stefan die Tage verbracht hat.

Ich erzähle es dir ein anderes Mal, winkte Stefan müde ab.

Dass Stefan sich ihm verweigerte, passte David ins Konzept. Hatte er doch ohnehin eine ungefähre Vorstellung von Bassimas Business. Also erklärte David – achselzuckend, als wäre das nichts Besonderes, dass Arib und er dort gewesen sind, wo die beiden Däninnen ermordet worden waren.

Was? Du warst –?

Im Gebirge. An dem Ort.

Er hat dich dort hingebracht?

Ich wollte es.

Du wolltest es?

David nickte. Für das Theaterstück, brachte er vor.

Was für ein Theaterstück?

David unterdrückte die Enttäuschung, dass Stefan sich nicht daran erinnern konnte. Ich habe dir doch im Nomad davon erzählt.

Ja, kann sein. Ja, sagte Stefan. Ich erinnere mich. *Dunkelkammer.*

Den Titel des Stückes der Autorin, an die ihn Vera erinnert hatte, hatte sich Stefan gemerkt. Aber es schien David zu kompliziert – auch nicht wichtig –, den Irrtum aufzuklären. Ich habe eine Bühnenbildidee gesucht, erklärte er bloß.

Eine Bühnenbildidee!, spuckte Stefan aus, als ergäbe sich endlich ein Gesamtbild: Deshalb wolltest du nach Imhil! Von Anfang an. Schon, als wir noch zu Hause waren. Als du dir das Video angesehen hast. Du wusstest, dass Imhil am Weg liegt. Du hast es geplant. Du hast es mit Kalifa abgesprochen. Ihr habt dieses Theater aufgeführt, damit wir auch wirklich hier festsitzen würden –

Stopp!, protestierte David. Nein! Nein, verdammt, so war das nicht.

Stefan hatte ihm wieder den Rücken zugedreht.

Hätte ich bloß den Mund gehalten, dachte David. Trotzdem: Wenn Stefan in diesem Augenblick nach dem Foto gefragt hätte, über das Arib und er beim Abschied im Petit Europe gesprochen hatten, dachte David Tage später, hätte ich ihm in diesem Augenblick erzählt, was in den Bergen wirklich geschehen war.

Stefan aber sagte: Weißt du, was ich mich gerade frage? Er schaute immer noch in die schwarze Nacht hinaus. Ich frage mich, mit wem ich da überhaupt zusammen bin? Als er sich zu David umdrehte, war sein Gesicht hart.

Stefan hatte *sich* gefragt, nicht *ihn*. Trotzdem könnte David natürlich etwas dazu sagen. *Dass es darauf niemals eine einfache Antwort geben kann.* Oder: *Find es heraus!* Oder: *Dann mach dir gefälligst Gedanken, wenn du das nicht weißt!* Aber er wollte die wertvolle Zeit nicht mit guten Ratschlägen verschwenden.

I will not waste my time!

Statt einer Antwort kramte David Pass, Geldtasche, Handy zusammen. Alles, was Stefan von Kalifa ausgehändigt bekommen hatte, auf dem Bett verstreut lag und ihm gehörte.

Und ging.

Xaver hatte drei Nachrichten geschickt. Die erste am Abend, an dem sie nach Imhil gekommen waren. *Wir müssen noch mal völlig neu über das Stück nachdenken*, hatte er geschrieben. Klang, als hätte Xaver angefangen, das Stück zu verstehen. *Es geht nur oberflächlich um Gewalt.* Worum dann? Die Antwort lieferte eine zweite Nachricht: *Es geht um Liebe.* In einer dritten Nachricht schlug er ein Treffen vor, möglichst bald, am besten am kommenden Wochenende. David antworte: *Können wir machen. Samstag? Welche Uhrzeit? Wo?* Er schickte die Nachricht ab. Kurz darauf kam eine Antwort. *Telefonieren, nachdem ihr gelandet seid.*

Jep.

Dachte schon, ihr seid in der Wüste verschollen, schrieb Xaver, versehen mit einem lachenden Smiley.

Daraufhin gab David bei Google die Begriffe *Marokko, Touristin, Deutsche, Frau verschwunden, Wüste* ein. Die einzigen relevanten Einträge führten, einige seiner Suchbegriffe ignorierend, wieder zu den beiden ermordeten Däninnen. Von einer Vera war nirgendwo die Rede.

David streckte sich auf dem Bett aus und schloss die Augen. Er schlief tief und traumlos. Als er aufwachte, war es kurz vor vier Uhr früh. Er stand entschlossen auf, steckte seine Habseligkeiten in seine Hosentaschen, schnürte die Wanderschuhe, verließ zum letzten Mal das Zimmer und setzte sich auf die unterste Stufe der Treppe, die in den Hof hinunterführte. Hier hatte auch Bassima gesessen, um auf Stefan zu warten. David lauschte auf das Zwitschern der Vögel und betrachtete den rötlichen Morgenhimmel – bis er schließlich hörte, dass jemand hinter ihm die Treppe herunterkam.

He!

He!

Was machst du hier?, fragte Stefan, als wäre das nicht offensichtlich.

Warten.

Stefan setze sich zu ihm. Er hatte seine Verkleidung abgelegt und trug wieder die Klamotten, mit denen er nach Imhil gekommen war. Sie waren frisch gewaschen. David erklärte sich das mit Stefans Verbindung zu Bassimas Familie. Er bedauerte, dass er gestern ohne ein versöhnliches Wort gegangen war. Stefan schüttelte den Kopf, er schien den Streit von heute Nacht nicht ernst genommen zu haben. Oder seine Drastik schon wieder vergessen zu haben. Ein Auto hupte zweimal kurz hintereinander. David erkannte den Sound wieder. Schließlich hatte er ihn während Kalifas Verfolgungsfahrten oft genug gehört. Sie standen auf und verließen den Hof durch die Tür in der Mauer.

Seht nach! Es ist noch alles da! Kalifa zeigte lachend auf die Koffer, die auf der Ladefläche lagen. Ich habe darauf aufgepasst.

Sie schauten *nicht* nach. Sie vertrauten ihm.

Kalifa nickte zufrieden und klopfte, da er zwischen Stefan und David stand, beiden gleichzeitig auf die Schultern. My friends!

Wenig später fuhren sie an dem Lokal vorbei, bei dem sie nach ihrer Ankunft als erstes untergekommen waren und Schutz vor dem Regen gefunden hatten. Hier hatte Stefan gestern auch Kalifa gefunden. Sie verließen den Ort auf der Straße, die sie zu Fuß gegangen waren, der einzige Fahrweg nach Imhil und aus Imhil hinaus. Eine Viertelstunde später erreichten sie die Brücke, an der sie gehalten hatten und von wo Kalifa abgehauen war. Kalifa und Stefan hielten das, was vor drei Tagen hier geschehen war, wohl für ausreichend besprochen. Also war David derjenige, der fragte –

Ich hätte euch nie im Stich gelassen, antwortete Kalifa. Und ich bin rechtzeitig zurückgekommen, um euch zum Flughafen zu bringen. Es waren dieselben beiden Sätze, mit denen er auch Stefan gestern abgespeist hatte.

Und wo warst du in der Zwischenzeit?

Unterwegs.

Stefan stieß David mit dem Fuß an. David sollte Kalifa mit seiner Fragerei nicht verärgern. Aber war es wirklich denkbar, dass er sie erneut irgendwo in der Wildnis aussetzen würde? Nein, entschied David und bohrte nach. Vielleicht hatte er ja mit seiner Theorie falsch gelegen – warum also?

Ihr hattet es doch ganz gut, oder?, wich Kalifa erneut aus.

Hatten wir, bestätigte David. Toller Ort. Tolles Essen. Und wir waren in den Bergen. Dass sich das *Wir* auf ihn und Arib bezog und nicht auf Stefan, verschwieg er. Was Arib ihm über seine Ausbildung zum Bergführer erklärt hatte, traf ja vielleicht auch auf Kalifa zu. Ob auch Kalifa gedacht hatte, dass das Auf-uns-alleine-gestellt-Sein unser sehnlichster Wunsch war, von dem wir selbst nichts wussten. War es das gewesen? Hatte er sie deshalb im Stich gelassen?

Kalifa lachte und schlug mit beiden Händen gegen das Lenkrad. Euer sehnlichster Wunsch? Echt jetzt? Dann kann ich mir ja gratulieren!

Und jetzt Schluss damit!, mischte sich Stefan plötzlich ein. Peace! Es ist doch alles gut gegangen. Wir sind im Plan. Wir sind genau da, wo wir um diese Zeit auch ohne die Tage in Imhil gewesen wären.

Das stimmte nicht. Sie hatten die vergangene Nacht in Elodies Riad verbringen wollen. David musterte Stefan, ließ es aber auf sich beruhen.

Ach, ganz vergessen, fiel Kalifa plötzlich ein. Das wird euch freuen!

Was?

Diese Frau, die in der Wüste verschwunden ist.

Vera.

Ja, ja, Vera! Ich habe etwas über diese Frau gelesen. Sie ist wieder aufgetaucht.

David war sofort wie elektrisiert. Was heißt *wieder aufgetaucht*? Von wo? Wo ist sie gewesen?

Kalifa zuckte mit den Schultern. Das stand da nicht so genau.

Aber warum stand es überhaupt wo?, wollte er wissen. Du hast gesagt, es wird über solche Fälle nicht geschrieben.

Stimmt auch. Wenn die Leute einfach verschwinden. Wenn sie wieder auftauchen, dann schon. Dann hat die Geschichte ein Happy End. Das lesen die Leute gerne. Das lieben die Leute. Dann wird darüber auch geschrieben.

Vera hat – wie auch immer – überlebt. David atmete durch. Ach, Vera!

Und schließlich das: Im Laufe einer jeden Reise, gegen Ende hin, gibt es diesen Moment, wo alles, was David in einem Land erlebt hatte, in eine zeitliche Ferne gerückt scheint, sich weit in der Vergangenheit abgespielt hat, obwohl er sich noch in diesem Land befindet. Dieser Moment kommt jedes Mal wieder, trotzdem trifft er David jedes Mal unvorbereitet. Dann wird er unsicher, weiß ein paar Augenblicke lang nicht, was wirklich geschehen ist und was er sich nur einbildet. Diesmal traf es ihn, als sie sich auf der Tiefebene Marrakesch näherten. In der Ferne flirrte der Stadtrand in der Nachmittagssonne. Hier irgendwo hatten sie, aus der Gegenrichtung kommend, die Abzweigung genommen, um Oskar Ralphs Haus aufzusuchen. Wann war das? Vor Wochen? Monaten? Ihr Trip in die Wüste. Ihr Besuch in Kalifas Dorf, die Verfolgungsjagd in den Bergen. Alles war verblasst. Eine ferne Erinnerung. Nur wenn David an das Foto dachte, das Arib von ihm gemacht hatte, war alles wieder da. Die Angst. Die Pisse in seiner Hose. Die Scham.

David drehte seinen Kopf zu Stefan. Er war neben ihm eingeschlafen. David griff nach seiner Hand. Eine Stunde später erreichten sie den Flughafen.

Das war's, sagte Kalifa zum Abschied. Guten Flug!

Keine Freundschaftsbekundungen, keine Bitte und kein Versprechen, ihn weiterzuempfehlen oder ihn bei einer anderen Gelegenheit wieder zu buchen, wie das ansonsten bei solchen Abschieden üblich ist. Alle heucheln normalerweise an dieser Stelle nochmals Verbundenheit, und dann dreht man sich weg, und später denkt man nur noch an den Fahrer, um Anekdoten zu erzählen – immer wieder die Verfolgungsjagd in den Bergen, beispielsweise.

Nachdem sie am Schalter ihr Gepäck aufgegeben und ihre Tickets gelöst hatten, stellten sie fest, dass sie mehrere Reihen voneinander entfernt saßen.

Das werden wir auch überleben, konstatierte Stefan.

Obwohl Stefan nichts darüber wusste, bezog David das *Auch* auf Aribs Messerattacke im Atlas. Für einen Moment spürte er wieder die Klinge am Kehlkopf und brachte ein krächzendes *Yes* hervor.

Was hast du?

Bloß einen Frosch im Hals. David hüstelte.

Der Flieger war ausgebucht. Jeder Sitz besetzt. Als die Stewardess die Tür zuzog, war nur der Sitz neben David noch frei. Aber ehe sie sie verriegeln konnte, ging das Kommando zurück, die Treppe wurde noch mal an den Flugzeugrumpf geschoben. Ein Gast war zu spät gekommen. Oskar Ralph. David war klar, wo er sitzen würde.

Oskar Ralph erkannte David wieder. Ah, einer unserer Retter, bemerkte er süffisant. Hätten Sie das nicht getan, hätten wir die letzten Tage in Bagdad verbracht. Es klang wie ein Vorwurf.

Die Maschine rollte zur Startbahn. Oskar Ralphs Sitzgurt baumelte lose.

Schnallen Sie sich nicht an?

Unsinn, sage Oskar Ralph. Ich lass mich nicht festbinden. Habe ich mein ganzes Leben lang nicht. Und tatsächlich sah die Stewardess über Oskar Ralphs offenen Gurt mit einem Lächeln hinweg.

Bleiben Sie nicht länger in Ihrem Haus?, erkundigte sich David.

Oskar Ralph wunderte sich in keiner Weise, dass David von seinem Anwesen wusste. Ich habe einen kleinen Job, erklärte er bloß.

David gab zu, dass er gelesen hatte, dass Oskar Ralph nicht mehr arbeitete, dass er abgetreten war.

Ja, ja. Fünf Jahre war ich auf keiner Bühne und auf keinem Filmset mehr. Aber letzte Woche kam ein Anruf. Zwei junge Kerle, nicht einmal dreißig, wollen mit mir drehen. Irgendein verrücktes Zeug. Ein schwuler Zombiefilm. Low budget. Aber ich sagte mir – nun ja – why not? Ich habe ohnehin nichts Sinnvolles zu tun. Und wer weiß?

David konnte nicht anders als zu fragen: Wer weiß was?

Niemand weiß irgendwas, antworte Oskar Ralph mit seinem unverwechselbaren Timbre, und als wäre das bereits eine Zeile aus dem Filmdialog.

Einen Augenblick lang überlegte David, ob er ihm erzählen sollte, dass sie vor seinem Haus gestanden hatten – aber da fragte Oskar Ralph bereits: Warum habt ihr nicht geklingelt?

Sie haben uns gesehen?, fragte David überflüssigerweise.

Nachts, wenn ich nicht schlafen kann, schaue ich mir die Überwachungsbänder an, erklärte Oskar Ralph. Jedes Mal, wenn jemand vor der Kamera auftaucht, freue ich mich. Egal ob Mensch oder Tier.

Hätten Sie uns geöffnet?

Aber sicher.

Sie hätten uns durch den Garten geführt, die Pflanzen erklärt und Vögel imitiert?

Oskar Ralph spitzte die Lippen und pfiff eine lange Tonfolge, die mit einem Triller endete –

Die Maschine stoppte, eine Weile warteten sie auf die Freigabe des Towers, dann ließ der Pilot die Turbinen hochfahren. Das Flugzeug gewann rasch an Tempo, raste über die Rollbahn und stach schließlich in den Himmel.

David sah zum Fenster hinaus. Die Häuser und Straßen und Moscheen und Bäume, die Menschen, Autos und Eselkarren, alles kippte zur Seite. Warum kippen sie nicht um? Warum rutschen sie nicht weg? Warum purzeln sie nicht übereinander? Wieso fallen sie nicht übereinander her? Warum muss immer alles so bleiben, wie es ist? David wusste warum. Er wusste, dass sich die Erdanziehung nicht verflüchtigte, nur weil *er* über der Erde schwebte.

Trotzdem wunderte er sich.

17

Wie in den Wochen vor ihrer Reise – wenn David nicht für eine Theaterproduktion unterwegs gewesen war – fuhr Stefan am Morgen ins Büro und beendete den Tag bei David. David blieb im Bett, beobachtete Vogelschwärme vorm Fenster – ihr langsames Aufsteigen, rasches Abfallenlassen und schließlich ihr Verschwinden, nach links oder rechts aus dem Bild. Gelegentlich blätterte er in dem Manuskript des jungen gehypten Autors und fragte sich, wo hier, wie Xaver behauptet hatte, von *Liebe* die Rede war. Als sie nach der Landung miteinander telefoniert hatten, hatte Xaver erklärt: Ich spreche nicht von *Liebe zwischen zwei Menschen*, ich spreche von einer *universellen Liebe* – trotzdem, wo war diese *Liebe,* welcher Natur auch immer?

Und immer wieder musste David an diese verdammte Fotografie denken. Allerdings konnte er, mit dem Wissen, dass die Todesangst zwar echt gewesen war, nicht aber die Bedrohung, diese innere Projektion immer gleich wieder ausknipsen, zumindest anfangs. Dann aber bekam David das Bild stundenlang nicht mehr aus seinem Kopf – er suchte und fand Arib bei Facebook, klickte mit rasendem Herzen dessen Fotoalbum durch – sah Selfies vor dem Petit Europe, im Atlas, in einer Großstadt – vermutlich handelte es sich dabei um Rabat, Bilder mit Touristen, Familienfotos. Dieses eine Bild aber hatte Arib nicht hochgeladen.

Zwei Tage hintereinander – Dienstag und Mittwoch – rief er immer wieder Aribs Profil auf. Schlussendlich schrieb er ihm, bat um das Foto – im Atlas hatte er ja nur für den Bruchteil einer Sekunde hingeschaut. Vielleicht war das, was darauf zu sehen war, gar nicht so schlimm. Vielleicht aber war es auch viel schlimmer, als er dachte – dieses Risiko einzugehen war David bereit. Nein, war er nicht – er wollte sein eigenes, von Todesangst entstellte Gesicht nicht sehen, als würde er sie dann erneut durchleben müssen. David schloss das Chatfenster, ehe er seine Nachricht an Arib abgesandt hatte.

Am vierten Tag – am Donnerstag – berichtete Stefan, dass er mit Susanne über das geplante gemeinsame Essen gesprochen hatte, dass sie sich wahnsinnig darauf freue, wirklich sehr, sehr freue.

Geplant war noch gar nichts, es gab nur dieses Versprechen, das David Stefan in Marokko, irgendwo zwischen A und B gegeben, in der Zwischenzeit aber vergessen hatte. Er überspielte seine Überraschung, indem er gleich einen konkreten Vorschlag machte: Am Samstag kommt Xaver. Wir reden über das Stück des jungen gehypten Autors. Xaver ist ein hervorragender Koch. Nach getaner Arbeit gibt es ein Dinner for four. Einverstanden?

Stefan war begeistert. Wunderbar! So würde er endlich Xaver und David endlich Susanne kennenlernen. Ist aber auch höchste Zeit, fand Stefan. Als Xaver und Susanne über den Plan informiert wurden, waren beide derselben Meinung.

Das Handy vibrierte auf dem Tisch. Das war am Freitag. David schwang sich vom Sofa hoch. Es war niemand, den er in seinem Telefonbuch verzeichnet hatte. David ließ es noch zweimal klingeln, überlegte, gar nicht ranzugehen, tat es dann doch –

Ja, bitte?

David?, fragte eine weibliche Stimme, die er zu kennen glaubte, aber nicht zuordnen konnte.

Wer ist da?

Gott, bin ich froh, es geht dir gut.

Immer noch hatte David keine Ahnung, wer da mit ihm sprach.

David! Ich bin es!

Dann aber: Vera?

Vera lachte ein herzerfrischendes Lachen. Ich habe gesagt, ihr werdet mich nicht mehr los!

David wunderte sich, woher sie die Nummer hatte –

Als ich das Foto gesehen habe, habe ich Hadir geschrieben und der hat über Kalifa –

Es geht mir gut! David wusste natürlich sofort, von welchem Foto sie sprach, was sie sich fragte, was sie erwog – aber er ging darüber hinweg. Und du? Bist du –

Auch sie wusste, was David dachte. Ob sie freiwillig umgekehrt war, ob sie gerettet, ob sie im Kreis gelaufen und irgendwann wieder bei dem Camp gelandet war, ob sie enttäuscht gewesen war, als sie erkannte, dass sie nicht sterben würde? David fragte nicht.

Ja, ich bin heil, sagte Vera und erkundigte sich nach Stefan.

David sagte, dass er viel arbeiten würde, dass er bald nach Norwegen gehen würde, obwohl sie seit ihrem Abendessen im Nomad nicht mehr darüber gesprochen hatten. Er wollte einfach reden, wollte nicht, dass das Gespräch unterbrochen wurde, dass eine Pause entstand –

Wo Vera wohl gerade war? David hatte keinerlei Anhaltspunkte. Er könnte sie fragen. Aber war das wirklich wichtig?

Hallo, bist du noch da?, hörte er sie.

Und wie bist du auf das Bild gestoßen?, fragte David leise.

Ich habe es auf Hadirs Facebookseite gesehen –, sagte Vera, hörbar froh, dass sie wieder auf den Grund ihres Anrufs zurückgekommen waren, vielleicht auch, dass es von David ausgegangen war.

Kennst du das Bild?

Ja und nein.

Was immer das heißen mag. Vera lachte.

Ich kenne es, aber ich habe es nicht, erklärte er.

Soll ich es dir schicken?

Warum wollte Vera unbedingt, dass er das Foto hatte?

Soll ich?, fragte Vera noch einmal.

Also gut, ja.

David nahm das Handy vom Ohr. Wenig später traf eine SMS ein.

Hast du es bekommen?, hörte er Veras Stimme.

Er tippte die Nachricht an. Das Bild war groß und öffnete sich nur langsam. David schloss die Augen, drehte den Kopf zur Seite – wie damals im Atlas. Blut pochte hinter seinen Schläfen. Eine Weile tönte Veras Stimme noch aus der Ferne. *David! David?* Nicht verärgert. In Sorge eher. David antwortete nicht. Irgendwann gab sie auf, seinen Namen ins Telefon zu rufen. Sie sagte: Adieu. Es klang jetzt doch nach einem endgültigen Abschied. Dann nur noch das Tuten. Sie hatte aufgelegt. Sie würden nie wieder voneinander hören. Vielleicht wollte sie sich wirklich nur vergewissern, ob es ihm gut ging. Aber vielleicht war Vera auch klüger, als er angenommen hatte. Vielleicht wusste sie, dass er das Foto nur dann wirklich vergessen konnte, wenn er es gesehen hatte. Dafür hätte sie aber mehr wissen müssen, als sie wissen konnte. Vielleicht hatte Vera auch einfach nur eine Ahnung davon, wie die Dinge laufen –

David hielt sich das Handy vors Gesicht, zählte bis drei – und klappte die Lider auf.

Das Foto füllte das ganze Display aus. Zweifellos war das er. Eine Fratze. Augen voller Panik. Aber er war es auch nicht. Er erkannte sich und erkannte sich doch nicht. Ein stummer Schrei. Es entsprach dem, wie er sich das Bild vorgestellt hatte – und auch nicht.

Und er konnte sich nicht sattsehen.

Am Samstag gegen Mittag traf Xaver ein – zuvor hatte er am Markt eingekauft. Gemeinsam packten sie die Taschen aus. David erschrak, als er ein Huhn auf der Anrichte liegen sah. Echt jetzt? Huhn? Immerhin lebte es nicht mehr, war enthauptet, gerupft und ausgenommen. David verschwieg die Hühner von Imhil, fragte nur, wie sie es zubereiten würden.

Ganz einfach – mit Rosmarin gespickt und Butterwürfel auf die Brust und dann eine Dreiviertelstunde bei maximaler Hitze ab ins Backrohr. Dazu gibt es Reis. That's it. Als Vorspeise eine Brennnesselsuppe. Keine Nachspeise. Wir sind alle in einem Alter, wo wir uns das nicht mehr leisten können. Nein, Scherz, sind wir natürlich nicht. Na ja, eigentlich schon. Aber wie auch immer – Xaver hatte bereits am Vorabend eine Zitronentarte gemacht. Für die musste David jetzt nur noch Platz im Kühlschrank schaffen.

Du hast dir echt Mühe gegeben, freute sich David.

Wie alt ist Susanne eigentlich?

Ein paar Jahre jünger als wir. Ende dreißig, vielleicht aber auch schon vierzig. Genauer wusste David es nicht.

Und ich? Sehe ich ohne Bart jünger aus?, wollte Xaver wissen und hob die Augenbrauen.

David hatte bisher nichts zu Xavers bartlosem Gesicht gesagt. Jahrelang hatte er Vollbart getragen. Er hatte David nichts von dieser Veränderung erzählt, am Telefon beispielsweise. Wieso hatte Xaver ihn nicht vorinformiert?

So schlimm? Xaver hatte die Frage falsch verstanden. Er sah David unsicher an.

Nein, nein, wehrte David ab.

Ich wollte dich überraschen, rechtfertigt Xaver seine Heimlichtuerei.

Es hatte eine Zeit gegeben, da hätte Xaver ihm unmittelbar nach einer so krassen Veränderung ein Foto von sich geschickt.

Und? Was sagst du?

Wir haben schon einmal darüber gesprochen, weißt du noch?

Xaver wusste es nicht oder tat so, als könnte er sich nicht erinnern.

Vor einem Jahr? New York? Dort hatten junge Männer keine Bärte mehr getragen, wie in europäischen Metropolen, wo Vollbärte in den Jahren davor zum absoluten *Muss* geworden waren. Unmittelbar nachdem Xaver das aufgefallen war, wollte er in Brooklyn zu einem Barber. David konnte ihn überreden, sich den Bart nicht abnehmen zu lassen. Er würde ihn dann weniger gerne ansehen. Genau *so* hatte er das auch gesagt.

Ja, kann sein, wiegelte Xaver ab. Es war ihm immer noch unangenehm, an New York erinnert zu werden. Sag schon!, bat Xaver erneut und fuhr sich mit der Hand über die glatte Haut.

Gut, sagte David. Gut siehst du aus.

Tatsächlich. Ihm gefiel Xavers neuer Style. In New York hatte David offensichtlich nicht genügend Fantasie bewiesen.

Und nun zu dem Stück. Den Reisebericht hoben sie sich fürs Abendessen auf. Also lass uns über das Stück reden. Xaver klappte seinen Laptop auf.

Hast du noch mal mit dem Autor darüber gesprochen?

Ja, Xaver hatte. Der junge gehypte Autor hat irgendwas von *aus einem Guss* gefaselt. Wollte wohl damit sagen, dass er es einfach so runtergeschrieben hat und für einen Geniestreich hält. Drei andere Theater hätten es bereits für die nächsten Spielzeit auf den Spielplan gesetzt. Der Autor wortwörtlich: Also? Warum diese Fragen? Ich glaube, dieser Schnösel weiß selbst nicht, was er da produziert hat, und verlässt sich auf uns. *Aber.*

Auf dieses *Aber* hatte David gewartet.

Aber ich weiß jetzt, wie es funktionieren kann.

Und zwar?

Mit einem Chor.

Und den kriegst du?, war Davids erster Gedanke. Das kostet. Die bezahlen das? Dieses Provinztheater bezahlt das?

Einen Laienchor, stellte Xaver richtig. Einen Kirchenchor.

Auch so ein Trend auf den Bühnen dieser Welt. Laien. Chöre. Man wähnt sich in der Antike. Sucht das Fundament. Ein *Frauen*-Kirchenchor. Verstehe: repräsentative Frauenchöre statt marginalisierter Frauenrollen. Haha. Es ist noch nicht allzu lange her, dass Xaver so geredet hatte. Aber bitte sehr. Also jetzt auch Xaver. Ein Kirchenchor. Xaver war überzeugt, dass der Autor etwas *Religiöses* im Sinn habe – auch wenn der Autor es selbst nicht so hatte formulieren wollen, oder wohl eher nicht hatte formulieren *können*, ergänzte er abfällig. *Das* habe ich mit *Liebe* gemeint. Jede Religion hat die Liebe als Basis, sonst ist es Ideologie und keine Religion. Es sind aber eigentlich nicht die Worte. Es ist der Sound. Eine Litanei. Immer der gleiche Rhythmus. Dieselbe Leier. Ich lese das nicht heraus –

Du liest es hinein?

Nein, widersprach Xaver etwas unwirsch, als würde David ihn nicht ernst nehmen. Ich *höre* es heraus.

Ah – das war also die Pointe.

Während du weg warst, habe ich immer wieder laut vorgelesen, mich dabei aufgenommen, zu der Aufnahme erneut laut gelesen und so weiter. Xaver drehte David den Bildschirm hin. Das Manuskript war übersät mit Kreuzen und Haken, schwarze Zeichen markierten gesprochene Worte, rote Zeichen zeigten Musikeinsätze – eine Partitur. Viele der harten Worte, die das Gewaltthema nahegelegt hatten, waren gestrichen, die Fäkalworte fehlten zur Gänze – vermutlich ein Zugeständnis an den Kirchenchor. Der Chor kippt immer wieder vom Sprechen ins Singen, Lieder, die so ein Kirchenchor ohnehin draufhat, erklärte Xaver. Er ging den Text von Anfang an durch, erklärte David Einsätze, hatte bereits Titel ausgewählt, Gassenhauer aus dem *Gotteslob*. Der Rhythmus ist alles.

Hast du schon gesagt.

Ja, aber das ist eben wirklich wichtig!

Xaver hatte eine Fährte aufgenommen und folgte ihr hechelnd. Es war ihm egal, wie sehr sie bereits von anderen Regisseuren ausgetreten worden war.

Und was brauchst du von mir?, unterbrach er Xaver irgendwann.

Von dir brauche ich eigentlich gar nichts. Xaver lachte kurz auf.

Heißt was?

Darüber müssen wir reden.

Bin ich raus – wie damals bei *Warten auf Godot* auf den Färöerinseln?

Nein, natürlich nicht!, widersprach Xaver heftig, gab aber damit wenigstens zu, dass damals wirklich etwas krumm gelaufen war. Aber willst du diese alte Geschichte jetzt wirklich besprechen?

Nein, wollte David nicht. Er fragt sich vielmehr, ob er sich getäuscht hatte, oder hatte Xaver sich tatsächlich bemüht, die Ansage, dass er ihn nicht brauche, so klingen zu lassen, als würde er David damit etwas abnehmen, ihn um eine Aufgabe erleichtern wollen, die ihn ohnehin nur nervte, als würde er aussprechen, was David sich sowieso gewünscht hatte, aber aus falsch verstandener Solidarität niemals zu sagen gewagt hätte?

Ich brauche nichts von dir –

Habe ich verstanden.

Aber ich brauch *dich.*

Um mit mir über seine *fadenscheinigen* Ideen zu sprechen – *fadenscheinig,* das trifft den Nagel auf den Kopf, dachte David. Schon seit Jahren war ihre Arbeit *fadenscheinig.*

Xaver redet. David hört zu oder tut so als ob. Sprechend schärft Xaver seine Gedanken. Schlussendlich ist er überzeugt, sie hätten gemeinsam etwas entwickelt – das kenne ich jetzt auch schon seit zwanzig Jahren. Was *so* nicht stimmte. David lag mit *seit zwanzig Jahren* falsch – das wusste er auch. Früher war es nämlich anders gewesen. Am Anfang, als sie sich Oscar-Wilde-Märchen vorgelesen hatten. Auch in den ersten Jahren nach Ostdeutschland, als sie nächtelang über neue Stoffe diskutiert hatten – aber das war nicht der Moment, fair gegenüber ihrer gemeinsamen Geschichte zu sein.

Xaver rezitierte Stellen aus dem Stück, unterbrach sich, hier würde ein Teil des Chores mit Gesang einsetzen, erklärte er. Er suchte Beispiele bei Youtube, er sang ein paar Zeilen eines bekannten Kirchenliedes mit, dann verfiel er wieder ins laute Sprechen –

Hast du es?

Was?

Eine Vorstellung, wie das alles klingen wird.

David hatte nicht zugehört. Er hatte Xavers glatt rasierte Gesichtshaut studiert. Hatte sich die Muttermale angesehen, die bisher vom Bart verdeckt worden waren, Hautunreinheiten, blaue Äderchen. Mit oder ohne Bart. Natürlich war das Xaver. Aber auch nicht. So wie David auf Aribs Foto zu sehen war. Und auch nicht.

Während Xaver gesprochen und gesungen hatte, hatte David sich in Gedanken herumgetrieben. Bis in das New Yorker Hotelzimmer, ein Zimmer auf der fünfundvierzigsten Etage in einem Hotel in der fünfundvierzigsten Straße, das Xaver zu Davids fünfundvierzigstem Geburtstag gebucht hatte. Nachdem David den Preis pro Nacht gelesen hatte, hatte er zu wissen geglaubt, warum ein *gemeinsames* Zimmer. Aber der exorbitante Preis war nicht ausschlaggebend gewesen. Es war wohl Teil von Xavers Geheimplan gewesen. Für David war das, was Xaver gesagt hatte, nachdem sie an der Hotelbar getrunken und Xaver über ihre Mutlosigkeit, ihre Feigheit philosophiert hatte, völlig unvorhergesehen gekommen: Ich will mit dir schlafen. David hatte während der vergangenen zwanzig Jahre nie Sex mit Xaver gewollt, ihn nie gewünscht, nie erträumt. Xaver schon? Ich möchte es einfach ausprobieren, hatte Xaver gesagt – als wäre Sex zwischen Männern so was wie eine Geschicklichkeitsübung. Zuerst küsst du mich, hatte Xaver ihn angewiesen, als wäre David der blutige Anfänger. Und dann? Eins nach dem anderen. David hatte sich vorsichtig bewegt, leise, als könnte man im Nachhinein über das, was keine Geräusche verursacht, diskutieren, ob es auch wirklich geschehen war. Xaver hatte nach Alkohol geschmeckt. Sie hatten sich ausgezogen, David hatte Xavers Schwanz in den Mund genommen, bis das Blut in ihn geströmt und er fest war. Er hatte sich auf den Bauch gedreht, Xaver war hinter ihm gekniet. Er hatte Davids Becken zu sich hochgezogen, war in ihn eingedrungen, hatte stumm ein paar kräftige Stöße gemacht.

Es war ähnlich schnell vorbei gewesen wie Aribs Messerattacke im Atlas. Dann war Xaver auf das Bett gesunken, und wenig später hatte er geschnarcht. David hatte eine Weile reglos dagelegen. Dann hatte er sich auf den Rücken gedreht, sich aufgesetzt, Xaver betrachtet. Was war das denn gewesen? Er wusste es nicht. Da war nichts. Rein gar nichts. Kein passender Gedanke. Keine passende Empfindung. Der Gin vernebelte alles. Da war nur eine leere Bühne in seinem Kopf. Auf der war alles möglich. Er sah auf das Kissen. Er sah Xavers Kopf. Er sah das Kissen auf Xavers Kopf. Eins kommt zum andern. David sah seine eigenen Hände auf dem Kissen. Er sah seine durchgestreckten Arme. Die Adern an seinem Hals schwollen an. Er drückte und drückte. Er wollte *etwas* auslöschen. David saß immer noch reglos da, er wusste, er könnte das jetzt tun. Einfach so. Aber mit einem Schlag – wie ein plötzlicher Einfall – bekam er es mit der Angst zu tun. Er sprang vom Bett, zog sich an, stürmte aus dem Zimmer, in den Lift, fünfundvierzig Stockwerke hinunter – der Lift fuhr zu langsam, er hüpfte hoch, um ihn zu beschleunigen, die Kabine wackelte, wenn er mit den Füßen aufschlug. Er erreichte das Erdgeschoss. David rannte am Nachtportier vorbei auf die Straße, die fünfundvierzigste Straße entlang, bog ab in eine andere Straße, bog erneut ab, schon hatte er die Orientierung verloren –

Bis hierher war David Schritt für Schritt alles durchgegangen, was in New York geschehen war, hatte jeden Schritt innerlich abgehakt, während Xaver hier im Zimmer auf- und abgegangen war und den Text des jungen Autors vorgesprochen hatte –

Stopp, herrschte David Xaver plötzlich an.

Xaver blieb stehen. Was?, fragte er überrascht. Bin ich nicht gut? Er lachte.

I waste my time, sagte David, ohne zu zögern. Schon lange. Ich will nicht mehr. Unsere Zusammenarbeit hat sich schon lange erschöpft. Schon vor Jahren. Er sprach ganz ruhig. Wir haben uns verändert. Wir kennen uns nicht mehr.

Schwachsinn, brachte Xaver. Aber er wusste, dass David es ernst meinte. Er fiel wie ein Sack auf das Sofa. Xaver musterte David. Dann versuchte er noch etwas zu retten: Was ist das eigentlich Interessante an dieser Szene?

Falsche Frage, sagte David. Wie willst du sterben? Im Schlaf? Jemand erstickt dich mit einem Kissen?

Xaver starrte ihn an, brachte dann ein *Sehr lustig* hervor.

Es muss noch etwas anderes geben, sagte David nach einer Pause.

Etwas anderes?

Ja.

Was?, fragte Xaver scharf. Sag es mir!

Hast du nicht manchmal diese Sehnsucht?

Wonach?

Aber David fehlten die Worte dafür.

Xaver schlug vor: Nach etwas Essenziellem, etwas Wesentlichem?

David schüttelte den Kopf. Nein. Das sind nur Wörter. Ich muss es erst herausfinden. Und das muss ich alleine tun. Am liebsten hätte er augenblicklich damit angefangen. Er wollte raus hier, allein sein, den Fluss entlanglaufen, den weiten Weg bis zu den Weinbergen gehen. Aber da war ja noch dieses Essen. Dieses Scheißessen. Susanne würde kommen. David hatte jetzt schon keine Lust auf welche Art von Konversation auch immer. Trotzdem sagte David: Komm, lass uns das Essen vorbereiten.

Xaver nickte.

Wäre Xaver abgehauen, fragte sich David später, wenn er sich nicht extra für Susanne rasiert hätte?

Während der nächsten Stunde hörte man vor allem das Klappern der Töpfe, Messer und Kellen.

Gegen sieben Uhr trafen Susanne und Stefan ein, sie hatten schon den Nachmittag miteinander verbracht. Susanne sah noch viel besser aus als auf den Fotos, die Stefan von ihr auf dem Handy gespeichert hatte. Schlank, ein schlichtes dunkelgrünes Tafelkleid, kein Schmuck, ein perfektes Make-up. Xaver und sie verstanden sich auf Anhieb. Sie entschuldigten sich, wenn sie einander ins Wort fielen, lachten, strahlten um die Wette. Als Xaver nach Marokko fragte, während David die Suppe servierte, wollte Stefan loslegen, aber Susanne wünschte sich: Erzähl du, David! Stefans Version kenne ich bereits.

Also, David!, forderte Xaver ihn auf. Wie war das dort?

David wollte nichts preisgeben, was Stefan in Gegenwart eines Fremden – schon gar nicht in Xavers Gegenwart – für sich behalten würde. Er entschied sich für Anekdoten. Keine Chronologie. Das machte es leichter, eine Auswahl zu treffen, Lücken zu lassen – er begann mit der True-Blood-Bar. Aber kaum hatte er sie erwähnt, unterbrach ihn Susanne. Wahnsinn! Das musst du dir anhören, Xaver!

Warum *True Blood*?

David erklärte, erzählte –

Hundert Euro für zwei Flaschen Wein, sagte Xaver schließlich kopfschüttelnd.

Ich hätte das ja nicht bezahlt, warf Stefan ein.

Aber was wäre dann geschehen, wenn David es nicht gemacht hätte?, fragte Susanne aufgekratzt.

Nichts wäre geschehen, war Xaver überzeugt. In diesen Ländern passiert ja im Grunde dann doch nichts. Es gibt keine realen Gefahren. Nicht für Touristen. Nur Ängste.

Die beiden Däninnen?, wandte Susanne ein.

Prinzipiell stimme ich Xaver zu, sagte David und wandte sich an ihn, als hätte es ihre Diskussion von vorhin nie gegeben. Xaver hat recht, wenn man sich an ein paar einfache Regeln hält. Die Däninnen, da waren sich alle einig, mit denen wir gesprochen haben, waren unvorsichtig. Er berichtete, was Elodie zu dem Fall gesagt hatte, was Kalifa, was Vera –

Susanne nickte. Das sehe ich genauso.

Jetzt also doch?

Sie waren bei der Mutter ihres Fahrers zum Essen eingeladen, verkündete sie weiter.

Erzählte Susanne jetzt von der Reise? Gut, soll sie, von mir aus!

Scherz, oder?, fragte Xaver.

David nickte. Kein Scherz. Und wir haben nirgendwo so gut gegessen wie dort. Und wir mussten nicht einmal dafür bezahlen –

Alle vier brachen in schallendes Gelächter aus.

Der Wein war aus. Stefan holte eine neue Flasche und schenkte nach.

Diese Vera – das musst du dir anhören! Damit kam Susanne auf die Wüste zu sprechen.

David skizzierte, wie sie Vera begegnet waren, wie sie verschwunden und wieder aufgetaucht war. Dass Vera ihn an die *Dunkelkammer*-Autorin erinnert hatte, ließ er beiseite.

Würde Susanne als nächstes das Imhil-Kapitel aufschlagen?

Aber Stefan hatte ihr nichts von ihren Tagen in Imhil erzählt, auch nicht, wie Kalifa an der Brücke über den Ourika-Fluss abgehauen war. David wunderte sich. War Susanne nicht diejenige, mit der er alles besprach? Oder hatte Stefan sie instruiert: Wenn wir während des Essens auf die Reise zu sprechen kommen – was wir vermutlich tun werden –, möchte ich in Gegenwart eines Mannes, den ich nicht kenne, nicht über folgende Punkte sprechen: eins, zwei, drei. Für Susanne war das kein Problem gewesen: Das krieg ich hin. Wie auch immer – auf jeden Fall sprang David zurück zum Beginn ihrer Reise: Stellt euch vor, wir wären beinahe nach Bagdad geflogen. *Das* hatte Stefan Susanne zu erzählen einfach vergessen, wie er zugeben musste.

Wie konntest du nur?, fragte Susanne empört – gespielt empört.

Wie konnte das passieren?, fragte Xaver.

Dass ich es vergessen habe?

Nein, dass ihr beinahe nach Bagdad geflogen wärt.

David erläuterte die Sache mit dem Zubringerbus und den Tickets, auf denen Reihen standen, die es nicht gegeben hatte. Wie die anderen sie als Retter gefeiert hatten, obwohl sie nichts *getan* hatten – es war ihnen einfach nur aufgefallen. Das wäre aber *jedem* aufgefallen. Langsam kam David doch in Fahrt. Und wisst ihr, wer auch im Flieger saß?

Susanne und Xaver schüttelten den Kopf.

Oskar Ralph.

Der Schauspieler?

Wisst ihr, dass ich ihm einmal begegnet bin?, sagte Xaver. Vor Jahren!

Du hast mit ihm gearbeitet?

Nein, um Gottes Willen. Ich war Regieassistent an einem Theater, an dem er eine Gastrolle gespielt hat, und er wollte unbedingt mit mir essen gehen. Xaver sprach jetzt übertrieben laut, gestikulierte raumgreifend. Ich wusste natürlich, was er wirklich wollte, schließlich war ich jung und knackig.

Und?

Ich habe *Nein* gesagt. Also bot er mir Geld an, nur damit ich mit ihm essen gehe. Stellt euch vor!

David und Stefan wischten sich gleichzeitig mit der Serviette über den Mund. Das passierte zufällig, sah aber wie verabredet aus.

Und hast du es angenommen?

Was denkst du?, fragte Xaver Susanne.

Du warst feig und hast nicht.

Feig? Wieso feig?

Ich hätte ihm die Kohle abgeknöpft. Susanne nahm einen kräftigen Schluck vom Weißburgunder.

Heutzutage würde er jedenfalls damit nicht mehr durchkommen, fuhr Xaver lachend fort. Wenn ich heute so was an die große Glocke hänge, ist er erledigt.

Seit Oskar Ralphs Namen gefallen war, schaute Stefan gequält vor sich hin. David hatte nicht gewusst, dass Xaver das Gleiche mit dem Schauspieler erlebt hatte wie Stefan. Fürchtete Stefan, dass David jetzt ausplaudern würde, was er ihm über *seine* Begegnung mit Oskar Ralph erzählt hatte? Das hieße aber auch, dass er der Einzige war, der davon wusste – zumindest der Einzige am Tisch. Susanne hätte es ganz sicher erwähnt.

Wollen wir mit dem Huhn weitermachen?, fragte David, um sie alle auf neue Gedanken zu bringen.

Sichtbar erleichtert atmete Stefan durch. Xaver holte den brutzelnden Vogel aus der Küche und schnitt ihn am Tisch in vier Teile. Bon appétit!

Susanne fragte nach dem Stück, an dem Xaver und David gerade arbeiteten.

Shit. Also doch Arbeit. David überlegte, es zu verhindern, irgendwo anders hin abzubiegen, ließ es aber dann doch laufen. Und Xaver führte die Chor-Idee aus. David musste sich alles noch mal anhören. Susanne war begeistert. Da hätte ich selbst Lust mitzumachen! Sind doch alles Laien.

Du kannst singen?

Aber ja! Und du?, wollte Susanne schließlich von David wissen. Jetzt bin gespannt, was du ihm für einen Raum baust.

Ich bin raus. David war selbst überrascht, wie leicht das aus seinem Mund gekommen war.

Raus heißt was? Susanne schob sich ein Stück Fleisch in den Mund und strahlte Xaver an. Köstlich!

Heißt, ich komme ohne Bühnenbild aus, beantwortete Xaver Susannes Frage.

Also auch ohne Bühnenbildner, folgerte sie.

Für einen Moment herrschte ein betretenes Schweigen am Tisch. Die anderen schienen darauf zu warten, dass David sich dazu äußerte, der aber schaufelte Reis in den Mund.

Wobei ich sagen muss, übernahm Stefan, wohl in der Annahme, dass David aus Peinlichkeit schwieg, das, was Xaver gerade darüber erzählt hat, das klingt doch interessant, ich meine –

Ich auch. Susanne unterbrach ihn. Ich finde das auch total spannend. Wir könnten gemeinsam zur Premiere fahren.

Stefan zückte sein Handy. Ich habe sie schon eingetragen. Ich schicke dir eine Einladung.

Susanne checkte ihre Termine. Das geht hervorragend. Kannst du uns Karten besorgen?

Überhaupt kein Problem, sagte Xaver.

Alle vier nahmen jetzt ihre Hühnerknochen in die Hand und kauten daran herum.

Rosmarin und Butter, sonst nichts, sagte Xaver, als wäre er den anderen eine Erklärung schuldig.

Bei hoher Hitze?, erkundigte sich Susanne. Ist das ein Rezept dieser New Yorker Künstlerin?

Du kennst es?

Ja, natürlich. Wir lesen offenbar dieselbe Wochenzeitung – wo es in der bunten Beilage abgedruckt gewesen war, erfuhren die, die es nicht gewusst hatten.

David wunderte sich, wie lange man über die Vor- und Nachteile der kürzeren oder längeren Bratzeiten reden konnte. Xaver und Susanne krähten und gackerten wie Hahn und Henne, die sich nicht im Geringsten darum kümmerten, dass sie nicht alleine waren –

Er hätte am liebsten in die Hände geklatscht und *Stopp! Stopp!* gerufen, *es ist erst einmal genug, bis hierher!*

Aber warum denn, es lief doch so gut!, beschweren sich die Schauspieler.

Nein, ich möchte die Szene gerne noch mal wiederholen. David besteht trotz lauten Protests darauf. Aber diesmal vielleicht nicht ganz so – das ist zwar eine beschissene Boulevardkomödie, die sich keiner von uns freiwillig ausgesucht hätte, aber however – versucht bitte, nicht so zu übertreiben – mit ehrlichem Interesse aneinander, aufrichtig, wahrhaftig – Scheißwörter, ich weiß! Aber trotzdem. Also! Bitte!

Nicht lange diskutieren, einfach noch mal anfangen, sagt die Susanne-Darstellerin.

Ab wo?

Ab da, wo Susanne nach dem Stück dieses jungen gehypten Autors fragt, bittet David in seiner Fantasie die Spieler. Und vielleicht können wir hier auch ein wenig was am Text machen.

In seiner Vorstellung steht David neben dem Tisch und sieht auf die Vier herab.

Und vom David-Darsteller am Tisch wünscht er sich: Mach allen klar, dass du nicht nur aus dieser Theaterproduktion aussteigst. Mach ihnen klar, dass du überhaupt nicht mehr mit ihm zusammenarbeiten, dass du deinen eigenen Weg gehen willst, mit anderen Regisseuren oder Regisseurinnen, oder das ganze Theater überhaupt lassen.

Aber warum sollte David das in seinem Alter tun, mit sechsundvierzig quasi noch mal von vorne anfangen?, will der David-Darsteller wissen.

David kaute ein Stück Hühnerschenkel zu Ende, schluckte, und dann verkündete er quer über den Tisch, und zwar laut und deutlich: Ihr müsst ohne mich auskommen. Ich werde bei der Premiere *nicht* dabei sein.

Augenblicklich unterbrachen Xaver und Susanne ihr Gekrähe und Gegackere. Stefan legte den abgenagten Knochen ab und wischte sich die Finger ab. Aber wieso denn?, fragte Susanne verblüfft, als sie merkte, dass David es ernst gemeint hatte. Xaver knabberte auf seiner Unterlippe herum. Susanne wiederholte ihre Frage. David atmete durch und sagte: Ich werde überhaupt nicht mehr mit Xaver zusammenarbeiten. Das ist jetzt vorbei. Mehr trug sein Atem nicht. Er stockte. Seine Lungen schienen sich unmöglich weiter aufblähen zu können. Jetzt war es offiziell. Zwanzig Jahre waren mit zwei Sätzen zu Ende gegangen. Schluss, aus, vorbei. Aber einen Wimpernschlag später verkündete er: Lasst uns den Tisch abräumen. Xaver hat fantastischen Nachtisch mitgebracht.

Ob er fantastisch ist, werden wir erst sehen, überspielte Xaver die Situation. Auch Stefan und Susanne konnte man nicht ansehen, was sie über Davids Auftritt dachten. Sie brachten die Teller mit den abgenagten Hühnerknochen in die Küche – Susanne wankte schon etwas auffällig – die Zitronentarte wurde aufgetragen.

Sie *war* fantastisch.

Die zerschmilzt ja förmlich auf der Zunge, sagte Susanne, nachdem sie einen ersten Bissen genommen hatte.

Irgendwann sagte Xaver an David gewandt: Wir werden sehen –

Er sagte es ohne jeden offensichtlichen Zusammenhang, aber jeder am Tisch verstand, dass er es noch nicht aufgegeben hatte, David an sich zu binden.

Eine halbe Stunde später trat David zu Stefan hinaus auf den Balkon. Es war zwar bereits Mitte November, aber selbst in der Nacht waren die Temperaturen nicht unter fünfzehn Grad gesunken. In der Ferne summte die Stadt, ein Flugzeug zog über sie hinweg. Erst sah David nur die blinkenden Lichter, dann hörte er auch die dröhnenden Motoren. Wenn die Flieger in diese Richtung starteten, kam der Wind aus dem Westen.

Stefan rauchte eine Zigarette. Was er nur in Notfällen tat, wie er einmal unter der Rubrik *meine Geheimnisse* bekannt hatte. David wunderte sich, wo er die Notfallzigarette herhatte. Trug er immer eine Schachtel für Notfälle bei sich? Gab es mehr Notfälle, als er wusste –

Ich kenne ihn zwar nicht, fing Stefan an, wie sollte ich auch nach einem einzigen Abend, aber ich halte deinen Xaver für ein Arschloch, sorry! Er hat Susanne vom ersten Augenblick an angebraten. Ich habe gedacht, ich muss was unternehmen! Ich muss das jetzt erst einmal verdauen –

David lächelte. Deiner Susanne hat es aber gefallen.

Stefan zuckte mit den Schultern. Er wusste, dass David recht hatte, wollte es aber nicht zugeben. Er machte zwei tiefe Züge. Dann schnipste er den Zigarettenstummel in die Nacht hinaus. David sah der Glut nach. Sie verglomm noch in der Luft.

Komm, gehen wir schlafen, schlug Stefan vor.

Sorry, sagte David, um ihn aufzuhalten.

Musst du nicht.

Weißt du überhaupt wofür?

Stefan sah mit zusammengekniffenen Augen zu ihm, steckte sich erneut eine Zigarette an, schien selbst froh, noch bleiben zu können. Du hast mir die Geschichte mit Oskar Ralph nicht geglaubt, sagte er schließlich. Du hast gedacht, ich erfinde was. Du hast gedacht, ich will mich – keine Ahnung – wichtigmachen.

Nein, entgegnete David überrascht, natürlich habe ich dir geglaubt! Das war es auch nicht, was er gemeint hatte. Er hatte *sorry* für Xaver, für sein Verhalten sagen wollen.

Stefan nahm einen Zug, verschluckte sich am Rauch, hustete. Willst du wirklich mit ihm – er überlegte, welches Wort es wohl am besten treffen würde – *Schluss machen? Dich von ihm trennen* – schlug Stefan vor. War das ernst gemeint? Willst du nicht noch mal drüber nachdenken? Das hat ja auch wirtschaftliche Konsequenzen und was weiß ich noch alles.

David war sich absolut sicher: Ich werde mit ihm – *aufhören.* Das Wort fand er am treffendsten.

Und dann?

Seine Antwort war ein Schulterzucken. Dann bat er Stefan auch um eine Zigarette. Ohne zu zögern hielt Stefan David die Schachtel hin und gab ihm Feuer. Zum ersten Mal seit ihrer ersten Begegnung vor einem Jahr rauchten sie gemeinsam. Sie bliesen Rauch in die Luft. Eine Windbö riss ihn mit. Am Horizont war das Auf und Ab der Weinberge zu erkennen. Tief unter ihnen heulte eine Sirene. Blaue Lichtfetzen zogen durch die Straße. David sah dem Einsatzfahrzeug nach, bis es über die Seilbrücke den Fluss überquert hatte. Wenig später hielt es, das Heulen verstummte. Und Stefan wollte wissen: Warum genau? Warum genau hörst du mit Xaver auf?

Ich hätte es schon viel früher machen sollen, sagte David. Vor ein paar Jahren. Vor zehn Jahren.

Warum hast du nicht?

Ich war zu feig.

Warum warst du zu feig?

Ich hatte Angst.

Wovor hattest du Angst?

Am nächsten Morgen löschte David die Datei mit dem Stück des jungen gehypten Autors von seinem Computer und schmiss alle Skizzen, die er bereits angefertigt hatte, in den Papierkorb. Den ganzen Tag über war er nervös, erwartete einen Anruf von Xaver. Xaver rief nicht an. Auch nicht am nächsten und nicht am übernächsten Tag. Aber erst als David eine Woche lang weder etwas von Xaver gehört noch gelesen hatte, wurde er ruhig. Auch das Foto, das Arib im Atlas aufgenommen hatte und Davids Todesangst zeigte, beunruhigte ihn von Tag zu Tag weniger. Am siebzehnten Tag nach ihrer Rückkehr aus Marokko, er hatte die Wohnung verlassen und aß in einem kleinen Restaurant, das voll war mit Geschäftsleuten aus der näheren Umgebung, zu Mittag – Beef Tatar, das er ohne Kapern bestellt hatte, weil er Kapern schon als Kind nicht hinuntergebracht hatte –, stellte er fest, dass er zwar noch an das Foto dachte, aber ihm dessen Existenz vollkommen gleichgültig geworden war.

18

David wachte nachts auf. Stefan lag neben ihm, das bläuliche Licht des Handydisplays beleuchtete sein Gesicht. Stefan sah sich Fotos an, die er in Imhil gemacht hatte. Immer wieder war Bassima darauf zu erkennen. Mit und ohne Ziegen. Ein kindliches, ein entzückendes Geschöpf. Große braune Augen. Ein bezauberndes Lachen. Der dicke Zopf. Einmal sah sie direkt in die Kamera. In ihrem Gesicht spiegelte sich Stefans Ernsthaftigkeit. Es dauert eine Weile, bis Stefan bemerkte, dass David auf die Bilder schielte.

Sie wollten Geld. Stefan sprach tief in der Kehle.

Wer wollte Geld?

Bassima und ihre Familie.

Und das hat dich überrascht?, fragte David.

Stefan fuhr mit dem Finger über das Display, schob ein Bild nach dem anderen weg, immer schneller.

Hör auf damit, bat David.

Tatsächlich legte Stefan sein Handy auf der Bettdecke ab. Das Schlafzimmer schimmerte wie eine Flugzeugkabine bei einem Nachtflug.

Was wolltest *du*?

Ich? Ich war sauer auf dich und ich wollte etwas tun – Stefan lachte –, etwas Spontanes, etwas, das ich nicht geplant hatte, das mir über den Weg lief, und ich ergriff die Gelegenheit. Etwas, von dem ich dachte, du würdest es mir nicht zutrauen. Aber es war dir egal.

Nein, war es nicht. Ich verstand es bloß nicht.

Stefan schwieg – sodass David schon befürchtete, es würde nichts mehr von ihm kommen, wenn er nicht fragte. David fragte trotzdem nicht. Er wartete.

Wir zogen den ganzen Tag mit einer Herde herum, fuhr Stefan schließlich fort. Wir aßen zusammen. Vier Generationen. Eine große Familie. Drei Tage lang war ich ein Teil von ihr.

Das hat dir gefallen?, vermutete David.

Ich hatte nie eine richtige Familie, ich werde auch nie eine haben –

Ich weiß kaum etwas über deine Familie, sagte David.

Bis hierher hatten beide geklungen, als wüssten sie im Voraus, was der jeweils andere sagen würde. Als hätten sie das Ganze schon einmal durchdacht. Sie kannten die Stichworte. Die Anschlüsse klappten reibungslos. Selbst das Schweigen, die Pausen waren gesetzt. Jetzt aber stockte das Gespräch. Als Stefan es wieder in Gang bringen wollte, schien es, als improvisierte er: Das Foto von diesem Bergführer –

Arib.

Was war das für ein Bild – über das du gesagt hast, er soll es löschen?

Ein Bild eben. David wich aus.

Ein Bild von Arib?

Meinte Stefan ein Bild, auf dem Arib zu sehen war, oder eine Bild, das Arib fotografiert hatte?

Hattest du – hattest du etwas mit ihm?

Was? David lachte, verschluckte sich und musste husten. Nein, nein – bist du verrückt?

Seit unserer Rückkehr gehst du mir aus dem Weg. Wir gehen einander aus dem Weg.

Ich weiß, flüsterte David.

Wieder klappte der Dialog wie am Schnürchen, auch war David zu diesem Zeitpunkt noch überzeugt, er könnte ihn versanden lassen, Stefan an die Bilder auf Jahrmärkten oder nach Bergwerkführungen erinnern, die die Betreiber machten und den Besuchern am Ausgang anboten – früher wurden sie einem mit der Post zugeschickt oder vor Ort ausgedruckt, heutzutage kaufte man einen Link und ein Passwort.

Stefan drehte sich zu ihm. Die Bettwäsche raschelte. Aber was war nun auf dem Bild?

Die fast nebenbei gestellte Frage beschleunigte Davids Herzschlag, sein Magen krampfte zusammen und sein Hals wurde eng – und er sagte sich: jetzt oder nie.

Und David berichte: Von seiner ersten Begegnung mit Arib, ihrem Treffen am zweiten Tag. Wie er ihm Klamotten von sich angeboten hatte.

Warte. Stimmt, unterbrach ihn Stefan. Und ich habe mich nicht einmal gefragt, woher du die hattest.

David berichtete: Arib hatte seine eigene Theorie zu den Mördern der Däninnen. Und er war ihnen begegnet.

Den Mördern?

Den Däninnen.

Inka und Svea?

David staunte, dass Stefan sich an ihre Namen erinnerte.

Er berichtete: Wir haben einen Joint geraucht. Arib wollte, dass ich bei ihm übernachte. Er hat es nicht ausgesprochen, aber ich nehme an, er hat mir Sex angeboten – für Geld. Aber ich wollte nicht. Er fügte hinzu, mehr um sich selbst zu vergewissern, als Stefan zu beruhigen: Ich hätte es auch nicht gewollt, wenn es nichts gekostet hätte. Ich wollte ins Hotel. Ehe ich ging, bat ich ihn, mich an den Ort zu bringen, wo es geschehen war.

David erzählte vom Aufbruch am Morgen, der Tour entlang des Wasserfalls, vom Weg durch die Schlucht und über die Hochebene. Wie sie den Tatort erreicht hatten, von dem er immer noch nicht sicher war, ob es der Originalschauplatz gewesen war oder ob Arib ihn an irgendeinen beliebigen Platz geführt hatte.

Und dann erzählte er den Rest.

Danach herrschte eine Weile Stille im Schlafzimmer. David konnte nicht einschätzen, was Stefan dachte. Durchs Fenster sah er in den Himmel. Es war eine wolkenlose Nacht. Aber nur wenige Sterne waren zu sehen. Obwohl es hier genauso viele gab wie in der Wüste, dachte David.

Das muss schrecklich gewesen sein, sagte Stefan schließlich leise.

War Stefan in Gedanken vor Ort? Versuchte er sich zu erinnern, wie er David die Straße hatte entlangkommen sehen, was er gedacht, was er gefühlt hatte, wie froh er gewesen war, dass er ihn gefunden hatte? Was er damals alles nicht gewusst hatte? Worüber auch immer Stefan gerade nachdachte, David fügte noch eine Frage hinzu: Glaubst du, Arib hatte recht mit dem, was er gesagt hat? Habe ich ihn darum gebeten, mit mir in die Berge zu gehen, damit er *das* mit mir macht? Kann es sein, dass ich mich so wenig kenne?

Als von Stefan nur ein Laut – etwas wie ein Schmatzen – kam, ließ David es darauf beruhen. Dann erzählte er Stefan, wie er seit ihrer Rückkehr immer wieder an das Foto hatte denken müssen, wie es immer wieder in seinem Kopf herumgeisterte –

Warum hast du es nicht gesagt?

Ich habe gedacht, ich brauche das Foto, damit du verstehst.

Und du hattest es nicht?

Damals noch nicht.

Und jetzt schon?, Stefan setzte sich überrascht auf.

David berichtete von Veras Anruf und griff nach seinem Handy.

Nein – Stefan musste nicht eine Sekunde lang überlegen –, ich will es nicht sehen.

Trotzdem öffnete David seine Fotoapp.

Ich will nicht, wiederholte Stefan energisch und griff nach Davids Handy. Geschickt wich David aus und ließ sich von Stefans Protesten nicht stören. Er suchte ein ganz bestimmtes Bild. Ein Porträt. Von sich. Auf dem er sich gefiel. Es dauerte eine Weile. Nachdem er es gefunden hatte, hielt er es Stefan hin. Schau es dir an!

Was ist das?

Das hast du gemacht. Nachdem wir zum ersten Mal miteinander geschlafen haben. Du hast gesagt, ich bin schön. Ich habe es dir nicht geglaubt. Also hast du ein Foto von mir gemacht, um es mir zu beweisen.

Ja, ich erinnere mich. Stefan schaute und sagte: Du *bist* schön.

Das ist das *siebenunddreißigste Bild*, sagte David.

In dieser Nacht lagen David und Stefan noch lange wach. Sie erzählten einander Dinge, die sie noch nicht voneinander wussten, Geschichten aus ihrer Jugend, wie sie älter wurden, die Jahre danach, sie sprachen darüber, was sie sich erträumten, was sie sich wünschten, was sie im Leben erreichen wollten, wohin sie gemeinsam reisen könnten. Nach New York?, schlug Stefan vor. Und David erzählte von New York. Was dort geschehen war. Die ganze Geschichte. Fast die ganze Geschichte. Nicht, dass er einen Augenblick lang darüber nachgedacht hatte, Xaver mit einem Kissen zu ersticken. Was würde das bringen, Stefan davon zu erzählen, fragte sich David. Das brächte bloß Fragen mit sich, die David weder würde beantworten wollen noch können.

Also verschwieg er diesen Punkt. Aber ansonsten konnten sie sich in dieser Nacht alles sagen. Sie hatten keine Scheu voreinander. Sie mussten einander nichts erklären, einander nichts verzeihen. Nichts, was gesagt wurde, beschwerte sie auf irgendeine Weise.

Vor dem Fenster wurde es bereits hell, als sie eng umschlungen endlich einschliefen. Im Schlaf drehten sie sich wie Synchronschwimmer mal in die eine, mal in die andere Richtung. Jedes Mal schreckte David aus dem Schlaf auf, aber bloß für ein paar wenige Augenblicke –

»Das Bändchen ist schmal, die Konstruktion raffiniert: Aus 14 verschiedenen Perspektiven werden Blicke auf die Hauptfigur geworfen, wird diese umkreist, ohne dass sie je selbst zu Wort kommen würde. So bleibt David immer ein bisschen unscharf, was nur zum Reiz des Ganzen beiträgt, weil der Leser mitpuzzeln muss. Und die bitterböse Pointe ist auch nicht schlecht.« Sebastian Fasthuber, *Falter*

Andreas Jungwirth: Wir haben keinen Kontakt mehr
80 Seiten, 14 Euro, 978-3-99065-016-5

Erste Auflage

www.editionatelier.at
Cover: Jorghi Poll
Druck: Grafički zavod Hrvatske, Zagreb
ISBN 978-3-99065-067-7 / E-Book ISBN 978-3-99065-072-1

Mit freundlicher Unterstützung des Literaturreferats der Stadt Wien, MA7, des Landes Oberösterreich und der Kunstförderung des Bundeskanzleramtes Österreich.

WIEN KULTUR

mit Unterstützung von Kultur ober österreich

Bundesministerium
Kunst, Kultur,
öffentlicher Dienst und Sport

Ihr Leute, wacht ENDLICH auf!

Es wird höchste Zeit!

Ihr hängt schon viel zu lange hilflos an der Angel.

Und wenn IHR nichts tut, wird das für immer so bleiben.

Denkt bloß nicht, daß man euch FREIWILLIG wieder losläßt!

KEIN Angler läßt den fetten Karpfen, der einmal angebissen hat, freiwillig wieder vom Haken.

Aber IHR seid doch keine vernunftlosen Fische!

Die Angel, an der IHR baumelt, hat auch keine Widerhaken.

Ihr KÖNNT also den Köder wieder loslassen. JEDERZEIT.

Doch warum TUT ihr es dann nicht!?

Meint ihr denn wirklich, IHR bekämt noch JEMALS eure Freiheit zurück, solange IHR weiter an «Corona» GLAUBT?

Ja, ganz recht, «Corona» ist PURE Glaubenssache.

Aber wer DARAN glaubt, wird NICHT selig!

Ihr seht doch alle, was ihr durch euren Glauben an «Corona» werdet.

Ihr werdet unglücklich.

Ihr werdet unfrei.

Ihr müßt überall eine häßliche, unbequeme Maske aufziehen.

Ihr müßt überall lästigen «Abstand» von euren Mitmenschen halten.

Ihr müßt eure Läden, eure Gaststätten, eure Hotels, eure Reisebüros schließen.

Ihr geht bankrott.

Ihr dürft keine Konzerte mehr veranstalten oder besuchen.

Ihr dürft keine Ausstellungen mehr veranstalten oder besuchen.

Ihr dürft keinen gemeinschaftlichen Sport mehr treiben.

Ihr verliert eure Arbeit.

Eure Kinder lernen nichts mehr.

An der Schule heißt es nur noch «Rein in die Kartoffeln!» «Raus aus den Kartoffeln!»

Ihr werdet von euren Verwandten, Freunden, Arbeitskollegen abgeschottet.

Ihr werdet in Alters- und Pflegeheimen monatelang isoliert.

Ihr dürft nicht mehr reisen.

Ihr dürft nicht einmal mehr nachts vor die Tür.

Ihr müßt mit Polizeikontrollen in eurer Wohnung rechnen.

Ihr müßt in Quarantäne.

Ihr müßt euch endlos oft «testen» lassen.

Ihr müßt euch «impfen» lassen.

Und nichts von alledem «hilft».

Es gibt «trotzdem» immer neue «Corona-Wellen».

Jedenfalls laßt ihr euch das erzählen.

Immer neu.

Immer wieder.

Ohne Ende.

Ohne ENDLICH aufzuwachen.

Ohne zu verstehen, welcher Film hier WIRKLICH abläuft.

Eins kann ich euch versichern: Es ist ein überaus häßlicher, bösartiger Film.

Und keine noch so schöne «Impfung» wird diesem Albtraum ein Ende machen.

Ganz im Gegenteil.

Ihr werdet euch demnächst vor lauter «Impfungen» nicht mehr retten können!

Garantiert!

Ohne daß sich DADURCH irgendetwas zum Besseren wendet.

Albträume enden erst DANN, wenn der Mensch erwacht.

Sie enden NUR dann.

Aber WOLLT ihr überhaupt wach werden?

Wenn nein, dann lest hier gar nicht mehr weiter!

Dann seid ihr ja offenbar glücklich und zufrieden bei all diesen «Corona-Maßnahmen».

Es soll doch wahrhaftig glückliche Sklaven geben ...

Doch WENN ihr wach werden WOLLT, dann lest!

Lest aber unbedingt der Reihe nach, von A bis Z.

Bloßes Blättern oder «Querlesen» hat wenig Zweck.

Denn das, was weiter hinten steht, könnt ihr nur verstehen, wenn ihr zuerst gelesen habt, was vorne steht.

Alles ist eigentlich sehr leicht zu verstehen, aber eines baut halt auf dem anderen auf.

Da kann man nichts einfach überspringen.

Lest alles ruhig mehr als bloß einmal.

Lest es so oft, bis ihr alles gut verstanden habt.

Lest es so oft, bis ihr das wichtigste fest im Gedächtnis behaltet.

Und damit es nicht langweilig wird, machen wir es so:

Ihr fragt, ich antworte.

Ihr habt doch wohl nichts dagegen, daß ich euch vertraulich duze?

Der verhängnisvolle Grundirrtum: Glauben an ein «Corona-Virus» und an «Covid-19»

Wieso GLAUBEN wir nur an das neue Corona-Virus?

Ihr GLAUBT nur daran, weil ihr selber es noch nie *gesehen* habt und auch nie selber sehen werdet.

Das Virus ist angeblich unvorstellbar winzig; man kann es nur unter dem *stärksten* Mikroskop sehen.

Also nur unter einem Elektronenmikroskop.

Wer von euch hat denn ein solches Elektronenmikroskop?

Niemand.

So ein schweres, kompliziertes Gerät kostet Hunderttausende.

So ein Elektronenmikroskop haben nur ein paar Labore, und mit diesem Gerät können auch nur Fachleute umgehen.

Aber wenn IHR kein Elektronenmikroskop habt, könnt IHR kein Virus sehen.

IHR könnt dann unmöglich mit eigenen Augen nachprüfen, ob es so ein Virus wirklich gibt.

Also GLAUBT ihr den paar Photos in der Zeitung oder im Weltnetz.

Oder ihr GLAUBT bloßem Gerede aller möglichen Leute von diesem «Corona-Virus».

Gibt es denn nicht Dinge, die sehr wohl existieren, auch wenn man sie NICHT sieht?

Gewiß gibt es solche Dinge. Zum Beispiel den elektrischen Strom. Oder die Schwerkraft.

Erstens sind das aber keine greifbaren Dinge, sondern bloße Kräfte.

Zweitens könnt ihr mit völliger Sicherheit erkennen, daß sie wirklich existieren.

Sie bringen nämlich bestimmte Wirkungen hervor, und diese Wirkungen sind unter denselben Bedingungen IMMER gleich.

Die Glühbirne fängt IMMER sofort an zu leuchten, sobald ihr den Strom einschaltet, und sie hört IMMER sofort auf zu leuchten, wenn ihr den Strom abschaltet.

Nicht so das angebliche «Virus».

Das angebliche Corona-Virus zeigt absolut KEINE gleichbleibende Wirksamkeit.

Es zeigt nicht einmal eine Wirksamkeit, die ihr *eindeutig* IHM zuschreiben könntet.

Es zeigt also recht besehen GAR KEINE Wirksamkeit.

Ihr *seht* es nicht, es zeigt auch *keine Wirksamkeit* – wieso glaubt ihr dann trotzdem, daß es da ist!?

Bewirkt denn das neue Corona-Virus etwa nicht die neue Krankheit Covid-19?

Die Krankheit IST ja gar nicht «neu»!

Was soll denn daran «neu» sein?

Hat es denn vor dem Dezember 2019 *keine* schweren, tödlichen Lungenentzündungen gegeben?

Aber SICHER hat es die gegeben.

Jedes Jahr hat es die gegeben, und vor allem in der dunklen Jahreszeit.

Hat es denn vor dem Dezember 2019 *keine* schweren Fälle von Grippe gegeben?

Hat es denn da *keine* Erkältungen gegeben?

Aber SICHER hat es die gegeben.

Habt ihr es denn wirklich immer noch nicht mitbekommen?

> Ein **Symptom** ist ein Anzeichen einer Krankheit.

Daß die Ärzte sagen: «Covid-19 hat DIESELBEN Symptome wie die bisherigen Erkrankungen der Atemwege.»

Daß die Ärzte sagen: «Wir können Covid-19 rein klinisch NICHT von normaler Erkältung, normaler Grippe oder normaler Lungenentzündung unterschei-

> **Rein klinisch** heißt: nur anhand der Symptome.

den.» Fragt doch euren Arzt einmal geradeheraus:

«Herr Doktor, WAS ist denn nun eigentlich NEU an der Krankheit Covid-19?»

Wenn euer Arzt *ehrlich* ist, wird er euch antworten:

«Eigentlich nichts. Nur das Virus.»

Euer Arzt GLAUBT eben auch nur.

Er GLAUBT an das Virus.

Mehr nicht.

Er hat nämlich genausowenig ein Elektronenmikroskop wie ihr.

Er kennt auch, genau wie ihr, höchstens die paar Photos von dem angeblichen Virus.

Und er kennt natürlich, genau wie ihr, das unendlich viele Gerede über das angebliche «Virus».

Selbst nachgeprüft hat er aber NICHTS.

Das Virus selber *gesehen* hat er NICHT.

Wenn euer Arzt *weniger* ehrlich ist, wird er vielleicht behaupten:

«Das Neue an Covid-19 ist, daß die Krankheit mehr Todesopfer fordert, mehr Todesopfer als die üblichen Erkrankungen der Atemwege.»

Aber wenn ihr auf *diese* Lüge hereinfallt, seid ihr selbst schuld!

Denn DAS könnt ihr sehr leicht selbst nachprüfen.

Daß DAS dreist gelogen ist.

Aber stimmt es denn nicht, daß schon allein in Deutschland Zehntausende an Covid-19 gestorben sind?

Das stimmt nur dann, wenn ihr an Märchen glaubt.

Wenn ihr an etwas total Lächerliches glaubt.

Wenn ihr glaubt, die *herkömmlichen* tödlichen Lungenentzündungen, die *herkömmlichen* tödlichen Verläufe der Grippe wären seit Anfang 2020 vom Erdboden verschluckt worden.

Einfach verschwunden, *einfach so*.

Urplötzlich komplett weg!

Obwohl sie IMMER da waren, jedes Jahr, seit Menschengedenken.

Urplötzlich *komplett* weg.

Mit einem Schlag vollständig ersetzt durch «Covid-19».

Aber sind denn 2020 nicht MEHR Menschen gestorben als in früheren Jahren?

NEIN!

Genau *das* ist der springende Punkt.

WEDER in Deutschland NOCH sonstwo auf der Welt sind 2020 oder 2021 MEHR Menschen gestorben als in den Vorjahren.

NIRGENDWO hat es eine Übesterblichkeit gegeben.

> **Übersterblichkeit**
> heißt: mehr Tote als üblicherweise; mehr Sterbefälle als im langjährigen Durchschnitt zu erwarten.

Das hat oft genug in der Zeitung gestanden.

Ihr lest keine Zeitung?

Wirklich nicht?

Nicht einmal die BILD-Zeitung?

Klar, die ist schmuddelig.

Aber sogar in der hat es immer wieder gestanden: «*insgesamt* KEINE nennenswerte Übersterblichkeit».

Jedenfalls habt ihr doch fast alle Internet.

Mindestens auf dem Smartphone.

Warum seht ihr euch dann nicht die amtlichen Sterbe-Statistiken an?

Die kann man im Weltnetz ganz leicht finden.

In *vielen* verschiedenen Quellen.

Zum Beispiel auf den Webseiten der staatlichen Statistikämter.

Nicht nur beim «Statistischen Bundesamt», sondern auch beim Statistischen Amt der EU; das nennt sich «Eurostat».

Wenn ihr da die Sterbezahlen von 2020 mit den Zahlen von 2019, 2018, 2017 und so weiter vergleicht, seht ihr sofort:

Es gibt in Deutschland, in Österreich, in der Schweiz, ja, in jedem beliebigen EU-Land von Jahr zu Jahr nur geringe Schwankungen.

Und das Jahr 2020 hält sich perfekt im üblichen Rahmen.

Genau wie die bisherigen Monate des Jahres 2021.

Ich mache in dieser Schrift bewußt KEINE Fußnoten, weil ihr die ja nicht mögt.
Ihr findet aber am Ende dieser Schrift eine Liste mit Büchern.
In denen ist alles, was ich hier jeweils sage, ganz genau ausgewiesen.
Nachprüfbar, mit Namen, Ort und Datum!

Wenn es trotz Covid-19 keine Übersterblichkeit gibt, was folgt dann daraus?

Dann folgt daraus, daß es gar keine «neue» *tödliche* Krankheit gibt.

Daß es gar keine «neue» *tödliche* Krankheit mit dem Namen «Covid-19» gibt.

Denn wenn es die gäbe, müßte es unbedingt auch *mehr Tote* geben.

ZUSÄTZLICHE Tote, zusätzlich zu denen, die es auch sonst schon immer gab und gibt.

Und was ist mit den vielen Tausend sogenannten «Corona-Toten»?

Das ist reiner Etikettenschwindel.

Ihr wißt doch, was das ist: Etikettenschwindel.

Auf jeder Weinflasche klebt ein Etikett; das ist amtlich vorgeschrieben.

Auf dem Etikett steht, um welche Sorte Wein es sich handelt.

Es gibt große Qualitätsunterschiede beim Wein.

Aus dem Etikett kann man ersehen, ob es sich um normale, gehobene oder gar Spitzenqualität handelt.

Natürlich ist eine Flasche mit Spitzenwein sehr viel teurer als eine Flasche mit Durchschnittsqualität.

Betrüger gehen nun hin und kleben falsche Etiketten auf die Flaschen.

Der billige Wein kriegt ein anderes Etikett und wird als teurer Spitzenwein verkauft.

Wer kein Weinkenner ist, wird es vielleicht gar nicht merken, daß er ganz gewöhnlichen, billigen Wein viel zu teuer bezahlt hat.

So eine Art von Etikettenschwindel ist auch die angeblich «neue» Krankheit «Covid-19».

Was vorher «schwere Grippe» oder «tödliche Lungenentzündung» hieß, hat einfach ein neues Etikett bekommen.

Es heißt jetzt plötzlich «Covid-19» und soll ein gefährliches «neues» «Corona-Virus» als Ursache haben.

Wer bisher an schwerer Grippe oder an Lungenentzündung starb, bekommt jetzt das Etikett «Corona-Toter» aufgeklebt.

Und ihr fallt darauf herein, weil ihr *blind* den Ärzten, den sogenannten Wissenschaftlern und den Politikern vertraut.

Und natürlich den Medien.

Aber sind denn die Intensivstationen nicht mit Corona-Kranken überfüllt?

NEIN!

Erstens waren und sind sie in den meisten Ländern der Welt weder 2020 noch 2021 überfüllt.

Schon gar nicht in Deutschland.

Das ist durch viele Berichte von Augenzeugen glaubhaft belegt.

Zweitens gab und gibt es auf den Intensivstationen natürlich KEINE «Corona-Patienten», weil ja «Corona» oder «Covid-19» bloße *Schwindel-Etiketten* sind.

Es gab und gibt auf den Intensivstationen nur die üblichen Fälle sehr schwerer, oft tödlicher Erkrankungen der Atemwege.

Also letztlich immer Fälle von kritischer *Lungenentzündung*.

Die ÜBLICHEN Fälle, die es auch vorher schon *jedes Jahr* gegeben hat.

Die üblichen Fälle in der ÜBLICHEN Zahl, die es auch vorher schon *jedes Jahr* gegeben hat.

Sicherlich nicht jedes Jahr *genau* dieselbe Zahl.

Manchmal etwas mehr, manchmal etwas weniger.

Ab und zu, zuletzt 2018, sogar eine wirklich schwere Grippewelle mit einer deutlich höheren Zahl von Intensiv-Patienten.

Aber wenn dann hier oder da die Intensivstation tatsächlich einmal voll war, hat das kaum jemanden interessiert.

Das stand dann meistens bloß im Lokalteil der Zeitung.

Es hat auch nie lange gedauert, bis wieder normale Verhältnisse einkehrten.

Hat denn nicht das Fernsehen Bilder aus überfüllten Intensivstationen gezeigt?

Doch, gewiß.

Bilder hat das Fernsehen durchaus gezeigt.

Bilder, die man euch problemlos als solche von «mit Corona-Patienten überfüllten Intensivstationen» verkaufen konnte.

Auch Bilder von italienischen Militär-LKWs voller Särge «mit Corona-Toten».

Na und?

Wißt IHR, aus welchem Jahr und aus welchem Land diese Bilder stammen?

Oder unter welchen konkreten Umständen sie gemacht wurden?

Habt IHR in die Särge auf den Militär-LKWs hineingeguckt?

Wißt IHR, woran die Toten, falls sie überhaupt in den Särgen lagen, *wirklich* gestorben sind?

Habt ihr es etwa schon wieder vergessen?

Daß es 2020 und 2021 *gar keine Übersterblichkeit gegeben* hat?

Auch nicht in Italien!

Eines solltet ihr euch unbedingt merken: Bloße Bilder beweisen GAR NICHTS.

Das Fernsehen kann mit seinen Bildern noch viel besser lügen «als gedruckt».

Doch wenigstens *manchmal* kommt die Wahrheit ans Licht.

Die Wahrheit, daß das Fernsehen mit seinen Bildern lügt.

Natürlich nicht nur mit seinen Bildern, sondern auch mit seinen Worten.

Vor allem mit *den* Worten, welche die Bilder erklären sollen.

Oder umgekehrt mit *den* Worten, bei denen es euch diese Bilder zeigt.

Der große amerikanische Fernsehsender CBS hat den Amerikanern Bilder mit «überfüllten Intensivstationen in New York» vorgeführt.

Aber der Schwindel flog auf: die Bilder stammten aus *Norditalien*!

Das findet ihr genau belegt im Buch Nr. 5 auf Seite 134 (siehe die Bücherliste am Ende dieser Schrift).

Ja, in Italien gab es 2020 tatsächlich überfüllte Intensivstationen.

Aber wißt ihr auch, warum?

Weil es die dort *fast jedes Jahr* gibt, wenn die Grippewelle kommt.

Das findet ihr genau belegt im Buch Nr. 1 auf Seite 180 (siehe die Bücherliste am Ende dieser Schrift).

Italien hat sein Gesundheitssystem längst kaputtgespart.

Es gibt da deutlich WENIGER ALS HALB SO VIELE Intensiv-Betten pro Kopf wie in Deutschland!

So einfach ist das.

Das findet ihr genau belegt im Buch Nr. 12 auf Seite 24 (siehe die Bücherliste am Ende dieser Schrift).

Doch Fernsehen, Radio und Zeitungen *verschweigen* euch all das.

Stattdessen zeigen sie bloß Bilder.

Die hätten sie auch in früheren Jahren schon zeigen können.

Aber da gab es ja noch keine angebliche «Corona-Pandemie».

Deshalb war das nicht interessant.

Ihr Leute, hört auf, euch mit bloßen Bildern verschaukeln zu lassen!

Egal ob im Fernsehen oder in der Zeitung.

Auch für die Militär-LKWs mit den Särgen gibt es eine ganz simple Erklärung.

Mit «Corona» hat die nur am Rande zu tun, nämlich so:

In Italien hatten die Leichenbestatter genauso furchtbare Angst vor dem angeblichen «Virus» wie ihr.

Deshalb weigerten sich viele von ihnen, die *angeblichen* «Corona-Toten» zu beerdigen.

Die waren ja *vermeintlich* «ansteckend» ...

Außerdem hatte die Regierung befohlen, die *angeblichen* «Corona-Toten» zu verbrennen.

Aber die wahre katholische Kirche hat die Leichenverbrennung immer verboten, und deshalb gibt es in Italien nur sehr wenige Krematorien.

Man hatte also für alle die vielen Leichen, die *sonst noch nie verbrannt worden waren*, bei weitem keine genügende Kapazität.

Beides zusammen, die Angst der Bestatter und die völlig ungenügende Kapazität der Krematorien, führte zu einem «Leichenstau».

Die Leichen mußten in Kirchen «zwischengelagert» werden.

Sie wurden von den LKWs zu den Kirchen gebracht.

Das findet ihr genau belegt im Buch Nr. 15 auf den Seiten 56 bis 57 (siehe die Bücherliste am Ende dieser Schrift).

Die norditalienische Stadt Bergamo war *angeblich* ganz besonders schlimm von einem «Corona-Ausbruch» betroffen.

Damit die Italiener das glauben sollten, fuhren da die LKWs sogar mit LEEREN Särgen durch die Stadt.

Das waren dann die Särge, die euch das deutsche Fernsehen vorgeführt hat, um euch ins Bockshorn zu jagen.

Die bekannte italienische Virologin Professor Maria Rita Gismondo hat den Schwindel jedoch

mitbekommen und bekanntgemacht.

Bekanntgemacht so gut sie konnte, also im Weltnetz.

Denn Fernsehen, Rundfunk und Presse haben ihre Aufdeckung des Betrugs eisern totgeschwiegen.

Das findet ihr genau belegt im Buch Nr. 15 auf Seite 114 (siehe die Bücherliste am Ende dieser Schrift).

In Italien ganz genauso wie in Deutschland und sonstwo.

Ihr Leute, laßt euch nicht länger mit getürkten Bildern veräppeln!

Lest, statt nur zu gucken!

Lest wenigstens EINES der Bücher auf der Liste am Ende dieser Schrift.

Wer in Zeiten wie diesen keine UNABHÄNGIGEN Bücher und Zeitschriften liest, sondern bloß Fernsehen guckt oder Radio hört, der ist verratzt!

Dem werden schamlos alle möglichen Bären aufgebunden.

Die erste befreiende Wahrheit: Ein «Corona-Virus» existiert nicht

Wie kann das sein? Es gibt doch Photos davon, und es gibt Tests!

Sicher, das gibt es alles.

Die Tests sind ein Kapitel für sich.

Darauf müssen wir später noch zu sprechen kommen.

Aber auch die Photos sind ein Kapitel für sich.

Da steht zwar vielleicht drunter «SARS-Corona-Virus 2».

Aber das ist schon wieder Etikettenschwindel.

Denn was diese Photos *wirklich* zeigen, ist heftig umstritten.

Umstritten unter ausgewiesenen Fachleuten!

Unter den Experten selber!

Dazu müßt ihr wissen:

Ein Elektronenmikroskop vergrößert *so gewaltig*, daß das Blickfeld viel kleiner ist als der Durchmesser einer einzigen menschlichen oder tierischen Körperzelle.

Man sieht also immer nur einen *Ausschnitt* aus einer einzigen Körperzelle.

Jedenfalls dann, wenn man nach Viren sucht.

Nun enthält aber eine solche Körperzelle eine ganze Menge verschiedene Teilchen.

Vor allem die sogenannten Zell-Organellen.

Ich will euch nur ein paar davon aufzählen: Mitochondrien, Golgi-

apparat, Endoplasmatisches Retikulum, Vesikel, Vakuolen, Zellkern, Ribosomen.

Nein, ihr müßt nicht wissen, was das alles im einzelnen ist.

Ihr braucht nur zu wissen, daß es das alles (und noch viel mehr) *gibt*.

Und daß man das alles (und noch viel mehr) unter dem Elektronenmikroskop *sehen kann*.

Aber diese Teilchen sehen *nie völlig gleich* aus.

Keine zwei Mitochondrien haben identisches Aussehen.

Keine zwei Golgiapparate haben identisches Aussehen.

Keine zwei Vesikel haben identisches Aussehen.

Genau so, wie auch keine zwei Blätter eines Baumes je ganz gleich aussehen.

Vor allem aber haben diese Organellen keinen bestimmten Platz in der Zelle.

Sie können sich an den verschiedensten Stellen befinden.

Chaotisch durcheinander.

Es ist also ziemlich verwirrend, was man da unter dem Elektronenmikroskop alles zu sehen bekommt.

Sogar der beste Fachmann kann leicht ins Schwitzen geraten, wenn er bestimmen soll, was das alles im einzelnen ist.

Wenn so ein Experte nun irgendwann meint, irgendetwas von alledem, was er da sieht, sei ein Virus, ist das höchstens eine Vermutung.

Mehr nicht.

Gibt es denn keine Möglichkeit, so eine Vermutung zur Gewißheit zu machen?

Doch, theoretisch schon.

Man muß prüfen, ob das *vermeintliche* Virus die sogenannten «Kochschen Postulate» erfüllt.

WENN es sie erfüllt, IST es tatsächlich ein Virus.

Wenn es sie NICHT erfüllt, ist es KEIN Virus, sondern irgendein normaler Zellbestandteil.

«Kochsche Postulate» ist nun sicher ein Fachbegriff, den ich euch erklären muß.

Robert Koch war einer der frühesten Mikrobenforscher; er lebte von 1843 bis 1910.

Nach ihm ist auch das Robert-Koch-Institut in Berlin benannt.

Unter Mikroben versteht man die kleinsten überhaupt existierenden Lebewesen.

Das sind Bakterien, Viren und Pilzsporen.

Koch ging es um solche Mikroben, die beim Menschen Krankheiten auslösen.

> **Postulat** nennt man eine Forderung, eine geforderte Bedingung (von lateinisch «postulare» = fordern).

Er stellte vier Forderungen oder Bedingungen, sogenannte *Postulate*, auf.

Sie müssen *alle vier zugleich* erfüllt sein, um das VORHANDENSEIN eines solchen mikrobiellen Krankheitserregers im menschlichen (oder tierischen) Körper zu *beweisen*.

Das ist völlig unbestritten.

Das wurde und wird von Kochs Nachfolgern, den Bakteriologen und Virologen, bis heute fraglos anerkannt.

Weil es SO einleuchtend und SO selbstverständlich ist, daß niemand es infragestellen kann.

Wie lauten denn diese Kochschen Postulate?

Die *angeblich* vorhandene und *angeblich* krankmachende Mikrobe ist in unserem Falle ein Virus.

Die Kochschen Postulate gelten zwar genauso auch für Bakterien und Pilzsporen.

Ich beziehe sie aber jetzt nur auf das, was uns aktuell beschäftigt.

Also nur auf das Corona-Virus.

Das 1. Postulat lautet nun:

Das Corona-Virus muß in ALLEN Patienten zu finden sein, welche DIESELBEN Symptome, also *Krankheitsanzeichen* aufweisen.

Aber in KEINEN Personen, die ANDERE Symptome zeigen.

Und SCHON GAR NICHT in Personen, die GAR KEINE Symptome haben.

Also in GESUNDEN Personen.

Aber was ist dann mit den Menschen, die OHNE Symptome mit Corona infiziert sind?

So etwas GEHT gar nicht!

Genau DAS ist durch das 1. Kochsche Postulat völlig AUSGESCHLOSSEN!

Wo kein Symptom, da auch kein Virus!

Das ist eine jener vielen plumpen LÜGEN, mit denen man euch gegenwärtig traktiert:

Daß es eine «Virus-Infektion», also einen BEFALL mit einem Virus bei solchen Leuten geben könne, die *gar keine Symptome* haben!

Ehrlich gesagt, es wundert mich, daß so viele von euch DARAUF hereinfallen.

Seid ihr denn schon jemals in eurem Leben zum Arzt gegangen und habt gesagt:

«Herr Doktor, ich bin krank.»

Und wenn der Doktor dann gefragt hat:

«Aha, was haben Sie denn für Symptome?»

Habt ihr da etwa geantwortet:

«Gar keine. Mir tut nichts weh. Ich fühle mich völlig gesund.» ?

Wißt ihr, was euer Arzt gemacht hätte, wenn ihr SO etwas geantwortet hättet? Er hätte ausgerufen:

«Das ist doch nicht Ihr Ernst! Wozu kommen Sie dann her!?»

Er hätte sich veräppelt gefühlt.

Er hätte euch wütend aus seiner Praxis geworfen!

Und das mit vollem Recht!

Was ist aber mit denen, die sehr wohl Corona-Symptome haben?

Da stimmt die Benennung nicht.

Das sind ganz und gar keine «Corona-Symptome».

Sondern da haben wir ihn schon wieder, den frechen ETIKETTEN-SCHWINDEL.

Denn diese Symptome sind *erstens* bei verschiedenen Personen außerordentlich *verschieden*.

Sie reichen von Kopfweh über Rücken- bis zu Herzbeschwerden.

Sie sind so TOTAL verschieden, daß sie UNMÖGLICH alle von ein und demselben «Corona-Virus» herrühren können!

Diese Symptome sind *zweitens* identisch mit denjenigen vieler anderer, altbekannter Krankheiten.

Wir haben ja oben schon festgestellt:

An der schwindlerisch sogenannten «neuen» Krankheit «Covid-19» ist *rein gar nichts* neu.

Also:

Sogenannte «Covid-Patienten» haben KEINE *identischen*, sondern *lauter verschiedene* Symptome

Sie haben KEINE *neuen,* sondern *altbekannte* Symptome.

Außerdem werden sogar *symptomfreie* Leute trotzdem als «Patienten» oder als «Fälle» eingestuft.

ALL DAS widerspricht FRONTAL dem 1. Kochschen Postulat.

Folglich ist das 1. Kochsche Postulat NICHT ERFÜLLT.

Das würde schon reichen, um mit ABSOLUTER Sicherheit sagen zu können:

FALLS das *angebliche* «Corona-Virus» überhaupt existiert, macht es jedenfalls NIEMANDEN KRANK.

Aber wir sind ja noch lange nicht fertig.

Wir müssen ja noch die drei folgenden Kochschen Postulate zur Anwendung bringen.

Was verlangt denn das 2. Kochsche Postulat?

Das 2. Postulat besagt:

Das Corona-Virus muß *aus den Körperzellen von Patienten* ENTNOMMEN und im Labor ANGEZÜCHTET werden.

Zu diesem Zweck muß es erst einmal von allen anderen Zellbestandteilen säuberlich getrennt werden.

Das nennt man «Isolierung».

Dafür gibt es eine vorgeschriebene Standard-Methode.

Sie heißt «Dichte-Gradienten-Zentrifugierung».

Das findet ihr genau belegt im Buch Nr. 1 auf Seite 15 bzw. 42; dort wird die Methode auch ausführlich erklärt (siehe die Bücherliste am Ende dieser Schrift).

Anschließend werden die SAUBER ISOLIERTEN Viren in *bis dahin virenfreie* Zellen von Menschen oder Affen übertragen.

In lebende Zellen in einer Nährlösung im biologischen Labor.

In diesen Zellen sollen sie sich *von selbst vermehren.*

Durch immer neue IDENTISCHE *Verdoppelung*.

Nur wenn sie DAS *tatsächlich* TUN, handelt es sich um die behaupteten Corona-Viren.

Wenn KEINE Vermehrung stattfindet, sind es KEINE Viren.

Dann hat man irgendwelche anderen Zellbestandteile IRRTÜMLICH für Corona-Viren bloß GEHALTEN.

Ist denn das Corona-Virus NICHT isoliert und gezüchtet worden?

NEIN!

Nirgends auf der Welt.

Viele Wissenschaftler *behaupten* zwar, sie hätten es «isoliert».

Sie *behaupten* auch, sie hätten es genauestens «untersucht».

Sie *behaupten* weiter, sie wüßten ganz genau, wie es chemisch beschaffen ist.

Also, aus welchen Molekülen es besteht.

Wie seine *Erbsubstanz*, die sogenannte RNS oder RNA, zusammengesetzt ist.

Molekül nennt man jede feste Verbindung von zwei oder mehr (beliebig vielen) Atomen.

Und wie seine *Eiweißhülle* im einzelnen aussieht.

Aber das ist alles bloß Larifari!

Denn KEINER von ihnen, NIRGENDS auf der Welt, hat das Corona-Virus KORREKT isoliert.

KORREKT, das heißt VORSCHRIFTSMÄSSIG, nämlich *mit der oben genannten Standard-Methode*.

Denn es GIBT nur *diese eine* Methode!

Man KENNT keine andere!

ERST RECHT hat *niemand* das Corona-Virus *angezüchtet*.

NIEMAND!

Manche Wissenschaftler *behaupten* zwar, sie hätten es «angezüchtet».

Aber wenn man *nachfragt*, geben sie ALLE durch die Bank zu:

«Wir haben das Virus vorher NICHT isoliert.»

Das findet ihr genau belegt im Buch Nr. 9 auf Seite 78 bis 79 (siehe die Bücherliste am Ende dieser Schrift).
Außerdem (und noch genauer!) im Buch Nr. 15 auf Seite 48 bis 49 (siehe die Bücherliste am Ende dieser Schrift).

So eine «Züchtung» ist nun aber *wertlos*!

Weil man *absolut nicht* weiß, WAS sich denn da nun eigentlich «vermehrt» hat.

Denn auch andere, ganz normale Zellbestandteile können sich *vermehren*!

Nicht gerade so schön identisch zwar wie ein Virus.

Aber doch *so*, daß sie in dem UNGEREINIGTEN Mischmasch von Zellbestandteilen ÄHNLICH *aussehen*.

So ähnlich, wie man sich halt ein «Corona-Virus» *vorstellt*!

Daher gilt streng wissenschaftlich:

OHNE *vollständige* Isolierung (man nennt sie auch «Reinigung») des Virus *keine* Anzucht!

Und weiter:

OHNE *erfolgreiche* Anzucht *kein* gültiger Virus-Nachweis!

Ihr seht:

Auch das 2. Kochsche Postulat ist NICHT ERFÜLLT.

DAS allein würde schon ausreichen, um mit *völliger Sicherheit* sagen zu können:

Bis auf weiteres existiert KEIN EINZIGES SARS-Corona-Virus in IRGENDEINEM sogenannten «Patienten».

Und auch in keinem Tier.

Aber WARUM hat kein einziger Wissenschaftler das Corona-Virus isoliert und angezüchtet?

Dafür kann es nur einen einzigen Grund geben:

KEINER hat es gemacht, weil KEINER es KONNTE!

Und was meint ihr, *warum* keiner es *konnte*?

Weil das Corona-Virus eben NICHT DA IST!

WENN es nämlich da WÄRE, könnte man es *ganz leicht* isolieren und anzüchten.

Man hat das mit *anderen* Viren schon ÜBER 2000MAL gemacht!

Problemlos, erfolgreich!

Das sind die sogenannten «Phagen».

Die sind GENAUSO WINZIG wie das angebliche «Corona-Virus».

Die kann man NUR unter dem Elektronenmikroskop sehen.

Die kommen aber nur in BAKTERIEN vor.

Die machen keinen Menschen und kein Tier krank.

Die sind absolut harmlos.

Wie geht es denn nun weiter mit den Kochschen Postulaten?

Eigentlich könnten wir die zwei noch übrigen jetzt beiseitelassen.

WEIL ja schon FESTSTEHT, daß das Corona-Virus GAR NICHT DA IST.

Aber damit ihr NOCH besser seht, wie WILLKÜRLICH die Virologen vorgehen, fahren wir fort.

Das 3. Kochsche Postulat lautet:

Man muß GESUNDE Personen mit den zuerst *perfekt* isolierten (gereinigten) und dann *erfolgreich* angezüchteten Viren GEZIELT ANSTECKEN (infizieren).

Oder wenigstens geeignete Versuchstiere, also Affen.

Die Personen oder Tiere müssen daraufhin EXAKT DIESELBEN Krankheitsanzeichen (Symptome) entwickeln wie die URSPRÜNGLICHEN Patienten, aus denen das Corona-Virus stammt.

Wie soll das gehen!?

Wenn es doch gar keine ursprünglichen Patienten GIBT, weil das Virus gar nicht DA ist!?

Klar, daß das nicht geht.

Deshalb sagte ich ja:

Wir könnten eigentlich schon aufhören, die Kochschen Postulate noch weiter zu besprechen.

Das 3. und 4. Postulat setzen nämlich *unbedingt* voraus, daß das 1. und 2. Postulat erfüllt sind.

Weil die Wissenschaftler das genau wissen, haben sie ERST GAR NICHT PROBIERT, Menschen oder Tiere gezielt mit dem Corona-Virus anzustecken.

WIE hätten sie das denn auch machen sollen?

WOMIT denn?

Sie haben ja gar keine Viren zu Verfügung, mit denen sie irgendjemanden oder irgendetwas infizieren könnten.

Denn sie haben ja gar keine Corona-Viren aus Patienten *isoliert.*

Und deshalb auch gar keine *gereinigten* Viren *angezüchtet.*

Sie KÖNNEN also das 3. Kochsche Postulat von vornherein UNMÖGLICH erfüllen.

Und das 4. Kochsche Postulat dann auch nicht?

Genau.

Dieses 4. Postulat verlangt:

Auch aus den gezielt angesteckten neuen Patienten (oder Versuchstieren) muß man das Corona-Virus WIEDERUM *isolieren* und WIEDERUM in vollständig gereinigter Form *anzüchten* können.

Das ist also sozusagen die PROBE AUFS EXEMPEL.

Nur und erst wenn DAS tatsächlich GESCHEHEN ist, steht sicher fest, daß man es mit einem krankmachenden Corona-Virus zu tun hat.

Natürlich hat kein einziger Wissenschaftler auf der Welt das gemacht.

Es GING ja nicht.

Weil NIEMAND erst einmal die drei *ersten* Kochschen Postulate erfüllt hatte.

Ihr seht also:

Auch das 4. Kochsche Postulat ist NICHT ERFÜLLT.

Was bedeutet das alles nun insgesamt?

Es bedeutet, daß das «Corona-Virus» NICHT EXISTIERT.

Es bedeutet, daß alles Gerede über dieses Virus NUR HOHLES GESCHWÄTZ ist.

Es bedeutet, daß die ihm zugeschriebene Krankheit «Covid-19» ETIKETTENSCHWINDEL ist.

Die zweite befreiende Wahrheit: Die «Corona-Tests» sind totaler Humbug

Wieso das?

Ganz einfach: weil ja das «Corona-Virus», das sie finden sollen, GAR NICHT EXISTIERT.

Oder haltet ihr es etwa für sinnvoll, in der Wüste Sahara Photo-Fallen für Eisbären aufzustellen?

Um die Eisbären zu registrieren, die sich da herumtreiben?

JEDER weiß, daß es in der Wüste Sahara keinen einzigen Eisbären gibt.

NIEMAND würde da mit selbstauslösenden Kameras Eisbären photographieren wollen, um sie «nachzuweisen».

Das wäre ja total idiotisch!

Man KANN nichts «nachweisen», was von vornherein GAR NICHT DA IST.

Wie kommt es dann, daß die Tests TROTZDEM das Corona-Virus nachweisen?

Das ist ein bloßer Taschenspielertrick.

Weil ihr alle die Virologen für große Wissenschaftler haltet, kann man euch so leicht austricksen.

Wer von euch interessiert sich denn *ernsthaft* dafür, wie der sogenannte «PCR-Test» GENAU funktioniert?

Gebt es ruhig zu: praktisch niemand.

Ihr meint, das wäre für euch zu hoch, das wäre nur für Experten.

Nun gut, wie der Test *im einzelnen* funktioniert, müßt ihr tatsächlich nicht wissen.

> **Wer es trotzdem wissen will, findet es im Buch Nr. 1 ab Seite 115 auf das genaueste erklärt (siehe die Bücherliste am Ende dieser Schrift).**

Was ihr aber wissen *müßt*, ist folgendes:

Der PCR-Test soll ein «Corona-Virus» finden, DAS GAR NICHT DA IST.

Angeblich hat man ihn auf das «neue Corona-Virus» *geeicht.*

Aber dieses Virus ist noch von NIEMANDEM als existent *nachgewiesen* worden.

Das habt ihr ja gerade erst gesehen:

KEIN EINZIGES der vier Kochschen Postulate für einen Virus-Nachweis ist ERFÜLLT!

Wie kann man aber einen Test auf ein Virus «eichen», das NIEMAND isoliert und angezüchtet hat!?

Auf ein «Corona-Virus», über das nur ständig GEREDET wird?

Völlig klar, daß das kompletter Unfug ist.

Damit niemand das merken soll, wird auch über den Test enorm viel GEREDET.

Und alles mögliche behauptet.

Nur EINES *verschweigt* man euch arglistig. Nämlich folgendes:

Die Firmen, welche den PCR-Test (d.h. die dafür benötigten Zutaten) verkaufen, schreiben auf der beiliegenden Gebrauchsanweisung ausdrücklich:

«Diese Tests sind nicht als Mittel zur Diagnose einer Corona-Infektion gedacht.»

Oder auch:

«Nur für Forschungszwecke. Nicht zur Verwendung für Diagnoseverfahren.»

Das findet ihr im Buch Nr. 1 auf Seite 107-108 und im Buch Nr. Nr. 3 auf Seite 370 genau belegt (siehe die Bücherliste am Ende dieser Schrift).

Die Test-Hersteller *selber* geben also zu:

Der PCR-Test taugt *medizinisch* NICHTS.

Man kann mit ihm KEINE KRANKHEIT AUFSPÜREN.

Schon gar nicht die angebliche Krankheit mit dem Schwindel-Etikett «Covid-19».

Die Leute, die euch «testen», WISSEN das, denn sie haben die Gebrauchsanleitung ja gelesen.

Auch DIE Leute, welche die Durchführung der Tests *befohlen* haben, WISSEN das.

Nur *ihr* wißt es NICHT!

Da könnt ihr sehen, wie TOTAL SCHAMLOS ihr belogen werdet.

Warum fällt aber dann der Test bei vielen Leuten positiv aus?

Wenn ihr das wirklich genauer wissen wollt, muß ich euch doch etwas über die Funktionsweise dieses Tests erzählen.

Aber nur das nötigste.

Der Test sucht nach Gen-Schnipseln.

Angeblich nach Schnipseln von Genen des «Corona-Virus».

Aber das ist Schwindel, weil ja niemand auf der ganzen Welt das Virus jemals nachgewiesen hat.

Doch es gibt in jeder menschlichen Zelle eine Riesenmenge verschiedener Gen-Schnipsel.

Die sind aber nicht alle bei allen Menschen gleich.

Die sind auch in jedem einzelnen Menschen zu verschiedenen Zeiten verschieden.

Zum Beispiel auch dann, wenn jemand erkältet ist oder Grippe hat.

Der PCR-Test ist nun auf solche Gen-Schnipsel geeicht, die man *zu jeder Zeit* bei *irgendwelchen* Menschen antreffen kann.

Einmal bei diesem, ein andermal bei jenem.

Vor allem bei Menschen, die gerade an Erkältung oder Grippe leiden. Aber nicht nur bei solchen.

Wer von euch also *Pech* hat, bei dem findet der Test halt jene Gen-Schnipsel, auf die er geeicht ist.

Es sind jedoch IMMER bloß *menschliche* Gen-Schnipsel.

Es sind NIE Gen-Schnipsel von einem angeblichen «Corona-Virus»!

Mit einer «Virus-Infektion» hat es also *nicht das geringste* zu tun, wenn der Test «positiv» ausfällt!

WEIL die Test-Fabrikanten das ganz genau WISSEN, sichern sie sich RECHTLICH ab.

Indem sie auf den Beipackzettel schreiben, was ihr euch *unbedingt* merken müßt.

Weshalb ich es euch hier nochmals wiederhole.

Auf den Beipackzetteln steht:

«Diese Tests sind nicht als Mittel zur Diagnose einer Corona-Infektion gedacht.»

Oder auch:

«Nur für Forschungszwecke. Nicht zur Verwendung für Diagnoseverfahren.»

Diagnose nennt man die genaue Bestimmung einer vorliegenden Krankheit durch einen Arzt.

Die PCR-Tests sind also völliger Unfug.

Übrigens könnt ihr das, wenn ihr ein bißchen aufpaßt, auch noch aus etlichen anderen Ungereimtheiten ersehen.

Was sind denn das für Ungereimtheiten?

Ich nenne euch bloß die zwei wichtigsten.

Hier die *erste*:

Lange Zeit hindurch durfte der PCR-Test NUR mit einem Abstrich tief unten aus dem Rachen gemacht werden.

Eine ziemlich unangenehme Geschichte!

Angeblich ging es aber auf keinen Fall anders.

Dann kam die KEHRTWENDE:

Seit dem Frühling 2021 darf man für sogenannte «Selbst-Tests» auch Abstriche aus der Nase machen.

URPLÖTZLICH, *von jetzt auf gleich*, ist das angeblich genausogut wie ein Rachenabstrich!

Meint ihr denn wirklich, so etwas wäre «Wissenschaft»?

In Wirklichkeit ist das REINE WILLKÜR!

Man treibt mit euch seinen Schabernack.

Denn das Virus IST JA SOWIESO NICHT DA.

Und die Leute, welche die Tests anordnen, WISSEN das.

Genau DESHALB ist es ihnen auch *völlig schnuppe*, ob der Abstrich tief unten aus dem Rachen oder hoch oben aus der Nase kommt.

Hauptsache, ihr spielt das üble Spiel immer schön weiter mit.

Und was ist die zweite Ungereimtheit?

Es wird BEHAUPTET:

Der PCR-Test ist in soundsovielen Fällen *falsch-negativ*.

Oder auch umgekehrt *falsch-positiv*.

«Falsch-negativ» SOLL heißen:

Der Test schlägt *nicht* an, OBWOHL ihr mit dem Virus *infiziert* seid.

«Falsch-positiv» SOLL heißen:

Der Test schlägt an, OBWOHL ihr *nicht* mit dem Virus *infiziert* seid.

Aber das ist schon wieder bloß Larifari.

Dummdreistes Larifari.

Verlogenes Larifari.

Denn WOHER will man denn eigentlich WISSEN, daß ihr «infiziert seid, obwohl der Test nicht anschlägt»!? Oder umgekehrt!?

Wenn man *das* angeblich schon *vorher* weiß, WOZU wird dann der Test überhaupt noch GEMACHT!?

Dann BRAUCHT MAN JA ÜBERHAUPT KEINEN TEST!

Dann müßte man euch allerdings *ganz genau* (und *glaubhaft*!) ERKLÄREN können, WOHER man das schon OHNE Test *weiß*: daß ihr «infiziert» seid ...

Aber wie SOLLTE man euch DAS glaubhaft erklären können?

Ich sage: WIE?

Wo doch das Virus noch *nie* und *nirgends* NACHGEWIESEN worden ist!

Und wo doch, WENN SCHON, *erst der Test* es bei euch NACHWEISEN soll!

Nun denn.

Seht ihr das nicht selber?

Wie fein sich da die Katze in den eigenen Schwanz beißt?

Statt Mäuse zu fangen?

Oder, anders gesagt:

Daß der sogenannte «Test» überflüssig ist wie ein Kropf?

Es sei denn, man benutzt ihn nicht etwa als Corona-, sondern als Idiotentest.

Aber gibt es denn nicht noch andere Arten von Corona-Tests?

Doch, die gibt es.

Aber die sind ganz genauso wertlos.

Denn, wie schon gesagt: in der Wüste Sahara gibt es nun einmal keine Eisbären.

Es wäre darum schnurzpiepegal, ob man in der Sahara Eisbären mit Köderfallen, Photofallen oder Radarfallen nachweisen wollte.

Alle drei Nachweismethoden wären DA *gleichermaßen* sinn- und zwecklos.

Genauso verhält es sich bei dem angeblichen «Corona-Virus».

Das Virus GIBT ES NICHT, das haben wir schon gesehen.

Folglich ist jeder beliebige Test, der es *trotzdem* «nachweisen» will, immer nur unsinnig.

Weist aber der Antikörper-Test nicht doch Antikörper gegen das Corona-Virus nach?

Es kann schon sein, daß dieser Test irgendwelche sogenannten «Antikörper» nachweist.

Aber wißt ihr denn, was Antikörper sind?

Antikörper sind winzige Eiweißkörperchen.

Sie werden in den Zellen gebildet, sobald dort Krankheitserreger eindringen.

Sie sollen die Eindringlinge unschädlich machen.

Indem sie die sozusagen «verhaften».

Antikörper fesseln die Eindringlinge an sich selber.

Das heißt, an die Antikörper.

Durch ganz bestimmte *chemische* Bindungen.

Das geht aber nur, wenn die Antikörper *chemisch* genau zu dem Eindringling passen.

Bildlich gesprochen: Wenn sie die einzig passenden «Handschellen» mitbringen.

Nun verhält sich das jedoch so:

Es gibt in der Eiweiß-Chemie beinahe unzählige verschiedene Möglichkeiten.

Unzählige Möglichkeiten, wie die Eiweißhülle eines Krankheitserregers im einzelnen beschaffen ist.

Und dementsprechend unzählige Möglichkeiten, wie ein Antikörper aussieht.

Das Riesenproblem, das daraus erwächst, ist folgendes:

Man sieht einem Antikörper absolut nicht an, zu welchem *konkreten* Eindringling er *paßt.*

Für *welchen* Eindringling er überhaupt GEBILDET worden ist.

Müßte man das nicht sehen, wenn doch der Antikörper den Eindringling an sich fesselt?

Das ist eine gute Frage!

Wenn das so wäre, müßte man es tatsächlich sehen können.

Unterm Elektronenmikroskop.

Man sieht es aber NIE.

Man findet immer nur die Eiweißkörperchen *für sich allein.*

Deshalb ist auch alles, was ich euch über Antikörper erzählt habe, nur die gängige *Theorie.*

Höchstwahrscheinlich ist diese Theorie *falsch.*

Entweder teilweise oder ganz.

Wie so vieles andere in der sogenannten «modernen Wissenschaft».

Aber das ist jetzt nicht unser Thema.

Wir bleiben beim angeblichen «Corona-Virus».

Und wir halten uns strikt an die Tatsachen.

Tatsache ist:

Es besteht KEIN *nachgewiesener* Zusammenhang zwischen egal welchen sogenannten «Antikörpern» und dem *angeblichen* «Corona-Virus».

Der wird bloß *behauptet.*

Kein Wunder, denn das Virus IST JA SCHON SELBER NICHT NACHGEWIESEN!

Sondern wird ebenfalls bloß *behauptet*.

Der sogenannte Antikörper-Test ist deshalb völlig wertlos.

Er sagt nicht das geringste aus.

Gibt es nicht noch eine DRITTE Testmethode für Corona?

Das sind die sogenannten «Antigen-Tests».

Die sollen in euren Körperzellen bestimmte *Eiweißstoffe* finden.

Eiweißstoffe, die *angeblich* speziell bei dem «Corona-Virus» vorkommen.

Aber das Corona-Virus IST JA GAR NICHT DA!

Niemand hat nachgewiesen, daß es überhaupt EXISTIERT!

Was dieser «Antigen-Test» tut, ist darum genauso sinnvoll, wie in der Wüste Sahara nach Haaren aus dem Fell von Eisbären zu suchen.

Um «nachzuweisen», daß es in der Wüste Sahara Eisbären gibt.

Jeder weiß, daß das nicht geht.

Wo *grundsätzlich* NIE Eisbären sind, da sind auch keine Haare von Eisbären!

Wenn man also in der Sahara wirklich einmal irgendwelche Haare findet, sind die garantiert nicht von einem Eisbären.

Sondern am ehesten von einem selber.

Genausowenig sind die Eiweißstoffe, die der Antigen-Test bei euch findet, von dem «Corona-Virus».

Sondern von euch selber.

Leute, es ist doch SO einfach!

Niemand hat dieses Virus jemals NACHGEWIESEN, also WEISS AUCH NIEMAND, was es für *Eiweißstoffe* hat.

Wenn aber niemand das weiß, kann auch niemand einen «Test» dafür entwickeln.

Wenn man gar nicht *weiß*, WONACH man suchen soll, KANN man nicht suchen!

Ihr seht:

Der Antigen-Test ein dreister Schwindel, genau wie die beiden anderen «Testmethoden» auch.

Warum heißt es dann aber, dieser oder jener Test sei zu soundsoviel Prozent zuverlässig?

Das ist leeres Gerede.

Das ist eine *dritte* schwere Ungereimtheit bei den sogenannten «Corona-Tests».

Überlegt doch mal:

Wenn man wirklich WÜSSTE, *wie* «zuverlässig» der PCR-Test, der

Antikörper-Test oder der Antigen-Test wäre, WÜRDEN ALLE DIESE TESTS JA SOWIESO GAR NICHT GEBRAUCHT!

Dann wüßte man ja schon ANDERSWOHER, ob jemand das angebliche «Corona-Virus» in sich trüge oder nicht.

Niemand kann bei so einem *angeblichen* «Test-Ergebnis» sagen: «Das ist richtig», oder: «Das ist falsch», *wenn* er nicht schon VORHER *weiß*, was «richtig» ist.

Auch *daran* sehr ihr also:

Die Tests sind KOMPLETTER BETRUG.

Die dritte befreiende Wahrheit: Die «Impfungen» sind absolut überflüssig

Schützen die Impfungen denn nicht gegen Covid-19?

Diese Frage dürftet ihr jetzt gar nicht mehr stellen!

Ihr habt es doch gesehen:

Erstens GIBT es gar keine neue Krankheit «Covid-19».

Das ist nur ein Schwindel-Etikett.

Zweitens GIBT es gar kein neues SARS-Corona-Virus.

Das Virus ist pure Einbildung.

Na also!

Wer von euch würde sich denn in der Wüste Sahara gegen Eisbären schützen wollen?

Niemand.

Weil ihr genau wüßtet, daß gar keine Eisbären da sind.

Oder wer von euch würde bei wolkenlos blauem Himmel einen Schirm aufspannen, um sich vor dem Regen zu schützen?

Niemand.

Er würde ja auch bloß von allen ausgelacht.

Genauso verhält es sich hier.

Es GIBT nichts zu «schützen».

Es ist GAR NICHTS DA, *wovor* ihr euch durch eine Impfung «schützen» KÖNNTET.

Warum werden dann die Corona-Impfstoffe so aufwendig hergestellt?

Vor allem, damit IHR die ganze Lügengeschichte immer weiter *fest* GLAUBEN sollt.

Außerdem weiß *niemand*, WIE groß der Aufwand WIRKLICH ist.

Das wissen nur die Hersteller.

Und die können uns allen viel erzählen, wenn der Tag lang ist ...

Niemand von uns kann wirklich *nachprüfen*, was in diesen sogenannten «Impfstoffen» drin ist.

Ihr müßt ja bedenken:

Zumindest **ein paar sehr hochgestellte Leute** WISSEN, daß es GAR KEIN «Corona-Virus» GIBT.

Sie WISSEN, daß kein einziger Mensch damit «infiziert» ist.

Sie WISSEN also auch, daß es GAR NICHTS GIBT, *wogegen* die sogenannten «Corona-Impfstoffe» WIRKEN *könnten*.

Sie WISSEN somit, daß es TOTAL EGAL ist, woraus die soge-

nannten «Impfstoffe» tatsächlich bestehen.

Hauptsache, sie werden als «Impfstoffe» ETIKETTIERT.

Alle diese «Corona-Impfstoffe» sind purer Etiketten-Schwindel.

Wissen dann die Hersteller der Impfstoffe das auch?

Vielleicht.

Vielleicht aber auch nicht.

Die Hersteller beschäftigen nämlich sogenannte «Fachleute».

Diese Fachleute sind Virologen, also Virusforscher.

Oder auch Immunologen, also Impfspezialisten

Diese Fachleute sollen nun die Impfstoffe entwickeln und erproben.

Die Hersteller verlassen sich normalerweise auf ihre Fachleute.

Wissen dann wenigstens die Fachleute Bescheid?

Ein paar wenige schon!

Die meisten aber nicht.

Dazu müßt ihr wissen:

Diese Fachleute leben in ihrer eigenen «Blase».

Sie GLAUBEN steif und fest an die Existenz solcher «Viren», die *noch nie* irgendjemand von ihnen NACHGEWIESEN hat.

Das «Corona-Virus» ist da *bei weitem nicht das einzige* «Virus», das *noch nie nachgewiesen* wurde.

Und über das sie TROTZDEM so reden, als *wüßten* sie sicher, daß es existiert.

Sie bilden sich ein, sie könnten sich den aufwendigen Nachweis ihrer «Viren» einfach «sparen».

Sie meinen, sie könnten auf die Kochschen Postulate, die wir oben besprochen haben, glatt verzichten.

Das findet ihr im ganzen Buch Nr. 3 DURCHWEG genau belegt (siehe die Bücherliste am Ende dieser Schrift).

Oder sie wähnen, irgendeiner von ihnen, irgendwo auf der Welt, werde wohl das Corona-Virus schon ordnungsgemäß nachgewiesen haben ...

Sie machen sich aber nicht die Mühe, wenigstens *das* zu überprüfen.

Dann würden sie nämlich sehen, daß es nicht stimmt.

Und daß sie selber schon kräftig ins Blaue hinein fabuliert haben.

Das wiederum wäre natürlich äußerst peinlich.

Nicht zuletzt für ihr Selbstwertgefühl.

Also stecken sie lieber den Kopf noch tiefer in den Sand.

Und machen weiter wie gehabt.

Ihr Leute, SOVIEL steht unumstößlich fest:

Die sogenannte «Virologie» bildet keinen glänzenden Höhe-, sondern einen *schmählichen* TIEFPUNKT der «modernen Wissenschaft».

Wie kann man aber dann von einer Corona-LÜGENGESCHICHTE reden?

Da muß man natürlich unterscheiden.

Auf der einen Seite habt ihr die Masse der Wissenschaftler und der Politiker.

Auf der anderen Seite habt ihr eine kleine Auslese boshafter Drahtzieher.

Einige dieser Drahtzieher sind Politiker, einige auch Wissenschaftler.

Die Masse der Wissenschaftler GLAUBT an den Unfug mit dem «Corona-Virus».

Weil sie so *schlampig* arbeitet.

Das ist bei ihnen also «nur» ein Irrtum, aber keine Lüge.

Allerdings ein *fahrlässig* herbeigeführter Irrtum.

Also doch kein *ganz* unschuldiger Irrtum.

Denn das kennt ihr ja aus dem Straßenverkehr.

Wer da *fahrlässig* einen Unfall baut, hat das zwar nicht absichtlich getan.

Er wird aber *trotzdem* bestraft, weil er eben *nicht* fahrlässig handeln *durfte*.

Auch die Mehrheit der Politiker GLAUBT an den Unfug rund um das «Corona-Virus», *weil* sie eben den *Wissenschaftlern* glaubt.

Nur die kleine Auslese der eigentlichen Drahtzieher, die sogenannte «Elite», LÜGT.

Denn *sie* WEISS BESCHEID.

Darüber, daß GAR KEIN CORONA-VIRUS DA IST.

Diesen Leuten geht es aber auch in gar keiner Weise um eure *Gesundheit*.

Sie wollen mit der Corona-Lüge etwas VÖLLIG anderes erreichen.

Darüber müssen wir gleich noch genauer sprechen.

Über den *wahren* Grund, warum man euch so erbarmungslos immer weiter an der Corona-Angel zappeln läßt.

Doch ihr habt vorher noch eine Frage zur Impfung, nicht wahr?

Allerdings, denn wie kann es sein, daß die Corona-Impfungen wirksam sind, wenn es gar kein Corona-Virus gibt?

Das ist genau der Punkt.

Der Punkt, zu dem wir sowieso noch kommen müssen.

Ganz bald.

Deshalb hier für's erste nur soviel:

Die *angebliche* Wirksamkeit der verschiedenen «Impfstoffe» wird in Prozent angegeben.

Aber diese Prozentzahlen kommen auf ganz undurchsichtige Weise zustande.

Mal werden irgenwelche «Antikörper», die man nach der «Impfung» gefunden hat, registriert.

Und dann einfach als Beweis für die «Wirksamkeit» *hingestellt*.

Mal wird geguckt, wieviele Leute nach der Impfung noch sogenannte «Covid-19»-Symptome entwickeln.

Aber *das* ist ja genau der freche BETRUG!

«Covid-19» ist ja nichts als ein SCHWINDEL-ETIKETT für *ganz normale Erkältungsanzeichen.*

Für Husten, Schnupfen, Niesen, Halsweh, Fieber, allgemeines Krankheitsgefühl und so weiter.

Und Erkältungen oder Grippe wird es IMMER WIEDER geben.

Vor der angeblichen «Corona-Impfung» genauso wie *hinterher*!

Bei einigen Prozent der Bevölkerung.

Einmal beim Hans, das andere Mal bei der Grete.

Daß jemand *momentan* keine Erkältungsanzeichen hat, ist deshalb auch absolut KEIN Beweis dafür, daß die «Impfung» gewirkt hat.

Seht ihr denn nicht, *wie* ÜBEL man euch da AN DER NASE HERUMFÜHRT?

Einmal habt ihr keinerlei Symptome, aber der angebliche «Corona-Test» behauptet, ihr wäret trotzdem «mit dem Virus infiziert».

Das *andere* Mal habt ihr keinerlei Symptome, aber jetzt heißt es, das sei dem «Corona-Impfschutz» zu verdanken und ihr wärt jetzt «virenfrei»!

Genau gemäß dem bekannten Spruch:

«Man dreht's halt, wie man's braucht!»

Wenn das alles BETRUG ist, wie kann dann die Masse der Wissenschaftler nur FAHRLÄSSIG dabei mitmachen?

Ihr habt recht: das kann sie NICHT.

Dazu ist viel zu *viel* faul an der Sache.

Und das viel zu *offensichtlich.*

Genau deshalb macht ja auch der ehrlichere Teil der Fachleute bei vielem NICHT mehr mit.

Trotz ihres fundamentalen Glaubens an das Virus.

Manche protestieren, werden jedoch in den Medien totgeschwiegen.

Oder brutal niedergeknüppelt.

Auf Betreiben der großen Drahtzieher.

Über die großen Drahtzieher lest ihr sehr genaues und GANZ GENAU BELEGTES in fast allen Büchern auf der Bücherliste am Ende dieser Schrift.

Andere sagen nichts, denken sich aber ihren Teil.

Wieder andere resignieren.

Begreiflicherweise.

Sie haben lange genug mitansehen müssen, wie ihr fast alle unbedingt HABEN wolltet, daß all das «wahr» sein MUSS.

All das, was euch die Politiker und die Medien über «Corona» und «Covid-19» weismachen.

Auf Betreiben der großen Drahtzieher.

Viele Fachleute resignieren also.

Sie sagen sich:

Wozu soll ich meine berufliche Laufbahn riskieren?

Wenn doch auf der einen Seite die Macht der großen Drahtzieher so gewaltig ist.

Und wenn doch auf der anderen Seite die große Mehrheit der Leute offenbar belogen werden WILL!?

Hat man nicht schon früher ganz richtig gesungen:

«Die Welt *will* ja betrogen sein, so *sei* sie denn betrogen»?

Nun denn!

Und nachdem sie resigniert haben, machen sie schließlich mit, bei dem ganzen Test- und Impfschwindel.

Entschuldigen kann man das sicher nicht.

Aber doch ein Stück weit verstehen.

Eine erste dringende Warnung: Die «Tests» und «Impfungen» werden nicht aufhören

Aber warum nicht, wenn sie doch gegen das angebliche Virus «immun» machen?

Mit «Immunität» gegen ein «Corona-Virus», DAS GAR NICHT DA IST, haben die sogenannten «Impfungen» nichts zu tun.

Das angebliche «Virus» und die angebliche «Immunität» dagegen sind bloß ein Vorwand.

Es geht EINZIG darum, euch weichzuklopfen.

Euch mürbezumachen.

Die lästigen «Tests» und die peinlichen «Impfungen» KÖNNEN also nicht aufhören.

NICHT, ehe ihr nicht *endgültig* weichgeklopft und mürbegemacht seid.

Das verstehen wir nicht: WOFÜR sollen wir denn weichgeklopft und mürbegemacht werden?

Diese Frage kann ich euch erst später beantworten.

Ihr möchtet wissen, warum?

Weil wir zwei Dinge sorgfältig auseinanderhalten müssen.

Denn das sind zwei *völlig verschiedene* Gesichtspunkte:

Einmal, WIE man dafür sorgt, daß die «Impfungen» – und die «Tests» – nicht mehr aufhören.

Sodann, WARUM man das tut.

Wie soll es denn also kommen, daß Tests und Impfungen nicht mehr aufhören?

Durch mehrere *Endlosschleifen*.

Diese Endlosschleifen sind äußerst schlau erdacht worden.

Es beginnt mit der angeblichen neuen Krankheit «Covid-19».

Die gibt es zwar nicht.

Die ist purer Schwindel.

Aber jeder von euch, der auch nur einen harmlosen Schnupfen kriegt, gerät ja sogleich in Unruhe.

Erst recht, falls euch eine Grippe erwischt.

Ihr befürchtet, das wäre keine Erkältung, keine gewöhnliche Grippe, sondern eine Infektion mit dem «Corona-Virus».

Und dieses Virus ist ja angeblich «tödlich gefährlich».

Ihr laßt euch also schleunigst «testen».

Und weil ihr ja Erkältungssymptome habt, sind die Chancen hoch, daß der sogenannte «Test» auch prompt «positiv» ausfällt!

Erkältungen und Grippe gibt es jedoch IMMER.

Im Prinzip DAS GANZE JAHR HINDURCH.

Im Sommerhalbjahr seltener, im Winterhalbjahr dafür umso häufiger.

Sogenannte grippale Infekte aller Schweregrade kommen JAHR FÜR JAHR IMMER WIEDER.

So sicher wie das Amen in der Kirche!

Solange ihr also auf das Schwindeletikett «Covid-19» hereinfallt, werdet ihr bei jeder neuen Erkältung erschrecken und euch aufs neue «testen» lassen.

Die «Tests» hören somit NIE mehr auf.

Endet das aber nicht spätestens dann, wenn alle geimpft sind?

NEIN!

Keineswegs.

Ich habe euch ja gerade erklärt, *warum* das nicht aufhört.

Die «Impfung» ist reiner Unfug.

Die bekämpft nicht bloß kein «Corona-Virus», weil dieses Virus ja GAR NICHT DA IST.

Die ändert auch *nicht das geringste* daran, daß ihr immer wieder mal eine Erkältung oder eine Grippe bekommen werdet.

Im schlimmsten Fall sogar eine Lungenentzündung.

Wenn wir geimpft sind, WISSEN wir aber doch, daß es jetzt NICHT mehr Covid-19 sein KANN!

Wenn ihr das meint, habt ihr schlecht aufgepaßt.

Auf das, was euch die Politiker und die sogenannten «Fachleute» in Aussicht stellen.

Habt ihr es wirklich noch nicht gelesen oder gehört?

Die sogenannten «Experten» *behaupten* unablässig *drei* Dinge:

Erstens: Die «Impfung» hält NUR für eine gewisse Zeit; nach ein paar Monaten muß sie «aufgefrischt» werden.

Zweitens: Selbst Geimpfte können ansteckend bleiben und sogar TROTZDEM an «Covid-19» erkranken; sie müssen dann NEU geimpft werden.

Drittens: Es werden immer wieder ANDERE, veränderte «SARS-Corona-Viren» auftreten.

Das sind dann die sogenannten «Varianten» oder «Mutanten».

Gegen die «wirken» die jetzigen «Impfstoffe» *angeblich* nicht oder nicht genügend.

An die müssen die vorhandenen «Impfstoffe» darum *angeblich* angepaßt werden.

Und dann geht die Impferei von vorne los.

Wißt ihr, was das für euch *ganz konkret* heißt?

Solange ihr immer schön weiter an das «Virus» und an «Covid-19» und an die «Mutanten» glaubt?

Man wird euch IMMER WIEDER NEU «testen».

Und IMMER WIEDER NEU «Infektionen» mit irgendeiner angeblichen neuen «Mutante» des angeblichen «Corona-Virus» feststellen.

Und jeder neuen Erkältung oder Grippe, die ihr kriegt, IMMER WIEDER NEU das *Schwindel-Etikett* «Covid-19» verpassen.

Und wißt ihr, was DAS für euch *ganz konkret* heißt?

NACH der «Impfung» ist VOR der Impfung!

«Impfungen» über «Impfungen», OHNE ABSEHBARES ENDE ...

Und was ist mit den übrigen Endlosschleifen?

Das sind mehrere.

Die hängen alle miteinander zusammen.

Die sorgen alle gemeinsam dafür, daß «Corona» NIE MEHR verschwindet.

Und daß auch die «Tests» und die «Impfungen» NIE MEHR verschwinden.

Außerdem, daß auch alle übrigen sogenannten «Corona-Maßnahmen» NIE MEHR verschwinden:

Quarantäne, Maskentragen, Abstandhalten, Geschäftsschließungen, Ausgangssperren, Reisesperren – das ganze «Programm»!

Welche Endlosschleifen sind es denn nun im einzelnen?

Zunächst all jene «Tests», die ihr NICHT EINMAL FREIWILLIG, sondern *gezwungenermaßen* machen müßt.

Aus beruflichen Gründen.

Oder weil ihr ein Restaurant, einen Friseursalon, eine Ausstellung, ein Konzert, ein Ladengeschäft, eure Angehörigen im Altersheim (und so weiter und so fort ...) besuchen wollt.

Oder weil ihr in den Urlaub fahren bzw. fliegen wollt.

Die sogenannten «Tests» sind so konstruiert, daß sie IMMER bei einem gewissen Teil der Leute «positiv» ausfallen.

Auch dann, wenn ihr gar keine «Symptome» habt.

Also auch dann, wenn ihr an keiner Erkältung oder Grippe leidet.

Sogar eure Zeitung, euer Fernsehen und euer Radio sagen es immer wieder:

Je MEHR Leute sich testen lassen, desto MEHR «Infektionen» werden «gefunden».

Das heißt aber doch:

Je MEHR Leute sich testen lassen, desto *höher* wird die sogenannte «Inzidenzzahl».

Je MEHR Leute sich testen lassen, desto *länger* dauert die angebliche «Corona-Welle».

Je MEHR Leute sich testen lassen, desto *früher* kommt die nächste angebliche «Corona-Welle».

Na also!

Da habt ihr die *Endlosschleife*.

Denn, es ist doch klar:

Man ZWINGT euch unter allen möglichen *Vorwänden* zu ständig wiederholten «Tests».

Sogar eure Kinder alle zwei oder drei Tage, damit sie die Schule besuchen «dürfen»!

Je *mehr* solche ERZWUNGENE «Tests» aber gemacht werden, desto *mehr* angebliche «Corona-Fälle» werden «gefunden».

ZUSÄTZLICH zu all dem, was man bei euch angeblich «findet», wenn ihr euch wegen Schnupfen oder Halsweh *freiwillig* «testen» laßt.

Das ist also eine ENDLOSE *Verstärker*-Schleife.

Die *zweite* Endlosschleife sind die sogenannten «Mutanten», die man euch *weismacht.*

Leute, ein «Corona-Virus», das GAR NICHT DA IST, kann sich auch nicht «verändern».

Es KANN nicht variieren oder mutieren.

Dazu müßte es ja *erst einmal existieren*!

Alle paar Wochen erzählt man euch von einer neuen Mutante.

Zuerst war es die britische, dann die südafrikanische, dann die brasilianische.

Dann eine in New York und eine andere in San Francisco.

Danach eine in Indien.

Das geht immer munter so weiter, wie bei dem Spiel «Bäumchen wechsel dich»!

Sollte das aber irgendwann ausgereizt sein, steht schon die *dritte* Endlosschleife parat.

Einige jener hochgestellten Leute, die *weltweit* im Fernsehen groß

zu Wort kommen, haben sie bereits *offen* angekündigt.

Die NÄCHSTE «Pandemie»!

Die sei «unvermeidlich» ...

Wißt ihr, was das *im Klartext* heißt?

Wenn «Corona» sich irgendwann bei euch abgenutzt hat, kommt halt ein *anderes* «Virus».

Unter irgendeinem *anderen* Namen.

Und mit irgendeiner anderen *angeblich* «neuen Krankheit».

Unter irgendeinem *anderen* SCHWINDEL-ETIKETT.

Euer GLAUBE macht's möglich!

Gibt es vielleicht NOCH mehr Endlosschleifen?

Oh ja!

Die (SOWIESO SINNLOSEN) «Impfungen» schützen ja *angeblich* IMMER NUR FÜR BEGRENZTE ZEIT.

Diese *zusätzliche* LÜGE innerhalb der großen Impf-LÜGE sorgt dafür, daß «Covid-19» ENDLOS fortdauert.

Und deshalb auch der ganze Katalog von SINNLOSEN und lästigen «Corona-Maßnahmen» ENDLOS fortdauert.

NIEMAND kann sich DAUERHAFT mit einem «Test» oder einer «Impfung» von diesen Maßnahmen loskaufen.

Dies aber nicht nur, weil der *angebliche* «Impfschutz» gegen ein «Virus», das GAR NICHT DA IST, *angeblich* nur wenige Monate hält.

Nein, auch noch aus anderen «Gründen», die fleißig nachgeschoben werden.

Wie schon gesagt:

Euer GLAUBE macht's möglich!

Daß immer noch weitere «Gründe» nachgeschoben werden.

Ihr hört und seht es doch auf allen Kanälen, man bleut es euch doch ständig ein:

AUCH die «Geimpften» *müssen* WEITERHIN «Abstand halten» und Masken tragen.

- Einmal aus «Solidarität» mit den noch nicht «Geimpften».
- Dann auch, weil ihnen die Gesundheitspolizei nicht ansieht, daß sie schon «geimpft» sind.
- Weiter deshalb, weil sie *angeblich* immer noch «ansteckend» für andere sein «können».
- Und natürlich, weil sie *angeblich* durch die «Impfung» nicht gegen neue «Mutanten» immun sind.

Das kann aber doch wohl nicht EWIG so weitergehen!?

Nein, ewig nicht.

Aber doch *scheinbar* endlos.

Nämlich solange, BIS man euch ENDLICH weichgeklopft und mürbegemacht hat.

Weich und mürbe für den EIGENTLICHEN ZWECK der ganzen Übung.

Um es zu wiederholen:

Der EIGENTLICHE Zweck hat mit «Viren» und mit «Gesundheit» NICHT DAS GERINGSTE zu tun.

«Virus» und «Gesundheit» sind NUR der Köder an der Angel.

Der Köder, den ihr ENDLICH loslassen müßt.

Wenn ihr wollt, daß dieses böse Theater noch *jemals* aufhört.

Aufhört, EHE es seinen NOCH VIEL BÖSEREN *Zweck* erreicht!

Falls DER nämlich erreicht wird, seid ihr ENDGÜLTIG GEFANGEN!

Für alle Zeit und Ewigkeit.

Und das meine ich jetzt wortwörtlich.

Im strengsten Sinne des Wortes.

Eine zweite dringende Warnung: Die «Maßnahmen» werden in Totalüberwachung enden

Ist das nicht doch eine arg übertriebene Befürchtung?

Keineswegs.

Erstens ist es eher untertrieben als übertrieben.

Denn die Totalüberwachung ist ja kein Selbstzweck.

WAS total überwacht werden soll, ist euer sogenanntes «Verhalten».

Zu deutsch: ALL euer Tun und Lassen.

Da bleibt von FREIHEIT *nichts* mehr übrig.

GAR NICHTS!

Zweitens ist es keine bloße Befürchtung, sondern schon greifbare Wirklichkeit.

Seht euch doch allein den *Sprachgebrauch* an.

Den Sprachgebrauch eurer Politiker, eurer virologischen «Experten», eurer Zeitungen, eures Fernsehens.

Den *verräterischen* Sprachgebrauch.

Überlegt doch einmal, was das eigentlich heißt: «HERDENimmunität».

Angeblich hört die (ERLOGENE) «Pandemie» auf, wenn «HERDENimmunität» erreicht ist.

Was *ist* denn das für eine Vieh-HERDE, die dann «immun» sein soll?

Das seid doch offenbar IHR!

Oder wer sonst?

EUCH betrachtet man SCHON JETZT verächtlich als eine bloße «HERDE».

Eine HERDE blöder Schafe.

Eine HERDE Schlachtvieh.

Eine HERDE, in der alle gedankenlos hintereinander hertraben.

Eine HERDE, die man hintreiben kann, wohin man will.

Eine HERDE, die man zu allem treiben kann, was man will.

Insbesondere zum «Einhalten» der sogenannten «Corona-Maßnahmen».

Aber, daß ihr euch bloß nicht täuscht!

Diese «Maßnahmen» sind ERST DER ANFANG!

Der Maskenzwang,

die Ausgangssperren,

die Kontaktbeschränkungen,

die Reiseschikanen,

die Berufsverbote für Friseure, Hoteliers, Restaurantbesitzer, Ladeninhaber und viele, viele andere Dienstleister,

die Demonstrationsverbote,

das alles ist *nur ein Vorgeschmack* von dem, was noch kommen SOLL.

Und was auch kommen WIRD, *wenn* ihr euch alles Bisherige weiter gefallen laßt.

Woher will man das denn wissen?

Ganz einfach: aus den *offenen* Ankündigungen der gewählten und der nichtgewählten Politiker

Außerdem aus den *offenen* Vorbereitungen, die schon überall getroffen werden.

Davon hört und seht ihr nichts?

Na, dann wird es aber ALLERHÖCHSTE ZEIT, den Kopf aus dem Sand zu ziehen!

Denn die Ankündigungen kommen im Fernsehen, das ihr doch alle fleißig guckt.

Sie kommen im Radio, das ihr doch alle ständig hört.

Sie stehen in den Zeitungen, die ihr doch alle täglich lest.

Ihr findet sie natürlich auch im Weltnetz.

Ihr findet sie außerdem gesammelt und GANZ GENAU BELEGT in sehr vielen Büchern auf der Bücherliste am Ende dieser Schrift. Insbesondere in den Büchern Nr. 2, Nr. 4, Nr. 6 bis Nr. 10, Nr. 13 bis Nr. 16 und Nr. 20.

Eigentlich *unmöglich*, daß ihr davon noch gar nichts mitbekommen hättet.

Von all den Ankündigungen und all den Vorbereitungen.

So tief *kann* überhaupt niemand den Kopf in den Sand stecken!

Was soll denn das nun wieder heißen: «gewählte und nichtgewählte Politiker»?

Ist das wirklich schwer zu begreifen?

Manche Politiker könnt ihr zwar «wählen».

Aber immer nur aus einer ganz bestimmten *Vorauswahl*.

Die *andere Leute* schon lange VOR euch getroffen haben.

So eine Politikerin ist zum Beispiel die Bundeskanzlerin Angela Merkel.

Außer jenen Politikern, die man euch als «Kandidaten» vor die Nase gesetzt hat, damit *ihr* sie dann *auch* noch «wählen» durftet, gibt es aber noch andere.

Die konntet ihr nicht einmal *scheinbar* «wählen».

Die wurden ausgekungelt.

So ein Politiker war JEAN-CLAUDE JUNCKER, der frühere Präsident der EU-Kommission in Brüssel.

Daneben gibt es noch «Politiker», die nicht bloß niemand gewählt hat, sondern die auch nicht einmal ein Amt besitzen.

Das sind die mächtigsten von allen.

Gerade deshalb, *weil* sie sich nicht einmal «Politiker» *nennen* und auch von niemandem sonst so genannt werden.

Genau *die* erlauben sich, UNTER EUREN AUGEN die große Weltpolitik zu diktieren.

Ohne daß euch die Augen aufgehen!

Weil ja der Kopf noch im Sand steckt ...

So ein Politiker ist zum Beispiel der «Corona-Impf-Papst» BILL GATES.

Der ist *eigentlich* nur Gründer und Inhaber des Computer-Konzerns «Microsoft».

So ein Politiker ist auch KLAUS SCHWAB.

Der ist *eigentlich* nur Chef des «Weltwirtschaftsforums», das jedes Jahr im Januar in Davos stattfindet.

Was haben denn nun diese nichtgewählten Politiker angekündigt?

Der spätere nichtgewählte EU-Chef *Jean-Claude Juncker* hat bereits 1999 bekanntgegeben, WIE die Politiker GRUNDSÄTZLICH vorgehen:

«Wir beschließen etwas, stellen das dann in den Raum und warten einige Zeit ab, was passiert.

«Wenn es dann kein großes Geschrei gibt und keine Aufstände, weil die Meisten gar nicht begreifen, was da beschlossen wurde, dann machen wir weiter – Schritt für Schritt, bis es kein Zurück mehr gibt.»

Das sagte Juncker in einem Interview mit dem Magazin «Der Spiegel». Es war die Nummer 52, also die letzte Ausgabe des Jahres 1999, und da die Seite 136.

Ja, ganz recht, er sagte: «BIS ES KEIN ZURÜCK MEHR GIBT.»

So läuft das also auch jetzt.

«WEIL DIE MEISTEN GAR NICHT BEGREIFEN, WAS DA BESCHLOSSEN WURDE.»

In Form von sogenannten «Corona-Maßnahmen»!

«DANN MACHEN WIR WEITER – SCHRITT FÜR SCHRITT.»

In Form von immer weiteren sogenannten «Corona-Maßnahmen».

Die man demnächst auch noch umbenennen wird.

Denn auf den *Namen* kommt's nicht an.

Und auf das angebliche «Virus» schon gar nicht!

Das ist bloß der Köder.

Und was hat der nichtgewählte Politiker Klaus Schwab angekündigt?

Der hat einen «GROSSEN NEUSTART» angekündigt.

Eine ganz neue Weltpolitik.

Eben mal so, ungebeten und ungefragt, *für die ganze Menschheit.*

In einem Buch vom Sommer 2020.

Das ist zuerst nur auf englisch erschienen.

Es hatte den Titel «Covid-19. The Great Reset».

Auf deutsch heißt das: «Covid-19. Der große Neustart».

Nun habt ihr aber gesehen:

«Covid-19» ist nichts als ein SCHWINDELETIKETT.

Und hier seht ihr nun ganz genau, WOZU dieses Schwindeletikett DIENEN soll: für einen «großen Neustart».

Der *nichtgewählte* Politiker *ohne Amt* Klaus Schwab tut in seinem Buch so, als hätte sich die ganze Welt nach ihm zu richten.

Wenn er und seine Milliardärs-Freundchen vom Weltwirtschaftsforum die ganze Welt «groß neustarten» wollen!

Er schreibt da:

«Nichts wird jemals zu dem zerbrochenen Gefühl der Normalität zurückkehren, das vor der Krise herrschte, «weil die Coronavirus-Pandemie einen grundlegenden Wendepunkt in unserer globalen Entwicklung darstellt.»

Und dann schreibt er weiter:

«Die Welt, wie wir sie bis zu den ersten Monaten des Jahres 2020 kannten, hat sich mit der Pandemie aufgelöst.»

Das findet ihr so zitiert im Buch Nr. 3 auf Seite 57 (siehe die Bücherliste am Ende dieser Schrift).

Nun ist aber die «Pandemie» VON A BIS Z ERLOGEN.

Hier seht ihr also ganz genau, welchem ZWECK sie DIENT:

Die bisherige Welt einfach mal so «AUFZULÖSEN».

Und eine «WENDE» in unserer «GLOBALEN ENTWICKLUNG» herbeizuführen.

Eine weltweite «Auflösung» und eine globale «Wende» nach dem Geschmack des *nichtgewählten* Politikers *ohne Amt* Klaus Schwab.

Und seiner superreichen Freundchen vom Weltwirtschaftsforum.

WER die im einzelnen sind, und WIE sie sich ihren «großen Neustart» näher vorstellen, das könnt ihr in vielen Büchern nachlesen.

Besonders genau im Buch Nr. 14 auf den Seiten 73 bis 86 und 115 bis 117. Auch sehr genau im Buch Nr. 15 ab Seite 256 (siehe die Bücherliste am Ende dieser Schrift).

Allerdings halten sich Schwab und seine Freundchen noch einigermaßen zurück.

Mit ihren Ankündigungen.

Warum halten sie sich noch zurück?

Weil das, was sie vorhaben, für uns alle ABSOLUT NICHTS GUTES bedeutet.

Deshalb benutzen sie viele wenig oder nichts sagende Wörter.

Oder *mehrdeutige* Ausdrücke.

Trotzdem.

Wenn Schwab euch einredet, daß euer «Gefühl der Normalität» durch «Covid-19» angeblich «zerbrochen» wurde, könnt ihr daraus einiges entnehmen.

Vor allem dieses eine:

Die bisherige «Normalität» soll es künftig NIE mehr geben.

Nach dem Willen von Schwab und seinen Freundchen.

Diesbezüglich ist ja in eurem Fernsehen, eurem Radio, euren Zeitungen sogar schon Klartext geredet worden.

Da hat es mehr als einmal geheißen:

«**Nichts wird mehr so sein wie vorher!**»

Na DANN, ihr Leute, wenn ihr DAS wirklich mit euch machen lassen wollt, DANN zieht euch schon mal warm an!

Man wird mit euch nämlich Schlitten fahren, daß euch Hören und Sehen vergeht.

Übrigens auch alles Hören und Sehen von «Corona».

Denn eines ist gewiß:

Sobald die Weltdiktatur da ist, ist «Corona» weg.

Das wird dann *definitiv* nicht mehr gebraucht.

Das war immer nur der Köder!

Den könnt ihr JETZT *noch* loslassen.

Aber vielleicht schon bald nicht mehr ...

«Bis es kein Zurück mehr gibt», hat Jean-Claude Juncker gedroht!

Ihr solltet euch also beeilen.

Mit dem Abschied vom GLAUBEN an das angebliche «Corona-Virus».

Und an die angebliche neue Krankheit «Covid-19».

Und an die angeblich nötigen «Corona-Maßnahmen».

Und an die angeblich nötigen «Corona-Tests».

Und an die angeblich nötigen «Corona-Impfungen».

Und an die Wahrhaftigkeit eurer Regierung, eurer «Experten», eurer Medien.

Es fehlt noch der nicht gewählte Politiker Bill Gates – was hat denn der angekündigt?

DER ist der großmäuligste von allen.

Er ist ja auch der reichste.

Jedenfalls war er es noch, als er am 12. April 2020 im deutschen Fernsehen, in den «ARD-Tagesthemen», sagte:

«Wir werden den zu entwickelnden Impfstoff letztendlich sieben Milliarden Menschen verabreichen.»

Das zitiere ich aus dem Buch Nr. 5; es steht dort auf den Seiten 113 bis 114. Man findet es auch in mehreren anderen Büchern genauso wiedergegeben (siehe die Bücherliste am Ende dieser Schrift).

Das stand also für den *von niemandem gewählten* Politiker *ohne Amt* Bill Gates schon fest.

Von vornherein.

Er und seine Freundchen, nämlich «wir», hatten schon Mitte April 2020 fest vor, die gesamte Menschheit zu «impfen».

LANGE bevor es die «Impfstoffe» ÜBERHAUPT GAB!

Und obwohl GAR KEIN «CORONA-VIRUS» DA WAR!

Bill Gates ist übrigens *kein* Virologe.

Und auch *kein* Mediziner.

Er redet nicht als «Experte», sondern als Politiker.

Als jemand, der der ganzen Menschheit eine MEDIZINISCH VÖLLIG SINNLOSE «Impfung» verpassen will.

Gegen eine «Krankheit» mit dem Schwindeletikett «Covid-19», die es GAR NICHT GIBT!

Gegen ein «Corona-Virus», das GAR NICHT DA IST!

Aber Bill Gates ist ein Busenfreund von Klaus Schwab.

Seine Freundchen sind dieselben wie die Freundchen von Schwab.

Das könnt ihr in vielen Büchern nachlesen.

Genau belegt findet ihr es im Buch Nr. 2 (siehe die Bücherliste am Ende dieser Schrift).

Das sind lauter bloße Ankündigungen – aber wo bleiben die konkreten Vorbereitungen?

Lauter bloße Ankündigungen!?

Ihr beliebt wohl zu scherzen!

Was Bill Gates ankündigte, ist doch schon längst Wirklichkeit!

Die Menschheit wird seit dem Dezember 2020 «geimpft».

Mit steigendem Tempo.

Mit einer wachsenden Zahl von «Impfstoffen».

Auch was Klaus Schwab ankündigte, nimmt schon Gestalt an, denn die gewohnte «Normalität» kehrt tatsächlich nicht mehr wieder.

Nirgends auf der Welt.

Alles und jedes steht im Zeichen – oder unter dem Vorbehalt – von «Corona».

Ohne absehbares Ende.

Sogar was Jean-Claude Juncker vor über zwanzig Jahren ankündigte, wird wahr.

Weil es «kein großes Geschrei und keine Aufstände» gibt, geht die «Corona»-Kampagne unerbittlich weiter.

Und das «Schritt für Schritt, bis es kein Zurück mehr gibt»!

• Die Maskenpflicht wird schon nicht mehr zurückgenommen.

Nicht einmal für «vollständig Geimpfte»!

• Das Abstandhalten wird schon nicht mehr zurückgenommen.

Nicht einmal für «vollständig Geimpfte»!

• Statt dessen werden *neue* Pflichten eingeführt.

Zum Beispiel die «Test»pflicht für Schüler und für viele Berufsgruppen.

Oder eine strenge Kontaktverfolgungspflicht in vielen Betrieben.

War denn wirklich nur das gemeint mit den oben erwähnten konkreten Vorbereitungen?

Nein.

Natürlich nicht.

Denn vorbereitet wird ja die Weltdiktatur.

Unter den harmloseren Namen «Großer Neustart» oder «Globale Wende».

Zu dieser Diktatur gehört unbedingt die ABSOLUTE KONTROLLE aller künftigen «Weltbürger».

Und *die* wird schon fleißig vorbereitet.

Unter dem Deckmantel der Bekämpfung von «Covid-19» und des «Corona-Virus».

Zum Beispiel durch den «digitalen EU-Impfpaß».

Das ständige «Impfen» gegen «Corona» und der zugehörige «digitale Impfpaß» sind die Hintertür.

Der «digitale Impfpaß» ist derzeit *noch* «freiwillig», aber NUR er verschafft euch viele «Corona-Lockerungen».

Diese «Lockerungen» sind ein weiterer Köder.

An den sollt ihr anbeißen und euch diese Hintertür einbauen lassen: den «digitalen Impfpaß».

Durch diese Hintertür soll euch allen, jedem und jeder einzelnen, irgendwann später eine «digitale Identität» verpaßt werden.

Das haben die *nichtgewählten* Politiker *ohne Amt* Bill Gates und Klaus Schwab ebenfalls *offen* angekündigt.

Und sie bereiten es auch schon vor.

Eine «digitale» Identität ist eine Art Personalausweis, der nicht nur mit Computern verarbeitet werden kann.

Sondern auch mit simplen Lesegeräten.

An den Kassen von Supermärkten, an Bankautomaten, an den Eingangstüren aller möglichen Gebäude, und so weiter.

Da werdet ihr dann überall PERFEKT REGISTRIERT.

Mit Datum und Uhrzeit.

Der «Große Bruder» weiß noch Jahrzehnte später, *wann genau* ihr *wo genau* gewesen seid und *was genau* getan habt.

Ist das denn so schlimm – wir haben ja schließlich gar nichts zu verbergen!?

Nur Herdenvieh hat nichts zu verbergen.

In der Herde ist jedes Stück Vieh bloß eine Nummer und hat keine individuelle Würde.

Natürlich auch keine Intimsphäre.

Ich kann mir nicht vorstellen, daß ihr vollständig auf eure Intimsphäre verzichten wollt.

Es ist aber auch nicht bloß das.

In China, ihr Leute, in China ist die Kontrolle schon SEHR weit, ERSCHRECKEND weit gediehen.

Auch da haben die Menschen sich eingebildet, das wäre nicht schlimm.

Sie hätten ja schließlich nichts zu verbergen.

Aber wißt ihr, was *jetzt* da passiert?

Was vor zehn Jahren – und noch bis gestern – erlaubt war, ist ab heute verboten.

Doch nicht bloß ab heute!

NEIN, die Behörden sehen mit ihren Computern in den Datenbanken nach.

In den gigantischen Datenbanken mit Myriaden von Überwachungsdaten.

Sie sehen nach, was die einzelnen Bürger gestern, vorgestern, vor einem Jahr, vor fünf Jahren, vor zehn Jahren so alles gemacht haben.

Wer DAMALS irgendetwas getan hat, was DAMALS *erlaubt* war und erst HEUTE *verboten* ist, kommt auf die Schwarze Liste.

Er wird offiziell schikaniert und benachteiligt.

Er darf plötzlich nicht mehr mit der Bahn fahren, nicht mehr mit dem Flugzeug fliegen.

Er kriegt plötzlich keinen Bankkredit mehr.

Und so weiter.

Daß *das* gegenwärtig in China passiert, steht sogar in euren Zeitungen.

Und, ihr Leute, glaubt BLOSS nicht, China wäre weit weg!

Solche Gestalten wie Jean-Claude Juncker, Klaus Schwab, Bill Gates und ihre vielen, vielen ebenso machtgierigen Freundchen sind nämlich HIER.

Und die LECHZEN danach, chinesische Verhältnisse auf dem ganzen Globus einzuführen!

Lieber schon heute als erst morgen!

Okay, was bereiten sie denn nun vor?

Ich zähle euch hier nur einmal die konkreten Vorbereitungen auf, die speziell BILL GATES bereits getroffen hat.

Und an denen er ständig weiter arbeitet bzw. arbeiten läßt.

Zusammen mit Klaus Schwab und einer Menge anderer Freundchen vom selben Kaliber.

Wer von euch die *genauen Quellennachweise* dafür sehen will, muß zu Büchern greifen.

Solche exakte Nachweise findet ihr in der Mehrzahl der Bücher auf der Bücherliste am Ende dieser Schrift. Vor allem aber in den Büchern Nr. 2, Nr. 4, Nr. 6, Nr. 7, Nr. 13, Nr. 14 und Nr. 20.

Gates hat über viele Jahre hinweg ein WELTWEITES «Impf»-Netzwerk aufgebaut.

Zum Teil gemeinsam mit seinem guten Freundchen Warren Buffett.

Der weltbekannte Börsen-Investor Buffett ist auch wieder ein gutes Freundchen von Klaus Schwab.

Gates und Buffett gehören zu den *allerreichsten* Menschen der Erde.

Die zwei besitzen zusammen weit über 200 MILLIARDEN Dollar.

Ein Teil davon steckt in einer sogenannten «Stiftung».

Börsen nennt man die Häuser, in denen Anteilsscheine (**Aktien**) von großen Firmen und Konzernen gehandelt werden.

Investoren sind Leute mit enorm viel Geld, die dieses Geld in Aktien und anderen ähnlichen Wertpapieren anlegen.

Die ist STEUERFREI und erlaubt es den beiden, mit den dort untergebrachten rund 55 MILLIARDEN Dollar anzustellen, WAS IMMER IHNEN BELIEBT.

Ihnen und ihren Freundchen.

Gates hat also ein Netzwerk von staatlichen, halbstaatlichen und privaten Organisationen geknüpft.

Dafür mußte er eine Reihe von Organisationen selber gründen und teilweise oder ganz finanzieren.

Er tat das schon *Jahre*, EHE das *angebliche* «Corona-Virus» kam.

Er und seine Freundchen planen und organisieren IMMER alles *von langer Hand.*

Das dicht geknüpfte weltweite «Impf»-Netzwerk stand also *schon bereit.*

NUR DESHALB konnte der *nichtgewählte* Politiker *ohne Amt* Bill Gates sich am 12. April 2020 in der ARD frech hinstellen und eben mal so verkünden:

«Wir werden den zu entwickelnden Impfstoff letztendlich sieben Milliarden Menschen verabreichen.»

Über die Köpfe von knapp 200 Staats- oder Regierungschefs rund um den Erdball hinweg!

Gerade so, als ob die gar nicht da wären.

Oder jedenfalls gar nichts zu sagen hätten.

Du wolltest uns doch die Vorbereitungen von Gates «aufzählen» – was sind denn nun die vielen übrigen?

Nur Geduld!

Die kommen jetzt.

Bill Gates besitzt seit 2008 ein Patent AUF DEN MENSCHLICHEN KÖRPER!

Ganz allgemein.

Auf JEDEN menschlichen Körper.

Auch auf den EURIGEN!

Er hat euch patentieren lassen als «**Apparat zur Übertragung von elektrischem Strom und Daten**».

Das könnt ihr beim US-amerikanischen Patentamt nachsehen.

Es ist das US-Patent Nr. 6.752. 472.

In aller Form erteilt vom amerikanischen «Patent and Trademark Office».

Aber wieso schon 2008?

Wohl deshalb, weil ja dann 2009 die *angebliche* «Schweinegrippe» kam.

Die war genauso ein SCHWINDELETIKETT wie «Covid-19».

Es gab auch damals nur die ganz normale Erkältung oder Grippe und nichts sonst.

Die jedoch plötzlich eine hochgefährliche «Schweinegrippe» sein sollte ...!

Damals wurden auch schon Hunderte Millionen «Impfdosen» gegen diese «Schweinegrippe» produziert.

Und von korrupten Regierungen gekauft.

Aber dann nicht benutzt, sondern als «Sondermüll» wieder vernichtet.

Mit EUREN Steuergeldern.

Erst für Hunderte Millionen Euro gekauft.

Dann für weitere Millionen Euro wieder vernichtet.

Es war ja «bloß» *euer* Geld.

Dafür verantwortlich war übrigens in Deutschland auch damals schon die Bundeskanzlerin Angela Merkel.

Die gehört nämlich dazu.

Zu den dicken Freundchen von Jean-Claude Juncker, Bill Gates, Klaus Schwab, Warren Buffett, und so weiter.

> **Genaues DAZU und zu einigen weiteren solchen Freundchen lest ihr im Buch Nr. 2 (siehe die Bücherliste am Ende dieser Schrift).**

Ja, die Kampagne fiel *damals* noch einmal ins Wasser.

Es war noch zu früh.

Aber jetzt, *jetzt* habt ihr leider kräftig angebissen.

Und zappelt immer noch am Angelhaken.

VERGEBLICH, *solange* ihr nicht einfach DEN KÖDER LOSLASST.

Wir warten ungeduldig auf die anderen Vorbereitungen, die du uns noch aufzählen wolltest!

Am 26. März 2020 hat sich Bill Gates ein anderes Patent erteilen lassen.

Auf dem Weg über seinen Konzern «Microsoft».

Diesmal aber noch eine Nummer größer.

Kein bloßes US-Patent, sondern gleich ein WELT-PATENT.

Und WAS hat er sich da patentieren lassen?

Das nötige ZUBEHÖR zu EUREM Körper als «**<u>Apparat zur Übertragung von elektrischem Strom und Daten</u>**».

Nämlich einen MIKROCHIP, den er eurem Körper einpflanzen kann.

Damit ihr ohne Portemonnaie einkaufen gehen «könnt».

Oder eher schon MÜSST.

Denn auf dem Mikrochip ist dann euer «Bankkonto».

Euer GANZES Geld.

Keine Euros oder Dollar mehr.

Sondern bloß noch eine sogenannte «Kryptowährung».

Zu deutsch: eine Art von «Geld», die man *nicht mehr anfassen* kann.

Weil dieses «Geld» nur noch ungreifbar, *rein elektronisch* da ist.

Ein bloßer DATEN-Eintrag auf dem Mikrochip.

So ähnlich, wie wenn ihr auf eurem Konto-Auszug lest: «Saldo: 1000 H».

Also «Momentaner Kontostand: 1000 Haben».

Also «1000 Euro Guthaben».

Das steht dann aber nicht mehr in normalen Zahlen und Buchstaben auf Papier.

Sondern bloß noch in Form von *elektronischen* «Buchstaben», den sogenannten «Bits», auf dem Mikrochip.

Den man euch unter der Haut eingepflanzt haben wird.

Im Arm oder Handgelenk.

Man nennt diese «Kryptowährung» auch eine «DIGITALE Währung» oder «DIGITALES Geld».

Weil sie eben nur aus elektronischen «Bits» besteht.

Und die «Bits» wieder aus verschiedenen Kombinationen von immer nur zwei «DIGITS», nämlich 0 und 1.

0 (Null) bedeutet «*kein* elektrischer Strom»; 1 (Eins) bedeutet «elektrischer Strom».

Und EUER KÖRPER ist dann jener «APPARAT», der diesen «elektrischen Strom» überträgt.

Und mit diesem Strom, diesen «Digits», diesen aus den einzelnen «Digits» kombinierten «Bits» halt die «Daten».

EURE KONTO-DATEN.

EUER GELD.

Vom Mikrochip auf ein Lesegerät.

Oder umgekehrt.

Wer von euch englisch versteht, kann sich dieses Patent ansehen.

Gleich hier gegenüber.

Am besten mit einer Lupe, denn es ist verkleinert, damit es hierhin paßt.

(12) INTERNATIONAL APPLICATION PUBLISHED UNDER THE PATENT COOPERATION TREATY (PCT)

(19) World Intellectual Property Organization
International Bureau

(43) International Publication Date
26 March 2020 (26.03.2020)

WIPO | PCT

(10) International Publication Number
WO 2020/060606 A1

(51) International Patent Classification:
G06Q 20/06 (2012.01) *G06Q 30/02* (2012.01)
G06Q 20/32 (2012.01) *G06N 3/08* (2006.01)
H04L 9/32 (2006.01)

(21) International Application Number: PCT/US2019/038084

(22) International Filing Date: 20 June 2019 (20.06.2019)

(25) Filing Language: English

(26) Publication Language: English

(30) Priority Data:
16/138,518 21 September 2018 (21.09.2018) US

(71) Applicant: MICROSOFT TECHNOLOGY LICENSING, LLC [US/US]; One Microsoft Way, Redmond, Washington 98052-6399 (US).

(72) Inventors: ABRAMSON, Dustin; Microsoft Technology Licensing, LLC, One Microsoft Way, Redmond, Washington 98052-6399 (US). **FU, Derrick**; Microsoft Technology Licensing, LLC, One Microsoft Way, Redmond, Washington 98052-6399 (US). **JOHNSON, Joseph Edwin, JR.**; Microsoft Technology Licensing, LLC, One Microsoft Way, Redmond, Washington 98052-6399 (US).

(74) Agent: MINHAS, Sandip S. et al.; Microsoft Technology Licensing, LLC, One Microsoft Way, Redmond, Washington 98052-6399 (US).

(81) Designated States *(unless otherwise indicated, for every kind of national protection available)*: AE, AG, AL, AM, AO, AT, AU, AZ, BA, BB, BG, BH, BN, BR, BW, BY, BZ, CA, CH, CL, CN, CO, CR, CU, CZ, DE, DJ, DK, DM, DO, DZ, EC, EE, EG, ES, FI, GB, GD, GE, GH, GM, GT, HN, HR, HU, ID, IL, IN, IR, IS, JO, JP, KE, KG, KH, KN, KP, KR, KW, KZ, LA, LC, LK, LR, LS, LU, LY, MA, MD, ME, MG, MK, MN, MW, MX, MY, MZ, NA, NG, NI, NO, NZ, OM, PA, PE, PG, PH, PL, PT, QA, RO, RS, RU, RW, SA,

(54) Title: CRYPTOCURRENCY SYSTEM USING BODY ACTIVITY DATA

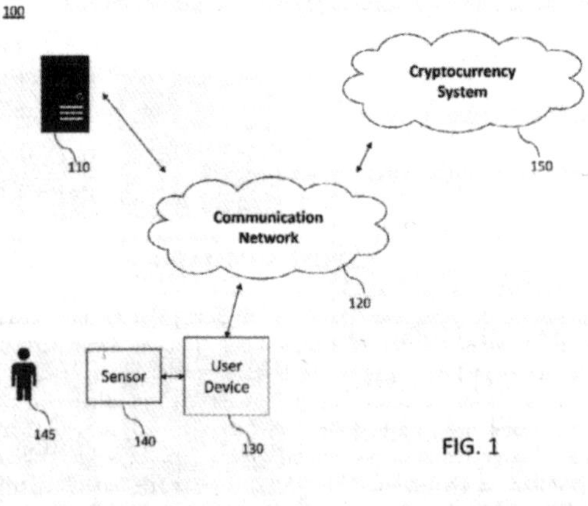

FIG. 1

(57) Abstract: Human body activity associated with a task provided to a user may be used in a mining process of a cryptocurrency system. A server may provide a task to a device of a user which is communicatively coupled to the server. A sensor communicatively coupled to or comprised in the device of the user may sense body activity of the user. Body activity data may be generated based on the sensed body activity of the user. The cryptocurrency system communicatively coupled to the device of the user may verify if the body activity data satisfies one or more conditions set by the cryptocurrency system, and award cryptocurrency to the user whose body activity data is verified.

WO 2020/060606 A1

[Continued on next page]

Auffallend ist die Patentnummer. Oben rechts und unten links.

Sie lautet «060606». Also EIGENTLICH «666».

Wir können schon englisch – wo soll denn da im Text von einem Mikrochip die Rede sein!?

Ihr habt recht.

Der Mikrochip wird im Patent nicht *erwähnt*.

Aber ich habe auch recht.

Denn der Mikrochip ist *gemeint*.

Und er ist schon in Vorbereitung, auf Anordnung von Bill Gates persönlich.

Dazu werden wir gleich noch kommen.

Zu *dieser* weiteren Vorbereitung der Weltdiktatur.

Vorher nur noch eines:

Ihr Leute, Gates und alle seine Freundchen sind NICHT BLÖD!

Die fallen euch nicht mit der Tür ins Haus.

Sonst würdet ihr ja den Braten sofort riechen.

Aus dem Grund steht auch noch jedesmal eine 0 neben der 6.

Bei der Patentnummer.

Damit ein paar ganz besonders Schlaue von euch vielleicht rufen:

Ha, das *ist* ja gar keine «666»!

Woher sollt ihr auch wissen, daß Gates und seine Freundchen Anhänger der sogenannten Zahlen-Kabbala sind.

Auf die *abergläubische* jüdische Geheimlehre «Kabbala» können wir jetzt nicht weiter eingehen.

Sonst kommen wir von Hölzchen auf Stöckchen.

Es genügt, wenn ihr folgendes wißt:

Die Zahlen-Kabbala heißt auch «Gematria».

Sie verwendet die Buchstaben des *hebräischen* Alphabets.

Jeder Buchstabe hat da einen bestimmten Zahlenwert.

Aber es gibt *keinen* Buchstaben in diesem Alphabet, der den Zahlenwert 0 hat.

Deshalb wird in der Gematria die 0 NIE berücksichtigt.

Die gilt nichts.

Die gilt als nicht geschrieben.

Die wird einfach gestrichen.

Und deshalb ist für Zahlen-Kabbalisten «060606» dasselbe wie «666».

Doch jetzt wieder zum Mikrochip.

Das Patent redet nur von «Körper-Aktivitäts-Daten».

Die von einem «Sensor» erfaßt werden.

Wenn es die passenden, die richtigen, die erforderlichen «Körper-Aktivitäts-Daten» sind, dann wird «Kryptowährung», also rein elektronisches, digitales Geld «ausgezahlt».

WOHIN wird es «ausgezahlt»?

Dazu sagt das Patent NICHTS.

Und WAS sollen DAS für «Aktivitäten» eures Körpers sein?

«Aktivitäten», welche «eine oder mehrere vom Kryptowährungs-System gesetzte Bedingungen erfüllen» (so steht's im Patent)?

So daß euch elektronisches Geld «ausgezahlt» werden kann?

Müßt ihr etwa den Kopf dafür verdrehen?

Müßt ihr vielleicht im Schweinsgalopp zu laufen anfangen?

Müßt ihr vielleicht mit den Armen wedeln?

Oder was sonst?

Das alles wären ja wohl kaum passende «Bedingungen» für eine Geldüberweisung ...

Wenn all das es NICHT ist, *was* wird es dann wohl sein?

Vielleicht ein Mikrochip?

Richtig!

Ein *in eurem Körper implantierter*, d.h. EINGEPFLANZTER Mikrochip, der «aktiv» wird.

«Aktiviert» durch die *elektrischen Mikroströme* EURES EIGENEN KÖRPERS!

Denn DEN hat Gates ja schon GENAU DAFÜR patentiert.

Als «**Apparat zur Übertragung von elektrischem Strom und Daten**».

Ein *eingepflanzter* Mikrochip also, der die erforderlichen «Daten» an den «Sensor» sendet.

Die ERFORDERLICHEN Daten für eine Geldüberweisung, das sind euer Name, euer Geburtsdatum, euer Kontostand.

MINDESTENS.

Diese Daten sind auf dem Mikrochip.

Erfaßt werden sie von einem «Sensor», der sich in einem eurer «Geräte» befindet.

WELCHES «Gerät» das sein soll, verrät das Patent NICHT.

Praktischerweise sollte es unbedingt ein «Gerät» sein, das ihr IMMER bei euch habt.

Zum Beispiel ein Smartphone.

Es kann aber auch, ZUSÄTZLICH, jedes andere *externe* Gerät sein.

Jedes *beliebige* elektronische Lesegerät kann den Chip auslesen.

Wieso redet aber der Text des Patents von einem «Schürfprozeß» für eine «Kryptowährung»?

Zum Zweck der Irreführung.

Damit es erst einmal *harmlos klingt*.

«Geschürft» hat man früher nur Gold oder Silber.

«Geschürft» werden aber heutzutage auch «Kryptowährungen», also elektronisches oder digitales Geld.

«Geschürft» natürlich bloß noch im *übertragenen* Sinn, nämlich am Computer.

Vielleicht kennt ihr das von der bekanntesten «Kryptowährung», den sogenannten «Bitcoins».

Die kann man «schürfen», indem man seinen Computer bestimmte extrem komplizierte Zahlen ausrechnen läßt.

Weil die Zahlen, die überhaupt noch zu Verfügung stehen, immer

komplizierter werden, braucht ein einzelner Computer für diese Berechnungen jedoch inzwischen bereits Monate!

Wer mithilfe seines Computers schließlich noch eine dieser Zahlen findet, erhält ein neues «Bitcoin», das bis dahin noch nicht da war.

Das hat er dann also «geschürft».

Aber derlei digitales Geld durch nichts weiter als «Körper-Aktivitäten» zu «schürfen», wäre Unsinn.

«Körper-Aktivitäten» kann man nicht mit den extrem komplizierten Zahlenberechnungen vergleichen.

In keiner Weise.

«Körper-Aktivitäten», verstanden als Körper-*Bewegungen*, wären etwas VIEL ZU EINFACHES.

Etwas viel zu Alltägliches.

Etwas, was jeder von euch jeden Tag vieltausendfach macht.

Wenn jeder DAFÜR mir nichts dir nichts ständig neues «Kryptogeld» ausgezahlt bekäme, gäbe das eine gewaltige Inflation.

Das kann also UNMÖGLICH gemeint sein.

Es ist nur eine Redensart für eine ganz andere Art von «Schürfen».

Die «Daten» auf dem Mikrochip müssen «STIMMEN».

Sie müssen bestimmte «BEDINGUNGEN» erfüllen.

Das nennt sich dann «schürfen».

Sind die «Bedingungen NICHT erfüllt, kriegt ihr kein Geld.

Nicht etwa kein «neugeschürftes».

Das ist nicht gemeint.

Sondern einfach GAR KEINES.

Was soll denn an den Daten auf dem Chip nicht stimmen?

Auf so einem Mikrochip können noch ganz andere Daten gespeichert werden als bloß euer Name, euer Geburtsdatum und euer Kontostand.

Daten, die jede Menge über euch und eure persönliche Einstellung zu allen möglichen Themen verraten.

Doch darauf kommt's nicht einmal an.

Wenn ihr euch politisch, religiös, geschäftlich oder sonstwie «unbeliebt» gemacht habt, *reicht* schon euer Name und Geburtsdatum auf dem Mikrochip.

Diese paar Daten werden dann einfach mit jenen gigantischen *externen* Datenbanken abgeglichen, auf denen alle möglichen Überwachungsdaten liegen.

Da findet man euch SOFORT wieder.

Euch und ALLES, was *ihr* getan habt.

Egal wann und wo.

Vor allem im Weltnetz, all seinen «Plattformen» und all seinen «Diensten».

Auch jedes Wort, das ihr je am Telephon gesagt habt.

Auch, was die öffentlichen oder privaten Überwachungskameras von euch und eurem Verhalten erfaßt haben.

Auch euer Kaufverhalten, soweit ihr bargeldlos bezahlt habt.

Auch euren Tages- und Wochenablauf, besonders, wenn ihr schon «smarte» Wasser- oder Stromzähler habt.

Auch alle eure Kontaktpersonen.

Und was soll daran so schlimm sein?

Aus dieser Unmenge von persönlichen Daten erstellen die Computer in Nullkommanix ein sogenanntes persönliches «PROFIL».

Für jeden und jede von euch.

Ein Charakterbild.

Wenn dieses PROFIL die «Bedingungen» erfüllt, kriegt ihr euer Geld.

Euren Lohn, eure Rente.

Zugriff auf euer Konto-Guthaben.

Wenn es sie *nicht* erfüllt, kriegt ihr weniger oder gar kein Geld mehr.

Keinen Lohn, *keine* Rente.

KEINEN Zugriff mehr auf euer Konto-Guthaben.

Das ist dann sozusagen «eingefroren».

Wie das die Regierungen oder die Banken ja schon heute in Einzelfällen machen.

Sie «frieren» die Bank-Guthaben von kriminellen, aber auch von politisch mißliebigen Leuten einfach «ein».

Das heißt, sie sperren den Zugriff darauf.

Diese Leute kommen dann an ihr EIGENES Geld einfach nicht mehr dran!

Der Bankautomat gibt kein Bargeld mehr heraus.

Die Angestellten am Bankschalter auch nicht.

Überweisungsaufträge werden einfach nicht mehr ausgeführt.

Wer aber keinen Zugriff auf sein eigenes Geld mehr hat, kann natürlich nicht mehr kaufen und nicht mehr verkaufen.

Das erinnert ja direkt an den Wortlaut der Geheimen Offenbarung!

Allerdings.

Und das ist kein Zufall.

Denn die «666», mit der Bill Gates sein Patent von 2020 numeriert hat, hängt ja aufs engste damit zusammen.

Eine <u>dritte</u> dringende Warnung: Die «Maßnahmen» werden in der Apokalypse enden

Sind denn die Vorbereitungen wirklich schon SO weit?

Weiter als ihr denkt.

Denn meine versprochene Aufzählung ist noch nicht fertig.

Der Mikrochip kommt tatsächlich.

In einer ganz speziellen Form.

Als sogenannte «QUANTEN-PUNKT-TÄTOWIERUNG».

Das ist eine brandneue, revolutionäre Technik.

Der *nichtgewählte* Politiker *ohne Amt* BILL GATES selber hat die dafür nötige Forschung und Entwicklung in Auftrag gegeben.

Am weltberühmten amerikanischen «Massachusetts Institute of Technology», abgekürzt MIT.

Und das schon 2019, lange BEVOR von einem «neuen Corona-Virus» und «Covid-19» ÜBERHAUPT DIE REDE WAR!

Genaues und genau Belegtes DAZU findet ihr im Buch Nr. 9 auf Seite 75. Daraus zitiert lest ihr es auch im Buch Nr. 2 auf den Seiten 558 bis 559 (siehe die Bücherliste am Ende dieser Schrift).

Worum handelt es sich denn bei dieser Quantenpunkt-Tätowierung?

Das ist eine Art von Mikrochip.

Aber kein gewöhnlicher Mikrochip.

Sondern ein implantierbarer.

Also einer, den man euch unter der Haut einpflanzen kann.

Ist das aber nicht ein alter Hut? Das wird doch schon lange gemacht!

Ja, das stimmt.

Das wird tatsächlich schon seit einigen Jahren gemacht.

Vor allem bei Tieren.

Außerdem bei Versuchspersonen, die sich freiwillig dafür hergeben.

Aber immer nur mit Mikrochips in winzigen Glasröhrchen.

Die sind zwar nicht größer als ein Reiskorn.

Trotzdem kann man sie unter der Haut *sehen* und *spüren*.

Bei dem Quantenpunkt-Chip ist das jedoch GANZ ANDERS.

Den könnt ihr *weder* sehen *noch* spüren!

Der besteht aus lauter einzelnen Pünktchen unter der Haut.

Diese Pünktchen wiederum setzen sich aus *allerkleinsten* Metallteilchen zusammen.

Aus sogenannten «NANOPARTIKELN».

Die könntet ihr höchstens unter einem Elektronenmikroskop sehen.

Doch auch die «Quanten»-Pünktchen unter der Haut, zu denen sie sich gruppieren, sind immer noch unsichtbar winzig.

Sie bilden aber alle zusammen einen einzigen Mikrochip, der Informationen elektronisch speichern kann.

Elektronisch, das heißt digital. In Form der «Digits» 0 und 1.

Wie vorhin schon erklärt.

Auf dem Quantenpunkt-Chip soll jeder und jede einzelne von euch eine sogenannte «digitale Identität» mit sich herumtragen.

Jeder Mensch auf dem ganzen Globus.

Eure «digitale Identität», das sind alle jene digital gespeicherten Informationen, die euch eindeutig *identifizierbar* machen.

Identifizierbar heißt soviel wie AUFFINDBAR.

EINDEUTIG UNTERSCHEIDBAR von jedem anderen Menschen auf Erden.

So ähnlich wie jetzt noch durch einen Personalausweis, Reisepaß oder Führerschein.

Diese «digitale Identität» ist aber wieder nur ein KÖDER.

Der soll euch die Sache als «praktisch» *schmackhaft machen.*

Die Sache, die aber *tatsächlich* ENORM VIEL WEITER GEHT.

Denn auf so einem Mikrochip haben gewaltig viele Informationen Platz.

Auch auf diesem Quantenpunkt-Mikrochip.

Zum Beispiel euer Bankkonto.

Seht ihr jetzt, wie fein sich da der Kreis schließt?

Ja, sicher. Aber was wir NICHT sehen, ist, was das mit der CORONA-Impfung zu tun haben soll – wo bleibt denn DIE?

Die schließt erst den Kreis *vollständig.*

Die ist nämlich das Vehikel.

Das Vehikel, also das Gefährt, das Transportmittel, mit dem man euch den Quantenpunkt-Mikrochip verpaßt.

Am Ende gar, OHNE DASS IHR ES MERKT.

Also auch, OHNE DASS IHR ES WISST UND WOLLT!

Denn das ist eine weitere Vorbereitung des *nichtgewählten* Politikers *ohne Amt* BILL GATES.

DAS war ihm sogar GANZ BESONDERS WICHTIG.

Daß dieser neuartige Quantenpunkt-Mikrochip euch EBEN GERADE MAL SO «NEBENHER» eingepflanzt werden kann.

Eigentlich müßte ich ja sagen: EINGESPRITZT.

Eben mal gerade so «nebenher» *eingespritzt* bei einer «Impfung».

Natürlich bei einer «Impfung», die möglichst JEDEM Menschen auf dem GANZEN PLANETEN verpaßt wird.

Also bei einer «CORONA-IMPFUNG».

Denn das hat BILL GATES ja am 12. April 2020 im ARD-Fernsehen förmlich angekündigt.

Als er trocken sagte:

«Wir werden den zu entwickelnden Impfstoff letztendlich sieben Milliarden Menschen verabreichen.»

Also «den zu entwickelnden Impfstoff» ZUSAMMEN mit der damals *schon fertig entwickelten* Quantenpunkt-Tätowierung.

Zusammen mit dem *Mikrochip.*

Wird das denn JETZT schon GEMACHT?

JA, «versuchsweise» ...

In Bangladesh und in zwei oder drei afrikanischen Ländern.

Also bei den Ärmsten, die sich am wenigsten dagegen wehren können!

In Europa wohl NOCH nicht.

Weil man es euch natürlich am Schluß ja *doch* geradeheraus sagen muß.

Daß ihr gechippt seid.

Und daß der unsichtbare Mikrochip unter der Haut jetzt euer *ganzes* Geld-Guthaben ist.

Daß ihr jetzt NUR NOCH DAMIT bezahlen könnt.

Mit eurem gechippten KÖRPER als «**Apparat zur Übertragung von elektrischem Strom und Daten**».

Indem ihr euren Arm oder euer Handgelenk an einem digitalen Lesegerät vorbeiführt.

ÜBERALL, wo immer ihr auch hinkommt und *irgendetwas* kaufen wollt oder *irgendwelchen* Eintritt zahlen müßt.

Außerdem, daß es gewisse «Bedingungen» dafür gibt, daß ihr noch Zugriff auf euer Geld-Vermögen auf dem Mikrochip habt.

Daß ihr also überhaupt noch irgendetwas kaufen oder verkaufen KÖNNT.

«Bedingungen», die sich aber von jetzt auf gleich *ändern* können.

Nach Lust und Laune der euch Regierenden.

So wie bei der Vieh-Herde, die jetzt nach links und gleich wieder nach rechts getrieben wird.

Dann hat man euch *endgültig* in der Tasche.

«Man», das sind BILL GATES, KLAUS SCHWAB, WARREN BUFFETT und ihre vielen superreichen Freundchen rund um den Globus.

SO etwas lassen WIR mit UNS nicht machen!

Wenn ihr euch da mal nur nicht täuscht ...

Ihr laßt euch doch *jetzt schon* «impfen» wie die Weltmeister!

Klar, weil ihr GLAUBT, *damit* könntet ihr euch von den «Corona-Maßnahmen» freikaufen.

Doch daraus wird nichts.

Denn BILL GATES und alle seine Freundchen sehen das ganz anders.

Die «Impfungen» machen euch nach und nach *empfänglich für den Mikrochip*.

Und somit ENDGÜLTIG kontrollierbar.

DIREKT steuerbar.

PERFEKT lenkbar.

Ihr laßt euch ja *jetzt schon* in die «gewünschte» Richtung lenken!

Ihr findet es richtig und notwendig, daß eure (SINNLOSEN) «Impfungen» *dokumentiert* werden.

Digital dokumentiert.

Also auch digital KONTROLLIERBAR dokumentiert.

Daß die EU zu diesem Zweck einen «digitalen Impfpaß» einführt.

Genau wie von BILL GATES und seinen Freundchen *gewollt*.

Denn auch DAS hat der *nichtgewählte* Politiker *ohne Amt* BILL GATES schon *offen* angekündigt.

Ebenfalls im April 2020, als es noch gar keine «Impfstoffe» gegen «Corona» GAB!

Da sagte Gates:

«Irgendwann werden wir digitale Zertifikate haben, aus denen hervorgeht, wer sich erholt hat, wer getestet wurde oder – wenn es einen Impfstoff gibt – wann geimpft wurde.»

Das findet ihr quellenmäßig genau belegt im Buch Nr. 13 auf Seite 134 in Verbindung mit Seite 234 (siehe die Bücherliste am Ende dieser Schrift).

Ein Zertifikat ist eine Bescheinigung.

Ein digitales Zertifikat ist demnach eine digitale Bescheinigung.

Das sind also «Daten».

Was meint ihr denn, *wo* man diese «Daten» *unterbringen* wird?

WO anders, als DIREKT IN EUREM KÖRPER?!

In eurem durch die «Impfung» selber gechippten Körper?!

Denn genau DEN hat Bill Gates doch schon längst genau DAFÜR *patentieren* lassen.

Als «**Apparat zur Übertragung von elektrischem Strom und Daten**».

Für die «Auszahlung von Kryptowährung».

Das heißt, von elektronischem, «digitalem» Geld.

An alle, die sich gehorsam haben «impfen» lassen.

Aber eben auch NUR an die.

Denn auch das ist natürlich eine Möglichkeit, für demnächst:

Ohne «Corona-Impfung» *keine* Quanten-Tätowierung, das heißt, *kein* eingepflanzter Mikrochip.

Ohne eingepflanzten Mikrochip *kein* verfügbares digitales Geld-Guthaben.

Ohne verfügbares digitales Geld-Guthaben *keine* Möglichkeit mehr, zu kaufen oder zu verkaufen.

Das geht recht einfach.

Und recht schnell.

Ehe ihr euch verguckt habt!

Wenn ihr noch lange trödelt.

Und den Corona-Virus-Köder nicht ENDLICH sofort loslaßt!

Samt allen zugehörigen «Tests», «Impfungen», «Zertifikaten» und so weiter.

Und was ist nun mit der Apokalypse?

Die sagt GENAU DAS vorher!

Seit weit über 1900 Jahren!

Daß KEINER mehr kaufen oder verkaufen kann, der nicht ALLES mitmacht.

Alles, was Gates beabsichtigt.

Gates und seine Freundchen.

Ihr wißt doch, was das ist, die Apokalypse?

Sie heißt auch «Geheime Offenbarung des heiligen Johannes».

Sie ist das letzte Buch der Bibel.

Sie ist vom Heiligen Geist inspiriert wie alle Bücher der Bibel.

Sie ist Offenbarung des dreifaltigen Gottes.

Sie ist daher auch UNFEHLBAR WAHR.

Ist denn da etwa von Bill Gates, von Corona-Impfungen oder von einem Mikrochip die Rede!?

Natürlich NICHT!

Bei *solchen* Einzelheiten hält sich die göttliche Offenbarung nie auf.

Es geht dem lieben Gott bei seinen Mitteilungen an uns immer nur um das *Wesentliche*.

Außerdem sollen wir nicht schon vorher alles SO genau wissen.

Sondern es erst vollständig begreifen, wenn es vor unseren Augen in Erfüllung geht.

Deshalb ist die Prophetie der Apokalypse auch so verrätselt.

So voller schwer verständlicher Bilder und Gleichnisse.

Was ist denn nun dort ÜBERHAUPT vorhergesagt, wenn weder Gates noch Impfungen noch Chip!?

Daß die GANZE Menschheit, JEDER UND JEDE EINZELNE, sich ein «ZEICHEN» oder «MAL» verpassen läßt.

Und zwar eines, OHNE das *niemand mehr kaufen oder verkaufen kann.*

Die Menschen lassen es sich von einem BRUTALEN Weltherrscher verpassen.

Der wird deshalb auch ein «Tier» genannt.

Er steht DIREKT im Bund mit dem Teufel.

Der wiederum wird dort «der Drache» genannt.

Das «Tier» empfängt alle seine Macht von dem «Drachen».

Es übt sie auch nur im Namen des «Drachen» aus.

Es bekämpft daher den wahren dreifaltigen Gott und alle, die ihm dienen.

Und die Zahl seines Namens ist «666».

Also genau jene Zahl, die BILL GATES seinem entsprechenden Patent vom März 2020 gegeben hat!

Wie lautet denn dieser Text der Apokalypse nun wörtlich?

Er steht im 13. KAPITEL der Geheimen Offenbarung.

Ich führe nur einen TEIL davon an, nämlich *jene* Sätze, die uns hier *am meisten* interessieren.

Da heißt es also:

«Und ich sah ein Tier [den **Antichristen**] aus dem Meer aufsteigen [...].

Der Drache [**Satan**] verlieh ihm seine Macht, seinen Thron und große Gewalt.

[...] und die ganze Erde wandte sich staunend dem Tier zu.

Sie beteten den Drachen [**Satan**] an und sprachen: „Wer ist dem Tier gleich, und wer vermag mit ihm zu kämpfen?“ [...]

Und es öffnete sein Maul zu Lästerungen gegen Gott, zu lästern seinen Namen und seine Wohnstatt und die Bewohner des Himmels.

[...] und es wurde ihm Macht gegeben über jeden Stamm und jedes Volk, jede Zunge und jede Nation,

und anbeten werden es alle Bewohner der Erde, deren Name nicht eingeschrieben ist im Lebensbuch des geschlachteten Lammes [Jesu Christi] seit Grundlegung der Welt.

[...] Und ich sah ein anderes Tier aufsteigen aus dem Land [den **Lügenpropheten**] [...].

[...] Und es brachte alle dazu, die Kleinen und die Großen, die Reichen und die Armen, die Freien und die Sklaven, sich ein Malzeichen zu machen auf ihrer rechten Hand oder auf ihrer Stirn.

Niemand soll kaufen oder verkaufen können, der nicht das Malzeichen trägt, den Namen des [ersten] Tieres [des **Antichristen**] oder die Zahl seines Namens.

[...] und seine Zahl ist sechshundertsechzig und sechs.»

Wieso soll dieses «Tier» der «Antichrist» sein?

Weil auch das *geoffenbart* ist.

Der heilige Evangelist Johannes hat nicht nur die Apokalypse niedergeschrieben.

Er hat auch drei Briefe verfaßt.

Die gehören ebenfalls zum Neuen Testament, also zur Bibel.

Sie stehen kurz vor der Geheimen Offenbarung.

Im ersten Brief, und dort im 2. Kapitel, Vers 18, schreibt nun derselbe heilige Johannes:

«Kindlein, es ist die letzte Stunde, und wie ihr gehört habt, daß der Antichrist kommt, so sind auch jetzt viele Antichristen erstanden [...].»

Schon die ersten Christen, denen Johannes damals schrieb, hatten es also «gehört».

Aus dem Mund der Apostel Jesu Christi.

«Daß der Antichrist kommt.»

Nicht einer von den «vielen» KLEINEN «Antichristen», die es *da* schon gab.

Sondern «der» EINE, also «der» GANZ GROSSE «Antichrist».

Und all die Gottesgelehrten, die großen Theologen der katholischen Kirche, haben schon immer gesagt:

Dieser «Antichrist» aus dem 1. Johannesbrief ist IDENTISCH mit dem «Tier aus dem Meer» in der Geheimen Offenbarung.

Beide sind *dieselbe* Person.

Ihr Leute, es gibt da aber noch eine andere Vorhersage über den Antichristen.

Die findet ihr beim heiligen Apostel Paulus.

Und sie stimmt natürlich mit derjenigen des hl. Johannes überein.

Denn beide waren ja vom selben Heiligen Geist inspiriert, als sie diese Weissagungen niederschrieben.

Nur der ewige Gott *allein* kennt die Zukunft, weil ER *über* der Zeit steht.

Jedenfalls geht auch *diese* Prophezeihung UNS ALLE AN.

Sie steht im 2. Brief des heiligen Paulus an die Thessalonicher.

Ziemlich hinten in der Bibel.

Da heißt es also im 2. Kapitel:

«Sein [des **Antichristen**] Auftreten zeigt sich entsprechend der Kraftentfaltung des <u>Satans</u> in jeder Art von Macht, trügerischen Zeichen und Wundern,

in jeder Art böser Verführung für jene, die <u>verlorengehen</u> [das heißt, die **der ewigen Höllenstrafe verfallen**],

<u>weil</u> sie <u>der Liebe zur Wahrheit nicht Einlaß gaben</u>, um gerettet zu werden.

Daher schickt ihnen Gott die Kraftentfaltung der Verführung, daß sie <u>der Lüge glauben</u>,

damit alle das Gericht erfahren, die <u>der Wahrheit nicht glaubten</u>, sondern Gefallen hatten am Frevel.»

Was für eine «Kraftentfaltung der Lüge» ist denn da gemeint?

Na, ich denke, ihr *stellt* euch nur so dumm!

Guckt euch doch die ungeheuerliche CORONA-LÜGE an!

Ihr habt es doch gerade erst gesehen, wohin die führt.

Schnurstracks dahin, daß demnächst niemand mehr kaufen oder verkaufen kann.

Dank eines Patents von BILL GATES, das bereits die Zahl des Antichristen trägt, die «666».

Dank eines Mikrochips, den ihr alle WIE EIN «MALZEICHEN» unter die Haut gespritzt bekommt.

Bei einer *sogenannten* «Corona-Impfung».

Warum sagst du bloß: «WIE ein Malzeichen»?

Weil der unsichtbare Mikrochip natürlich NOCH nicht das *eigentliche* Malzeichen *selber* ist!

Ihr seid zwar damit schon elektronisch oder «digital» markiert.

Also gekennzeichnet.

Und könnt nur noch zu den «Bedingungen» des BILL GATES und

seiner übrigen ANTICHRISTLICHEN Freundchen kaufen oder verkaufen.

Aber es FEHLT noch etwas.

Nicht mehr viel, aber doch noch *etwas*.

Es fehlt noch das SICHTBARE «Malzeichen».

Entweder auf der Hand oder sogar auf der Stirn.

Als *sichtbares* BEKENNTNIS zum Antichristen und zum Teufel.

Und SO etwas sollten WIR uns geben lassen?

HOFFENTLICH NICHT!

Aber wenn man sieht, wie so viele von euch oder euren Kindern jetzt schon in sogenannte «Tattoo-Shops» rennen ...

Und sich nach Strich und Faden «verzieren» lassen ...

Da werden genug von euch am Ende sagen:

Na, auf so eine «666» kommt's jetzt auch nicht mehr an!

Doch ihr seid gewarnt!

Vom ewigen Gott, eurem Schöpfer und Erlöser.

Wer sich mit dem *sichtbaren* Malzeichen «666» verUNzieren läßt, *verleugnet* und *verlästert* den wahren Gottmenschen JESUS CHRISTUS.

Und die ganze Heiligste Dreifaltigkeit.

Er stößt Gottes unermeßliche Liebe und Barmherzigkeit zurück.

Er bekennt sich zum Teufel als seinem «Gott».

Er macht sich selbst zum Gegenstand des ewigen göttlichen Abscheus.

Er wird darum auch die EWIGE Höllenpein mit dem Teufel teilen.

Das steht im 14. Kapitel der Geheimen Offenbarung:

> «Ein anderer, ein dritter Engel [...] rief mit lauter Stimme:
>
> „Wenn einer das Tier anbetet und sein Bild und das Malzeichen annimmt auf seiner Hand oder Stirn,
>
> wird er auch trinken vom Glutwein Gottes, der ungemischt eingegossen ist in den Becher seines Zornes,
>
> und er wird gepeinigt werden in Feuer und Schwefel vor den heiligen Engeln und vor dem Lamm [Jesus Christus].
>
> Und der Rauch von ihrer Qual wird aufsteigen in alle Ewigkeit,
>
> und sie werden nicht Ruhe haben Tag und Nacht, die das Tier anbeten und sein Bild,
>
> und so einer das Malzeichen seines Namens annimmt."
>
> Hier zeigt sich die Standhaftigkeit der Heiligen, die Gottes Gebote wahren und den Glauben an Jesus.»

Ist der Antichrist etwa schon DA?

Offenbar NOCH nicht.

Es hängt ja auch GANZ VON EUCH ab, *wann* er kommt.

IHR *könnt* nämlich der Lüge NOCH eine Absage erteilen.

Dann wird er JETZT noch *nicht* kommen.

Aber die Zeit drängt!

Er kommt aber doch auf jeden Fall, nicht wahr?

Ja, leider.

Aber NICHT, weil der *liebe Gott* das WILL.

Sondern nur, weil er es unfehlbar voraussieht.

Daß die *Menschen* der Lüge glauben WOLLEN.

Und *dadurch* dem Antichristen den Thron bereiten.

Gott weiß auch schon genau, *welche* Menschen das im einzelnen sind.

ER weiß, die Menschen *welcher Zeit* das sind

ER weiß, ob es die Menschen unserer Zeit sind.

ER weiß, ob *ihr* das seid.

Oder ob *ihr* das NOCH *nicht* seid.

Doch WENN *ihr* das tatsächlich bereits seid, seid ihr selbst schuld.

Was können aber wir daran ändern, daß so viele andere der Lüge glauben?

Ihr könnt der Lüge entgegentreten.

Ihr könnt die Wahrheit verbreiten.

Nicht nur die über «Corona».

Denn da sind ja noch viel mehr furchtbare Lügen in Umlauf.

Die alle Gottes Zorn herabrufen und mit der ewigen Verdammnis bestraft werden.

Aber die über «Corona» ist eben diejenige, die *ganz unmittelbar* auf den ANTICHRISTEN abzielt.

Sie ist darum die bedrohlichste.

Wie schon gesagt:

Ihr KÖNNT den Köder JETZT noch loslassen.

Und dem Antichristen entkommen.

Wenn ihr BETET, wird GOTT euch seine Hilfe dazu nicht versagen.

Ohne Gottes Hilfe werdet ihr es allerdings auf Dauer NICHT vermögen.

Der Lüge zu widerstehen.

Fangt also an, zu beten!

Oder, wenn ihr es schon tut, tut es *noch eifriger*!

Regelmäßig, täglich.

Und vor allem *andächtig*.

Betet nicht nur zu Gott und zu Jesus Christus, sondern auch zu MARIA.

Sie ist die allzeit jungfräulich gebliebene MUTTER GOTTES.

Sie ist darum auch die Mittlerin *aller* Gnaden.

Ihre Bitten erlangen euch bei GOTT das, was ihr wegen eurer Armseligkeit von IHM nicht erlangen würdet.

Sie erlangen euch die GNADE, die Kraft und Stärke, dem Teufel und seinem Antichristen zu widerstehen.

Nötigenfalls bis aufs Blut.

Falls er tatsächlich jetzt schon kommt.

Weil zu viele auf der ganzen Welt leider NICHT aufhören werden, der Lüge zu glauben.

Diese Gefahr ist groß.

Betet darum auch für alle eure Mitmenschen!

Wir fassen zusammen: Vom «Corona-Virus» zum Antichristen – ein kurzer Weg

Erstens

Der Glaube an ein «Corona-Virus» ist WISSENSCHAFTLICH UNBEGRÜNDET.

Niemand auf der ganzen Welt hat NACHGEWIESEN, daß dieses «Virus» überhaupt DA ist.

Der EINZIGE *seriöse* Nachweis bestünde darin, die vier Kochschen Postulate zu erfüllen.

Aber es ist NOCH KEIN EINZIGES DAVON erfüllt worden.

Und es WIRD auch keines mehr erfüllt *werden*.

Denn *wenn* das ginge, hätte man es LÄNGST gemacht!

Auch die hochgelobten «Wissenschaftler» GLAUBEN also bloß an das «Virus».

Ein trauriger Irrglaube!

Eine Blamage sondergleichen.

Oder glaubt ihr etwa auch an den Osterhasen?

Der die bunten Eier legt?

Zweitens

Der Glaube an eine neue Krankheit namens «Covid-19» ist ebenso UNBEGRÜNDET.

Die Krankheit soll von einem «Corona-Virus» verursacht werden, DAS GAR NICHT DA IST.

Genau deshalb unterscheidet sie sich auch in gar nichts von den *herkömmlichen* Erkrankungen der Atemwege.

Von Erkältung, Grippe, Lungenentzündung.

Sie ist nämlich bloß genau das, was sie IMMER war: Erkältung, Grippe, Lungenentzündung!

«Covid-19» ist nichts als ein SCHWINDEL-ETIKETT.

Um alle Welt ins Bockshorn zu jagen.

Lungenentzündung war schon immer lebensgefährlich.

Und oft sogar tödlich.

Auf vollen Intensivstationen.

In der kalten Jahreszeit.

Auf dem Höhepunkt der alljährlichen Grippewelle.

Aber das war kein Thema für die Medien.

Die blasen immer nur *das* ganz groß auf, was halt die GROSSEN DRAHTZIEHER gerade ganz groß aufgeblasen haben *wollen*.

Drittens

«Corona-Tests» und «Corona-Impfungen» sind so lächerlich wie eine Eisbärenjagd in der Wüste Sahara.

Wo von vornherein GAR KEIN VIRUS IST, GIBT es nichts zu «testen» und nichts zu «impfen».

Es geht aber auch gar nicht um die Bekämpfung eines «Virus» oder einer «neuen Krankheit».

Es geht NUR darum, euch ENDLOS zu *schikanieren*.

Mit «Maßnahmen», «Tests» und «Impfungen», die immer weitere «Maßnahmen», «Tests» und «Impfungen» nach sich ziehen.

Mit Endlosschleifen.

Solange ihr an das «Corona-Virus» und seine «Mutanten» glaubt.

Doch was gar nicht DA ist, kann auch nicht *mutieren*.

Es GIBT keine «Corona-Mutanten» oder «Corona-Varianten».

Die leben nur in eurer Einbildung.

Und in der Einbildung einer schon lange TOTAL ENTGLEISTEN «Virologie».

Die *extrem schlampig* arbeitet.

Ein tragikomischer UNFALL DER WISSENSCHAFT.

Den die GROSSEN DRAHTZIEHER und ihre Lügenmedien jetzt auf das schamloseste AUSNUTZEN.

Um euch für etwas *ganz anderes* weichzuklopfen.

Mit einer erlogenen «Corona»-Story und betrügerischen «Corona-Maßnahmen».

Die *nie* mehr aufhören sollen.

Bis ihr DEFINITIV in der Falle sitzt.

Aber man kann immer nur *den* betrügen, der sich betrügen *läßt*.

Ich denke, ihr versteht gut genug, wen und was ich meine ...

Oder muß ich mit dem Finger auf euch zeigen?

Viertens

Wahrer Zweck der Übung ist die «Impfung» der ganzen Welt.

Aber keine «Impfung» gegen ein eingebildetes «Corona-Virus».

Sondern eine «Impfung» mit einer sogenannten Quantenpunkt-Tätowierung.

Einem Mikrochip unter der Haut.

Der soll zwei Funktionen gleichzeitig haben:

Erstens ist darauf eure «digitale Identität» gespeichert.

Zweitens ist der jetzt euer einziges «Geld».

Zugriff darauf habt ihr aber nur noch unter *ganz bestimmten* «Bedingungen».

Das heißt im Klartext:

Geld ausgeben oder einnehmen, KAUFEN oder VERKAUFEN ist an «Bedingungen» geknüpft.

«Bedingungen», die elektronisch oder «digital» überwacht werden.

Von zentraler Stelle.

«Bedingungen», die beliebig geändert werden können.

Jederzeit.

Vom künftigen Beherrscher der Welt.

Mit anderen Worten:

Die «Corona-Impfungen» laufen auf die TOTALE Kontrolle, Lenkung und Knechtung der ganzen Menschheit hinaus.

Denn wer die «Bedingungen» *nicht* oder nicht *mehr* erfüllt, muß buchstäblich VERHUNGERN!

Jeder und jede, egal wo auf der Welt.

Denn alle ohne Ausnahme sind gechippt, digital registriert und digital überwacht.

Fünftens

Das Szenario, das gegenwärtig abläuft, hat bestürzende Ähnlichkeit mit der *apokalyptischen* Prophetie.

Erst recht all das, was BILL GATES schon angekündigt und technologisch vorbereitet hat.

Gottes Weissagungen gehen *unfehlbar* in Erfüllung.

WIR wissen aber *nicht*, WANN und DURCH WEN.

Für alle diejenigen, die am Ende dem Antichristen huldigen und sein Malzeichen «666» tragen werden, gilt daher das warnende Wort Jesu Christi:

«Ärgernisse müssen zwar kommen, doch wehe dem Menschen, durch den das Ärgernis kommt.»

Das steht im heiligen Evangelium nach Matthäus im 18. Kapitel, Vers 7. Und fast gleichlautend auch im heiligen Evangelium nach Lukas im 17. Kapitel, Vers 1.

Das heißt:

Die Ärgernisse MÜSSEN kommen, weil Gottes Allwissenheit sie *vorhersieht*.

Aber *keineswegs*, weil Gott sie WILL.

Er *will* sie ABSOLUT NICHT!

Sie kommen vielmehr kraft der FREIWILLIGEN Bosheit all jener Menschen, die sie herbeiführen.

Ob IHR diese Menschen *sein*, ob IHR zu ihnen *gehören* wollt, liegt also GANZ BEI EUCH.

Ob ihr der Lüge weiterhin glauben wollt.

Ob ihr die verlogenen «Tests» und «Impfungen» weiter mitmachen wollt.

Ob ihr euch durch so eine «Impfung» chippen lassen wollt.

Ob ihr zuletzt das Malzeichen des Antichristen annehmen wollt.

Ob ihr dafür auf ewig in der Hölle brennen wollt.

Ihr könnt JETZT NOCH dafür sorgen, daß diese eure Generation NICHT diejenige des Antichristen ist.

Aber die Zeit dafür läuft aus.

ES LIEGT AN EUCH!

Bücherliste

Wenigstens EINES dieser Bücher solltet ihr unbedingt gelesen haben!

In den meisten dieser Bücher lest ihr zwar nicht, daß das Virus gar nicht existiert.

Ihr lest aber in ALLEN diesen Büchern, daß es KEINE gefährliche Pandemie gibt.

Und ihr lest darin, WER die Leute SIND, die euch an der Angel haben.

Außerdem, was diese Angler mit ihrer Beute vorhaben: Ganz und gar NICHTS GUTES!

Übrigens: Von manchen dieser Bücher gibt es inzwischen schon wieder weitere Auflagen.

1 **Johannes Rothkranz:** Kleines Corona-Brevier (erschienen 2021 im Verlag Anton A. Schmid, D-87467 Durach)

2 **Johannes Rothkranz:** Superlogen regieren die Welt Nr. 9 (erschienen 2021 im Verlag Anton A. Schmid, D-87467 Durach)

3 **Torsten Engelbrecht/Claus Köhnlein:** Virus-Wahn. Corona/Covid-19, Masern, Schweinegrippe, Vogelgrippe, SARS, BSE, Hepatitis C, AIDS, Polio: Wie die Medizin-Industrie ständig Seuchen erfindet und auf Kosten der Allgemeinheit Milliarden-Profite macht, 9. erweiterte Auflage (erschienen 2020 im Emu-Verlag, Lahnstein 2020)

4 **Peter Helmes:** Corona-Hysterie. Kritische Tagebuchnotizen (erschienen 2020 bei: Die Deutschen Konservativen e.V., Hamburg)

5 **Karina Reiss/Sucharit Bhakdi:** Corona Fehlalarm? Zahlen, Daten und Hintergründe, 7. Auflage (erschienen 2020 im Goldegg-Verlag, Berlin)

6 **Michael Morris:** Lockdown (erschienen 2020 im Amadeus Verlag, Fichtenau)

7 **Michael Morris:** Lockdown 2 (erschienen 2021 im Amadeus Verlag, Fichtenau)

8 **Compact Aktuell Nr. 2:** Corona. Was uns der Staat verschweigt (erschienen 2020 im Compact-Verlag, Werder)

9 **Compact Aktuell Nr. 3:** Corona-Lügen (erschienen 2020 im Compact-Verlag, Werder)

10 **Compact Aktuell Nr. 4:** Corona-Diktatur (erschienen 2021 im Compact-Verlag, Werder)

11 **Bruce Fife:** Die Plandemie. Profitstreben, Korruption und Täuschung hinter der COVID-19-Pandemie (erschienen 2020 im Kopp-Verlag, Rottenburg)

12 **Wolfgang Gedeon:** Corona, Crash und Bürgerkrieg. Auf dem Weg in eine globale Diktatur? (erschienen 2020 im WMG Verlag Rielasingen, Stuttgart)

13 **C. E. Nyder:** Gesundheitsdiktatur. Bill Gates‘ Angriff auf die Demokratie (erschienen 2020 im Kopp-Verlag, Rottenburg)

14 **Peter Orzechowski:** Durch Corona in die Neue Weltordnung (erschienen 2021 im Kopp-Verlag, Rottenburg)

15 **Gerhard Wisnewski:** 2021 – Das andere Jahrbuch. Verheimlicht – vertuscht – vergessen. Was 2020 nicht in der Zeitung stand, 2. Auflage (erschienen 2021 im Kopp-Verlag)

16 **Stefan Schubert:** Vorsicht Diktatur! Wie im Schatten von Corona-Krise, Klimahysterie, EU und Hate Speech ein totalitärer Staat aufgebaut wird (erschienen 2020 im Kopp-Verlag, Rottenburg)

17 **Paul Schreyer:** Chronik einer angekündigten Krise. Wie ein Virus die Welt verändern konnte, 6. Auflage (erschienen 2020 im Westend-Verlag, Frankfurt/Main)

18 **Walter van Rossum:** Meine Pandemie mit Professor Drosten. Vom Tod der Aufklärung unter Laborbedingungen, 3. Auflage (erschienen 2020 bei der Rubikon-Betriebsgesellschaft, Neuenkirchen)

19 **Stefan W. Hockertz:** Generation Maske. Corona: Angst und Herausforderung (erschienen 2021 im Kopp-Verlag, Rottenburg)

20 **Flo Osrainik:** Das Corona Dossier. Unter falscher Flagge gegen Freiheit, Menschenrechte und Demokratie (erschienen 2021 bei der Rubikon-Betriebsgesellschaft, Neuenkirchen)

Warum nicht lieber so?